Thomas Hoeth

Erblast

Ein Baden-Württemberg-Krimi

W0316330

Silberburg-Verlag

Thomas Hoeth ist 1962 in Berlin geboren und am Bodensee aufgewachsen. Er hat Politik, Wirtschaftswissenschaften und Philosophie studiert. Nach einem Zeitungsvolontariat und einer Ausbildung zum Drehbuchautor arbeitet er heute als freier Journalist. Hoeth lehrte viele Jahre Journalismus und kreatives Schreiben an einer Hochschule und arbeitete als Trainer in der Journalistenausbildung für das SWR-Fernsehen. Bisher sind von ihm Kurzgeschichten und Erzählungen in zahlreichen Anthologien sowie zwei Romane erschienen. Der vielfach ausgezeichnete Schriftsteller und Journalist lebt in Stuttgart.

Sein erster Roman »Herbstbotin« wurde mit dem Stuttgarter Krimipreis 2010 in der Kategorie »Bester deutschsprachiger Debütkriminalroman« ausgezeichnet. Das Buch wurde außerdem nominiert für den Friedrich-Glauser-Preis 2010, Sparte Debüt.

Für Sabine

1. Auflage 2010

© 2010 by Silberburg-Verlag GmbH,
Schönbuchstraße 48, D-72074 Tübingen.
Alle Rechte vorbehalten.
Umschlaggestaltung: Wager ! Kommunikation, Altenriet.
Lektorat: Michael Raffel, Tübingen.
Druck: CPI books, Leck.
Printed in Germany.

ISBN 978-3-87407-991-4

Besuchen Sie uns im Internet
und entdecken Sie die Vielfalt unseres Verlagsprogramms:
www.silberburg.de

Thomas Hoeth

Erblast

Es gibt die verschiedensten Verhaltensweisen gegenüber Artgenossen. Sind beide ohne Pille, erfolgt keine Reaktion. Besitzt einer der beiden eine Futterpille, so geht der Pillenbesitzer in Abwehrstellung, der Ankömmling in »Duckstellung«. Ist der Ankömmling gleichen Geschlechts, wird er fortgeschleudert, bzw. es kommt zum Kampf um die Futterpille.

Wunderwelt der Käfer, Seite 207

Prolog

Als ich acht Jahre alt war, las mir Schwester Thea eine Geschichte vor. Es ging um Käfer. Diese Geschichte hat mir viele schlaflose Nächte bereitet. Kinder empfinden anders, ganz unmittelbar. Heute weiß ich, dass es eine Fabel war. Jeder Käfer entsprach einem Menschen. Es war ein Zeichen. Eine Geschichte, die meine Großmutter Klara Zeller kurz vor ihrem Tod in ihr Tagebuch geschrieben hatte. Mit Schönschrift und einfachen Worten. Wahrscheinlich wollte sie, dass ich es irgendwann verstehe. Dass irgendjemand die Wahrheit erfährt. Aber das wurde mir erst vor ein paar Tagen klar. Dreißig Jahre, nachdem ich die Geschichte gehört hatte.

Das Tagebuch hat mir Schwester Thea erst viel später gegeben. Und dann habe ich es lange nicht beachtet. Ich habe die Geschichte nicht noch einmal gelesen. Heute weiß ich, dass ich mich nicht getraut habe.

Aber ich habe nun etwas verstanden. Es war unbewusst schon immer da. Dass ich einen Auftrag habe. Ich soll die Erste in unserer Familie sein, die sich nicht in die Abhängigkeit von Männern begibt. Männer, die am Ende nicht mal für einen da sind. Ich soll frei sein und entscheiden können, darum geht es.

Meine Großmutter kam nach dem Krieg aus Ostpreußen. Aus der Nähe von Allenstein. Ihren Mann hatte sie nicht nach Stuttgart mitgebracht. Er liegt in einem Massengrab ohne Namen, irgendwo in den Weiten Russlands. Später, in der neuen schwäbischen Heimat, bekam sie ein Kind. Sie nannte es Margarete. Niemand wusste, wer der Vater war. Er hatte sich aus dem Staub gemacht. Margarete Zeller, das war meine Mutter. Sie bekam mich unter den schrecklichsten Umständen, die man sich vorstellen kann. Sie starb während meiner Geburt. Ein seltsamer Kreis schloss sich da. Denn auch bei mir war nicht klar, wer mein Vater war. Doch das stellte sich verrückterweise erst viel später heraus. Durch einen Zufall – wenn man so will.

Es gibt diese eine Gemeinsamkeit, dieses starke, verbindende Element in der Familie Zeller. Die Tatsache, dass wir alle ohne Vater aufgewachsen sind. Und ich musste da wohl noch eins draufsetzen, so ganz ohne Eltern. Deshalb habe ich jetzt eine Verantwortung. Für das, was kommt, was vor mir liegt. Weil soziale Muster sich zu wiederholen scheinen. Als ob sie in einem drinstecken und wir sie nur nachvollziehen, ein Leben lang. Eine vererbte Substanz. Ja, beinahe hätte ich den gleichen Fehler gemacht. Ich liebte einen Mann und wollte ein Kind von ihm. Wahnsinn! Heute kommt es mir vor, als sei es Generationen her. Vielleicht, weil es diesen langen Klageruf von Frauen gibt, deren geplagtes Blut in mir fließt.

Dabei ist meine Welt erst vor ein paar Tagen explodiert. Und es passiert immer noch in meinem Kopf, gerade jetzt, wo ich …

Eines vielleicht noch: Ich habe viel über Käfer gelesen. Sicher: lange Zeit ohne zu wissen warum, ganz unbewusst. Über ihre Gewohnheiten, ihre Gefechte und ihren Trieb. Natürlich, die Wunderwelt dieser Krabbeltiere ist faszinierend. Aber es gibt einen gewaltigen Unterschied zwischen Käfern und Menschen. Wir können unsere Gedanken in die Vergangenheit und in die Zukunft lenken. Wir sind nicht nur mit dem Hier und Jetzt im Konflikt. Wir bestehen nicht nur aus Fressen, Saufen, Ficken … auch wenn ich lange so gelebt habe. Wir haben ein Bewusstsein: Wir wissen *um.* Um was auch immer.

Deshalb haben wir eine andere Verantwortung für den Fortgang. Das sage ich und ich wundere mich selbst darüber. Aber es ist eben viel passiert.

Mein Name ist Annette Delius, geborene Zeller.

Erwachen

Eins

Natürlich habe ich sie sofort erkannt. An der Körperhaltung, an ihrer Gestalt im Gegenlicht. Sie lächelte, doch auch das sah ich nur als Schema, als Strichzeichnung. Sie setzte sich zu mir an den Tisch. Dabei hielt sie den Blick, ließ meine Augen nicht los. Aber noch immer war ihr Gesicht eine getönte Folie gegen das Licht.

»Hallo, Amon. Steht dir gut, das bisschen Grau in den Haaren. Schön, dich zu sehen.«

»Ja, das ... freut mich auch«, gab ich mechanisch zurück. Doch man kann die Beiläufigkeit von Worten und ihren hohlen Klang mit Blicken zu warmen Tönen umformen. So war das wohl jetzt.

»Komm, lass dich umarmen.«

Sie streckte ihre Arme nach mir aus, wie zwei Angelruten, und ihre spitzen Haken schoben sich schon in mein Fleisch, ich hielt ihr die Wange hin. Doch sie suchte meinen Mund und küsste mich. Es war mir nicht unangenehm, aber ich wollte es nicht. Ich wollte den Köder nicht schlucken. Sie merkte es und zog sich mit einem leicht spöttischen Lächeln in ihren Sessel zurück.

Seit das Café Piroschka in der Gablenberger Hauptstraße aufgemacht hat, bin ich praktisch nicht mehr richtig essen gegangen. Für mich sind die wichtigsten Mahlzeiten das Frühstück und dann, ja, eben ... Kuchen. Ich war gerade beim zweiten Stück angelangt, das mein Mittagessen sein würde. Das erste Stück war ein ungeheuer cremiger Käsekirschkuchen gewesen. Und das Beste: Er schmeckte nicht zwanghaft nach irgendeinem Zitronat. Also ein Käsekuchen, der nach Käsekuchen schmeckte. Jetzt nahm ich den ersten Bissen von einem großen Stück Schwarzwälder Kirsch, und ich bemerkte, dass ich heute sehr kirschlastig war.

Ich beschloss, mich bunter zu ernähren, also demnächst was mit Erdbeere oder so. Oder sollte ich eher nach der

Fruchtfolge gehen? Morgen muss ich unbedingt darauf achten …

»Was meinst du?« Annette sah etwas herber aus als früher. Ihre Wangen waren fast hohl, das viele Leben hatte ihr ein wenig Feuchtigkeit und Fülle geraubt. Die Haare trug sie länger und streng zusammengebunden. Sie war stark geschminkt. Ihre Maske erinnerte mich an die Gesichter der Ladys aus dem Dufttempel des Kaufhauses Breuninger. Dort waren die Verkäuferinnen so stark angemalt, dass sie gar nicht mehr lachen konnten. Aber vielleicht ist das auch gar nicht gut, wenn man Voodoo gegen Falten verkaufen möchte?

Annette tastete nach ihren Zigaretten, winkte gleichzeitig nach dem Kellner und legte ihre Zigaretten wieder weg. Sie bestellte einen Prosecco und schaute mich auffordernd an.

»Das Gleiche bitte, nein … einen Tee, nein, noch mal das Gleiche bitte, also einen Espresso …«

Sie lachte und strich mir mit ihren langen Fingern über die Wange. »Du siehst gut aus, Amon. Die paar grauen Strähnen stehen dir. Richtig reif das. Männer werden oft besser …«

»Werden besser? Bitte, Annette, ich bin 39 Jahre.«

»Ich auch, na ja bald, in ein paar Monaten.« Sie bekam ein ernstes Gesicht. So schaut man, wenn einen irgendetwas einholt, wenn man etwas immer wiederkäuen muss.

Ich musterte ihre Hände, die gefaltet auf dem Tisch lagen. Noch immer hatte sie diese extrem langen Fingernägel. Heute waren sie blutrot und hatten einen tiefen Glanz. Ich nahm einen ihrer Zeigefinger in die Hand und betrachtete ihn. Dann schaute ich direkt in Annettes Augen. Ich versuchte, etwas zu spüren, wenigstens ein bisschen. Aber der Finger fühlte sich an wie aus Porzellan.

Sie zog ihn erschrocken zurück. Als ob ich den Finger wie ein Fernrohr benutzen könnte. Als ob ich ihr damit mitten in die Seele hätte schauen können und …

Sie fing an zu erzählen.

»Ich wollte ein Kind von ihm.«

Erst jetzt fiel mir auf, dass sie sich extra so gesetzt hatte, dass sie das große Fenster zur Straße und die Eingangstür im Blick hatte. Ich sah ihrem Blick nach und formte meine rechte Augenbraue zu einem Fragezeichen.

»Amon, ich werde verfolgt, ich bin mir sicher … Das geht schon länger.«

Ich nickte und schloss die Augen. Nur kurz, weil ich die Reize reduzieren wollte, die von ihr und die anderen. Aber das Gegenteil war der Fall. Ein Schwall von Eindrücken, die Geräusche, das Klappern, die Gespräche, das Piepsen der Kasse und der Geruch reifer Erdbeeren von der Kuchentheke her wurden noch intensiver, drängten mir mehr Bilder auf, als ich hätte mit offenen Augen aufnehmen können.

»Verfolgt«, wiederholte ich und fand das Wort gerade jetzt total komisch. »Verfolgt.«

Wieder holte mich unsere gemeinsame Vergangenheit ein. In Bildern, schnell, kurz wie Videoclips, die man auch riechen konnte, ein nächtliches Sommergewitter. Die Momente, in denen alles immer ganz plötzlich ganz hell wird und alles unheimlich klar zu sein scheint, um dann wieder ins Nichts zu versinken. Kurze Ausschnitte. Ich sehe, wie sie auf mir sitzt, wie ich sie festhalte, ich mich festsauge wie die Muschel an einer scharfen Riffkante, wie wir uns küssen und lachen und … die Wellen über uns zusammenklatschen. Und cut!

Annette war ruckartig aufgestanden: »Okay, ich gehe. Vielleicht war es keine gute Idee …«

Sie weitete die Augen, ich sah ihren Pupillen beim Wachsen zu.

»… das hier ist nicht gut.«

Sie hatte sich schon umgedreht. Und ich hielt sie fest. Mal wieder.

Annette setzte sich, stürzte den Prosecco hinunter und fing an zu erzählen.

»In meinem Alter wird die Zeit knapp … wenn man ein Kind will.«

Wieder griff sie nach den Zigaretten und wieder legte sie die Schachtel zurück. »Ich liebe ihn wirklich, er ist der Erste, den ich wirklich ...« Sie schaute zu mir und lächelte verlegen.

»Sorry, Amon ...«

Ich versuchte gleichgültig auszusehen. »Du meinst Werner Delius, deinen Mann, diesen Pharma..., diesen ...« Ich konnte es nicht aussprechen, vor lauter Distanz, die ich mich bemühte aufzubauen, nein, eigentlich war die schon immer da. Zumindest mein Stolz war noch verletzt, das gebe ich zu. Geld und Macht. Alles bezwingen. Wie haben mich diese Typen immer angekotzt! Und sie tun es noch immer. Ihr Leben ist eine einzige Kompensation.

Sie nickte fast unmerklich. »Als ich zum Arzt ging, um mich untersuchen zu lassen, da fing es an.«

Annette winkte erneut dem Kellner und orderte ein zweites Glas Prosecco. »Möchtest du noch etwas?«

»Ja, eine Nussecke, bitte ... mit Marzipan!«

Annette erzählte mir ihr Leben. Ich meine jenen Teil, bevor wir uns kennenlernten. Also die 23 Jahre ab ihrer Geburt. Erst da begriff ich, dass ich gar nichts über sie wusste. Und was ich nun hörte, klang unvorstellbar für mich.

Ich fasse das mal zusammen. Der Frauenarzt hatte Annette untersucht und eine Erbkrankheit bei ihr festgestellt. Diese Erbkrankheit kann nur vom Vater an die Tochter weitergegeben werden. Irgendeine seltene Sache mit einem seltsamen Namen, den ich mir nicht merken konnte. Zur Sicherheit empfahl Dr. Franzen, dass sich Annette die Krankenunterlagen ihres Vaters besorgen solle. Also ... um ganz sicher zu gehen.

Annette schaute wieder durch das Fenster auf die Straße. Sie überlegte wohl, wie sie jemals wieder in diese Welt da draußen zurückkommen sollte, wenn wir hier fertig wären, und nippte am zweiten Prosecco. Sie sprach jetzt ganz monoton und war bemüht, jeden Ausdruck im Gesicht zu vermeiden, eine polierte Eiskönigin.

»Wusstest du, dass meine Eltern schon tot waren, als wir beide uns kennengelernt haben?«

»Nein, über so etwas haben wir nie ...«

Annette lächelte zynisch. »Nein, das hätte ich auch nicht gewollt. Das hätte Mitleid erzeugt, und das brauche ich nicht, nicht einmal heute ... und nicht einmal mit mir selbst.«

Sie verachtete sich also, gerade für etwas, was sie gar nicht getan hatte.

Ich wartete einfach, weil ich nicht wusste, worauf sie hinauswollte.

»Ich habe meine Eltern nie gesehen.«

Ihr ganzer Körper fing schlagartig an zu vibrieren, wie ein Akkurasierer, wenn er fast leer ist, also mehr ein Schlackern. Der nächste Satz kam surrend wie ein Pfeil daher, und ich spürte einen Stich auf meiner Stirn. »Sie hatten einen Autounfall.«

Annette fing an zu lachen, und das nur, um nicht weinen zu müssen. Dann tat sie es doch.

»Stell es dir vor ...« Annette machte eine kleine Pause, sah mir zu, wollte sehen, wie sich die Sache bei mir einfraß. »Sie waren auf dem Weg zur Hochzeit, auf dem Weg zum Traualtar ... festlich gekleidet.«

Sie wartete wieder einen Moment, als ob sie mir Gelegenheit geben wollte, ihre Sätze zu verdauen. Ich sollte ein paar Bilder laden können, es sollte arbeiten in mir. Ihr war nun doch nach meiner Betroffenheit.

»Die wenigen Bekannten, die meine Eltern hatten, warteten in der Kirche.«

Sie lachte wieder und nickte. »Ein Baum ... direkt auf einen Baum sind sie geknallt. Ein weißes Hochzeitskleid voller Blut.« Wie sie das jetzt sagte, klang das wie ein Vorwurf. Ein Vorwurf an alle Bäume dieser Welt.

Auf ihren spitzen weißen Eckzähnen hatte sich ein wenig vom roten Lippenstift abgerieben. Die Oberlippe spannte leicht über ihren Zähnen. Die waren einfach zu sehr gebleicht. Als ob sie zwei Gletscher verschluckt hätte und die Gipfel noch ein wenig herauslugten.

»Letztes Jahr habe ich einen Landschaftsgärtner bestellt. Ich wollte, dass er diese verdammte Tanne fällt.« Annette griff nach ihrem Feuerzeug und machte es immer wieder an und aus. »Der Typ hat sich geweigert. Er würde Bäume pflanzen und nicht zerstören und so ...« Annette warf das Feuerzeug auf den Tisch. Sie hatte sich an dem heißen Metall verbrannt, ich konnte es riechen.

»Dann bin ich nachts hin ... Hab einen Kanister Brennspiritus an diese verdammte Tanne hingeschüttet und das Ding abgefackelt.«

Ich sah ihre Zähne, eine einzige Drohgebärde, das ewige Eis. Ich dachte, dass ich sie am besten mit einer Frage beschäftigen könnte. Genau jetzt: »Eins verstehe ich nicht, du hast gesagt, dass du deine Eltern nie gesehen hast, aber ... wie kann das sein?«

Ich hörte meine Frage und fand, dass sie wirklich dämlich klang. Gleichzeitig war ich damit beschäftigt, Annette zu beobachten. Jemand hatte ihr dieses wunderbare Türkis aus den Augen gewaschen. Diese Leuchtkraft, sie ist weg, dachte ich. Gefühle erzeugen Chemie und verändern die Erscheinung. Oder – ist es doch umgekehrt, erzeugt Chemie Gefühle? Jetzt war da nur ein raues, aufgewühltes Meeresgrün mit ein paar rostigen Flecken darin.

Sie berichtete. Als ob sie ihr Leben und das ihrer Familie einem Polizeiprotokoll entnommen hätte. Sie verlas ihr Leben. Annettes Mutter, Margarete Zeller, war hochschwanger, als der Unfall passierte. Annette fühlte sich schuldig. Dagegen kam keine Vernunft an. Annette fühlte sich schuldig am Tod ihrer Mutter. Ihr Leben gegen das der Mutter, so sah sie das.

»Meine Mutter war Ende des siebten Monats. Sie lag im Sterben. Der Notarzt hat sie aufgeschnitten, wie einen Braten im Brotteigmantel ... um mich da herauszutrennen. Ich sehe immer dieses blutige Brautkleid vor mir, obwohl ich es nie gesehen habe.«

Sie machte eine kurze Pause, fasste sich an die Wimpern und zerrieb einen Brösel Wimperntusche zwischen ihren Fingern, schwarz wie Kohle.

»Sie ist kurz danach gestorben. Herzversagen. Mein Vater war sofort am Unfallort tot. Sie haben eine Stunde gebraucht, um ihn rauszuschneiden, das Fleisch vom Blech zu trennen.«

Annette wurde in ein Ludwigsburger Kinderheim gegeben.

Ich dachte daran, dass ich von all dem nichts gewusst hatte. Ich dachte daran, wie es wohl gewesen wäre mit uns, wenn ich ihre Geschichte schon damals gekannt hätte. Annette hatte mit all ihrer Dominanz, Zielstrebigkeit, ihrer schrankenlosen Unbeherrschtheit und Lebenslust die Trauer und die Sehnsucht nach Normalität weggelebt. Vielleicht war das ihre einzige Rettung gewesen. Aber man kann die Vergangenheit nicht wegleben, nicht einmal besiegen, man muss sie annehmen, bis einem nicht mehr schlecht davon wird. Ich weiß, dass man sich ihr stellen muss. Man kann ihr seine Meinung sagen, der Vergangenheit. Und dieser Dialog mit dem Früheren, dem Vorher, kann klären, möglicherweise sogar reinigen.

Annettes Eltern waren sehr jung. Als Margarete Zeller schwanger wurde, war sie gerade mal siebzehn Jahre alt. Ihr Freund, Silvio Bertolucci, ein italienischer Wanderarbeiter, war gerade achtzehn geworden. Sie wurden nicht gemeinsam begraben. Silvios Eltern haben seinen Leichnam heimgeholt. In ein kleines sizilianisches Dorf gegenüber der Spitze des Stiefels mit dem Namen, ich glaube … Annette sagte Festinova. Margarete Zeller wurde auf dem Gablenberger Friedhof beerdigt. Nicht weit von hier, nicht weit von meinem Büro. Nur wenige Monate später folgte ihr ihre Mutter, Klara Zeller. Annettes Großmutter.

»Schon gut, du musst jetzt keine Trauermiene aufziehen. Es geht jetzt um andere Dinge, Amon.«

Annette hatte meinen Namen lauter als den Rest des Satzes gesagt, das klang wie ein Weckruf. Sie hatte sich wieder gefasst und trank ihr Glas leer.

»Gehen wir ein Stück?«

Ich zahlte, und wir gingen ein wenig die Gablenberger Hauptstraße hoch. Ich dachte an den Abdruck ihres Mundes auf dem Sektglas. Ich dachte daran, dass ich diese Lippen einmal sehr leidenschaftlich geküsst hatte, dass sie weich waren wie ein Kissen und trotzdem Form behielten. Und, dass sie jetzt ganz viele kleine Rillen hatten.

Es war laut und geschäftig, die Autos quälten sich die schmale Gablenberger Hauptstraße hoch, der Verkehr riss nur ab, wenn jemand den Schalter an der Fußgängerampel drückte, wie wir jetzt. Der Ruß fraß an den Fassaden. Die Luft hing voll mit schlingernden Abgasen, und obwohl es schon nach 17 Uhr war, flimmerte die Stadt bei über dreißig Grad. Ohne darüber gesprochen zu haben, steuerten wir den Gablenberger Friedhof an. Dort, wo Annettes Mutter und ihre Großmutter lagen, stellten wir uns nebeneinander wie zwei Mensch-ärger-dich-nicht-Figuren am Start und blickten auf den Grabstein. Es hatte etwas Meditatives, wir waren ganz ruhig. Das Grab war verwildert.

»Ich war schon lange nicht mehr hier«, flüsterte Annette entschuldigend. Sie zündete sich eine Zigarette an und hielt mir die Schachtel hin.

Ich schüttelte den Kopf. Dann nahm ich etwas Erde vom Grab und roch daran. Ich dachte an Mutter und Erde und Muttererde und wie es in dieser Hand voll Erde lebte, das Leben. Ich sah den Insekten in meiner Hand zu. Sie arbeiteten, bohrten, fraßen, transportierten, vermehrten sich. Sie hatten einen Plan. Wussten sie, was sie taten, oder taten sie einfach, was sie wussten, weil da der Plan war? Manchmal sah ich keinen Unterschied zwischen denen und mir, aber … eben nur manchmal.

Annette zog einen Flachmann aus ihrer Handtasche, nahm einen kräftigen Schluck und hielt ihn mir hin. Ich hob abwehrend die Hand. Es war eine jener Wundertaschen, die Frauen ab und zu mit sich tragen. Es hätte mich nicht überrascht, wenn sie daraus zwei weiße Kaninchen hervorgezaubert hätte oder ein Kästchen mit den Seelen all ihrer verstoßenen Liebhaber. Oder eine Tarnkappe ... Moment ... warum dachte ich jetzt, dass Annette unsichtbar werden oder verschwinden könnte? So eine Ahnung kam daher wie ein Regentropfen, der plötzlich vom Himmel fällt und auf dem heißen Pflaster verdunstet. Keine Zeit dafür jetzt!

Sie wischte sich den Mund ab, packte die Flasche wieder ein und zog ihre Lippen nach.

»Was ich von dir will?« Sie nickte und zog dabei die schwüle Luft ein, merkte, dass das nichts brachte, und stieß sie mit dem nächsten Satz wieder aus.

»Dieser Arzt hat mich darauf gebracht.«

Ich warf die lebendige Erde wieder aufs Grab und ging in die Hocke, roch Efeu und die rosafarbene, metallisch riechende Geranie, die sich hier gut behauptete. Jemand musste sie in diesem Jahr gepflanzt haben, sie hätte doch den Winter nicht überlebt ...

»Dieser Typ, dieser Silvio. Das war nicht mein Vater. Ich bin tatsächlich an seine Krankenakte herangekommen. Mit Geld geht viel. Der hatte keine Erbkrankheit, nichts. Also kann ich sie auch nicht von ihm haben, klar? Das heißt, dass er nicht mein Vater ist.«

»Ärzte können sich irren.« Ich zupfte ein paar welke Blätter vom Grab und zerrieb sie, dachte an Zerfall und den Kreislauf des Lebens. Da irgendwann tot zu liegen, das war schon sehr befremdend.

Ich machte den Mund wieder auf. »Oder ... Vielleicht bekommt nicht jeder diese Erbkrankheit. Es gibt immer Ausnahmen, so ist das Leben ... vielleicht so, ja?«

Ich war wieder aufgestanden und schaute ein paar Vögeln in der Luft zu. Sie flogen die ruhende Acht, das Zeichen für Unendlichkeit. Die machten das seit Millionen von Jahren, die Vögel. Konnten da gar nicht ausbrechen.

Ich dachte an Boykott und an Flucht. »Wir können unseren Weg verändern, wir müssen nicht alles akzeptieren, wir schaffen uns selbst, wir sind selbst, auch wenn wir einen langen breiten Schatten ziehen.«

»Wow.« Annette Delius lächelte und zog eine buntbeklebte Streichholzschachtel aus ihrer Tasche. Sie schüttelte die Schachtel. »Zähne. Silvio hat meiner Mutter zwei seiner Milchzähne und ein paar Weisheitszähne hinterlassen ... Oder mir.«

Ich sah Annette in ihre verwaschenen Augen und fragte mich, ob sie irgendwann durchsichtig werden würden. Und wie lange das wohl noch dauern würde, bis der Schweiß auf ihrer Stirn zu Eis gefrieren würde. »Du hast einen Gentest machen lassen?«

»Dieser Silvio Bertolucci ist nicht mein Vater!« Sie griff erneut nach dem Flachmann, und ich hielt ihre Hand fest. Annette versuchte mich zu umarmen. Ich ließ es zu. Aber als sie mich küssen wollte, drückte ich sie sanft weg. Eine alte Frau mit einem Strohhut und einer grünen Gießkanne lief vorbei und schüttelte den Kopf. Ich konnte nicht erkennen, ob es Parkinson oder Empörung war. Vielleicht auch beides. Ich fühlte mich ertappt und schlecht.

»Kannst du mir helfen, Amon?«

Wieder strich sie mir mit ihrer Hand über die Wange. Ich sah diese Frau nun ganz anders. Früher hatte ich Annette für einen echten Vamp gehalten, eine Männerfresserin, eine, die über Leichen ging. Ich schaute ihr in die Augen und bildete mir ein, dass darin nun wieder ein bisschen Türkis flackerte, von den Rändern her. Eine kleine Flamme. Hoffnung. Oder es war nur das Licht. Ich nickte. »Und wie?«

»Es sind zwei Sachen.« Annette schaute auf das Grab ihrer Mutter und ihrer Großmutter. »Mein richtiger Vater könnte noch leben. Finde ihn für mich. Wer ist er, was macht er ... Vielleicht ist er auch tot, aber ich muss es wissen, weißt du? Wir suchen doch alle.«

Sie wartete nicht auf eine Reaktion. »Und – ich habe es dir schon gesagt – ich werde verfolgt. Ich bin sicher. Warum, Amon, wer verfolgt mich?« Sie sagte: »Finde das raus!«

Wir gingen noch ein Stück über den Friedhof. Von hier aus konnte man einen kleinen Ausschnitt der Gablenberger Hauptstraße sehen. Gablenberg ist wie ein Dorf, das rund um eine Modelleisenbahn gebaut wurde, nur die Bahn, die hat es nie gegeben, und da wohne ich.

»Kommst du noch mit zu mir? Mein Mann ist nicht da.«

»Nein, ich muss noch etwas erledigen, ein Auftrag …«, log ich. Wahrscheinlich hätten wir es sonst getan, wie früher, nur anders. »Und ich muss noch mal ins Piroschka, ich glaube, wir haben nicht gezahlt, ich glaube, ich habe die ganze letzte Woche nicht gezahlt und …«

Annette spielte mit und nickte. Die Katze lässt die Maus nochmal springen.

»Gut … dann morgen. Kommst du vorbei? Ich möchte dir noch ein paar Dinge zeigen, die dir vielleicht bei der Suche helfen könnten.« Sie hielt mir ihre Visitenkarte hin. Sie roch nach ihr, sie roch gut, und ich ging.

Zwei

Einer der gängigen Intelligenztests hat ergeben, dass er einen IQ von 75 hat. Das ist verdammt wenig für einen Homo sapiens. Amerikanische Forscher kamen bei vergleichbaren Tests mit einem recht klugen Gorillaweibchen auf etwa das gleiche Ergebnis. Man könnte also sagen, dass Bernd Mörike in etwa die Intelligenz eines ausgesprochen intelligenten Berggorillas hatte. Normal intelligent ist ein Mensch allerdings, wenn er um die 100 liegt. Aber was heißt das schon? Kommt man dadurch besser oder schlechter zurecht im Leben? In der Welt, in der Bernd Mörike herrschte oder einmal geherrscht hatte, war er ein König, ein Alphatier, ein Herrscher.

Barni oder der Metzger, wie sie ihn nannten, war einer der erfolgreichsten Bordellbesitzer in Baden-Württemberg. Denn gegen die Androhung und Ausübung von physischer Gewalt, die dann ja auch psychische Auswirkungen hat, kam man auch mit Intelligenz schwer an. Im Gegenteil, in bestimmten Situationen konnte Intelligenz sogar hinderlich sein. Wenn die Angst die Fantasie anregte, wenn man sich ausmalte, was alles passieren konnte. Tja, die Fähigkeit zur Extrapolation. Genau das spürte der Metzger, weil er so konkret war. Es war, als ob Vergangenheit und Zukunft für ihn keine Rolle spielten. Barni lebte jetzt und hier. Er war ein brutaler Virtuose. Der Metzger trennte Andersdenkenden Ohren oder Finger ab, entstellte Prostituierte, die ihn belogen hatten, mit einer Heißklebepistole und erpresste den einen oder anderen Geschäftsmann, der mit seiner kapitalen Markt-Intelligenz ordentlich Geld gemacht hatte und nun ein Foto im Briefkasten vorfand, auf dem ihn eine minderjährige Nutte ritt.

So kam es, dass Barni der Metzger, IQ 75, ein einflussreicher Stuttgarter Bürger und Geschäftsmann wurde. Immer wieder tauchte er als geladener Gast bei den Reichen und Erfolgreichen auf. Mit 58 Jahren gehörte er dazu, er rundete das Bild, sagen wir mal, nach unten ab.

Das letzte Mal hatte man ihn in der Öffentlichkeit gesehen bei der Eröffnung eines großen Edelpuffs mit über einhundert Top-Damen in der Nähe der neuen Stuttgarter Messe. Zur Eröffnungsfeier traf sich Deutschlands Rotlicht-Freundeskreis, alles, was Rang und Namen hatte, vom Puffketten-Investor und Bauunternehmer über den Catering- und Transportservice, der mit Schleuserbanden kooperierte, bis zum aufstrebenden kroatischen Hinterhofluden, und feierte sich und diesen blühenden Industriezweig.

In dieser Nacht, erzählte man sich, sei der Metzger auf irgendeinem Trip hängengeblieben, den ihm eine junge polnische Hure untergejubelt hatte, die, wie es hieß, von einem Konkurrenten bezahlt wurde. Er musste die ganze Nacht kotzen, doch es half nichts. Das, was er da aufgesaugt hatte, kam nicht mehr raus. Es war unsichtbar. Plötzlich war Barni nicht mehr derselbe. Sein Kopf fühlte sich an, als ob glühende Metallkügelchen darin umherschossen. Stechende Schmerzen waren das, manchmal hätte er sich am liebsten den Schädel heruntergerissen. Mitunter war es so schlimm, dass er einfach nur noch schrie, bis seine Stimmbänder wie trockene Lederbänder aneinander rieben, nicht mehr konnten. Seither rasselte seine Stimme wie bei einem Motor, bei dem ein Kolbenring abgerissen war und nun umhertanzte. Ständig war er gereizt, und sein Sexualtrieb kannte kaum noch Grenzen. Fünf oder sechs Mal am Tag musste er sich abreagieren, sonst konnte er an nichts anderes mehr denken. Was Barni nicht wusste: Das Ding, das ihm die Hure untergejubelt hatte, war eine hochtoxische Kombination, die seine Leber zerfraß, also sein Leben. Das Ding war eine Mischung aus einer extrem hoch dosierten Nervendroge und dem Potenzmittel Vitalis plus. Diese Kombination hatte sein Gehirn dauerhaft verändert. Wenn die Welt bei Barni überhaupt noch ankam, dann in ganz anderer Gestalt, nach ganz anderen Regeln. Eigentlich hätte ihn das Zeugs umbringen sollen. Er konnte sich sogar denken, wer dahintersteckte.

Barni lieferte sich Schlägereien und Scharmützel mit Menschen, die er noch nie gesehen hatte. Der Metzger griff grundlos auf offener Straße Menschen an und schlug sie zusammen. Als sich dafür nicht genug Gegner fanden, ging er zu den illegalen Treffen der Stuttgarter Cagefighter-Szene. Einer Gruppe von Besessenen, die an wechselnden Orten auf sich eindroschen, bis die Knochen krachten. Regelmäßig produzierte die Szene Tote. Mehrere schwer deformierte Leichen wurden an der Cannstatter Neckarschleuse geborgen. Wie viele davon der Metzger auf dem Gewissen hatte, war nicht festzustellen. Vor einem Jahr wurde er dann des Mordes an drei thailändischen Transsexuellen überführt, an denen er sich zuvor mit unfassbarer Brutalität vergangen haben soll. Überführt wurde er mit seiner DNA. Der Metzger hatte einfach zu viele Spuren hinterlassen und seine brutale Handschrift. Das alles passierte in nur einem Jahr.

Nach allem, was zwei unabhängige psychiatrische Gutachter feststellten, fehlte Barni eine wesentliche Voraussetzung für das Leben unter Menschen in Freiheit. »Bernd Mörike kann kein Mitleid empfinden, ihm fehlt jede Empathie für Mensch, Tier und Umwelt, für alles, was ihn umgibt. Es ist so, dass er nur einem Gesetz zu folgen scheint, und das ist sein krankhafter Trieb.«

Der Psychiater Prof. Dr. Hanno Fehleisen machte eine Reihe von Untersuchungen an Mörikes Gehirn. Er stellte fest, dass sein Kopf überdurchschnittlich viel Stresshormone produzierte, und das permanent und ohne Ruhephase. Die Synapsen würden krampfartig Alarmsignale senden, auch eine Art Ejakulation. Der Facharzt sprach von einer unendlichen Irritation der Nerven. Und: »Dass er sich so immer in einer Extremsituation befindet. Man muss sich das so vorstellen: Er fühlt sich permanent bedroht, ohne dass es ihm bewusst ist. Und deshalb verteidigt er sich quasi immer, eine beständige Prophylaxe.« Hinzu komme eine außergewöhnliche körperliche Kraft und Konstitution, gepaart mit geringem Schmerzempfinden. Fehleisen und sein Kollege empfahlen deshalb eine lebenslange Sicherungsverwahrung für Bernd Mörike, zudem eine langfristige Therapie, und sie legten ihm eine Kastration nahe, was man eigentlich nicht mehr machte, was rechtlich wohl auch schwer durchsetzbar wäre.

Doch die Sicherungsverwahrung war ebenfalls Gift für Mörike. In der psychiatrischen Haftanstalt auf dem Hohenasperg bemühte man sich, ihn zumindest so ruhigzustellen, dass er keine Gefahr für Personal und Insassen darstellte. Mörike bekam Beruhigungsmittel, die man sonst für ein durchgedrehtes Nashorn im Stuttgarter Zoo benutzt hätte.

Dass Mörike ausgerechnet mit der Kunsttherapeutin Nina Stolzenburg zur Ruhe kam, war erstaunlich. Sie war jung, blond, zierlich und malte Bilder mit ihm. Das heißt, sie regte ihn an, obwohl sie so gar nicht sein Ding war … wie er sagte. Aber Barni malte. Erstaunlicherweise entwickelte er in wenigen Wochen eine gewisse technische Fingerfertigkeit und ein Gefühl für Kohle- und feine Bleistiftzeichnungen. Doch er malte ausschließlich zwei Dinge. Erstens: immer gleich aussehende, nackte asiatische Transsexuelle, die alle mit erigiertem Penis auf einem Bett oder Sofa lagen und sich die Brüste streichelten. Und zweitens: einen Grabstein mit der Aufschrift H. Schmolke.

Diese Motive bearbeitete er jeweils in den verschiedensten Varianten und Perspektiven. Es waren die einzigen Momente, in denen Barni der Metzger so etwas wie Ruhe fand.

Dann hörte er plötzlich auf zu malen. Das war vor ein paar Tagen.

»Ich kann das hier nicht mehr«, sagte er zu Nina Stolzenburg. Und er sagte, dass er einen Anwalt sprechen wollte. Nina hatte Mitleid mit ihm, und sie traute ihm zu, dass er irgendwann mal wieder in Freiheit leben könnte. Sie hatte das Gefühl, dass sie als Einzige einen Zugang zu diesem bösen Riesen bekommen hatte. Dann malte er einen Satz auf das Papier. Er mühte sich sehr, denn er war praktisch Analphabet. Oder er hatte eben das Schreiben vergessen, weil er es nicht brauchte, in seiner Welt. Barni der Metzger schrieb: »Ih wais alles über H. Schmolke.« Nach einigen Versuchen schob er den Zettel seiner Maltherapeutin rüber. Die beiden schauten sich an. Und dann erklärte Barni der jungen Frau, wo sie den Zettel hinbringen sollte.

DREI

Ich habe Annette Zeller auf einer Party kennengelernt. Sie war ein paar Mal mit vollen Gläsern an mir vorbeistolziert. Und jedes Mal schenkte sie mir ein Lächeln. Sie war die Art von Frau, auf die wohl fast jeder Mann abfährt. Ich brauchte ein bisschen länger. Ich sehe viele Dinge nicht gleich ein, vielleicht aus Trotz. Obwohl ich meine Umgebung sehr gut wahrnehme, sogar besser als andere, doch ich brauche Zeit. Nicht viel mehr, aber eben ein bisschen. Man kann sagen, dass Annette die Sache mit uns ziemlich beschleunigt hat. Als diese unsägliche Fachschaftsparty sich dem Ende zuneigte, blieb sie plötzlich vor mir stehen, hielt mir ein Glas hin. Und als ich mich darauf konzentrierte, danach zu greifen, gab sie mir einen flüchtigen Kuss und ging weiter. Ja, sie hatte eine flüchtige Intensität, wenn es das gibt. Sie bot sich an, und wenn man dann zugreifen wollte, dann … war es zu spät. Ein Spiel.

Schau ihr nicht nach, sagte ich mir, und während ich mir das sagte und wieder sagte, stand sie plötzlich vor mir.

»Du schmeckst gut, Amon.« Sie sprach meinen Namen aus, als ob es der Name eines neuen Aphrodisiakums wäre. »Ganz, ganz gut.«

Dann trafen sich unsere Augen für einen kurzen, aber entscheidenden Moment. Und damit fing es an. Für mich. Wir hätten das Augenspiel wahrscheinlich auch noch ein bisschen weiter getrieben. Aber da war so ein Tübinger, der nie aus Tübingen herausgekommen war. Sorry, aber das sieht man einfach, der enge Blick, die Selbstgefälligkeit, dieses Hier-ist-der-Nabel-der-Welt, das jeder Provinzler zum Schutz vor dem Unbekannten da draußen an sich hat. Gut, und der quatschte mich plötzlich von der Seite an. Weil er mit einem Typen aus Böblingen, der es immerhin regelmäßig nach Tübingen an die Uni schaffte, uneins über Habermas war.

Dabei sprach er immer, wenn er diesen Namen sagte, die letzte Silbe wie »Hass« aus. Also, Haber-Mass hatte für ihn einen »arrogant-klinischen und soziopathologischen, handlungsanalytischen Bullaugenblick« auf das, was er »die verdammte degenerierte Gesellschaft« nannte, und wollte wissen, wie es mir damit so gehe und so weiter … Puh, keine Ahnung, warum ich jetzt daran denke.

Ich blickte kurz zu Annette, die sich angewidert abwendete. Ich sah es genau, ich meine, ich fühlte es mit vollkommener Sicherheit: Noch ein paar Sekunden und unsere Verbindung würde abbrechen, und das wäre es dann gewesen, für immer. Wegen Haber-Mass … Ich schubste den Tübinger beiseite, worauf der einen gewaltigen Kotzschwall in meine Richtung abgab. Ich konnte meine Füße gerade noch in Sicherheit bringen. Dennoch hatte ich Respekt vor der klaren und konsequenten Haltung, die er diesem größten lebenden Sozialphilosophen entgegenbrachte, dem Jürgen. Denn was den betraf, hatte ich ausnahmsweise die gleiche Meinung wie dieser Tübinger Eingeborene mit dem hochexplosiven Innenleben.

Da war Annette wirklich ein Lichtblick. Sie hatte sich vor kurzem für Philosophie eingeschrieben. Zwischen uns war sie eine Exotin. Unter den ganzen Karohemden, Cordhosen und Flickenjeansträgern saß sie mit kurzem Rock in der Vorlesung und mit diesem Lächeln, als wenn sie hoffte, dass jeden Moment Richard Gere vorbeikommen würde und das Leben als Prinzessin losgehen könnte. Sie war groß, hatte lange Beine, lange, schwarzlackierte Fingernägel und einen leicht dunklen Hautton. Ihre kurzen schwarzen Haare lockten leicht. Ich mochte diese Locken, besonders, wenn sie zwei Tage nicht gewaschen waren, sie sich selbstbewusster definierten, klarer wurden, also glänzten.

Ich weiß nicht, warum ich damit anfange. Eigentlich schaue ich zunächst immer nach den Augen. Die erzählen mir die Geschichte. Überhaupt dieses Dreieck, Auge, Nase, Mund. Der Rest kommt später in den Schlund, viel später. Normalerweise.

Ihre Augen waren schmal und oval und türkis. Sie hatte eine feine Nase, mit schmalen Flügeln und einer ausgeprägten Spitze. Und darunter einen vollen Mund, den man einfach berühren musste, mit den Fingern, mit den Lippen, einfach mal gucken, ob der wirklich so weich war, wie er aussah … Das Erste, was mir bei Annette einfällt, ist, dass sie anders aussah. Und sie war auch anders.

Jetzt, gerade jetzt rieche ich ihre Haut und höre ihren selbstverständlichen Atem, der ganz oft ein sanftes Lachen in sich trug.

Ich denke an sie, und es sind klare Bilder. Diese drei Wochen. 21 Tage, und dann war Schluss. Warum, das habe ich erst jetzt, fünfzehn Jahre danach, verstanden. Auch, dass das nichts mit mir zu tun hatte, sondern mit der Art, in der sie leben musste und muss. Jeder hat seine Geschichte und schleppt sie durch die Gegenwart, ihre war besonders sperrig. Und ich war damals nicht der richtige Sherpa für ihre Lasten. Deshalb kann ich ihr alles verzeihen. Heute! Aber nicht damals, da nicht.

Ich stieß also diesen Typen weg, der gerade auf Haber-Mass gekotzt hatte, und lief Annette hinterher. Nicht zu schnell, damit es nicht so dämlich aussah. Aber ich lief ihr hinterher. Bezeichnend. Es war das erste Mal, und es sollte nicht das letzte Mal bleiben.

Ich hielt sie am Arm fest, und sie drehte sich um und lächelte.

»Hast du dich entschieden, Amon?« Sie sagte das, als ob ich eine Wahl gehabt hätte.

Ich nickte und küsste sie mit einer Heftigkeit, die mir unheimlich war. Wir gingen zu mir, in die Froschgasse. Ich hatte damals eine kleine Wohnung in der Tübinger Innenstadt, schief und krumm, in der man nachts den Holzbock ächzen hören konnte.

Und ich hatte noch eine Flasche Wein zu Hause. Die mussten wir trinken, weil plötzlich, als wir ankamen, da war das Gefühl weg, das für die Situation. Gerade noch konnten wir gemeinsam dagegen sein. Gegen die anderen. Jetzt gab es da kurz so eine Leere, die es zu überbrücken galt. Also trinken und etwas Bla-bla-blub.

Dann rückte Annette ganz dicht neben mich und flüsterte mir ins Ohr.

»Ich habe etwas für deinen Kopf.«

Ich nickte, und mein Ohr zischte wie das Brenneisen, mit dem man seinem Vieh das Besitzzeichen aufdrückt.

Sie zog sich aus und legte sich nackt auf mein Bett. Dann nahm sie einen kleinen Beutel aus ihrer Tasche und streute weißes Zeug in einem kleinen Kreis links und rechts um ihre Brustwarzen. Es sah aus wie Wolkenringe, die um Vulkane schwebten. Noch in Klamotten beugte ich mich über sie und zog mir das Zeug rein. Erst links, dann rechts und dann … Dann hatte ich einfach nur noch das Gefühl, ein sehr munteres schwarzes Karnickel zu sein. Aber eben mit großen Gefühlen, ein ganz emotionales, rammelndes, Riesen… Entschuldigung!

Das zu Annette. Sie ist schön, manipuliert alles und jeden, setzt sich durch. Aber ich für meinen Teil habe es halt auch mit mir machen lassen.

Jetzt sitze ich in der Badewanne und denke an sie. Nicht, weil ich sie nach fünfzehn Jahren immer noch liebe. Nicht, weil es mir an Sex fehlt – oder, wenn ich darüber genauer nachdenke, eigentlich doch. Und nicht, weil die Vergangenheit immer noch auf mich einprügelt, was natürlich eine Lüge ist. Sondern weil ich einen Job brauche und ihre Stimme auf meinem Anrufbeantworter ist.

Es ist heiß, und wenn es heiß ist, dann liege ich gerne in der Badewanne. Das Wasser ist klar und hat Zimmertemperatur. Das ist nicht zum Baden. Das ist zum Träumen. Wer mich hier sehen würde, genau, hm, der wäre sich sicher. Genau, der würde sagen: »Amon Trester ist nicht gesund.« Aber mir ist das egal. Die anderen, die meisten sind mir egal. Es gibt da eine Frau, die ist mir nicht egal.

Sie hat rote Locken, und ich denke nicht mal ihren Namen. Ich habe da einen seltsamen Aberglauben. Wenn ich zu viel an sie denke, werde ich sie nicht mehr wiedersehen. Ich verdränge erfolgreich. Rede ich mir ein … aber dazu später mehr.

Das Wasser ist so gänzlich undekoriert, weil ich mit meinen drei Goldfischen drin sitze. Wir mögen das. Ich nenne es den kleinen Urlaub. Sie schwimmen um mich herum, und ab und zu lecken sie mir das Salz von der Haut. Alles Leben kommt aus dem Wasser, und wir bestehen ja auch fast nur aus Flüssigkeit. Ich fühle das Meer in mir.

Wenn man eine Weile taucht, auch in Gedanken, dann finden sich ein paar Kollegen mit Flossen, und die bilden dann einen Schwarm, in dessen Bewegungsgemeinschaft man aufgehen kann. Und dieses Synchrone ist dann die Meditation, die Therapie. Das ist schön, eins zu sein mit dem Schwarm. Der Schwarm bietet Schutz, ohne Aufgabe der Individualität, das kapieren viele einfach nicht. Ich muss wieder ans Meer, bald.

Da hinein, in diese Gedanken, hatte also Annette gesprochen, als ich gerade den Kopf aus dem Wasser gehoben hatte.

»Hallo ... hier ist Annette.« Pause. »Zeller.« Dann schneller. »Jetzt Annette Delius. Du wunderst dich vielleicht, aber ich muss dich dringend sprechen.«

Sie klingt so, wie ich sie in Erinnerung habe, und deshalb klingt es gar nicht dringend, sondern kalkuliert und bestimmend.

»Es wäre gut, wenn wir uns treffen könnten. Ich meine, egal wo.«

Pause. »Gut, ich hinterlasse dir mal meine Handynummer und ...«

Ich betrachte meine aufgeweichten Hände und stelle mal wieder fest, dass ich kleine Schwimmhäute zwischen den Fingern habe, eben, ich weiß doch, wo ich herkomme.

»Es wäre gut, ich meine ... wenn du da bist, dass du dich heute noch meldest. Amon!«

Wie kommt sie darauf, dass ich da bin? Wie sie da meinen Namen wieder gesagt hat, das war der Aufruf, der Startschuss. Ich steige aus der Wanne, frage mich eben noch zum tausendsten Mal, wieso ich mich den Fischen so nahe fühle. Sie glotzen mich an, und ich habe das Gefühl, dass sie lächeln. Aber ich bin doch ein Wirbelwesen ohne Kiemen und kann auf Dauer nicht mithalten unter Wasser. Sorry! Dann fällt mir ein, dass ich noch nie einen Fisch gegessen habe, nicht mal im Kloster, wo es doch jeden Freitag ... und dass ich das auch nie tun werde.

Ich lege mich nackt aufs Bett und bin plötzlich total erregt, was ich jetzt echt bescheuert finde. Ich wähle diese Nummer und kriege mit jeder Zahl etwas Abstand zu meinem Körper. Als es tutet, denke ich daran, dass sich Annette nach drei Wochen nicht mehr gemeldet hat. Sie war einfach weg. Bald danach auch von der Uni. Sie hat sich einfach nicht mehr gemeldet.

Sie wurde immer von älteren Typen mit dicken Autos abgeholt. Hatte andere Ziele. Annette hatte einen ganz bestimmten Entwurf von sich und ihrem Leben.

Annette hatte es geschafft. Annette hatte den Pharmaindustriellen Werner Delius geheiratet. Und Annette war jetzt gleich am Apparat.

»Delius.«

»Amon Trester, private Ermitt…«

»Amon, das ist aber schön.«

Hm, da hörte ich etwas in ihrer Stimme. Etwas Flüchtiges, das eilig Nähe vermitteln wollte. Hey, wir sind doch auf einer Wellenlänge, auch wenn wir uns etwas aus den Augen verloren haben, so sollte das tönen. Das Seltsame ist, dass man das zwar durchschauen kann, trotzdem spielt man dann aber mit, bis sich diese gespielte Vertrautheit nicht mehr von der echten unterscheidet. Weil der Köder gut schmeckt und man vielleicht auch selbst Freude am Spiel bekommen hat.

»Ja?«

»Kannst du bei uns vorbeikommen, ich meine bei mir? Mein Mann ist nicht da.«

»Wieso betonst du das?«

»Was?«

»Mit deinem Mann, dass er nicht da ist.«

»Ich … egal, kommst du, Amon?«

Ich dachte an die wilden Nächte mit ihr, an ihre Haut, wie sie duftete und wie weich sie war, das heißt, oben. Darunter spürte man ihre schmalen, festen Muskeln, geflochten wie die nassen Taue eines Segelbootes. Ich fragte mich, ob sie wohl immer noch so gut aussehen würde. Und ärgerte mich über meine Gedanken.

»Ja, mache ich. Ich meine, nein, lass uns … wir treffen uns im Piroschka, das ist ein Café in der Gablenberger Hauptstraße.«

Vier

Ich habe Amon Trester auf einer Party kennengelernt. Ein wirklich süßer Typ. Er nervte zwar immer mit seinem Aristoteles, aber er war wirklich zum Anbeißen. Vielleicht ein bisschen zu klein, wenn ich meine Highheels anhatte. Er quatschte mich mit diesem Philosophen voll. Ich glaube, er konnte die Nikomachische Ethik auswendig. Überhaupt, die Gerechtigkeitstheorien, das war sein Ding. Aber ich glaube, wenn jemand so viel über das Gute und Gerechte quatscht, dann hat er ein Problem damit. Mal davon abgesehen, dass er schon damals ein Gerechtigkeitsfanatiker war, habe ich selten so einen tierisch sinnlichen Kerl getroffen. Trotz seiner Intelligenz, würde ich sagen, fühlte er mehr als er dachte, was nicht gegen das Denken spricht. Ein schönes Tier. Ja, das war Amon Trester. Seine Instinkte waren stark ausgeprägt. Wenn man ihm gegenüberstand, hatte man schnell das Gefühl, durchsichtig zu sein. Dass man nichts verbergen konnte. Auch deshalb musste ich bald wieder weg von ihm.

Der Mensch ist ein instinktreduziertes Wesen, heißt es. Das soll uns ein wenig von den Tieren unterscheiden und auch vor den anderen Menschen schützen, nicht? Nach dieser Definition war Amon Trester also eher ein wunderbar wildes Mischwesen. Er hatte etwas von einem Comic-Helden.

Ich wollte Amon. Ich habe ihn mir ausgesucht. Ich wollte wissen, wie er ist. Ich wollte vordringen zum Kern. Ich wollte ihn besitzen. Aber wie das so ist, mit dem Konsum. Wenn man etwas hat, dann ist es nicht mehr halb so toll. Ich habe dieses Bedürfnis oft gestillt, bis ich auf den Grund sehen konnte.

Dass er sich einredete, dass er mich wegen meines Verstandes wollte, ist lächerlich. Er war einfach nur scharf, hat es dann für sich edel geredet, um mit sich im Reinen zu sein. Mit dem Bild, das er von sich hatte und das er bei mir mächtig strapazieren musste.

Er quatschte mich also auf dieser Party an. Wahrscheinlich würde er die Sache anders erzählen. Aber so ist das mit der Erinnerung. Sie ist von vielen Faktoren abhängig. Also: diese Aristoteles-Nummer.

»Was glaubst du, was das höchste Gut ist?«

Er hielt sich für originell, und dabei hatte ich ihn schon.

»Das höchste Gut ... die Liebe.« Ich hielt ihm ein Glas hin. »Und Sex.«

Er schüttelte den Kopf. Amon hatte lange schwarze Haare, sah ein bisschen aus wie ein Indianer aus den alten Westernfilmen. Na, ich meine diese Hollywoodzeit, in der man noch keine echten Indianer die Indianer spielen hat lassen, weil die einfach zu indianisch aussahen, zu fremd, also nahezu angsteinflößend. Da mussten die Indianer nach westlichem Schönheitsideal das Reiten ohne Sattel lernen. Genau so einer war Amon.

Er schüttelte also diese blauschwarzen Haare und sagte mit schwerer Zunge: »Nein, das höchste Gut ist die G-e-r-e-c-h-t-i-g-k-e-i-t.«

Ich hielt ihm ein Glas hin, küsste ihn flüchtig, lief dann weiter. In diesem Moment, ich spürte es zwischen meinen Beinen, hatte Amon seine Meinung geändert. Das höchste Gut war nun ich. Ich hatte ihn aus seiner Theorie geholt, und er wollte mich. Zumindest für die nächsten paar Kapitel war ich jetzt sein Wahlfach. Und ich wollte diesen Jungen, der sich ein letztes Mal in seinem Leben die Haare hatte langwachsen lassen, bevor er vom Revoluzzer zum Anzugträger mit Scheitel werden würde. Ich wollte diesen strammen athletischen Kerl, dem jetzt die Geilheit aus den Augen schoss.

Wir mussten sofort dort weg, sonst wäre er über mich hergefallen. Da lallten ihn zwei Kommilitonen an. Ich hörte nicht, was sie sagten. Doch plötzlich schubste Amon den einen, worauf der nach ihm schlug. Es flog ein wenig Blut durch die Luft und landete auf mir.

In Amon wuchs das Tier, und ich nahm es mit. Er schleppte mich in seine kleine verqualmte Bude und riss mir die Kleider vom Leib. Amon Trester hatte vieles. Nur kein Geld und keine Macht, Dinge, die nun mal über unsere Zukunft entscheiden. Nach ein paar Tagen habe ich ihn liegen lassen, mit einem riesigen Ständer und weit aufgerissenen Augen.

Als ich nun nach all den Jahren bei ihm anrief und seine Ansage auf dem Anrufbeantworter hörte, da erinnerte ich mich daran. Bilder wie aus einem Sommerurlaub, mit kräftigen warmen Farben, dick gemalt, mit den Fingern. Obwohl viele Männer dazwischenlagen, große und kleine und andere. Und doch, unter all den Menschen, die mir jetzt in den Sinn kommen könnten, Menschen, die mir wirklich helfen konnten, fiel mir nur Amon Trester ein. Weil er immer an das glaubte, was er tat. Und das gab ihm eine unglaubliche Kraft, er hatte den Antrieb, er war der Motor. Er hatte den unerschütterlichen Glauben in sich, dass alles geht und die Welt bezwingbar ist. Wenn man es nur will.

Einmal, ich glaube, es war unsere dritte Nacht, da hat er mir einen Text geschrieben. Seltsam, aber ich habe ihn aufgehoben. Sonst habe ich die Liebesbeweise meiner Verehrer immer zerstört. Damit der nächste Spurenleser sich auch wieder einzigartig fühlen konnte. In dem Text ging es um Wasser, das Meer.

Des Meeres Grün
Die Zeichen stehen auf Meeresgrün
und Mutter ruft zum Waschtag.

Die sich voller Sehnsucht wälzenden weißen Kiesel,
geschleudert und hingeworfen ***ganz vorne*** *im Taumel*
der Gezeiten.
Die flimmernden, lichtgebrochenen Algen,
die ihre Locken neu ordnen, ***ganz oben*** *im Wollwaschgang.*
Die Muscheln, steingeklammert, leicht geöffnet,
bereit zur meeresgrünen Mundddusche,
atmen flüssige Zahnseide ***ganz außen****, Bruch der Vorfahren*
schärft ihre Ränder.
Die Seeigel, ihre Stacheln strengaufrecht
gegen das Auf und Ab der Wellen,
ihre schwarzen Schutzkronen gespitzt und poliert
vom tiefgrünen Schmirgel ***ganz unten****.*
Die Fische, ihre Schuppen zur Anwendung in die Strömung
breitend, mitten drin im Haut-Waschgang.
Stiller Duft, der Augen glücklich rollen lässt,
Menschenhaut glättet, von Herkunft spricht ***ganz innen****,*
sanft und weit weg.
Wenn das Meeresgrün flattert,
wühlt Mutter in ihrer Seele,
wäscht rein den Schoß unserer Ahnen ***ganz tief****.*
Es ist Waschtag
am Meer.

So ist Amon Trester, ein Kind, ein Tier, ein Mann und sehr poetisch. Ihn brauchte ich jetzt. Sofort! Denn in mir hatte sich ein Gefühl verfestigt, das ich bisher nicht kannte. Ich hatte Angst und wusste nicht einmal warum. Vielleicht wollte ich es auch nicht so genau wissen. Es war die große schwarze Wolke, die aber noch gar nicht zu sehen war. Der Himmel war doch ganz blau. Es war die Ahnung. Amon sollte mir auf eine ganz bestimmte Art helfen.

Fünf

Nachdem ich mich von Annette verabschiedet und meine Rechnung im Piroschka bezahlt hatte, war ich pleite. Es waren an die drei Wochen, wie Roman, der Kellner, mir erklärte, die »offen waren«. Ich zahlte also die 215 Euro irgendwas, ließ mir noch eine Bananentorte fürs nächste Frühstück einpacken und lief zwei Querstraßen weiter zu meinem Büro, das auch meine Wohnung war. Dieses Ladengeschäft der ehemaligen Metzgerei Föhrer schien mir damals ideal für meine Detektei. Und nachdem ich praktisch ein Jahr lang durchgängig Patschuli-Räucherstäbchen abgefackelt hatte, war ich mir sicher, dass ich auch das mit dem Geruch in den Griff bekommen hatte. Manchmal dachte ich noch, es würde ein wenig nach Schinken und nach Fett riechen, aber das waren nur kurze Momente, vielleicht hatte ich den Geruch auch nur aus meinem Gedächtnis geholt.

Ich bog um die Ecke und dachte über Annette Delius nach. Unbedingt wollte ich noch ein paar eigene Recherchen über sie anstellen, am besten, bevor wir uns ein zweites Mal treffen würden.

Schon von weitem sah ich eine Frau vor meiner Ladentür stehen. Sie deckte mit beiden Händen ihr Gesicht ab und drückte ihre Stirn an das große Ladenfenster meines Büros. Dabei wiegte sie ihren Kopf leicht hin und her. Aber gegen die Reflektion und die Dunkelheit bei mir da drinnen kam sie wohl nicht an. Später werde ich ihren Stirnabdruck von innen sehen, dachte ich, wenn die Abendsonne kommt. Die große Rille unterhalb ihres Stirnbandes, ihre Schmerzfalte.

Ich hatte Squaw Hoffmann bei meinem letzten Fall kennengelernt. Sie hatte mir geholfen, das heißt, uns geholfen. Und sie hatte ordentlich dafür bezahlt. Das LKA hatte sie verhört, ihr kleines Paradies plattgemacht, ihr grünes Biotop, oben in den Schrebergarten-Anlagen der Wangener

Höhe. Sie lebte wirklich in einer Art Urwald, in einem kleinen Haus, das sie einfach zuwachsen ließ. Meine früheren LKA-Kollegen von der Abteilung Politischer Extremismus hatten dort etwas gesucht, was sie nicht gefunden hatten. Squaw Hoffmann, oder Anneliese Härle, wie sie laut Telefonbuch heißt, hatte mir eine Zeit Unterschlupf geboten. Mir und dieser jungen Frau … Noch immer will ich ihren Namen nicht so einfach aussprechen. Schon wehen ihre roten Locken um meinen Kopf, und ich sehe ihr Gesicht, das allerdings immer ungenauer wird, wie bei einem Traumbild, das mehr und mehr zerfällt, je länger man wach ist. Ich habe einen Stich im Herzen, genau, es ist auch körperlich. Außerdem habe ich mir geschworen, dass es mir nicht mehr passiert, dass ich mich nicht mehr v-e-r-l-i-e-b-e. Lieber die Gleichförmigkeit, das seichte Binnenmeer, keine Gezeiten, keine Sturmflut. Deshalb verdränge ich sie erfolgreich. Mal mehr, mal weniger. Aber das alles ist eine große Lüge. Ich leide unter der Gewöhnlichkeit.

Squaw Hoffmann ist ein Phänomen. Sie sieht wirklich sehr komisch aus, ist unglaublich liebenswürdig und kommt mit Sicherheit von einem anderen Planeten. Auf diesem Planeten sind die Leute nicht habgierig, sind hilfsbereit und können sich über das Glück und die Erfolge von anderen Menschen freuen. Sie ist glaubwürdig selbstlos. »Und was habe ich davon?« – solche Fragen kennt sie nicht.

Ich lief auf sie zu, und noch immer hatte sie mich nicht bemerkt. Viele halten sie für etwas abgedreht, weil sie rumläuft wie eine Indianerin aus einem alten Karl-May-Film. So eine schwäbische Schamanin eben. Der Anthroposophen-Hügel, dieser äußerst kreative Buckel, der im Stadtplaner-Deutsch offiziell Uhlandshöhe heißt und der ein wenig auf Gablenberg abstrahlt, zeugt so eine wunderbare Frau vielleicht alle zwanzig Jahre. Das ist eine Schätzung. Wahrscheinlich braucht es dazu wirklich eine bestimmte Sternenkonstellation, und dann muss das Licht eine Seele im Flug küssen und … oh weh.

Sie leuchtete. Orange-violettes Stirnband, zwei blaue Federn in den tiefschwarzen Haaren, die links und rechts zu zwei Zöpfen geflochten waren. Die Squaw war jetzt 57, und ich fragte mich, ob sie ihre Haare wohl schon färbte. Als sie sich erschrocken umdrehte, schlug ihr flammengelbes Kleid nach mir wie ein Laken, das gerade von einer heißen Windböe gepackt wurde und sich nun entlud.

»Keiner da«, sagte sie grinsend und breitete die Arme aus.

Ich umarmte sie und fand es einfach schön. Ein zielloses, offenes Gefühl. Das Gegenteil von dem, was ich gerade noch bei Annette Delius gespürt hatte.

»Ich wollte mal grundlos vorbeikommen«, sagte sie und zwinkerte mit dem rechten Auge. Als ob sie meine Gedanken gedeutet hätte.

Obwohl ich wusste, dass auch bei ihr alles seinen Grund hatte, genoss sie mein absolutes Vertrauen. Ich weiß nicht warum, aber ich glaubte an diese Frau.

»Ich hätte Kaffee oder Tee da.« Die Squaw reagierte nicht. Ich folgte ihrem Blick, ihre Augen starrten auf meine Hände. »Okay, und dann hätte ich noch … diese Bananentorte hier.«

Sie nickte zufrieden, und wir gingen rein.

»Ich habe eine Kräutermischung dabei«, fing Squaw Hoffmann an, als ich gerade die Kaffeemaschine anwerfen wollte. Sie hielt mir einen alten Stoffbeutel hin, in dem frisch gepflückte, kleingehäckselte Kräuter waren. »Bin gerade am Experimentieren, für mein neues Buchprojekt.«

»Thema?«

»Die Abgabe drückt, noch zehn Tage … ah, und natürlich die Nächte.« Sie gähnte, lachte laut und schüttelte den Kopf. »Ach … pflanzliche Drogen und Spiritualität bei den Schamanen Südamerikas.« Sie lachte überhaupt die ganze Zeit, und zwischendrin warf sie kleine Sätze ab. »Ich dachte, du könntest mir helfen.«

»Ich bin kein Schamane.«

»Ja, das stimmt. Und auch keine pflanzliche Droge.« Jetzt kriegte sie sich kaum noch ein. »Nein, gerade bist du auch nicht Südamerika und auch nicht Spiritualität, kein bisschen.« Sie verschränkte die Arme und prüfte mich mit dem Blick, den nur die älteren und erfahrenen Frauen drauf haben, wenn sie sich Männer angucken, die sie mögen und deshalb die Hoffnung noch nicht aufgegeben haben, dass aus ihnen mal gute Kerle werden.

»Du bist gerade überhaupt gänzlich entfühlt, wie ein Stein, mein Lieber.«

»Entfühlt?« Okay. Diese direkten Angriffe aus dem Nichts. Ich hasse das. Und doch reagierte ich darauf, wie Squaw Hoffmann es wohl erwartet hatte. Ich war beleidigt, und schon zeigte ich ein Gefühl. Und da konnte sie dann gut weitermachen, weil ja nun etwas da war.

Sie goss mir von der frisch aufgebrühten Kräutermischung ein.

»Nein, du bist kein Schamane, aber du hast oft so eine Ahnung von dem, was ist, und mit Drogen hast du ja auch deine Erfahrungen. Auch wenn du sie nicht mehr brauchst, um deine Bewusstseinserweiterung zu zeugen und zu pflegen. Und du kannst sehr spirituell sein. Richtig beeindruckend manchmal.«

So, da kam jetzt ein kleines aufmunterndes Lob daher, kann man immer brauchen. Ich nickte zögernd, weil ich nicht wusste, worauf sie hinauswollte. Ich trank die Kräutermischung.

Squaw Hoffmann hatte fast die ganze Bananentorte verdrückt, als sie plötzlich ganz leise sagte: »Du liebst sie und sie vermisst dich.« Sie nickte. »Ganz einfache Sache das.« Wie ein Mantra. »Du liebst sie.« Sie nickte wieder. »Katja hat mich gestern angerufen, es geht ihr nicht gut, wegen dir, Trester.«

Katja! Ich rang nach Luft. Irgendwas war mit diesem Kräutertee … oder jetzt mit mir, das Zeugs ging zackig auf die Reise durchs Blut. Außerdem hatte sie ihren Namen gesagt. Es war, als ob jemand in mir mit glühenden Kohlen jonglieren würde, immer noch ein paar dazu und fleißig reingepustet. Ich bekam einen Schweißausbruch.

»Das Zeug, was … was ist da drin?«

»Die Indios aus den Anden nennen es Wahrheitspflanze, Planta de Verdad.« Wieder lachte die Squaw und musterte mich. »Du taust auf. Man sieht es jetzt richtig.«

Bei mir kamen ihre Sätze verzerrt und nur sehr langsam an. »Du … t-a-u-s-t … a-u-f …« Mir rann der Schweiß in brennenden Linien über das Gesicht. Dann wurde ich schlagartig müde. Ich konnte mich kaum noch bewegen, in meinen Augen flimmerten kleine Stroboskoplichter, und sie fielen zu.

Ich hatte einen irren Traum, von dem ich seither glaube, dass er irgendwann Wahrheit wird. Oder sollte ich besser sagen: Wachheit wird. Ich meine, Wahrheit war er ja schon, vielleicht sage ich besser: Praxis wird.

Ich liege also in meinem Bett und werde immer leichter und gleichzeitig bekomme ich immer mehr Kraft. Wie so ein Zeppelin in Menschenform liege ich da. Ich bin nackt oder jedenfalls fast nackt. Ich drücke meine Arme fest an den Körper und halte meine Beine dicht beieinander, forme sie zu einer Pfeilspitze. Und ich schwitze immer weiter, das wirkt wie eine Art Treibstoff. Ich strenge mich an, bin ganz steif, meine Muskeln zucken. Ich konzentriere mich. Immer mehr. Bis ich allein durch die Kraft der Gedanken abhebe. Ja, ich kann fliegen. Jetzt bin ich oben, erst zehn, dann zwanzig, dann hundert Meter über der Erde. Sieht klasse aus! Es geht noch höher, ich kann es. Wow, was für ein Gefühl. Ich fliege! Es ist gewöhnungsbedürftig, immer wieder dieses Kribbeln, wenn die Luftlöcher kommen. Fühlt sich an, als ob jemand die Seile eines Fahrstuhls kappt und es mit voller Geschwindigkeit nach unten geht. Dann verliere ich plötzlich das Gleichgewicht und drehe ein paar flinke Kurven. Wie eine Schraube, die es in irgendein weiches Holz treibt. Ich fliege durch die Kraft meiner Gedanken. Aber ich kann die Konzentration nicht mehr halten, suche eine Landebahn. Schon in der Luft fange ich an zu rennen. Komme mit viel zu hoher Geschwindigkeit auf einer Wiese auf, mir fetzt es das Grünzeug ins Gesicht, es fühlt sich an wie feine Nadelstiche. Kurz bevor ich da mächtig aufschlage, werde ich wach. Hellwach und kann es nicht fassen. Amon Trester kann fliegen.

»Ich kann es!«, brülle ich und reiße die Flügel hoch.

Squaw Hoffmann beugt sich besorgt über mich. Von unten, wie da ihr Gesicht über mir hängt, sieht sie echt zum Fürchten aus. Ihre Wangen hängen, Hängewangen, die die Nase zusammendrücken, und das Gesicht ist blau bis rot und zittert leicht, die Augen drückt es raus, wie die Blase beim Frosch.

»Entschuldigung, mein Lieber. War wohl doch ein bisschen viel.« Sie tätschelt mir die Backe. »Da bin ich halt noch am Experimentieren.«

Ich bin total entspannt und sage so was wie: »Macht doch nichts, du hast mir schließlich das Fliegen beigebracht.«

Squaw Hoffmann schaut mir nun tief in die Augen, so als ob sie mich hypnotisieren will oder schon hat und mir nun den neuen Lebenscode einflüstern will. »Ich möchte, dass du Katja anrufst. Ihr sollt einfach glücklich sein!«

Habe ich vorher gesagt, dass ich dieser Frau vertraue? Frauen vertrauen, das ist fast so schlimm wie Männern vertrauen. Sie spricht schon wieder von Katja. Jetzt kann ich meine Gefühle nicht mehr ordnen. Es kommt alles hoch. Katja und fliegen, sie hat da was zusammengebracht, was …

Katja Gütle hatte mich mit meinem letzten Fall beauftragt. Ich sollte ihre Mutter suchen. Die RAF-Terroristin Monika Gütle. Eine Frau, die angeblich einen Polizisten erschossen hatte, danach geflüchtet war. Und den Akten nach schon lange tot war. Doch wie so oft war alles anders, als es die Geschichte so behauptete. Katja war Fernsehjournalistin und davon überzeugt, ihre Mutter auf aktuellem Filmmaterial gesehen zu haben. Und sie hatte recht. Monika Gütle lebte, war untergetaucht und untergetaucht und wieder untergetaucht. Als wir sie suchten, war sie gerade dabei aufzutauchen, wurde von der Gejagten zur Jägerin. Sie hatte mit ihrem persönlichen Rachefeldzug begonnen, weil ihr nichts mehr sonst geblieben war. Sie war krank, hatte viele Persönlichkeiten auf der Flucht angenommen und fand da nicht mehr ganz heraus und zurück … Ja, wohin auch zurück?

Katja, Squaw Hoffmann und ich, wir hatten Monika Gütle gefunden. Wir hatten in kurzer Zeit viel zusammen erlebt und wenig geschlafen. Da war wenig Zeit für Gefühle. Wenig Zeit für emotionale Aufstände, also Liebe. Die brach danach aus.

Squaw Hoffmann starrte mich immer noch an. »Du rufst sie jetzt an.«

Ich sah Katja jetzt vor mir. Ihre feuerroten Locken, ihre Sommersprossen. Sofort roch ich ihr Rot, das den Duft ihrer Haut mitformt, ihre verdammte, wunderbare Besonderheit. Sie ist so besonders, dass ich darüber mit niemandem reden möchte, sie ist …

Ganz leise hörte ich, wie die Squaw die Tür hinter sich zuzog. Ich hielt den Hörer in der Hand und mit jedem Tuten verlor ich die Distanz zu Katja.

Viermal, fünfmal, sechsmal, und: »Katja Gütle.«

»Hier ist Amon.«

»Hallo.«

Sie wartete, und mein Mund war schwer, wie gelähmt. Als ob mir jemand eine Ladung schnellbindenden Betons hineingestopft hätte. Dann reihte ich die einzigen zwei Wörter hintereinander, die ich noch hinkriegte.

»Kommst du?«

Katja klang erleichtert. Es war ein fröhliches Ja, das sie ausstieß. »Gib mir eine halbe Stunde.«

Ich nickte in den Hörer.

In den nächsten vier Stunden sagten wir uns alles, was sich da über Monate angestaut hatte. Und wir taten alles, was der Entspannung dienen konnte. Katja war unglaublich sexy. Aber es ging dabei nicht um das ritualisierte Zeug zwischen Mann und Frau. Wir schauten uns lange an, genossen das Wunder und den Fluss. Was wir da trieben, war eben jene Poesie, die nur Menschen mit dieser speziellen

Verwirrung erleben können. Es war, als ob wir aus der gleichen Wolke entstanden wären und uns nun zu einem anständigen Gewitter wieder träfen. Vier Stunden, so lange war das, ich weiß es genau, weil dann das Telefon klingelte.

Sechs

Er war bei einer internationalen Konferenz in Vancouver gewesen. Da er im Flugzeug so gut wie nie schlafen konnte, war er jetzt sehr müde. In Stuttgart angekommen, hatte ihn sein Chauffeur nach Hause gebracht. Trotz der Müdigkeit war er völlig aufgedreht. Die Reise hatte sich gelohnt. Wenn man seinem Ziel näher kam, lohnte es sich immer. Dieses Mal ganz besonders, denn der Unternehmer hatte den Kauf zweier US-Firmen auf den Weg gebracht. Das würde seine Position auf dem Weltmarkt deutlich stärken. Bald hatte er so viele Firmen in diesem Segment, dass er sogar ein bisschen Wettbewerb mit sich selbst spielen konnte. Das musste man ja, um die Wettbewerbshüter zu befriedigen.

Es erfüllte den Geschäftsmann mit Stolz, dass ihn das amerikanische Forbes-Magazin als einen der wenigen deutschen Unternehmer aufs Titelbild gehoben hatte. Dass heißt, man nahm an, dass er ein Deutscher sei, obwohl sein Konzern seinen Hauptsitz in den USA hatte. Das Magazin präsentierte einen Schattenriss mit einem Fragezeichen auf der Titelseite, denn niemand wusste, wer er wirklich war. Ein erfolgreiches Phantom. Dass der alte Fuchs auf all das stolz war, würde er nie zugeben. Da, wo er aufgewachsen war, prahlte man nicht, man freute sich nicht mal öffentlich über Erfolg. Seine Unsichtbarkeit passte. Der Mann gehörte zu den 100 reichsten Menschen der Erde. Er war ein Bilderberger.

Natogipfel, Umweltgipfel, Weltwirtschaftsgipfel, da treffen sich die Regierungsstatisten und Politclowns, trennen sich, ohne wirklich Entscheidungen getroffen zu haben.

Reine Beschäftigungstherapie. Aber es gibt nach außen immer den tagelangen, inszenierten Mediengipfel. Alles nur Ablenkung.

Er stieß gerade den Zigarrenrauch aus. Wie passend. Nebelkerzen, damit das Volk und auch die anderen Komiker abgelenkt würden. Abgelenkt von den wirklich wichtigen Gipfeln und Themen. Bei den Bilderbergern trafen sie die echten Entscheidungen. Er lächelte und nahm erneut einen genüsslichen Zug von der Zigarre. Alan Greenspan, der ehemalige Chef der US-Notenbank, hatte sie ihm zum Abschied geschenkt. Der rauchte wohl nicht mehr. Kubanisch. Auch diese Grenze war nur eine Scheingrenze, hatte sie noch nie interessiert.

Seit zwanzig Jahren gehörte er jetzt dazu. Nicht zum engeren Führungszirkel. Aber sie hatten ihn immer eingeladen, all die Jahre. Und sie schätzten seinen Rat, seine Tatkraft und seine Kreativität.

Er hatte das fast alles aus eigenem Antrieb geschafft. Sicher, er hatte eine gute Ausbildung erhalten. Dann hatte er ein kleines Unternehmen übernommen. Und aus diesem Krimskramsladen hatte er ein Imperium gemacht. Innerhalb von knapp vierzig Jahren von Stuttgart in den Rest der Welt. Man kam an ihm nicht mehr vorbei, und dieses Gefühl erregte ihn. Dass man ihn irgendwann fragen musste.

Seine Frau schlief wahrscheinlich schon, er würde sie später anrufen, ihr berichten. Erst wollte er sich noch einen genehmigen.

Im Wohnzimmer stand eine gut sortierte Bar. In Gedenken an das erfolgreiche US-Geschäft griff er nach der schweren eckigen Kristallflasche mit dem Gin. Dann musste er über sich selbst lachen. Eigentlich hatte er eher Lust auf ein gutes Tannenzäpfle aus dem Schwarzwald. Er öffnete das eiskalte Bier und nahm einen kräftigen Zug aus der Flasche, während er einen Blick auf seinen Sekretär in der angrenzenden Bibliothek warf. Er ging hinüber. Neugierig nahm er den Stapel Post und ging zurück ins Wohnzimmer, wo er den Fernseher einschaltete und sich in einen Sessel warf. Börsendaten liefen über den Bildschirm. Ein Anruf von ihm, und einige davon würden sich verändern.

Der Mann schaute sich in dem Raum um. Es war wunderbar, wieder daheim zu sein. Immer wieder konnte er die Schönheit dieses Hauses und die Ruhe genießen.

»Lernen und genießen«, das hatte neulich irgend so ein Management-Guru von sich gegeben. Mit dieser Formel komme man durchs Leben. Ja, genau so: Er nahm einen weiteren Schluck aus der Flasche, stellte sie auf den Tisch und legte sich den Stapel mit der Post auf den Schoß.

Es waren etwa zwanzig Briefe. Nur solche, auf denen klar und deutlich »persönlich« stand. Dafür, dass er gerade mal vier Tage weg war, war das eine ganze Menge. Sicher, eine seiner Firmen war zum Unternehmen des Jahres gewählt worden. Da gab es Kopien von den Dankesschreiben an die Vorstände, die statt seiner geehrt wurden. Da würden wohl ein paar Nachzügler aus Politik und Gesellschaft noch gratulieren wollen. Er überflog die Absender und blieb an einem hängen, der ihn neugierig machte.

Abs. Bernd Mörike, Justizvollzugskrankenhaus Hohenasperg, stand da. Er wendete den Brief zwischen seinen großen gepflegten Händen und öffnete ihn schließlich. Auf dem Papier, das offensichtlich einem Malblock entstammte, stand nur ein Satz. In krakeliger Handschrift, mit Druckbuchstaben, die in alle Richtungen fielen, stand da: »Ih wais alles über H. Schmolke.«

Was in dem Mann vorging, war nicht zu erkennen, denn er zeigte zunächst keine Regung. Er starrte auf das Papier und schien den Satz immer wieder zu lesen. Dann faltete er das Blatt wieder sorgfältig zusammen und steckte es in seine Jackentasche.

Um 0:35 Uhr klingelte das Telefon.

Der Anrufer war Werner Delius, der sich gleich entschuldigte. »Aber ich glaube, Herr Trester, dass ich einen plausiblen Grund habe«, legte er sofort nach. Delius sprach mit dem Tonfall eines Lords aus einem Roman von Dickens.

»Meine Frau, sie ist verschwunden. Ich habe die Visitenkarte Ihrer Detektei auf Annettes Schreibtisch gefunden … Ich bin gerade nach Hause gekommen und traf sie nicht an.«

Ich schaute Katjas Busen zu, als sie sich räkelte, und griff abwesend nach einer ihrer roten Locken. Ich hatte das dringende Bedürfnis, mich an ihr festzuhalten. Sie beugte sich vor, küsste mich auf das freie Ohr und strahlte. Sie sah umwerfend aus, trotzdem versuchte ich mich jetzt auf Delius zu konzentrieren.

»Vielleicht ist sie einfach noch unterwegs, Ihre Annette …«

»Nein, Herr Trester, sie wurde entführt, man hat sie mir weggenommen … Man nimmt sie mir weg.«

»Wie kommen Sie darauf?«

»Das möchte ich Ihnen gerne erklären. Aber nicht am Telefon. Könnten Sie vorbeikommen, ich meine, ich möchte, dass Sie … das wäre dann ein Auftrag. So wäre das doch richtig? Bitte!«

»Eine Lösegeldforderung?« Es war ein einfaches DIN-A4-Blatt, auf dem mit großen Buchstaben dieser Satz gedruckt stand: »5 Millionen Euro, wenn du sie wiedersehen willst.« Annettes Mann war spät nach Hause gekommen und hatte das Schreiben im Briefkasten gefunden.

Delius nickte, seine Hände zitterten und waren so schrumpelig, als ob sie über Nacht in einem Gurkenglas gelegen hätten. Er griff nach einer kleinen Dose, klopfte sich ein schwarzes Pulver auf den Handrücken und zog es mit einem Ruck in sein linkes Nasenloch. Gleich danach wiederholte er den Vorgang auf der rechten Seite. Seine Augen waren knallrot. Schnupftabak, das hatte ich das letzte Mal bei Altkanzler Helmut Schmidt gesehen, im Fernsehen, bei irgend so einer Talkrunde. Nein, halt, bei einem achtzigjährigen Vorarlberger Liftboy am Skilift im österreichischen Laterns.

»Was halten Sie davon?« Delius putzte sich die Nase und stierte mich an.

»Fünf Millionen Euro, das ist viel …«

»Wenn ich einen Vorleser gebraucht hätte, wären Sie sicher nicht meine erste Wahl gewesen.« Ich nickte und schaute Delius prüfend an. Er war kräftig gebaut, mittelgroß, den Rest seiner ursprünglich braunen Haare trug er kurzgeschoren, wie bei einer Laborratte. Ich schätzte ihn auf Ende fünfzig. Er war wohl gerade von einem Geschäftstermin gekommen. Delius hatte eine Fahne, roch nach Rotwein. Wenn ich ein bisschen näher an ihn herangekommen wäre, hätte ich wahrscheinlich sogar die Hanglage bestimmen können, so viel hatte der geschluckt. Ich tippte zumindest auf einen Wein vom Stuttgarter Rotenberg. Er trug einen dunkelblauen Nadelstreifenanzug, ein weißes Hemd und eine blau-rot gestreifte Krawatte. Hätte der Schauspieler Heiner Lauterbach einen Geschäftsmann spielen müssen, hätte er sich den Pharmaindustriellen Werner Delius zum Vorbild genommen.

»Was ist jetzt, legen Sie endlich los, Mann.«

Delius hatte ein paar breite Furchen auf der Stirn, sein Schädel sah aus wie eine Gummimaske – ziemlich dicke Haut, die wohl Jahr für Jahr etwas weiter absacken dürfte, bis er dann Backen wie ein Bluthund bekommen würde.

Ich hatte das Gefühl, dass er ein seltsames Spiel mit mir trieb. Das alles wirkte wie ein Bühnenstück. Aber ich spielte mit. Eines meiner Augenlider zuckte, und ich dachte, nein, so redet niemand mit mir … nein, schon gar nicht so ein Anzug-Heini. Ich spürte, wie sich mein Nackenhaar kräuselte und meine Kopfhaut prickelte, ein sicheres Zeichen dafür, dass ich mich nur noch mäßig unter Kontrolle hatte. Und dann schoss es aus mir heraus, wie kochendes Wasser aus einer brodelnden Erdquelle.

»Wenn es nicht um Annette ginge, wäre ich jetzt weg. Und vor meinem Abgang …« – ich schaute ihm jetzt direkt in die Augen – »hätte ich dir dermaßen eine geplättet, dass du zwei Wochen auf keine Geldschieber-Party mehr gekonnt hättest.« Ich legte meine Hand auf seinen rechten Arm und drückte ein wenig zu. »Also, reiß dich jetzt zusammen und behandle mich nicht wie deinen Lakaien.« Ich hatte bis dahin gebrüllt und hängte dann ein leises, spöttisches »Delius« an.

Werner Delius lächelte, entweder war es Verlegenheit oder er spielte sehr gut. Aber immerhin konnten wir uns jetzt normal unterhalten. Meistens bereue ich solche Aktionen kurz danach. So was geht mir nach. Weil es nicht gut ist, auf Dummheit mit Blödheit zu reagieren. Ich sage mir immer, dass dann zur Strafe ein paar Zellen im eigenen Kopf sterben, wegen der Aufregung, weil die Doofheit sich dann eben ausbreitet wie ein Virus. Doch manchmal fehlt die Zeit für die Form und ich muss die Folgen schultern. Außerdem brauchen manche Menschen auch diese kleine Show, damit sie danach klar sehen, es geht immer um Macht, wie bescheuert!

In der Manier eines Menschen, der für jeden Furz Leute einstellt, um dann am Ende doch alles selbst zu machen, rief Delius nach seiner Haushälterin, um etwas über Annettes Tagesablauf zu erfahren. Kunigunde Müller war eine gepflegte ältere Dame mit einem runden Gesicht und fränkischer Klangfärbung. Obwohl gerade eben erst geweckt, sah sie wirklich passabel aus.

Sie blickte zur Decke hinauf, dorthin, wo fast alle Menschen ihre Erinnerungen aufbewahren. »Am Morgen war sie bei den Pferden. Sie hat dann eine Kleinigkeit gegessen. Später hat sie ihre Yoga-Stunde gemacht und dann ...«

Jetzt schaute sie zu Delius. »Da riefen Sie gerade an.«

»Und dann?«, fragte ich dazwischen.

»Ja, sie war noch mal ausgegangen. Wollte um 17 Uhr zurück sein. Frau Delius rief aber an und sagte, dass sie einen alten Freund getroffen habe und mit ihm noch eine Weile ...«

Ich bemühte mich zu lächeln. »Da meinte sie wohl mich, sie war mit mir ... ich meine ... wir haben uns in einem Café getroffen.«

Delius war aufgestanden und lief jetzt den Teppich vor seinem Schreibtisch wund. Soweit ich das Haus gesehen hatte, war sein Arbeitszimmer der einzige Raum, der geschmacklos, aber teuer eingerichtet war. Klobige Möbel, wie im Rittersaal eines Burgmuseums ... nein, es ging schon fast in Richtung Kulisse für ein mittelalterliches Dorffest. Es war bestimmt der einzige Raum, der nicht nach Annettes Ideen möbliert und dekoriert worden war.

»Ist sie danach noch mal nach Hause gekommen?«, fragte ich die Haushälterin und tadelte mich sofort für diese blöde Kommissar-Flachwichs-Frage. Ich wurde ungeduldig, musste gähnen und kriegte gleichzeitig fiese Kopfschmerzen. Das waren wohl die Nachwirkungen von Squaw Hoffmanns Kräutermischung. Es geht eben immer auf- und abwärts in so einem Kopf.

»Ja, Frau Delius kam, zog sich um. Sie geht doch mittwochs immer zum Klavierunterricht.«

Ich sah Annette vor mir. Diese Frau, ein Heimkind, eine Waise, lebte hier das Klischee, eine Bühne mit Pferden, Partys und einem Klavierlehrer. Sie hatte sich selbst entworfen.

»Ist er jung?«

Kunigunde Müller schaute mir jetzt zum ersten Mal in die Augen und nickte. »Er hat sich aber entschuldigt, eine Grippe.«

Delius war mit seinem Teppich fertig. Jetzt ging er zum Fenster. Alles glaubwürdig. Es war eine klare Nacht, und von hier oben, vom Killesberg, sah es so aus, als ob jemand einen großen Eimer mit flirrenden Sternen in den Stuttgarter Kessel geschüttet hätte.

Dieses Bild zerstörte Werner Delius mit einem Faustschlag. Das Doppelfenster der alten Villa gab seinem Zorn nach und das Bild bekam blutige Ränder. Delius stöhnte vor Schmerz, und wir dachten in diesem Moment wohl alle das Gleiche.

Sieben

Die Haußmannstraße zieht sich von den Tiefen des Stuttgarter Ostens in die nahen Höhen der Stuttgarter Innenstadt. Wie ein Leuchtfeuer taucht hier immer wieder die City zwischen den Häusern auf. Alles wirkt so dicht und greifbar, der Bahnhof, die Fußgängerzone, die Schlösser, der Königsbau. Wenn man Stuttgart vom Rande des Vulkans aus betrachtete, war es schön, fast ein bisschen heilig. Doch unten, da wo die Lava noch rumorte, war die Hitze gerade heute Nacht kaum auszuhalten. Obwohl es inzwischen drei Uhr morgens war, zeigte das Außenthermometer meines Alfa 27 Grad.

Ich hatte mich vom Autodach befreit, und der Fahrtwind trocknete mein Hemd und meine Haare. Immer wieder hörte ich Sirenen. Irgendetwas musste rund um den Bahnhof los sein. Jede Menge Polizei. Vielleicht fanden die letzten Autokorsos der berauschten Fußballfans nach dem Spiel Deutschland gegen ... Moment, die WM hatte doch noch gar nicht angefangen ... Auf jeden Fall strich immer wieder Blaulicht durch den Kessel.

Ich hatte mich von der Schwere der letzten Minuten befreit und die legale Droge Musik öffnete meine verstopften Poren. Wenn ich den Anfang des legendären Konzertes der Doors in Los Angeles höre, fliegt mir jedes Mal fast das Herz raus vor Glück. Schon dieser erste Satz des Ansagers. »Ladies and Gentlemen, from Los Angeles California«, und jetzt kommt es: »The Doors«.

Der Ansager überschlägt sich, zittert fast dabei. Wenn er »Doors« sagt, dann bricht seine Stimme, was seine ganze Euphorie ausdrückt. »Leute, das ist ein großer, wirklich großer Moment«, sagt er uns damit. Ich habe nie eine Aufzeichnung von diesem Konzert gesehen, kenne nur den Mitschnitt, das Spiel für die Ohren. Ich will das Bild dazu auch nie sehen. Ich glaube, es würde mir meine Vorstellung, mein Märchen vom diesem Ansager zerstören.

»Ladies and Gentlemen, from Los Angeles, California, The Doors.«

Ich stelle mir einen kleinen Mann mit einer riesengroßen Hornbrille, einer rotkarierten Weste und einer bunten Fliege vor. Seine Haare sind mit Pomade nach hinten gekämmt. Er ist zerbrechlich, ein kleiner Beamter, einer, wie wir ihn aus den Telegrafen-Stationen des Wilden Westens kennen. Die, die immer eins drauf kriegen, wenn sie schon mal einen Auftritt haben. Und der gerät nun wegen Jim Morrison und den Doors in einen rauschartigen Zustand. Vielleicht hat ihn Jim vorher mal an seiner Tüte ziehen lassen. Er steht neben Morrison und dem Organisten Ray Manzarek, sie überragen ihn um einen Kopf, und er lacht und lacht, er wippt auf den Zehenspitzen, er hat die Doors angesagt, mit dem sicheren Gefühl für diesen großen Moment.

Ich reite also am Rande des Vulkans, gleite über mein schwäbisches Los Angeles, und genau mit diesem Gefühl zücke ich mein Handy wie einen Colt und wecke mit nur einem Tuten Katja, um ihr etwas zu flüstern. Sie liegt in meinem Bett und schnauft. Ich höre ihr dabei einem Moment zu und tuckere die Haußmannstraße hinauf. Gerade jetzt bin ich an der Stelle, wo die Häuser langsam größer werden und die Autos dicker, Festungen zum Wohnen und Festungen zum Fahren.

»Es wird später«, hauche ich und muss grinsen, weil das nach zwanzig Jahren Ehe klingt und nicht nach ein paar Stunden Liebe.

»Kann ich was tun?«, fragt Katja.

Ich bin dankbar für die Frage. »Ich bräuchte jemanden, der mir das Leben von Annette Delius und natürlich auch das davor, also das Leben von Annette Zeller aufdröselt. Drei Wochen kannst du aussparen, in denen war ich dabei, also mit ihr zusammen. Während meines Studiums. Das brauche ich nicht auch noch schriftlich, das war …«

»Hey, hat sie dir wehgetan?«

»Was fragst du?«

»Soll ich sie umbringen?«

Ich war plötzlich wie erstarrt. Was, wenn Annette tatsächlich schon längst tot war?

Katja bemerkte die Pause. »Sorry, das war jetzt ...«

»Schon gut, ich melde mich wieder.«

Das Gespräch hatte mich erst ganz weggebeamt und dann wieder auf die Straße zurückgeworfen. Ich parkte in zweiter Reihe, direkt vor dem Haus, in dem der Klavierlehrer Dennis Geiger wohnte. Meine Erwartungen waren gleich null, aber irgendwo musste ich anfangen. Warum nicht mit der Wohnung von dem Typen, mit dem Annette wohl durchgebrannt war und in irgendeinem Autobahn- oder Flughafenhotel mächtig Spaß hatte.

Außer ihm saßen noch drei weitere Insassen des Justizvollzugskrankenhauses Hohenasperg in diesem Bus, vier Männer, die mit ihm auf der Station gelegen hatten. Müde und teilweise unter dem Einfluss starker Neuroleptika, wussten sie nicht, wie ihnen geschah. Man hatte sie geweckt, mitten in der Nacht. Erklärungen gab es kaum.

»Wir müssen evakuieren«, hatte einer der Pfleger vor sich hingebrummt, »alle raus jetzt, bitte!«

Man hatte ihnen Handschellen angelegt und sie in den von hohen Steinmauern umgebenen Innenhof, zum Bus geführt. Er überragte alle um mehr als einen Kopf. Er sah auch nicht so müde und weggetreten wie die anderen aus. Sein großer quadratischer Schädel saß steif auf dem breiten, sehnigen Hals, eine grobe Mechanik. Seine Augen traten weit hervor, so als ob er sich einmal sehr erschrocken und die Augäpfel dann nicht mehr zurückgefunden hätten. Jetzt machte dieser Gesichtsausdruck Angst. Kaum jemand konnte ihm länger als eine Sekunde in die Augen schauen. Diese heraustretenden Glubschaugen hatten etwas sehr Bedrohliches, sie schauten einen an, und man fühlte sich schuldig. Seine Gesichtszüge waren derb und verbeult, wie bei einem Jahrmarktsboxer. Doch es gibt diese Hässlichkeit, die anziehend wirkt. Auf manche Frauen wirkte er so, aber das interessierte ihn nicht, er hatte einen anderen Drang.

In seinem Leben ging es um drei Triebe. Sex, Gewalt und Drogen. In dieser Reihenfolge. Wenn er sich nicht fünf oder sechs Mal am Tag einen runterholte, konnte er sein Ding nicht vergessen und sich nicht um den verdammten Rest kümmern. Jetzt, wo er in diesem Bus saß, die Hände in Handschellen auf seinem Schoß, spürte er ihn wieder. Sein Hammer war hart und diktierte die Gedanken. Sie verließen diese Festung, in der schon ganz andere gesessen hatten. Das hatte die Kunsttherapeutin Nina ihm erzählt. Drei Namen hatte er sich gemerkt, auch wenn er mit denen nichts anfangen konnte. Christian Schubart, Eugen Bolz und Günter Sonnenberg, alle Helden oder so was. Wie er! Und jetzt fuhr der Bus die Schubartstraße hinunter in dieses kleine hässliche Kaff, das am Hohenasperg klebte wie eine Warze, die da mit der Zeit gewuchert war.

Als dieser Anwalt ihn besuchte, in diesem bescheuerten Anzug mit der Fliege, und erklärte, dass er ihm helfen würde, konnte er es nicht fassen. Den hatte er geschickt? Diesen Kasper?

»Lebenslange Sicherungsverwahrung, da kann man nicht helfen«, hatte er zu dem Anwalt gesagt. Weil er die Sache erst mal testen wollte.

»Wir würden Sie gerne vom Gegenteil überzeugen, es gibt da eine attraktive Option für Sie«, hatte der Anwalt geantwortet und wichtig in einer Akte geblättert.

Er hatte ihn nur angeglotzt, und dann hatte er genickt.

Der Typ war von irgendeiner bescheuerten Kanzlei mit einem bescheuerten Namen und erzählte ihm, was passieren würde. Der wusste schon was von der Zukunft, wie alles kommt.

Das gefiel ihm, und er hörte zu.

»Wir haben zuverlässige Quellen, die uns sagen, dass es zwei Bombendrohungen geben wird.« Der Anwalt beobachtete ihn, wie eine Raubkatze, der man langsam den Verschlag öffnet. »Eine am Stuttgarter Hauptbahnhof und eine direkt unterhalb des Hohenasperg.« Er wartete vergeblich auf eine Reaktion und zog dann pikiert die Augenbrauen hoch. »Sie haben ab sofort starke Kopfschmerzen und klagen über Übelkeit. Sie müssen auf die Überwachungsstation.«

Jetzt grinste er. Er schien zu verstehen.

»In der Nacht werden Sie evakuiert. Man wird Sie in die Rundsporthalle bringen, an der Berliner Straße, die kann man gut umstellen und überwachen. Das ist der Evakuierungsplan für Hohenasperg.«

Der Anwalt nickte freundlich, als er sah, dass der Riese nun zu verstehen schien.

»Aber Sie haben ganz andere Pläne. Sie kommen da nicht an.«

»Ich komme da nicht an«, dachte er jetzt, als der Bus den Berg hinunterfuhr, und versuchte, seine Freude zu unterdrücken. Noch einmal warf er einen Blick auf die Festungsanlage, die hinter ihm immer höher in den Nachthimmel wuchs. Es war, wie der Anwalt vorausgesagt hatte: Die Ampelanlagen an der Asperger Königstraße waren ausgefallen, was sicher kein Zufall war. Da viele Menschen jetzt schnell aus der Stadt hinauswollten, gab es Stau.

Weil es beim Wiederanfahren Probleme gab, war einer der Vollzugsbeamten ausgestiegen, um der Sache auf den Grund zu gehen. Dabei stellte er fest, dass jemand die beiden Hinterreifen des Busses zerstochen hatte. Eine Panne mitten auf einer Kreuzung! Der Vollzugsbeamte öffnete die Schiebetür des Transporters. »Beide Reifen platt ... zerstochen oder so«, erklärte er den Kollegen im Wageninneren.

Genau in diesem Moment wurde der Beamte von zwei schwarzgekleideten Typen mit Strumpfmasken und Maschinenpistolen bedroht. Er und seine Kollegen im Wagen mussten sich auf den Boden legen, während der Hüne aus dem Bus stieg und sich in den schwarzen Alfa Spider quetschte, der direkt nebendran wartete. Zum Abschied zündeten sie noch eine Rauchbombe im Bus.

Sekunden später war alles vorbei. Das hatte ihn sehr erregt. Barni war ganz aufgeregt, und er dachte jetzt an Lin. Doch vorher musste er noch seinen Auftrag erledigen. Und ein paar Dinge regeln. »Lin«, rasselte er leise.

Das Schloss der Haustür öffnete sich schon beim dritten Versuch. Meine Badekappe hatte ich bereits aufgesetzt. Das hatte ich mir schon vor Jahren angewöhnt, damit ich an den Orten, wo ich ermittle, keine Haare verliere. Damit sehe ich zwar aus wie ein wandelndes Streichholz, aber egal. Verrückte laufen in Stuttgart genug rum, da fällt man kaum auf. Dann noch schnell die Einweghandschuhe überstreifen, und los geht's.

Als ich in der Klinik war, teilte ich für ein paar Wochen das Zimmer mit einem Kerl, den alle nur den Panzerknacker nannten. Ein kleiner dicker Mann mit lila Lippen, aufgedunsen von den vielen Antidepressiva, weiß und wabbelig wie Büffelmozzarella, mit einem abwesenden Blick und einer runden Stirn, die immer wie eine Billardkugel glänzte: Benny Kraus. Er schleppte immer so ein Bündel Dietriche mit sich herum.

Herr Rodenstock, sein Therapeut, brachte einmal pro Woche einen Schuhkarton vorbei. »Na, Trester, willst du mitmachen?«

Der Karton war voll mit Tür- und Vorhängeschlössern aller Art. Kurz davor war Benny immer ganz hibbelig, wie ein Junkie, der seinen Affen hat. Trotz der Medikamente stand er irgendwie unter Strom. Erst wenn Herr Rodenstock die Kiste mit den Schlössern abstellte und den Deckel hob, wurde Benny ruhiger. Meist lagen in dem Karton etwa zwanzig verschiedene Schlösser. Benny verteilte sie auf dem Tisch, als ob er seine Patience-Karten vorbereiten würde. Dann schloss er die Augen und legte direkt los. Es ging ihm um das Gefühl. Mit jedem Schloss wurde er gelöster. Es waren wohl die Geräusche. Als ob die Schlösser seine Nervenenden verriegelt hätten. Jedes Mal, wenn er die Mechanik eines Schlosses bezwang, schien er klarer zu werden, wacher. Sein Gesicht bekam Farbe und Kontur, die Lippen wurden rot wie reife Himbeeren.

Er fing immer mit dem schwersten Schloss an, knackte es, und danach ging das Ganze rasend schnell. Erst beim letzten Schloss öffnete er wieder die Augen und fing an zu weinen.

Benny war 2005 deutscher Meister im Schlösserknacken gewesen. Der kleine Mann mit den schwarzen Stecknadelaugen hatte es sogar fast bis zum Weltmeister gebracht. Doch bei der Endrunde in Las Vegas wurde er von einem Kroaten geschlagen. Benny verlor beim letzten Schloss die Nerven, der Kroate hielt das offene Schloss schon in den Händen.

Benny hat das nie verkraftet. Wahrscheinlich sitzt er immer noch in der Klinik. Vor etwa drei Jahren, zum Abschied, hatte er mir einen dicken Schlüsselbund mit seinen besten Dietrichen geschenkt. Seither habe ich den immer dabei. Ich muss Benny unbedingt besuchen. Er ist ein guter Kerl, und wir haben viel voneinander gelernt.

Mann, Benny … Ich ließ das Treppenhauslicht aus und hangelte mich an einem verzierten Eisengeländer nach oben. Im zweiten Stock waren drei Wohnungen. Die rechte, gleich neben dem Treppenaufgang, gehörte Dennis Geiger. Ich blieb einen Moment stehen und ließ die Ruhe kommen.

Nach einer Weile hob sich dieses Geräusch aus der Nacht. Tack, tack, tack … es kam aus Geigers Wohnung. Tack, tack, tack … das war eindeutig. Ich legte den Kopf an die Tür und wäre fast gestolpert, weil sie sofort nachgab. Das Geräusch wurde lauter. Ich sagte seinen Namen, formte ihn zu einer Frage.

»Herr Geiger?« Tack, tack, tack …

Ich hörte es jetzt ganz deutlich, es kam ein weiteres Geräusch dazu. Jemand schnaufte ganz ungleichmäßig gegen diese Gleichmäßigkeit, Tack, tack, tack. Vom Korridor gingen fünf Türen ab. Ich folgte den Geräuschen, ging jetzt schneller und stieß die Tür am Ende des Flurs auf.

In dem Raum brannte nur eine Kerze. Ich sah eine Gestalt vor einem Konzertflügel kauern und hörte das unrhythmische Schnaufen. Reflexartig griff ich zum Lichtschalter. Ein Mann saß am Flügel und starrte auf den Boden. Über ihm arbeitete das Metronom. Tack, tack, tack. Ich lief auf ihn zu, sprach ihn an.

»Herr Geiger? Sind Sie Herr Geiger?«

Der Mann beachtete mich nicht, starrte weiter auf den Boden. Er zitterte und stieß immer wieder dieses schnaufende Geräusch aus. Ich stellte das Metronom ab.

Jetzt sah ich, dass der weiße Yamaha-Konzertflügel zum Teil mit Blut beschmiert war. Ich hob die Klappe, die die Tasten schützte. Vor allem die rechte Hälfte der Tastatur war voller Blut. Ich schaute mir den jungen Mann genauer an, folgte dem Zittern, folgte seinem rechten Arm. Dann sah ich die rechte Hand. Soweit ich es sehen konnte, waren die Finger mehrfach gebrochen, der Handrücken war völlig zerquetscht. Ich bildete mir ein, Musik zu hören, Chopin oder so, der Klang hing noch im Raum. Als ob sich die Töne schnell versteckt hätten, als es passierte. Durch die offene Wunde auf dem Handrücken konnte ich die zersplitterten Knochen ahnen. Von den zitternden Fingerkuppen tropfte das Blut aufs Parkett. Jemand musste ihm die Hand auf die Tastatur gelegt haben und den Deckel immer wieder zugeschlagen haben.

»Dennis, können Sie aufstehen? Hören Sie mich?«

Der Mann reagierte nicht, starrte weiter auf den Boden. Er wollte oder konnte nicht reden. Ich legte meinen Arm um seine Schulter, worauf er sofort zu weinen anfing. Ich hielt ihn im Arm und versuchte ihn zu trösten. Er musste höllische Schmerzen haben, wahrscheinlich würde er nie wieder Klavier spielen können. Und selbst wenn, mit welchen Gefühlen würde er dann hier sitzen?

Ich löste mich von ihm und durchsuchte seine Klamotten, bis ich seine Papiere fand. Der Mann war tatsächlich Dennis Geiger. Ich unternahm noch einen Versuch.

»Dennis, ich will Ihnen helfen. War Annette bei Ihnen?« Ich hob seinen Kopf, doch er schaute weiter nach unten. »Dennis, bitte …, wo ist Annette Delius?«

Der Klavierlehrer reagierte nicht, von ihm würde ich nichts erfahren. Ich hielt ihn noch einmal im Arm, er tat mir leid. Dennis Geiger war ein junger hübscher Kerl, sah eher aus wie ein Surfertyp, mit seinen blonden halblangen Haaren. Als sein Kopf auf meiner Brust lag, roch ich an ihm. Er roch nach Annette. Sie waren zusammen gewesen. Ich versuchte, die Geschichte zu rekonstruieren, lief vorsichtig in der Wohnung herum und telefonierte dabei mit Katja.

»Kannst du das mit Annettes Leben noch zurückstellen? Ich bin in der Haußmannstraße, bei Dennis Geiger. Er braucht schnell einen Arzt, könntest du ihn ins Marienhospital in die Notaufnahme bringen, ich muss …«

»Was ist mit ihm?«

»Kannst du oder nicht?«

»Ich bin gleich da.«

Ich suchte die Wohnung nach Spuren ab, machte Fotos, von allen Räumen und von vielen Details. Die Tür war nicht gewaltsam geöffnet worden, Spuren gab es auf den ersten Blick keine. Im Arbeitszimmer fand ich seinen Laptop, nahm ihn mit ins Wohnzimmer und fuhr ihn hoch. Natürlich hatte ich das Passwort nicht. Ich lief zurück ins Arbeitszimmer, durchwühlte den Papierkorb, nichts. Oder doch. Ich stellte fest, dass der Papiermüll beidseitig bedruckt war. Geiger war kein Verschwender. Auch die Blätter im Druckerfach waren bereits auf den Rückseiten bedruckt. Mitten im Stapel fand ich einen Ausdruck der Lösegeldforderung, die an Werner Delius gegangen war. Mehrere Varianten auf einer Seite. Offenbar konnte man sich beim Schrifttyp nicht so recht entscheiden. Ich fragte mich, ob man wirklich so musikalisch und gleichzeitig so dämlich sein konnte.

»5 Millionen Euro, wenn du sie wiedersehen willst.« Hatte man das für mich, für die Verfolger vorbereitet, eine falsche Spur? Oder war es tatsächlich Dummheit?

Ich erschrak, als mein Handy klingelte, hier in der nächtlichen Ruhe tönte es wie eine Fanfare. »Wake up«, schrie Jim Morrison und leitete damit den Ghostsong ein, was doch mal wieder richtig passte. Das war Katja, sie hatte mitgedacht und nicht unten an der Haustür geklingelt. Ich drückte den Türöffner, zog eine zweite Badekappe und ein paar Handschuhe aus meiner Tasche und reichte sie ihr. »Da kriegt man ja Angst«, sagte sie und verzog das Gesicht.

Ich lächelte gezwungen. »Er ist nicht ansprechbar, aber vielleicht redet er mit dir.« Ich deutete auf Dennis Geiger, der unverändert auf dem Hocker vor dem Flügel saß.

»Oh Gott, was ist mit ihm?«

»Keine Ahnung, ich kann es mir noch nicht zusammenreimen. Gib mir noch zehn Minuten. Will mich noch mal umsehen.«

Katja nickte und strich Dennis Geiger das Haar aus dem Gesicht. »Traust du das Annette Delius zu?«

Mein erster Gedanke war, ja, eigentlich traue ich Annette Delius alles zu. Dann drehte ich mich wieder um, kniete mich vor Dennis und betrachtete erneut seine zerquetschte Hand. Ich roch das Blut, seinen Schweiß und schloss die Augen. Ich hörte den dumpfen Klang, wenn die Klappe auf die Tastatur schlägt, das Knacken der Fingerknochen, wenn sie brechen. Den Nachhall der Saiten im Körperinneren des Flügels, dieses metallische Schlottern, das jedes Mal auf ein Neues von den Schreien und den Blutspritzern verschlungen wird. Ich bildete mir ein, auch Annettes Schreie zu hören und eine tiefe, sehr tiefe Stimme. Einbilden heißt Bilder im Kopf schaffen, die nicht der Realität entsprechen. Nein, ich glaube, das, was ich fühlte, war weit mehr, ich rekonstruierte Bilder von einer Wirklichkeit, die schon mal da war.

Ich schüttelte den Kopf. Immer noch kniete ich vor Dennis. Jetzt wechselte ich die Perspektive, legte mich neben ihm flach auf den Bauch. Ich drehte meinen Kopf und schaute mir den Raum von unten an. Staubflocken drehten sich unter einem Ventilator, eine Büroklammer lag vor mir auf dem Teppich. Ich ließ die Augen kreisen, blieb kurz an Katjas schlanken Beinen hängen, sah die Sommersprossen auf ihren Knien, dann brannte mir die Nase und ich schloss meine Augen, bereit für die Reaktion. Ich nieste, und als die Welt wieder klar war, sah ich ein schwarzes Katzenhaar vor meiner Nase.

»Hast du eine Katze gesehen?«, sagte ich zu Katja und stand auf.

»Eine Katze ... Die können sich gut verstecken, wenn sie Angst haben.«

Ich nickte. »Sie könnte durch die offene Eingangstür ins Treppenhaus geflüchtet sein.«

»Nein, wenn, dann hat sie sich gleich hier versteckt.«

Ich legte meinen Zeigefinger auf den Mund und es wurde leise. Jetzt! Ich wusste nicht, ob ich es gehört hatte, so ein Plätschern, oder ob ich es mir eingebildet hatte. Verdammt, ich hatte vorhin das Bad vergessen. Ich rannte den Gang lang, riss die Tür zum Badezimmer auf und sah sie gleich.

Ihr Kopf hing knapp über der vollgelaufenen Badewanne, das Wasser mit einem Schaumbad versetzt. Ich griff nach der Katze, die mir vor Angst in die Hand biss. Ich zog das Tier aus dem Wasser und erst jetzt sah ich, dass ihr jemand die Vorderpfoten mit einem Klebeband zusammengebunden hatte. Das Tier hatte um sein Leben gekämpft und war kurz vor dem Ertrinken gewesen.

Ich hielt den nassen aufgeregten Leib in meinen Armen und schaute mich im Bad um.

»Amon, was ist?«, rief Katja unsicher.

»Gleich.« Ich wollte mich noch einen Moment umschauen, musste mich selbst erst beruhigen. Ich befreite die Katze von dem Klebeband, was sie nun ruhig über sich ergehen ließ. Als ich sie absetzte, schüttelte sie sich und verschwand humpelnd durch die offene Badezimmertür.

»Schau, Dennis, deine Katze.« Ich hörte Katja, wie sie auf den jungen Mann einredete. »Siehst du, es geht ihr gut.«

Ich überflog das Badezimmer, blickte dann auf meine Füße. Weiße Kacheln, Wasser und ein paar Abdrücke von meinen Schuhen und mindestens einem anderen Profil. Oder zumindest einem Teil. Es war ein großer Abdruck. Er schien von einem Arbeitsschuh oder so etwas zu stammen. Ich stellte meinen Fuß vorsichtig daneben und machte ein Foto. Der Typ musste mindestens Schuhgröße 48 gehabt haben. Ich dachte wieder an die tiefe Stimme, die vorher in meinem Kopf gebrummt hatte. Eine tiefe, schreckliche Stimme. Etwas Rasselndes, eine kaputte Lunge, ein kaputtes Leben.

Acht

Er kniete und grub mit den Händen. Er hatte die Stelle schnell gefunden. Er kannte das Datum, den Tag, das half. Bernd wühlte mit seinen großen Händen in der Erde. Davor hatte er zwei Gießkannen mit Wasser darüber geleert, denn der Boden war hart und trocken. In der Tiefe von einem halben Meter stieß er auf etwas Hartes. Bernd tastete die Knochen ab, erkannte den Brustkorb. Der Riese grub sich nach vorne, dahin, wo er den Kopf vermutete. Es war so, wie sie es ihm damals gesagt hatte. Bernd legte den Schädel frei, hob ihn ein wenig an und betrachtete ihn kurz im Licht der Taschenlampe. Dann griff er nach seinem Bolzenschneider, aber das war gar nicht nötig. Er konnte den Schädel einfach so herausziehen, nur ein paar Wurzeln klammerten sich daran. Für einen Moment hielt er den Schädel in den Händen. Jetzt spürte er deutlich, dass eine Stelle am Hinterkopf gesplittert war. Man konnte die scharfen Kanten mit den Fingern ertasten. Er steckte ihn in seine Umhängetasche und machte das Loch wieder zu. Als er aufstehen wollte, verhakte er sich an einer Rose. Bernd fluchte und wollte sie ausreißen. Aber er beherrschte sich. Keine Spuren. Halt! Da war ein Tropfen Blut auf die Erde gefallen. Er nahm den Erdklumpen und steckte ihn in die Hosentasche. Dann setzte er die Blumen wieder ein und schüttete trockene Erde über die Stelle. Niemand hatte ihn gesehen. Und selbst wenn, keiner würde ihn jemals wiedersehen.

Von oben sah das Viertel aus, als ob man hier und da die Skelette von ein paar Heringen ausgerollt hätte. Die schmale Durchgangsstraße, mit den vielen kleinen gekrümmten Abzweigungen. Die Parallelstraßen, die die gleiche Struktur aufwiesen. Und bei der Hitze roch es auch ein wenig nach ranzigem Fisch. Jedenfalls, als Bernd ganz langsam an den Mülltonnen vorbeifuhr.

Hier bog er rechts in die winzige Sackgasse ein. Nach wenigen Metern setzte er zurück und entschied sich, auf dem Hauptteil der Hornbergstraße zu parken. Er lief den schmalen Weg hinein, der ebenfalls zur Hornbergstraße gehörte. Ganz bis zum Ende, dem Haus Nummer 184.

Bernd ging den Weg entlang, den er so oft als Kind gegangen war. Alles war vertraut. Die Gerüche von Waschmitteln und Polituren, die aus den Häusern stiegen, und die Geräusche von klapperndem Geschirr dazu. Die Katzen, die sich nachts in den Gärten balgten. Wie sie dann jaulten und rollten. Hier gab es viele Miezen. Mutter hatte ja auch zwei.

Seine Hände waren mit Erde verkrustet, beiläufig versuchte er, die schwarzen Ränder unter den Fingernägeln zu entfernen. Dann drückte er die Tasche fest an sich, ertastete den Schädel. Als ob er ihn jetzt noch hätte verlieren können, ihren Kopf.

Er stand einen Moment vor dem Haus und schaute an der Fassade hinauf. Es war mitten in der Nacht, Mutter würde schon lange schlafen. Sie war immer früh aufgestanden, um fünf Uhr, und hatte gearbeitet, studiert, geschrieben. Er hasste das. Er hasste das alles. Barni schlich um das Haus herum und kletterte auf das Vordach der Haustür. Von dort stieß er das Badezimmerfenster auf und schlich sich ins Wohnzimmer. Auch daran hatte sich nichts geändert. Jetzt stand er vor dem Aquarium. Er machte das Licht an, lächelte kurz, als er die Fische sah, und entfernte dann vorsichtig die Abdeckung. Seine Rechte griff in das warme weiche Wasser, und gleich waren ein paar Fischlein da und leckten ihm die Erde von der Hand. Mutter pflegte sie gut.

So verharrte er einen Moment und glotzte verklärt in das Wasser, genoss den Geruch dieser kleinen Welt und fing leise an zu wimmern. Bernd zuckte kurz, als der Kartäuserkater Gordon an seinem Bein entlangstrich. Dann tauchte er seinen Arm ganz ein und griff nach dem Totenkopf. Er war etwas größer. Sein Vater hatte ihn vor langer Zeit auf einer Baustelle in der Innenstadt gefunden.

»Wahrscheinlich ein Bombenopfer aus dem Krieg«, hatte er gesagt, als er den Schädel lächelnd anbrachte.

»Kannste behalten, wenn de willst.« Da war Bernd noch ganz klein. Er sah den Vater vor sich, mit der Zigarre im Mund. Ein großer schöner Mann, wie ein Filmstar, mit Augen wie Eisbonbons. Aber er hatte immer das Gefühl, dass er nicht echt war, dass es ihn gar nicht gab. »Der Papa ist immer viel in der Welt unterwegs und macht Geschäfte, in Übersee.« So hatte es ihm die Mutter immer wieder erklärt. Weil er ja nie da war.

Als Bernd das Aquarium zu Weihnachten bekommen hatte, kam der Kriegs-Schädel da hinein. Das war echt schräg. Mit einer Wasserpumpe erzeugte er Luftblasen, die bei dem Totenkopf aus den Nasenlöchern kamen. Der Schlauch lag immer noch da, aber die Pumpe war kaputt. Er nahm ihn aus dem Becken, packte ihn in seine Tasche und hielt nun den kleineren Schädel in der Hand.

Er war wirklich um einiges kleiner und hatte diesen Bruch am Hinterkopf. Bernd setzte ihn an die Stelle, wo eben noch der Baustellen-Totenschädel gelegen hatte. »Tauschen«, flüsterte er. Er schob den Deckel vorsichtig über das Becken, prüfte noch einmal die Position und schaltete das Licht wieder aus. Mutter würde nichts bemerken. Dann ging der Riese wieder zu dem Audi. Er musste diese Frau aus dem Kofferraum lassen und sie wegbringen.

Als ich aus dem Bad zurückkam, schenkte mir Katja ein bemühtes Lächeln. »Sie ist gleich unter der Kommode verschwunden.«

Katja sah meinen suchenden Blick. »Da, unterm Fenster.«

Ich ging auf die Kommode zu, warf einen Blick auf das nächtliche Stuttgart und glaubte sogar, Grillen zu hören. Dann hockte ich mich hin und langte vorsichtig unter die Kommode. Die Katze hatte sich ganz an die Wand gedrückt. Ich legte mich direkt vor die Kommode, um mit dem Arm darunter zu kommen, und fasste in etwas Weiches, das definitiv kein Fell hatte. Sofort zog ich die Hand zurück.

In diesem Moment klingelte, wieder, mein Handy. »Wake up …«, sang es hohl, und ich kramte es aus meiner Jeans.

»Werner Delius … haben Sie schon etwas gefunden?«

»Nein«, sagte ich und legte meinen Kopf seitlich auf den Boden, um einen Blick unter die Kommode zu werfen. »Herr Delius, vielleicht machen wir es umgekehrt, verstehen Sie … ich rufe Sie an, wenn ich etwas habe, in Ordnung?«

Delius ließ ein verzweifeltes Stöhnen hören. »Bitte unterrichten Sie mich auch über Kleinigkeiten, ich muss wissen, wo meine Frau ist.«

»Ich verstehe Sie gut«, sagte ich und griff nach dem braunen weichen Ding, das neben der Katze lag.

»Warum atmen Sie denn so schwer?«

»Weil ich arbeite, Delius, bis dann …«

Ich war ehrlich froh, dass es dieses Mal eine positive Überraschung gab. Annettes braune Gucci-Handtasche. Die hatte sie auch im Piroschka dabei gehabt. Ich warf noch einen Blick auf die Katze, die mich mit ihren grünen, weit aufgerissenen Augen anstarrte, als ob ich der böse Wolf wäre. Gleich danach leerte ich dann die Tasche neben mir auf dem Boden aus.

»Ihre Handtasche?« Katja schaute mich fragend an.

»Du kannst Geiger jetzt ins Krankenhaus bringen.«

»Ah, kann ich das.«

Mir war gleich klar, dass das falsch ankam. Aber da war es schon zu spät.

Katja war aufgestanden, warf mir ein paar Blitze rüber. Sie stützte Dennis Geiger, der nun auf seinen wackeligen Beinen stand wie einer, der jahrelang im Rollstuhl gesessen hatte. Er schaute die ganze Zeit auf den Boden, als ob er die Welt nicht mehr sehen wollte. Als ob sich gleich unter ihm ein Loch auftun würde und er dort hineinfallen könnte.

Katja drehte sich an der Tür noch mal zu mir um. »Du kannst ja dann wieder anrufen, wenn du weitere Anweisungen für mich hast.«

Ich hatte ein komisches Gefühl, sie so ziehen zu lassen, konzentrierte mich aber direkt auf den Inhalt der Tasche. Inzwischen war ich mir sicher, dass Annette diesen Raum nicht freiwillig verlassen hatte. Sie wollte, dass ich ihre Tasche finde. Aber was war hier passiert? Irgendein Monster war hereingestürmt, hatte die beiden in flagranti ertappt und den Rächer und Entführer gespielt? Vielleicht sogar ein Auftrag ihres Mannes, eine Eifersuchtsgeschichte? Steckte Werner Delius da mit drin?

Ich beschloss, dass ich mir gleich noch Geigers Bett genauer anschauen wollte. »Er ist der Erste, den ich wirklich liebe«, hatte Annette über ihren Mann gesagt, und dieser Satz wanderte gerade durch meinen Kopf. Das mit Dennis Geiger passte da irgendwie nicht. Oder vielleicht doch? Annette als Nymphomanin?

Ich beschloss, den Inhalt ihrer Tasche zunächst in zwei Haufen einzuteilen. In wichtig und unwichtig, um es später genau umgekehrt noch einmal zu betrachten. Denn es gibt nichts Unwichtiges, wenn man jemanden sucht. Annettes Handtasche war ziemlich groß. Sogar ein Notebook hätte da reingepasst. Schminksachen, Schlüssel, Zigaretten, Feuerzeug, ein Notizbuch, ihr Handy, eine kleine Schmuckschatulle, die buntbeklebte Streichholzschachtel mit den Zähnen, die mir Annette gestern schon gezeigt hatte, der Flachmann, ein Deo und ein MP3-Player.

Wieder dachte ich an Katja. Dann schob ich das Handy, das Notizbuch und den MP3-Player auf die Seite mit den wichtigen Gegenständen.

Erst jetzt bemerkte ich, dass der Player lief. Ich setzte mir die Kopfhörer auf, hörte aber nichts. Dann sah ich im Display das kleine Zeichen für Aufnahme. Der MP3-Player war mit einem Mikro ausgestattet und auf Aufnahme gestellt. Ich drückte die Stopptaste und drehte das Gerät vorsichtig zwischen meinen Fingern, als mein Handy erneut klingelte.

Katja redete auf mich ein, sie klang müde, und trotzdem war sie bemüht, klar und deutlich zu reden.

Als Erstes kam ein Stöhnen, das den Lautsprecher überforderte und deshalb verzerrte, und dann …

»Du wirst mich hassen.«

»Nein, Katja, es tut mir leid wegen eben. Es war einfach dumm von mir.«

»Ich sage dir, du wirst mich hassen.«

»Was ist … was meinst du?«

»Geiger … er ist weg.«

»Was? Aber … wie …?«

»Da war ein Typ mit einer Mappus-Maske, direkt vor der Haustür.«

Ich packte die Sachen eilig wieder in Annettes Tasche und fragte weiter. »Okay, ein Typ mit einer Mappus-Maske, und was wollte der?«

Katja stöhnte leise. »Der hat uns mit einer Waffe bedroht, uns in ein Auto bugsiert.«

»Bist du verletzt … wo bist du überhaupt?

»Danke der Nachfrage, Trester.«

»Trester? Warum sagst du jetzt Trester?«

»Wegen dieser Distanz. Verdammt, kannst du jetzt endlich kommen und mich holen? Mein Kopf …«

»Warte, was ist mit dir? Katja?« Ich lief durch Geigers Wohnung, fragte mich, wie man sich ausgerechnet mit einer Mappus-Maske verkleiden konnte, ich meine, da konnte man doch gleich einen überreifen Kürbis nehmen, zwei Löcher für die Augen reindrücken und fertig. Nebenher wischte ich den Boden im Badezimmer und lief dann in Geigers Schlafzimmer. »Katja?«

»Ja, ich bin noch da. Ich …« Sie schaute sich offenbar um. »Ich bin am Eugensplatz, ich sitze auf der Mauer und schaue … schaue auf die Stadt. Und da unten in der Stadt, da wimmelt es von Polizei, jede Menge. Keine Ahnung, was die da machen, ich höre Sirenen … Ich weiß nicht, was ich hier mache, ich …«

»Ich bin gleich bei dir, bitte geh nicht weg, bitte …«

»Nein, Trester, ich gehe nicht weg.«

Sie war nur ein paar hundert Meter entfernt, ich musste bloß die Haußmannstraße weiter Richtung City fahren. Davor schnappte ich mir eine Rolle Tesafilm von Geigers Schreibtisch und zog ein paar Klebestreifen über sein Bettlaken und das Kopfkissen, dann steckte ich das Ganze in eine Plastiktüte. Kurz darauf verriegelte ich die Tür und steckte Geigers Schlüssel ein.

Jetzt hörte ich die Sirenen auch, überall flackerte es, die ganze Stadt war voll mit Blaulichtern. Ein großes Durcheinander, manchmal schienen sich ein paar Sirenen zu treffen, aber meistens war es ein wildes Konzert, der Lärm der aufgescheuchten Ordnungsmacht.

Katja saß ganz ruhig da. An ihrem Hinterkopf glitzerte etwas. Es war Blut. Sie drehte sich um, an der Stirn hatte sie eine kleine Schürfwunde. Ich nahm sie in die Arme.

»Entschuldige!«

Ich küsste sie.

Sie schüttelte den Kopf. »Ich hab's verbockt. Der Typ hat mich nach ein paar hundert Metern aufgefordert auszusteigen. Und mir dann seine Pistole über den Kopf gehauen.«

Ich hielt Katja in den Armen und schwieg. Ich war müde. Plötzlich schwiegen auch die Polizeisirenen. Es war inzwischen kurz nach fünf, und das Licht kam nach Stuttgart zurück, begleitet vom wirren Zwitschern der Vögel.

»Was war da unten los?« Ich blickte in den Stuttgarter Kessel.

Katja schaute abwesend. »Ich hab's vorher im Radio gehört. Es gab zwei Bombendrohungen. Unten am Hauptbahnhof und in Asperg. Sie evakuieren großräumig. Außerdem soll jemand ausgebrochen sein. Ein Triebtäter.«

»In Asperg«, wiederholte ich. »Hohenasperg, da, wo das geschlossene Krankenhaus ist. Das ist ja …«

»Ein Mörder und Sexualstraftäter, Bernd Mörike, er soll geflohen sein. Bei der Evakuierung der Anstalt, also, wegen der Bombendrohung.« Katja hielt mir ihr Mobiltelefon hin. »Hab ein paar Agenturmeldungen dazu gespeichert, willst du?«

»Ja, später.«

»Und jetzt?« Katja hatte das wohl zu sich gesagt.

»Warten«, antwortete ich.

»Das hast du schon mal gesagt, damals am Bodensee, als wir …«

Mein Handy unterbrach sie, und es unterbrach auch diesen Moment, der mich gerade wegtragen wollte … zurück in meine Jugend, an den Bodensee, nach Markdorf, in diese saftige grüne Welt, das Hinterland, die Menschen dort und die Natur, die mich so sehr geprägt und geschliffen haben, mit ihrer intelligenten Ruhe und der sanften Härte. Bodensee, manchmal reichte dieses Wort, um all die Abenteuer wieder abzurufen, wie in einer Online-Videothek. Die erste Liebe, der erste Autounfall, der erste Sieg, der erste große Verlust, die ersten großen Geschichten eben.

»Trester«, sagte ich genervt und stellte das Handy auf laut.

»Sie machen Ihre Arbeit nicht richtig, Mann. Ich hatte ein dummes Gefühl, und ich lag richtig.«

»Delius?«

»Sind Sie jetzt überrascht?«

»Ich bin mit Geiger in der Notaufnahme … ist übel zugerichtet.«

»Sie waren das?«

»So eine rothaarige Hexe wollte Geiger gerade entführen. Ich bin genau im richtigen Moment dazugekommen. War kaum ein Durchkommen, die ganze Stadt ist voll Polizei.«

»Mit der Mappus-Maske.«

»Hey, Sie sind ja doch nicht so schlecht.«

Katja schaute mich fragend und zugleich auffordernd an.

»Delius, die Frau, die rothaarige Hexe, das ist meine … meine Partnerin, wir arbeiten zusammen.« Jetzt hatte ich es gesagt. Obwohl ich es eigentlich anders ausdrücken wollte und vor allem fühlte.

»Delius? Haben Sie das verstanden?«

»Ja und nein.«

»Sie haben gerade gegen sich selbst gekämpft, klar?«

»Aber, ich konnte ja nicht wissen, das tut mir leid … Na, auf jeden Fall ist Geiger jetzt im Marienhospital, wo er wohl auch ein paar Tage bleiben wird. Ich habe denen etwas von einem Unfall erzählt. Ich glaube, die haben es geschluckt.«

»Delius, vertrauen Sie mir jetzt einfach.« Ich schüttelte den Kopf. »Und bitte helfen Sie uns nicht mehr, ja? Ich melde mich!«

Das Licht suchte sich seine Reflektionsflächen, und Stuttgart kam in Bewegung. Die Stadtbahn ächzte an der Haltestelle Eugensplatz, und die Vögel wurden zunehmend von der Zivilisation übertönt. Doch die 15 fuhr nicht weiter Richtung City. Stattdessen kam diese Ansage: »Verehrte Fahrgäste, bitte verlassen Sie die Stadtbahn. Wegen einer Bombendrohung wird die Innenstadt weitgehend evakuiert. Es besteht kein Grund zur Sorge, Sie sind außerhalb des Gefahrenbereichs.«

Pendler, Leute auf dem Weg zur Arbeit, Eltern mit ihren Kindern, alle strömten nun aus der Bahn und umringten uns.

Von der Aussichtsplattform am Eugensplatz, da wo Katja und ich auf der Mauer saßen, konnten die Menschen in die Innenstadt hinunterschauen. Um uns herum war aufgeregtes Gemurmel. Niemand beachtete uns, und das Gedränge wurde immer dichter, alle redeten sie auf ihre Handys ein.

»Und jetzt?« Katja fasste sich an den Hinterkopf. Sie sah verzweifelt aus. »Nicht mehr warten, bitte.«

Ich schaute mir ihre Wunde an. Gut, sie war nicht sehr tief, aber Katja hatte eine ordentliche Beule. »Jetzt Frühstück!« Ich dachte, das wäre eine gute Idee.

Katja lächelte, wie nur sie es kann, und küsste mich, wie nur sie es kann. Und dann sagte sie: »Ich finde, du kannst sie jetzt wieder abnehmen.«

»Was?«

»Die Badekappe.«

Auf dem Weg zu meinem Büro hielt ich beim Königsbäck in der Gablenberger Hauptstraße und trommelte gegen die noch verriegelte Tür, um uns etwas fürs Frühstück zu besorgen. Hier gab es immerhin anständige Laugenbrötchen. Und eine Bäckerei-Fachverkäuferin, die um diese Uhrzeit lächelt, muss definitiv ein Engel sein. Außen knusprig, innen weich, nicht so eine trockene Pappe. Sorry, ich meine natürlich die Laugenbrötchen.

»Das Café Piroschka macht leider erst um 10 Uhr auf, sonst hätte ich …«

»Weißt du, für mich ist das nicht ganz so wichtig, muss keine Torte zum Frühstück sein.« Katja schüttelte ihre Locken. Sie gehörte zu den Menschen, die einfach immer gut aussahen. Selbst nach so einer Nacht.

»Wie machst du das?«, fragte ich. »Mit deiner Schönheit?«

»Das sehen nur deine Augen … und ein paar andere.« Sie gab einen leisen Seufzer von sich. »Du bist eben verhext …«

Ich dachte noch mal an Werner Delius, auch an den armen Dennis Geiger. Wieder fragte ich mich, ob sie alle so dämlich sein konnten. »Aber vielleicht wollen die auch nur, dass wir denken, dass sie so dämlich sind.« Ich hatte diesen Satz vor mich hingemurmelt.

»Was sagst du?«

Wir hatten das Frühstück neben meinem Bett aufgebaut. Katja saß jetzt auf mir und beugte sich über mich. Ich zog sie zu mir, bis sich unsere nackten Körper berührten. »Warum verbrennen sich Glühwürmchen bei der Paarung eigentlich nicht?«

Katja hob den Kopf und schaute mich genervt an. »Sie benutzen Energiesparlampen.«

Ich nickte. »Kaltes Licht.«

»Oh weh, du bist ganz heiß«, flüsterte mir Katja ins Ohr. Gleich danach sah sie mich ernst an. »Und du willst jetzt auch keinen Mist mehr erzählen.«

Wir mussten danach eingeschlafen sein. Vielleicht drei Stunden später hörte ich Katjas Stimme. Sie telefonierte. Sie war tatsächlich schon wieder bei der Arbeit. Katja quatschte mit irgendeinem Menschen beim SWR, der für sie recherchierte. »Früher hieß sie Zeller. Ja, ist mir egal. Auch kostenpflichtige Datenbanken. Hm ... auch verbotene Früchte. Ich küsse dich. Halt, warte! Wenn du noch mehr zu diesem Mörike findest, dem Ausbrecher ...«

Ich ging von hinten auf sie zu. Katja saß nackt auf meinem Lesesessel und legte gerade das Telefon weg. Sie war perfekt, ihr Anblick machte mich unbeschreiblich glücklich, aber ganz weit weg, da, wo die alten Sorgen wohnen, spürte ich auch eine gewisse Unruhe und Angst. Ein neuronales Gewitter zog da auf. Ein paar Synapsen tuschelten, sie machten etwas klar, tief in mir.

»Auch verbotene Früchte, ich küsse dich?«, wiederholte ich, mit eingerostetem Lächeln, und strich ihr über die Haare.

»Du bist doch nicht eifersüchtig?«

»Nein, nicht wirklich.«

Katja schaute mir prüfend in die Augen. »Stephan ist der Beste.«

Hm, der Beste?

Sie ließ den Satz einsickern. »Wenn irgendwo auf der Welt etwas im Internet oder irgendeiner anzapfbaren Datenbank steht, dann haben wir das bald. Das heißt: … der Beste.«

Jetzt hatte ich doch ein unangenehmes Gefühl. Wie sie diesen Kerl lobte.

Sie schaute mir weiter in die Augen. »Stephan ist mein Ex.«

Ich erschrak und spürte gleichzeitig, wie ich rot wurde.

»Ich küsse dich, auch deine verbotenen Früchte«, sagte Katja jetzt auch zu mir und ging Richtung Badezimmer.

Ich spürte den Schmerz, der nur von einer verzehrenden Leidenschaft ausgelöst werden kann. Der daherkommt mit Ignoranz und Respektlosigkeit und sich mit einer beispiellosen Genüsslichkeit gerade an den vermeintlich gefestigten Persönlichkeiten sattfrisst. Das ist das mit der Liebe, die kann man nicht einfach abstreifen, und die Sache, dieses Gefühl, ist auch überhaupt nicht vernünftig. Also kann man es auch nicht abhandeln. Die Liebe breitet sich in einem aus, und die Abwehrkräfte werden immer geringer. Ist sie doch eine Krankheit? Oder die Sache entmystifiziert sich durch das Kennenlernen, bis man sich fragt, was da eigentlich war, wofür es definitiv zu früh war. Und: was ich auch ganz sicher nicht wollte. Alles Schutzgedanken.

Ich versuchte mich abzulenken, griff nach Annettes Tasche und leerte sie auf meinem Bett aus. Eine Übersprunghandlung. Ich habe mal eine Taube auf einer Brücke in Lindau am Bodensee beobachtet. Mitten im dicksten Verkehr war sie dort gelandet und legte die Straße zur Halbinsel lahm. Dann fing sie an, mit dem Kopf zu wackeln und lief im Kreis. Bis jemand kam, sie in die Hand nahm und in die Luft warf, worauf sie dem zum Dank auch noch auf den Kopf geschissen hat …

Wie gesagt, ich nahm die Tasche, und so hatten meine Hände etwas zu tun. In Gedanken war ich aber immer noch bei Katja, lief im Kreis und wackelte mit dem Kopf.

Plötzlich stand sie wieder neben mir. »In deiner Badewanne sind drei Goldfische.« Sie grinste verführerisch. »Du scheinst mir ein wenig auf die Farbe Rot fixiert zu sein.« Sie strich mir über das Haar. »Armer Kerl.«

»Die hatte ich schon vorher«, sagte ich trotzig.

»Bevor du was hattest?«

Ich schaute wieder auf die Gegenstände aus Annettes Tasche.

»Amon?« Katja nahm meinen Kopf in ihre Hände. »Ich möchte gerne allein baden.« Sie warf ihre Haare nach hinten. »Und Amon ... mich-hat-niemand, klar?!«

Ich nickte abwesend oder täuschte die Abwesenheit vor und hielt plötzlich Annettes MP3-Player in der Hand. »Wie lange kann man mit so einem Ding aufnehmen?«

»Das hängt von der Speicherkapazität ab. Und vom Akku.«

»Ja«, sagte ich und drückte auf Abhören.

Neun

Ich fragte mich die ganze Zeit, ob er es verstehen würde. Wann er mich verstehen würde. Und ich fragte mich, ob Amon Trester schon auf der richtigen Spur war. Ich wusste, dass er mich suchen würde. Ich glaubte. Nein ... doch, ich wusste es! Jetzt war ich wirklich froh darüber, obwohl ich mir die Sache ganz anders gedacht hatte.

Wir fuhren. Irgendwas hatte mich von hinten gepackt, umgehauen, und jetzt saßen wir in meinem Wagen, das konnte ich riechen. Keine Ahnung, wohin wir fuhren. Ich saß auf dem Beifahrersitz, das weiß ich. Er hatte mir die Augen mit Pflastern zugeklebt und mir dann eine dicke Sonnenbrille aufgesetzt. Wir fuhren jetzt vielleicht seit einer Stunde. Er redete nicht viel. Und wenn, dann war es mehr ein tiefes Rasseln. Die Worte, die Sätze, seine Sprache, da musste man genau hinhören. Er betonte die Wörter falsch, wie ein Gehörloser. Kein Ausländer, aber er hatte nie richtig sprechen gelernt. Er hatte keine Muttersprache. So klang das. Ich weiß, was das heißt, wenn man die Mutter nicht sprechen hört. Eine Scheißamputation ist das.

Plötzlich nahm er meine Hand und führte sie zwischen seine Beine. Er legte sie auf seinen riesigen steifen Schwanz. Meine Hand zitterte, aber ich wusste, was ich tun musste, um …

»Du hast Glück«, rasselte er. »Ich will nicht. Krieg was Besseres.« Die Worte fielen aus seinem Mund, als ob sie sich vor ihm ekeln würden. Er warf meine Hand weg, wie Müll. Dann hörte ich, wie er seinen Rotz hochzog, Speichel sammelte. Er spuckte mir ins Gesicht und lachte.

»Er wird dich finden«, sagte ich trotzig.

Darauf schlug er mir mit seiner Pranke in den Bauch.

»Nicht reden!« Es klang wie »nüch räten«.

Wir bogen ab und fuhren einen Waldweg entlang. Ich spürte es, konnte sie riechen, die Bäume, ihre knisternde Trockenheit. Dann hörte ich leise Musik. Sie wurde lauter. Lauter. Wir hielten an. Er stieg aus. Für einen Moment dachte ich, dass er mich vielleicht hier sitzen lassen würde. Irgendjemand würde mich dann schon finden. Aber dann öffnete er die Beifahrertür.

»Los, raus!«

Er zerrte mich aus dem Wagen. Eine schwere Tür ging auf, und die Musik wurde noch lauter. Als wir hineingingen, gab es Gegröle und anerkennende Pfiffe.

»Hey, Barni, lange nicht gesehen«, rief ihm einer im Vorbeigehen zu. Er stieß mich vor sich her. Ich wurde von irgendwoher begrabscht. Geräusche kamen und gingen, wie in einem Hörspiel. Jemand kniff mir in den Hintern, zog an meinem Rock. Es roch nach billigem süßem Parfum, nach Alkohol und Zigarrenrauch.

Ich hatte jetzt einen Namen. B-a-r-n-i. Er schob mich auf einen Barhocker und bestellte zwei doppelte Obstler. Er flößte mir das Glas ein. Und bestellte wieder. Das ging vier Runden so. Nun sprach Barni mit dem Menschen hinter der Bar: »Ist Lin da?«

»Lin? Ja ... warte, ich habe sie gerade noch ... nein, sie hat einen Kunden.«

»Hol sie!« Seine Stimme klang wie durch einen Verzerrer, höllentief und etwas verlangsamt, ein Recorder, dem die Batterie ausging. Das machte man in billigen Horrorfilmen ...

»Aber, kannst du nicht ein bisschen ...?«

Weiter kam die Stimme nicht. Barni musste über die Theke geschossen sein und nach dem Menschen gegriffen haben. Trotz der vielen Geräusche hörte ich den Schlag. Seine flache Hand klatschte irgendwo gegen. »Jetzt!«, gurgelte er.

Hinter der Theke wurde nun hektisch diskutiert. Sie redeten mit hohen Stimmen, waren aufgeregt. Es klang nach Asien, vielleicht war es Thailändisch.

Barni packte mich am Arm, ich spürte, wie ich wankte, der Schnaps wirkte. Wir gingen eine Treppe hinunter, hier unten roch es nach Klosteinen und Urin. Es war ein schmaler Gang, der uns an den Toiletten vorbeiführte. Wir drückten uns an die Wand, weil jemand mit schnellen Schritten an uns vorbeilief. Zwei Schritte weiter wieder dieses süße Parfum, das einem fast den Atem nahm.

»Oh, starker Barni«, sagte die Stimme devot lachend. Sie klang für eine Frau zu tief und für einen Mann zu hoch. »Oh, hast du hübschen Gast dabei, hä?«

Barni packte mich, stieß mich in den Raum und verriegelte die Tür. Er drückte mich auf einen Stuhl. Ich hörte das Geräusch. Ratsch, zrrt, zrrt ...

Er rollte Klebeband ab und band mich an den Stuhl.

Lin oder wer auch immer lachte jetzt. »Oh, bist du so strenge Mann.« Sie klatschte in die Hände. »Und so starke, hä.«

Lin hatte irgendetwas angezündet. Süßer, beißender Qualm brannte in meiner Nase. War das Dope? Mit ihren Fingern tastete sie nach meinem Mund und steckte mir das Ding zwischen die Lippen.

»Zieh schön, tut so gut, ja, ja.«

Ich zog, weil ich sowieso keine andere Wahl hatte, sonst wäre ich erstickt, denn Lin hielt mir auch die Nase zu.

Ich hörte sein Schnaufen, er grunzte. Es raschelte, Gummibänder schnappten. Er zog sich aus.

»Wa du lang nicht da, bist ganz geil, ja ...«

Barni sagte gar nichts, er hatte jetzt keine Zeit für so was. Plötzlich riss mir jemand die Sonnenbrille von den Augen.

»Oh, ganz schrecklich ... für Auge, nicht gut!«, stammelte Lin.

Dann riss sie mir das Pflaster vom rechten Auge. Ein paar Wimpern und Farbe hingen dran. Durch mein verschmiertes, tränendes Auge sah ich, wie Barni oder etwas heranstürmte und Lin eine runterhaute.

Sie war eine zierliche Person, nackt. Auf den High Heels hatte sie nach dem Schlag die Balance verloren und lag jetzt vor mir wie eine abgebrochene Kerze. Sie hatte beides, dachte ich, einen Busen und ... dann drückte mir Barni ein Stück Klebeband aufs Auge, und es wurde wieder Nacht.

Ich war ohnmächtig. Üble Träume, ich war tot. In dem Dope war sicher noch etwas Heftigeres, vielleicht Opium. Als ich wieder aufwachte, hörte ich ihre Geräusche. Eine Maschine, die schwer arbeitete. Ich versuchte mich abzulenken. Erinnerte mich an den Raum und die beiden, die ich für ein paar Sekunden durch den Schleier des Pflasterklebstoffs gesehen hatte.

Der Raum war komplett schwarz lackiert. Alles dunkel. Ein Schwarzlicht an der Decke ließ die Zähne weiß erstrahlen und das Laken grellgelb leuchten. Barnis Gesicht hatte ich wie eine Maske in Erinnerung. Eine Fasnachtsmaske, das Gesicht einer alemannischen Hexe. Ich glaube, er hatte eine Zahnlücke. Ich weiß nicht, ob ich ihn wiedererkennen würde. Doch ja, am Geruch, am Gestank. Er roch nach Zoo, ein alter Pavian, der es einfach laufen ließ, wenn er musste. Ich hörte wieder ihre Geräusche, die jetzt schneller wurden, und trat noch mal die Reise an.

Felix Kiefer schob die Oberlippe über den Tassenrand und prüfte vorsichtig die Kaffeetemperatur. Er hasste es, wenn er sich die Zunge verbrannte, dieses taube Gefühl, bloß weil er wieder nicht hatte warten können. Aber wenn er morgens nicht so schnell wie möglich seinen halben Liter Kaffee in den Körper brachte, bekam er stechende Kopfschmerzen. Was auch nicht besser war. Also verbrannte er sich mal wieder die Zunge und ärgerte sich. Da er das aber schon kannte, ärgerte er sich still und abgestumpft, bemitleidete sich einfach ein wenig und gab sich seiner Morgenlaune hin, bis die belebende Droge über ihn kam.

Bombendrohungen. Wie oft hatte Kiefer diese Nachricht in den letzten Jahren erhalten. Irgendwelche Idioten schickten Warnungen ins Internet, riefen bei der Polizei an oder schickten anonyme Briefe. »Warnung: Auf dem Hauptbahnhof geht eine Bombe hoch. Vorsicht, am Schlossplatz knallt es bald. Bombendrohung: Am Flugplatz machen wir jetzt ernst. Oder sofort zwei Millionen da und da hinterlegen …«

Kiefer hatte sich am Kaffee verschluckt und räusperte sich, um die Luftröhre zu befreien, was wie der Anlasser eines abgesoffenen Kleinwagens klang.

»Ich finde es befremdend, dass man Idioten ernst nehmen muss«, sagte Kiefer und überlegte, ob der Satz zu ihm passte. Eigentlich war er direkter, fand wohlbedachte Ausdrücke bescheuert. Überhaupt Diplomatie … das war doch was für Leute mit einer 35-Stunden-Woche.

Den Kollegen der Abteilung »Staatsschutz« mangelte es nicht an Arbeit. Im Gegenteil. In den letzten Jahren war die Abteilung sogar um ein paar Kollegen aufgestockt worden. Eine Seltenheit im Landeskriminalamt. Aber neben dem Links- und dem Rechtsextremismus hatte man ja seit einigen Jahren auch die »kreative Kundschaft aus Kundus und Konsorten«, also von der Fraktion Islamismus zu bedienen. Deshalb gab es auch eine Inspektion für »politisch motivierte Ausländerkriminalität und Islamismus«, immerhin knapp zwanzig Leute. Dennoch, gemessen an den anderen Abteilungen war die Abteilung »Staatsschutz« recht klein.

Felix Kiefer war gerade aus dem Urlaub zurückgekommen. Eine Woche Wandern auf Mallorca mit seinem besten Kumpel. Er hatte eine gesunde Bräunung auf Gesicht und Händen, hatte fast fünf Kilo abgenommen und das bei täglich steigendem Bierkonsum – »una cerveza por favor«. Für seine Verhältnisse sah er gut aus, vielleicht ein bisschen verwildert. Nächste Woche musste er unbedingt zum Friseur. Sein flauschiger Haarkranz stand wieder in alle Richtungen, bei der Hitze ein wenig verklebt, wie bei einem frischgeschlüpften Junggeier.

Obwohl mindestens zehn Kollegen im Besprechungsraum waren, sagte keiner ein Wort. Kiefer hatte diese natürliche Autorität, alle schienen auf ihn zu warten. Jetzt warf er einen Blick auf die Taubenheimstraße, stellte die Kaffeetasse ab und holte Luft.

»Dass dieser Perverse ausgebrochen ist, das ist sehr bedauerlich. Dass diese Bombendrohungen wahrscheinlich nur deshalb veranstaltet wurden, ist ... eigentlich eine gute Nachricht. Dass dieses ... dass dieser Mörike in Tresters schwarzem Alfa Spider geflüchtet ist, das ist ... das ist, verdammt kann mir das irgendjemand erklären?«

»Ja.« Die Stimme klang dünn und etwas unsicher.

Felix Kiefer starrte den Kollegen Klausmann fordernd an. »Ja?«

»Wir ... die Kollegen auf Streife haben den Wagen gerade gefunden. Ist tatsächlich das gleiche Modell, schwarzer Spider, geklaut, wurde als vermisst gemeldet. Die Nummernschilder sind gefälscht. Stand Nähe Ostendplatz, bei der Bushaltestelle vor dem DM-Markt.«

Felix Kiefer holte so tief Luft, als ob er beim Ausatmen auf jeden Fall Orkanstärke erreichen wollte, brachte dann aber nur einen ganz leisen, windstillen Satz heraus, der am Ende fast verhungerte. »Was soll die Verbindung zu Trester?«

Alle schauten nun auf den Boden. Kiefer griff nach der Fernbedienung, und der Beamer erwachte mit leisem Schnaufen. Einer der Vollzugsbeamten hatte den Vorgang aus dem Bus heraus gefilmt, zumindest bis zu dem Zeitpunkt, als die Rauchbombe explodierte und der Alfa nach vorne über die Kreuzung verschwand.

Der Ablauf war ein Trauerspiel. Einer der Vollzugsbeamten war ausgestiegen, um zu schauen, was mit dem Bus los war.

»Erster Fehler«, schrie Kiefer. »Warum wartet der nicht, auf Verstärkung? Arschloch das.«

Dann schwenkte die Kamera ins Innere des Busses.

»Was soll das jetzt?«, donnerte Kiefer.

Auf beiden Seiten sah man nun die Sitzbänke mit je zwei Gefangenen und einem Vollzugsbeamten. Gleich danach drehte sich die Kamera zur Schiebetür, die von dem Beamten geöffnet wurde, der sich den Reifenschaden draußen angeguckt hatte.

»Beide Reifen platt … zerstochen oder so«, erklärte der Mann, als plötzlich hinter ihm zwei schwarzgekleidete Typen mit Strumpfmasken und Maschinenpistolen auftauchten.

»Prima«, sagte der LKA-Mann und zeigte seine schmalen, langen bernsteinfarbenen Pfeifenraucher-Zähne.

Dann sah man plötzlich nur noch zwei Füße und ein Stück einer Sitzbank. Der Vollzugsbeamte im Wagen hatte offenbar die Kamera fallen lassen. Aber der Ton lief weiter.

Einer der beiden Typen sagte: »Mörike raus, sonst ist der hier tot.«

»Hey, man langsam«, stammelte der andere Vollzugsbeamte, den sie nun offenbar mit der Waffe bedrohten.

Dann hörte man eine rasselnde Stimme. »Hier bin ich!« Und gleich sein tiefes Grunzen.

Direkt danach war nur noch ein Knallen zu hören, als die Rauchbombe zündete. Es folgten Husten, Schreie, Hilferufe. Der Fahrer setzte erneut einen Funkspruch ab, bat um Verstärkung.

Der Vollzugsbeamte hatte sich die Kamera wieder geschnappt, war aus dem Wagen gestürmt. Ein paar Schritte, und der Nebel verzog sich. Man hörte den Beamten husten. Er hielt die Kamera auf den wegfahrenden Alfa. Deutlich war das Nummernschild zu erkennen. Danach waren Polizeisirenen zu hören, und es schob sich ein Polizeiauto quer ins Bild. Die angeforderten Kollegen waren angekommen.

»Doch schon da«, zischte Kiefer.

Es hätte Kompetenzgerangel bei diesem Fall geben können. Erst mal war es ja eine Bombendrohung. Das wäre Kiefers Sache, also Staatsschutz. Dann war es die Flucht eines Triebtäters, der aber zugleich wegen Schleuserkriminalität und mehrfachen Mordes im Rotlichtmilieu zu lebenslanger Haft mit anschließender Sicherungsverwahrung verurteilt worden war, weil er eine Gefahr für Menschen darstellte. Da wären unter anderem die Kollegen der Abteilung Ermittlungen und Auswertung zuständig. Eigentlich.

Doch dann kam die Sache mit Tresters Wagen bzw. diesem schwarzen Alfa dazu. Was Felix Kiefer nun als seine ganz persönliche Sache empfand. Da hätten sie ihn schon einsperren müssen, um ihn zu bremsen. Schließlich hatte Trester jahrelang in seiner Abteilung gearbeitet. Und seit der Mann als privater Ermittler unterwegs war, hatte Kiefer nun fast genauso viel mit ihm zu tun wie früher. Nur konnte er sich jetzt nicht mehr über seinen ehemaligen Zögling freuen. Trester machte wieder und wieder Probleme.

»Wieder!«, brüllte Kiefer gequält, und die Kollegen schauten ihn mitleidig an.

Dann waren da noch die Kollegen von der Abteilung des Kriminaltechnischen Instituts bzw. deren Chef, Gerd Plöger. Seine Mitarbeiter aus der Fachgruppe Explosivstoffe durchforsteten seit Stunden den immer noch gesperrten Stuttgarter Hauptbahnhof sowie das Gelände rund um den Hohenasperg, ohne bisher irgendeinen Hinweis auf Sprengstoff gefunden zu haben.

»Stuttgart 21-Gegner oder die Parkschützer waren es schon mal nicht.« Plöger wollte wohl die Stimmung etwas aufhellen, doch seine Bemerkung versickerte, ohne die geringste Reaktion hervorgerufen zu haben.

Kiefer dachte nach. Und wenn er sich so anstrengte, traten die Adern, diese Würmer an seinen Schläfen hervor. Es sah wirklich aus, als ob sie unter der Haut umherkrabbelten. Und dann spürte er diesen Kopfdruck. Er war sich sicher, dass er irgendwann mal einen Hirnschlag kriegen würde. Aber bis dahin würde er weitermachen. Besser einfach irgendwann mal umfallen, als ein Pflegefall zu sein, dachte er und schaute direkt auf den Mund von Hauptkommissar Gut, einem seiner engsten Mitarbeiter. Dieses matschige rosa Ding, das der da im Gesicht hatte, erinnerte ihn jetzt an eine schleimige Nacktschnecke. Verwundert sah er auf dieses Loch, aus dem eben diese Worte tropften: »Wir beschatten ihn rund um die Uhr.«

Kollege Gut erläuterte, was sie mit Trester taten.

Kiefer nickte angestrengt. »Gut. Aber lasst ihn machen. Ich will nur wissen, was Trester vorhat, ob er was vorhat.«

Wir fuhren wieder. Ich erwachte nur sehr langsam aus einem tiefen traumlosen Schlaf. Es war sein Geruch, der mir bei der Orientierung half. Das war verrückt. Ich wusste nicht, ob ich das überhaupt denken durfte. Aber jetzt gerade erregte mich sein Geruch. Und dass er diese absolute Macht über mich hatte, das war wunderbar befreiend. Alles abzugeben.

Ich sagte mir: Annette, das ist dein Spiel. Du kannst es steuern, du kannst bestimmen, wann es zu Ende ist. Wo Schluss ist. Das erregte mich noch mehr. Jetzt wünschte ich mir sogar, dass er mich anfasste. Was mir als Kind im Namen des Herrn beigebracht wurde, das bleibt eben, prägt sich für immer ein, es wird sogar immer leidenschaftlicher. Danke, Herr Pfarrer, darf ich jetzt gehen? Niemand würde das verstehen, ich war mit diesem Gefühl allein. Aber gerade das machte es aus. Ich bin nicht krank. Nein! Ich schätze die

Einsamkeit, die Isolation. Genau diese Situation war unteilbar und ich so gnadenlos hilflos. Er rauchte, der Qualm stach mir in der Nase. Mein Kopf schmerzte, ich hatte einen verdammten Kater.

Ich hörte, wie er eine Flasche ansetzte. Er soff, als ob er einen Schweinetrog leermachen würde. Als ob er lange darauf hätte verzichten müssen. Um uns herum waren die Geräusche sehr gleichmäßig, der Motor, das Klappern im Handschuhfach. Ein Hörspiel. Der Wind, der mir auf die Stirn schlug, in immer gleichen Wirbeln ins Haar griff. Gleich würde der Regisseur die Regler runterziehen, »so-danke-das-war's«, und alle würden klatschen. Nur ein Spiel? Nein! Wir trieben über eine Autobahn. Der Ledersitz klebte an meinen Schenkeln. Sein Fenster ging zu. Schlagartig wurde es heiß und stickig. Er grunzte und schaltete das Radio ein.

Musik, Gedudel, typisches Radiozeugs und blöde Sprüche. Dann sagte die junge Frauenstimme, dass es in der Nacht zwei Bombendrohungen gegeben habe. Eine in Stuttgart am Hauptbahnhof und eine in der Stadt Asperg. Dass es deshalb zahlreiche Evakuierungsmaßnahmen gegeben habe. Insgesamt hätten in der Nacht knapp 55 000 Menschen evakuiert werden müssen.

»Wie außerdem bekannt wurde«, sagte die Frau, »ist bei der Evakuierung des Justizvollzugskrankenhauses Hohenasperg ein Gefangener geflohen.«

Mir lief der Schweiß ins Gesicht, er brannte in meinem Auge, weil das Klebeband auf der rechten Seite nicht ganz dicht war.

Die Frau gab an einen Reporter vor Ort ab. Der sprach mit aufgeregter Stimme: »Der zu lebenslanger Haft verurteilte Bernd Mörike ist aus einem Gefangenentransporter geflohen. Offenbar warteten an einer Kreuzung in Asperg mehrere Fluchthelfer. Zum Zeitpunkt der Flucht wimmelte es auf den Straßen von Menschen, die auf dem Weg zu den angewiesenen Evakuierungsplätzen waren, so dass die Polizei den

Ausbrecher schnell aus den Augen verlor. Der Transporter war auf dem Weg zu einer Mehrzweckhalle gewesen, die speziell für Evakuierungsfälle der Insassen des Justizvollzugskrankenhauses Hohenasperg vorbereitet worden war.«

Nähere Angaben zum Ausbruch, so hieß es, wolle die Polizei im Augenblick nicht machen. Aber zur flüchtigen Person gab es weitere Informationen.

»Mörike gilt als extrem gewaltbereit und gefährlich. Er wurde wegen drei besonders grausamer Morde im Stuttgarter Rotlichtmilieu zu lebenslanger Haft mit anschließender Sicherungsverwahrung verurteilt. Mörike hatte innerhalb eines Jahres drei transsexuelle Prostituierte auf schreckliche Weise hingerichtet. Die schwer misshandelten Leichen wurden mit eingedrückten Augen in ihren Wohnungen gefunden. Zuvor hatte der 58-Jährige die Prostituierten mehrfach vergewaltigt.«

Außerdem, erklärte der Reporter, habe sich Mörike mit einem serbischen Zuhälter, der auch die Stuttgarter Türsteher-Mafia steuerte, einen Krieg um die Vormachtstellung im Rotlichtmilieu geliefert. Mörike habe dem Mann beide Ohren abgeschnitten und Teile davon per Fahrradkurier an die Puffbesitzer in Stuttgart und Umgebung verschicken lassen.

Er schaltete das Radio aus. »Viele Worte, zu viel.« Er legte mir seine Pranke aufs Knie. Ich spürte seine rauen Hände auf meiner nackten Haut, es kratzte wie Metallspäne.

»Wohin bringst du mich, Barni?« Es war ein Versuch. Ich musste mit ihm reden, ihn beschäftigen, mir war so heiß ... nur ein Versuch.

»Kannst du bitte das Fenster wieder aufmachen?« Meine Beine zitterten, ich konnte sie nicht mehr kontrollieren. Er nahm seine Hand wieder weg. Ich war erleichtert und wusste nicht warum. Ich versuchte es noch einmal.

»Bitte, wohin fahren wir?«

Er schwieg.

»Bitte, ich wäre so dankbar ... wenn ich wüsste wohin ...«

Er machte das Fenster wieder auf, und durch den Wind hörte ich es ganz leise:

»Zu deinem Grab.«

Es klang dumpf. Die hohen Töne waren abgeschnitten. Es rumpelte immer wieder, mehr nicht. Doch, zwischendrin hörte ich, wie der Deckel der Klaviatur immer wieder zuschlug. Bilder entstanden in meinem Kopf. Schwarz und weiß und ... rot, Blut und Tasten, die Nachwehen des Klangkörpers. Geigers Hand wird auf die Tasten geschlagen, gequetscht. Die ersten Schläge sind noch von seinen Schreien begleitet.

Ich schloss die Augen, drehte den Kopfhörer voll auf. Ich musste seine Stimme hören, die andere Stimme. Annettes MP3-Player hatte einen kleinen Equalizer, ich spielte ein wenig damit herum. Bässe raus, Höhen voll rein. Mehr Rauschen. Man hörte nur Geiger wimmern, immer dünner. Sein Peiniger aber schwieg. Warum sagte der nichts?

War der Player in Annettes Tasche angegangen, ohne dass sie es bemerkte? War es ein Versehen? Oder war es Absicht, wollte sie etwas dokumentieren, eine falsche Spur legen oder eine richtige für mich hinterlassen?

»Sag mal dein Passwort.« Katja zog mir die Kopfhörer von den Ohren.

»Was?« Sie haute mich voll aus den Gedanken, auch weil sie nackt vor mir stand. »Das Passwort für deinen Laptop.«

Ich wurde rot. Katja zog die Augenbrauen nach oben und schob dabei ein paar Locken hinters Ohr.

»Sommersprossen«, flüsterte ich.

Katja prustete los, schüttelte den Kopf und fuhr meinen Laptop hoch. »Gib mal den Player her.«

»Was soll das?«

»Ich schicke die Aufnahme Achim, er hat ein Tonstudio, vielleicht kann der ...«

»Nein«, sagte ich.

»Aber er hört vielleicht mehr als wir, der kann die Aufnahme extrem bearbeiten, der hat mir schon Töne gerettet, das war vorher praktisch ein Stummfilm und …«

»Nein«, sagte ich wieder, »wer weiß, was der damit anstellt.«

Katja drehte sich vom Schreibtisch aus zu mir. »Du solltest dich jetzt mal sehen.«

»Was meinst du?«

»Das ist typisch für einen Kerl.« Sie schaute verächtlich. »Das ist wie … wie in Tokio stundenlang mit dem Stadtplan rumlaufen, nichts blicken, aber bloß niemanden fragen, nein ich krieg das schon hin, Baby.«

»Katja, was soll das jetzt?«

»Männer, genau so seid ihr, nichts auf die Reihe kriegen, aber niemanden um Hilfe bitten. Bitte sagen ist schwach oder so …«

»Scheiße, dann schick das Ding doch zu deinem Achim …«

»Scheiße, okay, dazu brauch ich den Player.« Jetzt lächelte sie wieder.

Das Problem ist, dass Frauen andere Ziele verfolgen als Männer. Nein, ich meine, ihre Ziele anders verfolgen als wir. Nur merkt man das oft erst, wenn sie ihr Ziel bereits erreicht haben. Weil sie sich dann durchgesetzt haben.

Ich wusste, dass es ein Kampf mit Katja werden würde. Ein Wahnsinnsgerangel mit einer echten Kriegerin! Ich merkte aber auch, dass ich es wollte, ich lebte meine Widersprüchlichkeit, und das konnte ich nicht ändern. Es wird Himmel und Hölle. Aber wenigstens in dieser Reihenfolge. Es gibt das eine nicht ohne das andere. Ich redete mir gut zu, aus Liebe, und die macht ja stark.

»Hast du eigentlich für jeden Job einen Typen?« Ich hatte das eigentlich nur gedacht, dachte ich jedenfalls. Da Katja mir aber antwortete, musste ich es doch gesagt haben. Oder was, wenn nicht?

Katja stand jetzt wieder auf und kam zu mir. Sie setzte sich nackt auf mich, und eine ihrer Locken angelte nach mir.

Ich spürte ihren warmen festen Körper und dachte, dass es aus vielerlei Gründen gut war, wenn sie mir bei der Suche nach Annette Delius helfen würde. Dann dachte ich, dass dieser Gedanke zu praktisch war für die Liebe. Für ein paar Minuten fluteten Gefühle den Zweifler in mir. Ließen ihn hilflos nach Luft schnappen und auch mal ganz abtauchen.

Sie flüsterte »Sommersprossen« und küsste mich.

Ich konterte zu spät und atemlos, wie ein Ertrinkender, »Recherche-Ex und Ton-Liebhaber – und was kommt noch?«

Ihre Lippen berührten mein Ohr. »Ein privater Liebes-Ermittler«.

Es ging jetzt schnell, wir entluden uns, wir hatten schließlich viel zu tun.

»Du brauchst für mich nicht den Unschuldigen zu spielen. Ich weiß, dass du mindestens so zielgerichtet sein kannst wie eine … wie ich. Wenn du das willst.«

So fing sie gleich danach an. Das war schon ein Problem. Dass Katja mich immer zum Denken brachte, wenn ich doch gerade nur fühlen wollte. Sie bläst einfach kleine Windhosen in mein Nervengeäst, und danach bin ich ganz verstrubbelt.

Katjas Smartphone rappelte. Sie stieg von mir runter und langte danach.

»Die Daten über Annettes Leben sind da, ich schicke sie dir auf den Laptop.« Sie drückte im Gehen ein paar Tasten. »So, jetzt endlich ab in die Wanne, ich habe schon Krusten.«

Ich öffnete die Mail.

»Das sind ja über hundert Seiten …«

»Wo ist eigentlich das Aquarium?«, rief Katja aus dem Bad.

»Es gibt keins«, antwortete ich, während ich die Texte überflog.

»Trester!?«

Ich grinste. »Die drei sind sonst im Seerosenteich im Innenhof. Den wollte ich sauber machen, ist gerade kein Wasser drin.« Ich wartete auf eine Reaktion. Dann hörte ich es plätschern und danach ging die alte Klospülung los, wobei immer das halbe Büro wackelt.

Ich rannte los, dachte an meine kleinen Freunde mit den goldenen Kiemen und drückte die Badezimmertür auf. Katja saß gerade auf dem Thron. »Ist was?«

»Nein … es ist … nichts …«

Die Badewanne war leer. Sie lächelte. Unter dem Waschbecken sah ich den Eimer mit meinen drei Goldfischen.

Zehn

Ich fing einfach an zu heulen. Ich kriegte kaum Luft.

Er hatte das Fenster wieder geschlossen, schlug mir ins Gesicht. »Halt die Klappe, das bringt nichts.«

Da hatte er recht, es brachte nichts, das Heulen. Barni kannte kein Mitleid. Ich stellte mir vor, nein … ich stellte mir nichts vor, ich hatte einfach wahnsinnige Angst.

»Ich muss mal«, sagte ich.

Wir hatten die Autobahn verlassen, fuhren langsam. Der Verkehr hatte abgenommen. Ich hörte kaum andere Autos.

»Willst du noch eine Zigarette?«

Ich nickte. Er sah wohl meine Kopfbewegung nicht und rammte mir seinen Ellenbogen in die Brust.

»Ja … ja bitte«, stammelte ich.

Er lachte, und es rasselte in meinen Ohren. Jeder Ton schmerzte. Meine Hände waren wie zum Gebet mit Isolierband zusammengeklebt. Barni steckte mir eine filterlose Zigarette in den Mund und hielt ein Feuerzeug darunter. Ich spürte den bitteren Tabak an meinen Lippen. Ich werde gleich sterben.

Es brauchte Zeit, bis ich die Flamme fand. Ich konnte unter dem Klebeband, das auf meinem rechten Auge klebte, etwas sehen. Das bisschen Licht hatte ich Lin zu verdanken. Aber war es gut, wenn ich jetzt noch etwas sah?

Er soll mich töten … Seine Finger. Vier Buchstaben. H-a-t-e war da hineintätowiert. Ich wusste zu viel. Das Feuerzeug ging aus, seine Pranke verschwand wieder.

Ich hörte mich reden, betteln. »Sie … du hast doch das Geld, Barni.«

Er sagte nichts.

»Es sind fünf Millionen Euro.«

Barni drückte das Gaspedal voll durch, und ich spürte, wie es mich in den Sitz drückte. Ich redete auf ihn ein. Auf einen, der das alles schon öfter gehört hatte, das alles schon kannte, wenn sie anfangen zu betteln und zu winseln. Er hatte schon öfter getötet. Dann öffnete er einfach wieder das Fenster, ganz weit, und erstickte meine Stimme mit trockenem Fahrtwind, der wie eine Ladung Ohrfeigen auf mich niederklatschte.

Jetzt sagte er wieder etwas. Immer in den Wind; der Wind schlug hinein, so dass ich es kaum verstehen konnte.

»Frauen sind schlecht. Er sagt, du sollst weg … a-b-s-a-u-f-e-n … vor dem Haus am See. Dann kann ich gehen.«

Ich hatte nichts zu verlieren. Niemand half mir. Ich war allein. Das sagte mir mein Verstand. Immer wieder.

Der Wind wurde lauter und er rief da hinein: »Wir … er kannte … deine … Mutter.«

Was sagt er da, was sagt diese Bestie? Was soll das? Meine Mutter?

Ich schrie so laut ich konnte, zog mein linkes Knie an, bis die Ferse auf dem Sitz landete. Ich schrie immer weiter und trat gleichzeitig mit der Schuhspitze dahin, wo ich seinen Kopf vermutete. Barni stöhnte, der Wagen geriet ins Schleudern. Etwas knallte gegen meine Tür, nochmal, dann gab es einen Schlag, wie eine Explosion. Wir drehten uns im Kreis. Das ist mein Leben … ich entscheide! Ich, ich, ich … Alles stand auf dem Kopf. Schöne Farben waren das jetzt, ganz warm, orange und rot. So gut …

Vögel. Ich wachte auf und hörte Gezwitscher. Der Geruch von aufgewühlter feuchter Erde stieg mir in die Nase. Vor mir war etwas Weißes. Der Airbag, wie eine geplatzte Rinderblase lag das leere Ding auf meinem Schoß und zitterte. Ich hatte die Sonnenbrille verloren, konnte nun etwas besser unter dem Klebeband durchschauen. Ich hob meinen Kopf, der Nacken stach, als ob dort jemand einen Stahlnagel reingetrieben hätte. Es tat höllisch weh. Langsam drehte ich meinen Kopf nach links, es knirschte wie gefrorener Schnee. Er war nicht da. Blut klebte an der Scheibe und am Lenkrad, ich hörte ein paar Fliegen. Das Atmen schmerzte, der Gurt hatte meine Rippen gequetscht, ein Stich für jede Bewegung.

Es hatte ihn hinausgeschleudert. Barni lag irgendwo auf der Straße, sicher war er tot. Ich hatte es geschafft. Annette hatte es mal wieder geschafft! Ich lachte und weinte und spürte meine Rippen dabei, meinen knarzenden Hals, meinen Kopf. Ich lebte. Noch nie hatte ich mich so über die Vögel gefreut und über den Geruch von aufgewühlter Erde und Blut. Aber ich war so müde …

Was war das? Es rumpelte. Das Auto wackelte plötzlich. Mehr ein kurzes kräftiges Ruckeln war das. Dann schlug Metall aneinander. Ein klopfendes Geräusch. Der Wagen wurde angehoben. Ich verstand nicht … Ich neigte den Kopf nach rechts und hob ihn ein wenig, um unter dem Klebeband hindurch in den Rückspiegel zu gucken. In diesem Moment schaute er hoch. Ich sah seine roten herausstehenden Augen. Glotzaugen, mit einem grauen Film darüber, wie ein kranker Fisch, der kopfüber im Wasser treibt. Er stand auf, kam zu mir ans Fenster.

Er sagte nur: »Du wirst leiden.« Danach wechselte er das Hinterrad.

Vielleicht war ich eingeschlafen. Jetzt hörte ich Stimmen. Barni redete mit jemandem.

»Können wir helfen?«, fragte da einer.

»Nein, ist alles gut.« Er konnte richtig freundlich und fast zivilisiert klingen.

Sie waren offenbar zu zweit. »Unfall gehabt ...«

»Ja, der Reifen ist geplatzt. Wir sind ganz schön ins Schleudern gekommen.«

Ich sah nur Barni im Rückspiegel. Er hielt den Wagenheber in der Hand.

»Ihre Frau?«, fragte der eine.

Barni nickte.

Jetzt sah ich den Mann. Er stand neben Barni. Ich sah ihn im Rückspiegel. Barni überragte ihn um mindestens einen Kopf. Es war ein ... er trug so eine Zimmermannskluft und einen großen Schlapphut.

»Was ist mit Ihrer Frau ... ist sie verletzt?«

»Nein, alles in Ordnung. Meine Frau hat einen kleinen Schock, ging alles verdammt schnell.« Barni klang warm und freundlich wie ein liebevoller Ehemann. Als ob er irgendwelche Filmdialoge nachplapperte.

Der Mann fasste sich an die Hutkrempe. »Na dann, alles Gute. Gute Weiterfahrt.« Er warf einen kurzen Blick in den Rückspiegel. Jetzt sah er mein Gesicht.

»Was ... was ist mit ihren Augen?«

Ich schrie los. »Hilfe, bitte! Helfen Sie mir.«

Barni hob den Wagenheber und schlug nach dem Zimmermann.

»Hey, hey, was soll das?«

Jetzt waren sie beide aus dem Rückspiegel verschwunden, ich konnte sie nicht mehr sehen. Aber ich konnte sie gut hören.

Etwas schlug hinten gegen den Wagen. Wieder und wieder.

»Mann, sind Sie verrückt?« Das war der Zweite. Wieder schlug etwas gegen den Kofferraum. »Pass auf, Freddi«, rief er. Es stöhnte jemand vor Schmerz. Barni war es nicht.

Dann brüllte jemand vor Wut. »Verdammtes Arschloch, jetzt ist Schluss.« Ich hörte mehrere Schläge, wieder und wieder. Das konnte der Wagenheber sein.

»Pass auf, der hat ne Waffe!«, brüllte der Kumpel des Zimmermanns.

Jetzt vermischten sich Stimmen, Stöhnen und Kampfgeräusche. Wieder versuchte ich durch den Rückspiegel etwas zu erkennen. Doch der Kampf fand außerhalb meines Sichtkreises statt.

Ein Schuss zerriss die Luft, der Druck war gewaltig. Nur langsam wich die Betäubung von den Ohren, ein Pfeifen blieb und ich hörte dumpfe Schläge, jemand holte aus und schlug und atmete und schlug und schlug.

Jetzt sah ich einen von Barnis riesigen Füßen. Er war einfach so wieder ins Blickfeld des Rückspiegels gepurzelt. Der Fuß zuckte kurz, streckte sich aber gleich durch.

»Hey, Ede, Mann, hör auf, der rührt sich nicht mehr.«

Ich hörte jemanden schwer atmen. Barnis Fuß bewegte sich nicht mehr, er war ganz friedlich.

»Wahnsinn«, es war die jüngere Stimme, »der Typ ist tot, Ede ... hörst du?«

»Der wollte uns killen, Mann, klar!«, antwortete der gereizt. »Total durchgeknallt, ein Irrer.«

Jetzt sah ich den, der Ede hieß. Er war größer als sein Kollege, kräftiger. Hatte auch diese Klamotten an. Zimmermänner auf der Walz.

»Was machen wir jetzt?«, fragte der Junge, den er vorher Freddi genannt hatte.

»In den Kofferraum ... was sonst?«

Ede kam zur Fahrertür, beugte sich in den Wagen hinein. »Können Sie mich hören?«

Er hatte eine schöne Stimme, so ruhig und klar. Ich nickte und fing an zu weinen, es platzte einfach aus mir heraus, wie ein Rohrbruch, ungehemmt und ohne Ende.

»Ich komme gleich und helfe Ihnen.«

Seine Stimme wirkte wie ein Beruhigungsmittel, ich konnte wieder gleichmäßig atmen. Ich hörte, wie er den Schlüssel abzog. Der Kofferraum ging auf und sie wuchteten Barni hinein. Es dauerte eine Ewigkeit, dann hob sich der Wagen vorne ein wenig und sie schlugen den Kofferraumdeckel zu.

»Und das Blut?« Das war wieder Freddis Stimme.

»Nimm ein paar Grasbüschel und fertig. Ich kümmere mich um die Dame.«

Als Felix Kiefer die Wohnung in der Stuttgarter Haußmannstraße betrat, hatte er das Gefühl, hier schon mal gewesen zu sein. Es war Vormittag, und die Luft stand still. Kiefer schob sich einen Zimtkaugummi in den Mund, um diesen faulen Geschmack loszuwerden, der aus ihm herauskroch wie aus einem Gully. Das war gestern Abend definitiv zu viel Bier, er konnte seinen eigenen Atem nicht ertragen. Auf Mallorca hatte er nie gestunken, zumindest hatte er das nicht so empfunden. Warum, verdammt, ging das jetzt wieder los? Das Stinken und der Alltag. Vielleicht hing das ja zusammen, stinkiger Alltag.

Die vier Kollegen vom Kriminaltechnischen Institut hatten ihre Arbeit gerade abgeschlossen, und Kiefer überflog die Aussage des Nachbarn, der in der Wohnung neben Dennis Geiger wohnte. Eine Aneinanderreihung von Banalitäten und Klischees. Laut sei es gewesen, man habe Schreie gehört, Türen hätten gewackelt. Aber richtig verdächtig sei es dem Nachbarn erst vorgekommen, als Geiger entgegen seiner sonstigen Gewohnheit nicht die halbe Nacht am Flügel gesessen sei und dazu Arien geschmettert habe.

Kiefer zog die Augenbrauen zusammen, was so aussah, als ob er ein Stück Holzkohle auf der Stirn balancierte, und stieß Kriminalhauptkommissar Gut mit der Faust leicht in den Bauch. »Da gehst du nachher nochmal vorbei, das hier ist ja gleich Null, also gar nichts.«

Gut nickte und schaute zum dem weißen Flügel rüber, auf dem das Blut festgetrocknet war und schwarze Ränder bildete. Zumindest da, wo die Tropfen nicht so dick waren. »Die Kollegen haben jede Menge Spuren gesichert.«

Kiefer nickte ebenfalls, er überlegte, warum er das Gefühl hatte, hier schon mal gewesen zu sein. Er kam nicht drauf. Er schüttelte wild den Kopf, wie ein Spürhund, der durch einen Floh gepiesackt wurde.

»Das mit dem Blut auf dem Flügel«, sagte Gut, »das wird wohl am einfachsten.« Kiefer reagierte nicht, also sprach Gut einfach weiter. »Wir haben alle Stuttgarter Krankenhäuser abtelefoniert. Geiger liegt im Marienhospital, wurde noch in der Nacht operiert. Ist bestimmt sein Blut hier, wird aber gerade untersucht.« Gut legte den Kopf schräg und seine Augen wanderten über den weißen Flügel.

»Ob das wieder ganz abgeht, wäre schade …«

Kiefer riss das Fenster auf und schaute auf die Haußmannstraße. »Diese Luft, heißer als in …«, mehr konnte man nicht verstehen, weil er seinen Kopf nun weit aus dem Fenster lehnte.

Gut starrte auf den Rücken seines Chefs. Kiefers Haarflaum lag nass und platt über dem Hemdkragen, der dünne Baumwollstoff klebte wie ein durchgeschwitztes Laken entlang der Wirbelsäule. Kollege Gut konnte sogar einzelne Wirbelknochen bestimmen. Der Chef hatte wirklich abgenommen. Kiefer schien irgendwie noch nicht richtig angekommen zu sein in Stuttgart, im LKA, in diesem Fall.

Deshalb hob Gut nun die Stimme, wollte ihn zurücklotsen. »Da ist noch etwas.«

Der LKA-Fahnder reagierte nicht, er schaute den Autos nach, die wie Segelboote unter seiner Klippe trieben. »Geiger, ihm wurde die Hand zertrümmert. Er wird nie wieder auf diesem Flügel spielen können.«

Kiefer reagierte immer noch nicht, weshalb Gut nun schon fast schrie: »Außerdem ist Dennis Geiger vergewaltigt worden.«

Jetzt hatte Kiefer sich umgedreht.

Kriminalhauptkommissar Gut senkte die Stimme. »Es war schlimm, er … musste genäht werden … ist nicht vernehmungsfähig.«

Felix Kiefer dachte an Mörike. Er fragte sich, wie man so werden konnte, und gleichzeitig wusste er die Antwort. Doch woran er dachte, das gefiel ihm nicht. Kiefer dachte, dass Mörike doch auch nur ein Opfer war. Einer, dem sicher übel mitgespielt worden war. Niemand kam so auf die Welt. Diesen Gedanken wischte er mit einer zackigen Bewegung schnell wieder weg. So dachte vielleicht einer wie Trester, ein Weltverbesserer, aber …

Kiefer schob den Kaugummi in die Backe, wodurch er diesen Rhythmus unterbrach, der auch den Takt für sein Denken vorgegeben hatte, und wurde sich gleich wieder vertrauter. Kaugummi kauen war ohnehin nicht seins.

»Der Nachbar hat Mörike eindeutig identifiziert?«

»Ja, er sei vor der Tür …«, der LKA-Beamte Gut kramte in seinen Notizen, »… gegen 23 Uhr von einem schwarzen Alfa Spider abgesetzt worden und im Haus verschwunden.« Gut nickte. »Er hatte Mörike kurz davor im Heute-Journal gesehen. Claus Kleber hatte Gallwitz interviewt und …«

Kiefer fiel ihm ins Wort. »Gallwitz, Gallwitz, tralla la la la, der weiß auch nicht alles, kann aber alle überzeugen, ein echter Popstar. Demnächst macht er noch eine eigene Kochsendung auf und singt dazu den Profiler-Rap. A-A-Aufgetischt: Die B-B-Bullenküche, nur für ha-ha-harte Jungs, oder so …«

»Professor Adolf Gallwitz ist ein ausgewiesener Experte, ein hervorragender Psychologe, immerhin lehrt er an unserer Polizeihochschule in Villingen-Schwenningen und …«

Kiefer wehrte ab. »Ist ja gut, das könnt ihr denen im ersten Semester erzählen … Der Nachbar, hol ihn … nein, warte, wir gehen zu ihm.«

Die Wohnung von Achim Körner glich einem Museum für die Geschichte der Fotografie. Überall standen alte Apparate, an den Wänden reihte sich eine Glasvitrine mit alten Kameras an die andere, immer wieder unterbrochen von großformatigen Fotografien. Körner war klein, dünn und hatte nervöse Augen, die nie auf einem Gegenstand zu ruhen schienen. Ständig wanderten seine Augäpfel, wie bei jemandem, der aus einem fahrenden Zug heraus jedes Objekt am Wegesrand fixieren will, man konnte kaum hinschauen.

Stehen gerade so lange still, wie man für einen Schnappschuss braucht, dachte Kiefer. Er nickte dem Mann freundlich zu. »Ihnen entgeht nichts!«

Körner fühlte sich geschmeichelt, zumindest hatte man den Eindruck. »Ich bin ... ich war Fotograf.«

»Nein, das ist ja ...« Kiefer fand, dass der Fotograf ein wenig wie eine Labormaus aussah, die seit Monaten kein Tageslicht abbekommen hatte, ein weißes Rosa. Plötzlich griff sich der LKA-Mann in den Mund und kramte seinen Kaugummi hervor. Vor ihm stand ein Teller, Körner hatte wohl gerade ein Brot gegessen. »Darf ich?«

Körner nickte irritiert und hielt ihm den Teller hin.

»Sie haben da ja noch jemanden gesehen«, nuschelte Kiefer.

»Ja, den mit dem Alfa.«

»Wie sah der aus?«

»Das war ein drahtiger sportlicher Typ, dunkle Haare, vielleicht einen Meter achtzig groß, so was.«

»War der auch in der Wohnung?«

»Ich denke ja, er kam aber später.«

»Erst hat er den Mörike gebracht und dann ist er später nochmal alleine gekommen?«

»Ja, so war es wohl.«

»War es wohl«, wiederholte Kiefer. Er zog ein Foto von Trester aus der Tasche und hielt es dem Fotografen hin. »Sind Sie sicher, dass der hier beide Male dabei war?«

»Nein, also beim ersten Mal, da waren es zwei Typen, die mit Mörike gekommen sind. Und später ist der da«, er deutete auf das Foto, »alleine gekommen.«

Der Kriminalpolizist beobachtete den kleinen Mann jetzt ganz genau. Diese silbergrauen Haare, sie standen gerade nach oben. Als ob er sie nachts in Strohhalme steckte. Der kleine Körner wollte größer wirken. Seine Augen rasten hin und her, das war auch so komisch.

»Was ist mit Ihren Augen?«

»Nichts, das ... das ist nur ein Tick.«

»Wo haben Sie die Fotos?«

Der Mann schien überrascht.

»Ein Fotograf, der keine Bilder macht oder wie, da zuckt doch was bei so einem Motiv.«

Körner fasste sich an den Bauch. »Das ging alles zu schnell, bis ich meine Kamera geholt hätte ...«

Kiefer stand auf und lief zu Körners Telefon. Er rief die letzten Nummern aus dem Speicher auf, wählte sie an und stellte auf laut. Bei der dritten Nummer meldete sich die Stuttgarter Bildzeitungsredaktion.

Kriminalhauptkommissar Gut hatte bisher geschwiegen und streckte jetzt seine Hand aus. »Die Fotos, bitte.«

Auf den Bildern war deutlich der ehemalige LKA-Zielfahnder Amon Trester zu erkennen. Kiefer musste lächeln. Wegen der Badekappe. »Dunkle Haare, ja?« Auf den anderen Fotos war Mörike zu sehen und zwei Kerle, die wie Zwillinge aussahen.

Körners Augen wanderten noch hektischer hin und her. »Die beiden Kerle haben ihn hier nur abgesetzt. Später ist der Riese dann mit einer Frau aus dem Haus gekommen. Sie liefen eingehakt und sind mit ihrem grünen Audi verschwunden.«

»Eine Frau?«

»Eine Schülerin von Geiger, kommt immer mittwochs.«

»Sie kennen sich gut aus.« Kiefer schaute sich um und sah sein Spiegelbild in einer Vitrine. »Schön, wenn man für so was Zeit hat. Haben Sie noch mehr Schnappschüsse?«

»Nein, bitte ...« Der Fotograf setzte einen gequälten Blick auf und schaute Richtung Wohnungstür. Der LKA-Mann nickte ihm zu.

Dass Katja in meiner Badewanne lag, machte mich sehr glücklich. Sie brachte viel Leben. Ich schüttelte den Kopf, als ich mein breit grinsendes Gesicht in der Spiegelung des Laptopschirms entdeckte. Dann konzentrierte ich mich wieder auf die Buchstaben. Ich dachte auch daran, dass ich eigentlich losmüsste, Annette suchen, doch ich wusste nicht wo.

Ich fing an zu lesen.

Annette Delius, geborene Zeller. I. Zusammenfassung, II. Ausführliche Lebensstationen, III. Anhänge (Kopien, Zeugnisse, Urkunden), IV. Menschen aus Annette Delius' Lebensumfeld.

»Stephan, der Rechercheur-Typ, ist ein guter Ex-Freund«, rief ich in Richtung Badezimmer, wo es munter plätscherte. Doch Katja konnte mich nicht hören.

Ich überflog die kommentierte Zusammenfassung:

Annette Delius (geborene Zeller)

Annette Delius war Miss Baden-Württemberg 1997. Sie ist groß und schlank, hat schwarzes, kurzes Haar und türkisfarbene Augen. Ihr leicht dunkler Hautton verleiht ihr etwas Exotisches. Für ein paar Jahre konnte sie sich, nach ihrem Erfolg als »Miss BW«, mit Werbeverträgen und als Katalogmodel über Wasser halten. Für viele Männer ist sie ein echter Vamp. Man kann ihr nur schwer widerstehen. Sie ist sexy, eroberungssüchtig, flirtet für ihr Leben gern, nimmt sich, was sie will. Annette hat in Tübingen ein paar Semester Philosophie und Kunstgeschichte studiert. In dieser Zeit lernte sie auch Amon Trester kennen, hatte mit ihm eine kurze, stürmische Affäre, die sie nach ein paar sehr intensiven Wochen abrupt beendete. Trester wäre damals beinahe gestorben vor Liebeskummer und Selbstmitleid. (Anmerkung: Ist das nicht der seltsame Typ, der für dich nach deiner Mutter gesucht hat? Sorry, kleiner Spaß.)

Ich konnte es nicht fassen. Woher wusste der, dass ich mit Annette ein Verhältnis hatte? Ich meine, das konnte man ja schließlich nicht der Boulevardpresse entnehmen.

Weiter:

Nach dem Abbruch des Studiums hat Annette Zeller für einen exklusiven Escort-Service mit dem himmlischen Namen »Angeldust« gearbeitet. Der Service gehörte einer Freundin. Die Frauen von »Angeldust« wurden nur an die

Topadressen der besseren Gesellschaft vermittelt. Zahlungskräftige, mittelständische Unternehmer, aber auch Manager der ganz großen Konzerne (Kundenliste siehe Anhang).

Ich blätterte nach hinten. Allein mit dieser Kundenliste ließe sich die halbe Geschäftswelt erpressen. Manager, die mit Hilfe von Prostituierten überzeugt wurden oder zumindest angreifbar waren, das war ja nichts Neues. Das kannten wir schon von deutschen Autobossen. Aber in dieser Dimension ...

Zwischendrin hörte ich Katja in der Badewanne singen, oh Gott, das klang wie »Nothing else matters« von dieser Metalband Metallica. Hoffentlich dachte sie dabei nicht an mich oder hoffentlich doch. Jedenfalls sang sie so, als ob sie einen Kopfhörer aufhätte, nur hatte sie keinen auf.

Egal, weiter:

Annette Delius ist heute 38 Jahre alt und sieht immer noch verdammt gut aus (Sorry ... !? Siehe sexy Bilder im Anhang). Ihr einziges Manko war und ist, dass sie kein eigenes Geld hat, nie richtig unabhängig war. Sie hat sich die Männer genommen, und die haben dafür bezahlt. So mancher auch mit seinem Verstand. Das hat ihre Beziehung zum anderen Geschlecht nachhaltig geprägt.

So ging das wohl viele Jahre. Bis sie den Unternehmer Werner Delius heiratete. Sie lernten sich auf einer Party kennen. Für dieses Fest wurden von »Angeldust« insgesamt zehn Damen zur Unterhaltung bestellt (Namensliste siehe Anhang). Es ging um den 75. Geburtstag eines befreundeten Unternehmers. Freunde und Geschäftsleute aus der ganzen Welt kamen nach Stuttgart. Gefeiert wurde zunächst in der Alten Reithalle in Stuttgart und später im engeren Kreis in der Privatvilla von Delius am Killesberg. Und Werner Delius hat sich sofort in Annette Zeller verliebt. Augenzeugen berichten, dass er den ganzen Abend nicht von ihrer Seite gewichen ist.

Delius ist in der Pharmabranche tätig. Delius Medical ist ein pharmazeutisches Unternehmen in der dritten Generati-

on. Ein durch und durch schwäbisches Unternehmen. Die Familie Delius hat nie auf großem Fuß gelebt. Wenig Luxus, keine extravaganten Häuser oder Reisen. Nachdem Werner Delius die Firma als junger Mann übernommen hatte, änderte sich vorübergehend die Unternehmensstrategie. Mit fatalen Folgen.

Neben verschiedenen Produktklassikern, wie zum Beispiel Schmerzmitteln, hat sich das Unternehmen in den letzten Jahren auf die Herstellung von Generika spezialisiert. Delius Medical betreibt keine eigene Forschung mehr. Der Grund: Mit der Entwicklung eines potenzsteigernden Präparates hat sich der kleine Mittelständler übernommen. Die Kosten für die Forschungsarbeit liefen davon. Die Investitionen für das neue Labor, die Entwicklung und die Forscher bezifferte die Gläubigerbank mit rund 40 Millionen Deutsche Mark (siehe Anhang). Durch Missmanagement hatte Werner Delius die Firma in wenigen Jahren nahezu in den Konkurs getrieben.

Interessanterweise wurde dieser Forschungszweig zum genannten Betrag von einer US-amerikanischen Pharma-Gruppe übernommen. Der Marktwert betrug zu diesem Zeitpunkt jedoch nur noch ein Viertel des ursprünglichen Betrages. Die US-Gruppe rettete Delius Medical damit vor dem sicheren Absturz. Trotzdem war die Aktion wohl nicht ganz uneigennützig. Heute verdient sie sich mit dem Potenzmittel Vitalis Plus weltweit eine goldene Nase.

Elf

Hinter mir klapperte es. Ich hörte, wie Katja die Badezimmertür öffnete. Sie trug eins meiner Lieblings-T-Shirts, dunkelblau, auf der Rückseite ist ein großer buntbestickter Kreis, der wie das Yin- und Yang-Zeichen aussieht. Ihr war es viel zu groß, aber sie sah wunderbar darin aus. Darunter waren ihre engen Shorts nur knapp zu sehen. Und darunter ihre Beine, mit den Sommersprossen, jenen geheimen Zeichen und Botschaften, die ich bald entschlüsseln wollte. Ich würde die erste richtige Übersetzung liefern, sie werden alle staunen, wenn sie die Poesie hören, die da gewachsen ist, Punkt für Punkt. Nur ich werde sie richtig lesen, ihre Sommersprossen.

Ich schaute wieder auf den Bildschirm, als Katja mir ihre Arme auf die Schultern legte.

»Er ist gut, dein Ex-Stephan.«

»Sag ich doch, und nett ist er auch noch.«

»Wieso ist es dann auseinandergegangen?«

Katja kniff mir ins Ohrläppchen. »Das willst du nicht wissen.«

Die Antwort verwirrte mich. »Wahrscheinlich«, sagte ich und schob den Text ein wenig mit der Maus hoch und runter.

»Woher hat Ex-Stephan diese ganzen Informationen? Das ist doch zum Teil wirklich intimes und auch brisantes Material.«

Katja griff mir in die Haare und zog ein wenig daran und drehte mich zu sich um, so dass wir uns in die Augen schauen konnten. »Dazu sage ich nicht viel. Er ist Teil eines Netzwerkes von Rechercheuren. Sie nennen sich die Neckar-Fischer.«

»Die Neckar-Fischer, wow.«

Plötzlich hatte sie einen Blick drauf, der mich an die russische Doppelagentin aus einem Film erinnerte, kurz bevor sie dem Typen erklärt, dass sie ihn doch nicht liebt. Alles nur gespielt, mein Schatz.

»Glaubst du den Blödsinn?« Katja griff jetzt fester in meine Haare, zog meinen Kopf nach hinten. »Egal, du darfst ihn jetzt Stephan nennen, vergiss das mit dem Ex.«

»Das tut weh«, sagte ich.

Sie wartete. »Wie meinst du das jetzt?« Dann stieß sie mich leicht an. »Mach weiter, ich will dir ein wenig über die Schulter schauen.«

Ich kam mir vor, als würde sie meine Hausaufgaben kontrollieren.

Also weiter:

Seit einem halben Jahr hat Annette Delius ein Verhältnis mit ihrem privaten Musiklehrer, der sie mittwochs im Klavierspielen unterrichtet. Gemeinsam mit dem Lehrer, Dennis Geiger, hat sie zwei kleinere Konzerte in freundschaftlichem Rahmen gegeben. Freunde, Bekannte, Kunden ihres Mannes usw. Es wurde Geld für die Erdbebenopfer von Haiti gesammelt. Insgesamt kamen 23.000 Euro zusammen.

Ihr Mann, Werner, liebt sie zwar über alles (mehrere Quellen), dennoch hat er bei der Heirat Wert darauf gelegt, dass die beiden Gütertrennung vereinbart haben. Ein großer Fehler, wie sich noch herausstellen sollte. Würde sich Annette von ihrem Mann trennen, wäre sie also nahezu mittellos. Es ist anzunehmen, dass Annette das von Anfang an als großen Vertrauensbruch wertete. Allein im Todesfall ihres Mannes hätte sie Anspruch auf den Besitz. Dennoch: nach allem, was hierzu zu erfahren war, liebt auch sie ihn, hat es wohl deshalb akzeptiert. Das Verhältnis zu ihrem Musiklehrer ist eher als eine Laune zu werten, oder sagen wir besser, es entspringt ihrem zügellosen Trieb. Annette Delius ist nymphomanisch veranlagt.

Plötzlich stieß mich Katja von hinten an, genau in dem Augenblick, als ich über das Wort »nymphomanisch« nachdachte.

»Du liest langsam und ohne System. Das braucht Stunden, zu viel Zeit. Was glaubst du, warum Stephan manche Passagen gefettet hat? Da kannst du Stück für Stück nach unten hüpfen, nur die Headlines lesen. Amon, darf ich dir ein paar Dinge zeigen?«

Ich sprang auf, als ob mir eine Feuerqualle den Hintern verbrannt hätte, und wunderte mich gleich wieder über meine heftige Reaktion. Sonst hatte ich mich doch so gut unter Kontrolle. Mann! Viele sagen, dass ich so ruhig und ausgeglichen wirke. Ja, vielleicht, eben … wirke! Ich schaute sie wütend an.

Katja prüfte meinen Blick, sie sah erschrocken aus. Sie schaute mich an, die ganze Zeit, und dachte wohl nach. Dann öffnete sie den Mund, ihre ganze Haltung erinnerte mich wirklich an meine Grundschulrektorin, Frau … na egal, lassen wir das. »Ich bleibe dabei, das ist Zeitverschwendung.«

Meine Stimme bekam einen aggressiven, kratzigen Ton, wie aus einem Grammophon-Trichter, ich war zu laut. »Dann lass mich jetzt arbeiten, ja!«

Noch einmal dieser prüfende Blick. Katja. Jetzt schaute sie weg, suchte ihre Sachen zusammen, als ob sie abhauen wollte.

Ich hielt sie fest, drückte sie an mich. »Du bist wie ein Buschbrand.« Ich sagte das und grub in ihren roten Locken. Da konnte ich mich verlieren, jetzt.

Sie machte sich von mir los, und die Temperatur sank schlagartig.

»Wenn wir wollen, beide wollen, werden wir gut zusammenarbeiten, Amon. Wir sind gut, beide … zusammen …«

»Ja«, sagte ich und setzte mich erneut vor den Bildschirm.

Doch gleich wurde ich wieder abgelenkt. Katja telefonierte mit ihrer Redaktion im SWR.

»Ich komme diese Woche nicht mehr in den Sender. Nein, nein … alles in Ordnung. Ja, ich brauche ein paar Tage Ruhe. Ja, war ne stressige Produktion. Grüß die anderen von mir. Ciao und Kuss. Halt, warte … und die Quote? Ah … danke. Scheiße!«

Gut, sie wollte bei mir bleiben. Ich las wieder langsam weiter. Weil ich nicht anders konnte. Wer zu schnell liest, übersieht Details. Das hier war eine präzise Arbeit. Ich suchte etwas, von dem ich nicht wusste, was es war.

»Scheiß Zuschauer, scheiß Quote«, zischte Katja und knallte ihr Handy auf den Tisch. »Das war ein verdammt guter Film und wenn die Idioten das nicht kapieren …« Sie stieß einen Seufzer aus.

Ich schaute sie fragend an.

»Ach, eine Reportage über Transsexuelle, die sich das Geld für ihre Schönheitsoperationen auf dem Stuttgarter Strich verdienen.«

»Klingt interessant«, sagte ich, ohne mir Gedanken über meine Betonung zu machen, und Katja zog die Augenbrauen hoch, sie glühten rot wie flüssige Lava. Kam wohl falsch an.

Also flüchtete ich mich wieder in Stephans Rechercheunterlagen. Es folgte ein Absatz über Annettes Eltern.

Annettes Mutter, Margarete Zeller, wird mit 17 Jahren schwanger. Als Vater des Kindes gibt sie Silvio Bertolucci an, einen italienischen Wanderarbeiter. Bertolucci stammt aus einem kleinen Dorf im Norden Siziliens. Er kam auf der Suche nach einer Arbeit, einer besseren Zukunft, im Sommer 1970 nach Deutschland. Kurze Zeit später heuerte der 18-Jährige als Bauhelfer bei der Stuttgarter Firma Bullinger Hoch- und Tiefbau an.

Hier hat der gutaussehende Italiener (Foto im Feinripp!!!, siehe Anhang) vermutlich Annettes Mutter kennengelernt. Margarete Zeller machte zu diesem Zeitpunkt eine Ausbildung zur Bürokauffrau bei der Firma Bullinger. Als Margarete schwanger wurde, brach sie die Ausbildung im zweiten Lehrjahr jedoch ab. Zu dieser Zeit wohnte sie bereits alleine in einer Einzimmerwohnung in der Wagenburgstraße, in Stuttgart-Gablenberg. Als sie schwanger wurde, zog Margarete wieder zu ihrer Mutter, die ebenfalls im Stuttgarter Osten eine Wohnung hatte.

Dann folgten einige Verweise auf Margarete Zellers Lebenslauf und ein handgeschriebenes Bewerbungsschreiben mit Foto, Zeugnisse der Berufsschule, alles offenbar eingescannte Dokumente aus ihrer Personalakte bei der Firma Bullinger.

Ich überflog die Seiten und spürte Katjas Hand auf meiner Schulter. Klopfte sie mir jetzt anerkennend auf den Rücken? Ich hangelte mich weiter durch den Text und blieb an einem Absatz hängen, der mit »Der tragische Unfall« betitelt war.

Darunter folgten ein paar Headlines, die aus Tageszeitungen vom 26. Mai 1972 stammten. Überwiegend regionale Zeitungen aus Baden-Württemberg, aber auch ein kurzer Artikel aus der Süddeutschen Zeitung. Und im Anschluss Stephans Zusammenfassung.

Am 26. Mai 1972 gegen 14:30 Uhr verunglückten Margarete Zeller und ihr Freund Silvio Bertolucci auf dem Weg zur Hochzeit. Sie waren keine 4000 Meter von der Gaisburger Herz-Jesu-Kirche entfernt, als Silvio offenbar die Kontrolle über das Fahrzeug verlor. Der weiße Opel Kadett prallte frontal gegen einen Baum. Bertolucci war sofort tot. Eine nachfolgende Untersuchung ergab, dass er einen Blutalkoholwert von 2,1 Promille hatte. Margarete Zeller wurde bewusstlos auf die Intensivstation des Marienhospitals gebracht. Ihr Gesicht war übersät mit Schnittwunden, Glassplitter steckten in ihrer Haut, Kiefer und Wangenknochen waren zertrümmert, gebrochene Rippen hatten die Lunge durchlöchert. Der diensthabende Arzt entschied sich für eine Notoperation, um das Kind in ihrem Leib zu retten. Das Mädchen konnte wie durch ein Wunder durchgebracht werden, Margarete Zeller verstarb jedoch noch in der Nacht an den Folgen des Unfalls. Als Todesursache wurde Herzversagen benannt. Todeszeitpunkt 22:35 Uhr. Oberarzt Dr. Florian Wuttke nannte das Neugeborene Annette.

Ich hatte es nicht gleich bemerkt. Ich war einfach zu sehr vertieft in diesen Text, mit meinen Gedanken beschäftigt, mit diesem Schicksal. Dieser schreckliche Unfall, ich sah die Bilder vor mir, als Katja mich anstieß.

»Dein Handy … willst du nicht rangehen?«

Ich nickte abwesend und schaltete das Ding auf laut. Ich hasse es, mir so ein Kraftwerk ans Ohr zu drücken. Wenn ich mir ein Handy ans Ohr halte, habe ich jedes Mal das Gefühl, dass mein Gehirn fürchterlich anfängt zu kribbeln. Kann der Kopf eigentlich einschlafen, so wie ein Fuß?

»Amon Trester, private Ermittlungen …«

»Hör zu, die wollen mich töten. Du darfst ihm auf keinen Fall vertrauen.« Sie klang weit weg. Keine messbare Distanz in Kilometern war das, sondern eine unglaubliche Entfernung, die ihr Leben schrumpfen ließ, bis es … Sie klang so abgeklärt. Als ob sie schon die große Reise in den Hades angetreten hätte und nur kurz zurück war, um noch einmal den Aufstand zu proben. Menschen klingen so, wenn sie eine Nahtod-Erfahrung hatten. Ich dachte an eine Freundin, die mir erzählt hatte, dass sie schon glaubte, tot zu sein. Wie sie erlebt hatte, dass man über sie redete, über die Tote, die dalag. Sie redeten und redeten. Und dann, nachdem sie das andere Ufer deutlich gesehen hatte, dem Höllenhund schon der Geifer aus dem Mund troff, da habe sie noch mal kehrtgemacht, sei zurückgeschwommen. Genau das sah ich gerade, und mein Magen rumorte, als ob darin Kieselsteine aneinanderrieben und dabei munter klapperten. Halt, stopp. Das mit der Freundin stimmt so nicht. Sie hat es mir anders erzählt. Das eben war meine eigene Fantasie, ein wenig mythologisiert, mehr, wie ich die Welt erlebe. Es war so: Sie lag auf der Straße, war einfach umgefallen, und die Leute steckten über ihr die Köpfe zusammen und redeten und redeten. Dann sagte jemand: »Die ist tot.« Da wollte sie sich die Ohren zuhalten, und dabei sei sie wieder aufgewacht, weil man sich ja nicht die Ohren zuhalten könne, wenn man tot sei. So ging es in meinem Kopf herum, und dann hörte ich wieder Annette.

»Wenn dich mein Mann anruft, sag ihm, dass du keine Ahnung hast, was mit mir los ist. Du wolltest mir helfen … wir wollten uns treffen, dann … dann war ich aber schon weg, klar? Wir haben uns nicht mehr gesehen, verpasst, klar?«

Ihre Stimme klang wie aus einer Tiefkühltruhe, irgendwo zwischen Schweinebauch und Jumboshrimps lag sie mit ihrem Telefon, und ihre Worte knackten vor Kälte. Ein leichter arktischer Wind ging hinter ihr, das Mikro ihres Handys verzerrte. Dann hörte ich noch ein Dröhnen.

»Annette, wo steckst du?«

»Vergiss es.«

»Dein Mann, ich war schon längst bei ihm, verstehst du?«

»Du Idiot!«

»Ich dachte, du vertraust ihm ...«

Annette hatte aufgelegt. Sie hatte die Nummer unterdrückt, so dass ich sie nicht zurückrufen konnte.

Erkennen

Zwölf

Ein paar Wochen früher

»Es ist ein Eingriff, der nur sehr schwer rückgängig gemacht werden kann. Ich möchte, dass Sie sich noch ein wenig Zeit nehmen.« Dr. Franzen nahm die Brille ab und schaute zu der Frau, die vor ihm auf dem Stuhl saß. Seine freundlichen braunen Augen ruhten auf wulstigen Tränensäcken, die wie zwei implantierte Raupen unter der Haut arbeiteten. Man sah jeden einzelnen Gürtel dieser wohlgenährten Insekten. Dicke Falten rollten sich in mehreren Lagen auf seiner Stirn. Seine Hässlichkeit hatte etwas Harmloses, fast Liebenswürdiges, wie diese Hunde, denen man extra viele Falten angezüchtet hatte.

»Sie können mich nicht umstimmen.« Annette Delius trug einen engen Rock, der auf dem Weg zu ihren Knien aufhörte und eine weiße lockere Bluse, durch die ihre Höfe schimmerten. Ihre braungebrannten Beine steckten in spitzen schwarzen Pumps.

Dr. Franzen lächelte beiläufig und machte sich ein paar Notizen, vielleicht tat er auch nur so.

»Was denkt Ihr Mann darüber?«

»Spielt das eine Rolle?«

Der Frauenarzt schaute ihr flüchtig auf die Beine, huschte dann zu ihren leuchtenden Augen. Ein auffälliges Türkis, sehr hell, es wirkte ein wenig unheimlich. Ja, diese Augen leuchteten, fast unwirklich.

»Wenn meine Frau sich sterilisieren lassen wollte, hätte ich gerne, dass sie mit mir darüber spricht.«

»Es gibt viele Ärzte, ich suche mir einen anderen, wenn das mit Ihnen nicht geht. Kooperieren Sie?«

Dr. Franzen seufzte, setzte die dicke Brille wieder auf und schob seinen Drehstuhl näher an den Computer. Er überflog eine Seite.

»Sie sind gerade mal 37 Jahre. Warum wollen Sie plötzlich keine Kinder mehr?« Er beobachtete Annette. »Sie haben doch ... noch Zeit.«

Sie öffnete ihre Tasche, griff hinein, überlegte einen Moment. Dann machte sie die Tasche wieder zu.

»Ihr Mann, hat er Ihnen etwas angetan?« Franzen machte eine kurze Pause. »Das passiert ... Ich bin Ihr Arzt, Sie können mir vertrauen.«

Annette lächelte verführerisch und wippte mit ihrem übereinandergeschlagenen Bein. »Was meinen Sie mit angetan? Sie sind ja mein Arzt.«

Dr. Franzen schüttelte den Kopf. »Tut mir leid, ich weiß nicht, was Sie damit bezwecken.« Er zögerte. »Aber ich weiß, dass Sie vor wenigen Tagen einen Termin wollten, um sich untersuchen zu lassen.« Der Arzt atmete schwer. »Weil ... weil Sie ein Kind wollten und sicher gehen wollten ...«

»Genau, und jetzt habe ich meine Meinung geändert, Dr. F-r-a-n-z-e-n!«

»Es gibt viele Möglichkeiten zu verhüten, warum ...«

Annette war aufgestanden und beugte sich jetzt über den Schreibtisch direkt zu Dr. Franzen. »Sie kapieren es nicht.« Dann ging sie um den Schreibtisch und stellte sich direkt vor den Arzt, der immer noch auf seinem Drehstuhl saß.

»Ich erkläre es Ihnen.«

Sie stand jetzt ganz nah vor dem Arzt, baute sich vor ihm auf. »Ich bin eine Schlampe. Ich kann nicht anders, verstehen Sie. Selbst bei Ihnen, Doktorchen, und Sie sind nun wirklich ein missratenes Stück Schöpfung. Selbst bei Ihnen werde ich feucht, klar?«

Annette schaute dem Arzt direkt in die Augen. »Sie müssen mich nur ein bisschen untersuchen und schon spiele ich mit, verstehen Sie?« Annette trat einen Schritt zurück, schob den Rock ein wenig nach oben und wartete auf Dr. Franzens Reaktion. Der Arzt hatte ein rotes Gesicht, seine Augen rutschten hinter den dicken Brillengläsern hin und her. Nun drehte er sich wieder zum Computer. Er hielt seine Hände über der Tastatur, wie ein Kirchenorganist, der auf seinen Einsatz wartete, jetzt, jetzt gleich!

Annette lachte dreckig. Sie hatte sich wieder auf den Stuhl vor dem Schreibtisch gesetzt. »Was ist, wollen Sie mich jetzt schnell und hemmungslos ficken? Hier auf der Patientenliege? Du bist versaut. Von hinten, du bist doch so einer, Doktorchen, ja? Du bist ein kleines Ferkel.«

»Aufhören, aufhören! ... Hören Sie auf, verdammt noch mal!« Dr. Franzen hatte mehrmals mit der Faust auf den Tisch geschlagen. Sein rotes Gesicht bekam weiße Flecken, die so hell leuchteten, als ob sie jemand mit einem gelben Textmarker nachgefahren hätte. »Das ist widerlich.«

Annette fasste sich zwischen die Beine. »Warum bist du dann so erregt?«

In diesem Moment kam die Sprechstundenhilfe herein.

»Es ist alles in Ordnung«, zischte Dr. Franzen, »gehen Sie!«

Die junge Frau machte ein Gesicht, als ob ihr Freund gerade mit ihr Schluss gemacht hätte, und verschwand sofort.

Annette sprach jetzt ganz ruhig und bedächtig. »Ich will einfach nur sichergehen, dass ich nicht bei irgend so einer Aktion schwanger werde ... das ist alles.«

Der Arzt nickte resigniert. »Ich muss Sie trotzdem untersuchen, wir brauchen auch eine Blutprobe ...«

Franzen runzelte die Stirn und tippte etwas in den Computer.

»... aber das kann auch meine Mitarbeiterin machen ... Verzeihen Sie, aber ich kann Sie wirklich nicht verstehen.«

Annette hatte ihren Spiegel aufgeklappt und zog sich die Lippen nach, wischte sich über die Zähne, in den Rillen hockte ein wenig rote Farbe.

»Wie Sie wollen, Herr Doktor.« Sie hatte ihre Schminksachen zurückgelegt und hielt nun eine buntbemalte Streichholzschachtel in der Hand. Sie betrachtete sie kurz und legte sie dann auf ihren Schoß, um nach ihrem Flachmann zu kramen.

Dr. Franzen war immer noch völlig durcheinander, suchte Ablenkung in den formellen Vorgängen. »Ich werde Sie an einen Kollegen überweisen, ich gebe Ihnen Informations-Broschüren mit. Der Eingriff ist nicht sehr schmerzhaft und …«

»Und wenn. Schmerzen gehören dazu, zum Leben.« Annette nahm einen kräftigen Schluck. »Da wäre noch etwas.«

Der Arzt schaute sie irritiert an, mied aber gleich wieder ihren Blick.

»Kann man mit Zähnen einen Gentest machen?« Annette Delius schüttelte die Streichholzschachtel in ihren Händen. Es klang wie ein abgenutzter Würfelbecher, dumpf und feucht vom Handschweiß.

Dr. Franzen schwieg. Er schien zu überlegen, worauf die Frau nun schon wieder hinauswollte.

»Seine Weisheitszähne. Er hat sie ihr geschenkt.«

Dr. Gregor Franzen hatte die Brille wieder abgenommen und rieb sich nun mit beiden Händen das Gesicht. So heftig, dass die Falten auf seiner Stirn gänzlich durcheinandergerieten, kurz das Muster aufeinandertreffender Wellen annahmen und nun eine Zeit brauchten, um ihre alte Ordnung wiederzufinden. »Ich verstehe nicht.«

Annette schlug die Beine übereinander, und das rechte Schienbein glänzte im Licht wie die Klinge eines Schwertes. »Diese Erbkrankheit, Sie haben gesagt, dass ich sie von meinem Vater habe, dass sie nur vom Vater auf die Tochter vererbt wird.«

Erneut griff Annette in ihre Tasche. »Die Krankenakte von meinem … von Silvio Bertolucci, ich habe sie hier. Keine Krankheit. Da, sehen Sie!«

Der Arzt war aufgestanden. »Darf ich mal?«

Annette hielt ihm die Mappe entgegen. Franzen überflog die Seiten und nickte. »Sieht so aus, ja.« Er murmelte ein wenig in sich hinein. »Dass die Erbkrankheit nicht entdeckt wurde, kann man wohl ausschließen. «

Wieder dieses Geräusch, der Würfelbecher.

»Deshalb, hier, seine Zähne. Ich meine, geht das?« Annette hatte sich erhoben und stand dem Arzt jetzt direkt gegenüber. Sie überragte ihn um einen halben Kopf.

Dr. Franzen schaute flüchtig auf Annettes Busen, dann auf die Schachtel und griff danach. »Seltsam, das mit den Zähnen.«

»Machen Sie das für mich? Doktor?«

Franzen hob die Hände, wie zum Schutz. »Das kostet viel Geld, das muss in ein freies Labor.« Der Arzt dachte nach. »Ein Abstrich aus Ihrem Mund, ein paar Proben, auf jeden Fall Röntgenbilder von Ihrem Gebiss und …«

»Oh, das ist es mir wert. Ist doch ne tolle Sache, wenn man weiß, dass der Vater auch wirklich der Vater ist. Nicht wahr? Oder eben auch nicht, je nachdem … aber man weiß dann eben etwas.«

Annette schaute in die Ferne, als ob ihr dort jemand eine Antwort zurufen würde.

Männer hängen offenbar an Dingen, die mal an ihrem Körper hingen. Auch Florian, ein früherer Liebhaber von Annette Delius, hatte ihr mal einen Weisheitszahn von sich geschenkt. Sie hatte ihn aufgehoben, als ob es der Stoßzahn eines Elefantenbullen wäre, eine Trophäe. Annette traute niemandem, und das Leben gab ihr immer wieder recht.

Also gab sie Dr. Franzen, dem Frauenarzt, dem der weibliche Zweig der Familie Delius seit Jahrzehnten sein Vertrauen schenkte und der zudem auch noch bereitwillig mit der Pharmaindustrie kooperierte, den Zahn von Florian, einem athletischen Kerl, mit dem sie über Monate hinweg ein wahrhaft ungezügeltes Verhältnis gepflegt hatte.

Dr. Franzen meldete sich wenige Tage später.

»Das Ergebnis ist eindeutig. Absolute Übereinstimmung. Silvio Bertolucci ist definitiv Ihr Vater. Sie können sich freuen, ich meine, zur Ruhe kommen, jetzt haben Sie endlich Gewissheit.«

Annette Delius bedankte sich brav und verwies den Arzt erneut auf seine Schweigepflicht. »Sie haben mir sehr geholfen, lieber Dr. Franzen.«

Franzen bedankte sich seinerseits knapp und legte auf.

Annette grinste spöttisch. Demnach war Florian, ihr Ex-Lover, also ihr leiblicher Vater. Nur war der zwei Jahre jünger als Annette. Es würde an ein echtes Wunder grenzen, hätte er Annette zwei Jahre vor seiner eigenen Geburt gezeugt. Annette versuchte sich das vorzustellen. Schöne Idee, dass das Nichts etwas zeugt, aber ... Die echten zwei Zähne von Silvio Bertolucci schickte Annette auf eigene Faust an zwei Labore. Das heißt, einen der beiden Zähne schickte sie in ein Labor im nördlichsten Zipfel Deutschlands. Nach einer Woche bekam sie einen Anruf, dieser Zahn sei auf unerklärliche Weise verloren gegangen. Ein Labor, das viele Aufträge von Delius Medical bekam.

»Es tut uns schrecklich leid, wir werden den Schaden angemessen wiedergutmachen.«

Der zweite Zahn ging ebenfalls an ein Labor. Doch kam der Auftrag nicht direkt von Annette Delius, sondern von einem mit ihr seit Studienzeiten befreundeten Zahnarzt. Dr. Ziegler hatte den Zahn und Annettes Vergleichsmaterial unter seinem Namen an einen der weltweit angesehensten Kriminalbiologen geschickt. Dr. Sven Breuer hatte unter anderem Hitlers Zähne untersucht. Er war nach Moskau gereist und hatte dort dessen Gebissreste begutachtet. Im Gebäude des ehemaligen KGB wurden die Zähne in einer Zigarettenschachtel aufbewahrt. Und angeblich war dort auch noch ein Stück von Hitlers Schädeldecke vorhanden. In der Folge hatte der Experte umfangreiche Untersuchungen durchgeführt und konnte nachweisen, dass es sich tatsächlich um Hitlers Gebiss handelte. Allerdings dienten ihm hierbei vor allem alte Röntgenbilder als Beweismittel. Das Labor von Dr. Breuer schickte Annette nach wenigen Tagen ein Gutachten zu.

»Das Ergebnis ist eindeutig«, übersetzte ihr der befreundete Zahnarzt, der eine Kopie erhalten hatte, am Telefon. Annette musste grinsen über so viel Eindeutigkeit.

»Eindeutig?«

»Ja, wie soll ich es dir erklären. Also, jeweils die Hälfte der im DNA-Labor gemessenen Erbmerkmale des Kindes müssen mit denen der beiden Elternteile übereinstimmen. Zieht man also die der Mutter ab, bleiben fünfzig Prozent, der sogenannten Allele, die mit denen des Vaters übereinstimmen müssen.«

»Sag es mir kurz und verständlich, du kannst mich ohnehin nicht mehr beeindrucken.«

»Gut, also, mit einem Testergebnis unter einem Prozent Übereinstimmung ist es praktisch ausgeschlossen, dass dieser Silvio Bertolucci dein Vater ist, keinerlei Verwandtschaft. Vor allem aber die Zähne, also seine und deine, da gibt es nun überhaupt keine Übereinstimmung. Klingt sowieso mehr nach Eisdiele, passt eh nicht zu dir.«

Verständlicherweise war Annette Delius nun ziemlich verwirrt. Sie hatte verstanden, dass ihr Vater ein anderer war, als sie angenommen hatte. Dass ihre Mutter nicht mit ihrem Vater auf dem Weg zur Hochzeit verunglückt war. Sondern mit irgendeinem italienischen Wanderarbeiter, den sie offensichtlich heiraten wollte, warum auch immer, und dessen Leiche dann gleich nach Italien überführt wurde. Dass ihr leiblicher Vater möglicherweise noch lebte. Und dass jemand eine ganze Menge dagegen hatte, dass sie das alles erfahren könnte. Warum hätte ihr Arzt sie sonst dermaßen belügen sollen? Wer steckte dahinter? Warum sollte sie nicht wissen, wer ihr Vater war?

Annette saß in ihrem Arbeitszimmer und hielt noch immer den Telefonhörer in der Hand.

Sie war aufgewühlt. Immer wieder hatte sie gedacht, dass sie etwas Besonderes war, eben nicht von dieser einen Welt. Und dass diese Eltern, dieser sizilianische Hilfsarbeiter und diese Halbwaise mit den ostpreußischen Wurzeln, sie niemals gezeugt haben konnten. Die! Die konnten doch nicht ihre Eltern sein! Besonderes Blut floss in ihren Adern, ein Hochleistungskraftstoff, das hatte sie gespürt, schon immer. Die anderen! Die Menschen um sie herum wollten doch nichts vom Leben. Gingen kraftlos durch die Zeit, statt zu nehmen, zu bestimmen, zu planen, zu herrschen.

»Das Leben entdeckt einen nicht, man muss das Leben entdecken«, sagte Annette ganz leise. »Und der einzige Mensch, der mit dir Mitleid hat, bist du.«

Manchmal stellte sich Annette vor, dass sie von einem Stern gezeugt worden war. Einfach so. Dieser Stern hatte sich den Körper ihrer Mutter genau in dem Moment ausgesucht, als sich das Auto um den Baum wickelte. Da war das erforderliche Chaos, um dort, in diesen Unterleib hinein einen klärenden Strahl zu senden. Genau in diesem Moment pflanzte der Stern Annettes Geist in den Mutterleib. Dieser Körper des Ungeborenen war jetzt frei und wollte leben. Sie war also eine Unbefleckte.

»Wunderbarer Kitsch«, hauchte sie.

Es war eine märchenhafte Konstruktion. Aus einer Ahnung heraus, aus einem Gefühl, aus der Beobachtung der eigenen Fähigkeiten. Das alles, was sie ausmachte, konnte wirklich nicht von denen, von Margarete und schon gar nicht von Silvio kommen. Niemals. Aber es war auch ein Schutz. Aus der Angst heraus, vielleicht doch etwas ganz Kleines zu sein. Das Nichts, die Unbedeutsamkeit machte Annette große Angst. Das Kleinfühlen konnte ganz groß werden und … das machte kraftlos. Das durfte man nicht zulassen, dass einem die Kraft genommen wurde.

Dazu passte die Geschichte, die ihr die Ordensschwester im Ludwigsburger Heim erzählt hatte. Damit sie abgelenkt war, als sie anfing zu fragen. Oder war die Geschichte der Franziskanerin zuerst da? Und dann erst die Fragen? Man hat doch immer Fragen, wenn man aufwacht.

Schwester Thea erzählte, dass Annette wohl einen großen, strahlenden Glücksstern gehabt hatte. Ein Engel habe ihn gesendet. »Das ist der Quell des Lebens«, sagte Schwester Thea. Der Stern sei bei dem schrecklichen Unfall auf die Erde herabgesaust und habe einen heiligen Schutzwall um das Ungeborene gespannt. »Das Schwächste gilt es zu schützen, auf dass es das Stärkste werde. Amen!«, hatte die Schwester gesagt und dabei ganz ergriffen ausgesehen. Über Annettes Bett hingen damals viele selbstgemalte Bilder. Die Jungfrau Maria hatte die kleine Annette wieder und wieder gemalt, bis ihre Wachsmalstifte aufgebraucht waren.

Annette schaute plötzlich wieder aus dem Hier und Jetzt durch das geöffnete Fenster in die sternenklare Sommernacht und war gleich danach wieder im Damals.

»Du bist etwas Besonderes, dein Leben ist ein Geschenk Gottes«, hatte Schwester Thea gesagt, und Annette hörte jetzt den Bass ihrer tiefen monotonen Stimme. Schwester Theas Worte rollten sich gleichmäßig aus, als ob sie jemand als Medium benutzte. Eine Gebetsmühle, die sich langsam, aber mit absoluter Gewissheit drehte.

Annette unterdrückte eine Träne. Immer hatte sie das Gefühl gehabt, dass sie alleine war, alle Kraft aus sich heraus entwickeln musste. Das hatte sie hart gemacht, aber viel Kraft gekostet, so viel Kraft. Bis sie Werner Delius traf. Er schien sie zu verstehen. Werner schaute tief in Annette hinein und fragte nicht. Sie schaute zurück und hatte das Gefühl, dass sie mit diesem Blick ihr ganzes Leben, alles Wichtige zusammenfasste, einfach erzählte, wie es wirklich war. Werner ließ sie sein, lächelte und hatte verstanden. Ein stiller Vertrag. Dafür liebte sie ihn. Hatte ihn geliebt!

Es hätte so weitergehen sollen, es hätte so weitergehen müssen. Mit fast 38 Jahren war Annette Delius in diesem Leben auf der Erde angekommen. Sie musste nicht mehr fliehen, konnte diese Gesellschaft ertragen, anhalten und genießen, sich freuen an dem, was war. Sie konnte sich sogar als Mutter eines Kindes sehen und Werner als Vater. Annette wollte dem Leben vertrauen, ja, sie wollte ein Kind!

Doch jetzt war sie wieder eine Getriebene. Von dem Moment an, als sie glaubte, dass ihr Vater ein anderer war, dass er möglicherweise noch lebte, vielleicht sogar in ihrer Nähe, wurde Annette von diesem Gedanken beherrscht. Nun wollte sie etwas tun.

Da war dieser Name. Sie hatte ihn erst gar nicht beachtet, weil er Annette nichts sagte. Und weil sie sich nur wenig Gedanken über ihre Eltern gemacht hatte. Sie waren tot, hatten undeutliche Bilder zurückgelassen, zusammengebaut aus Schwester Theas Erzählungen, Bilder, die nicht klarer werden wollten, Erinnerungen aus der verdrängten, unbearbeiteten Vergangenheit. Sie schaute doch nach vorne!

Annette nahm die kleine hölzerne Schmuckschatulle in die Hand. Ein Kästchen, das mit Schnitzwerk verziert war. Made in India, ließ ein abgewetzter, goldener Aufkleber gerade noch erkennen. Diese Schatulle, die Streichholzschachtel und ein kleines Fotoalbum waren alles, was sie von ihrer Mutter hatte. Ihr Leben lang hatte sie immer wieder diese wenigen Schmuckstücke aus dem Kästchen herausgenommen, die Ringe und Ketten angelegt und sie wieder sorgfältig zurückgetan. An ihrem sechsten Geburtstag hatte ihr Schwester Thea die Schatulle überreicht.

»Die Sachen sind von deiner Mutter, pass gut darauf auf, Kind.«

Annette konnte vor Aufregung die ganze Nacht nicht schlafen. Sie stellte sich vor, wie ihre Mutter das Armband mit den vielen kleinen Klunkern daran trug. Billiger Modeschmuck aus Italien. Eine venezianische Maske, ein kleines Schweinchen, ein Igel, ein Kugelfisch mit bunten Steinen und die anderen Dinge, die daran hingen. Sie kannte jedes Detail.

Dann die dünne Kette mit dem Kruzifix, das angelaufene Silber, das sie von Zeit zu Zeit polierte, wenn ihr Schwester Thea das milchige Reinigungsmittel brachte. Bis der Sohn Gottes wieder strahlte. Dann gab es noch eine Bernsteinkette und einen Siegelring, den sie auf einem Foto ihres Großvaters entdeckte, sowie ein Paar billiger bunter Ohrringe. Und ein zweiter Ring.

Dieses Schmuckkästchen war das Lieblingsspielzeug ihrer Kindheit gewesen. Jetzt musste sie daran denken.

Einmal, als sie mit einer Heimkinder-Gruppe von einem Tagesausflug an den Bodensee zurückkam, war das Kästchen verschwunden. Annette geriet in Panik, fing an, die Schlafstube zu durchsuchen. Da war sie acht Jahre alt. Sie teilte sich das Zimmer mit drei älteren Mädchen. Annette fragte die drei, ob sie das Kästchen gesehen hätten, sie bettelte und flehte sie an. Doch sie schwiegen, warfen sich verschwörerische Blicke zu. Annette schrie so laut, dass Schwester Thea kam. Erst dann rückte Martina, die Älteste im Zimmer, das Kästchen heraus.

In der Nacht, als alle schliefen, stand Annette auf, nahm ihr Kissen und drückte es Martina ins Gesicht. Als das Mädchen um Hilfe brüllte, schlug ihr Annette mehrmals mit der Faust ins Gesicht. Martina wurde in der Nacht ins Krankenhaus gebracht, ihre Lippe musste genäht werden. An diesem Tag hatte Annette zwei Dinge gelernt. Dass alle Menschen böse sind und dass sie, obwohl man es ihr überhaupt nicht ansah, sehr stark war. Sie hatte einen unbändigen Willen!

Annette schüttelte den Kopf, als sie die Erinnerung jetzt wieder einholte. Wie Martinas Blut auf ihr Kissen spritzte, ihre hängende Oberlippe, eingerissen und schlaff, wie eine nasse Bäckertüte. Lange waren die Flecken noch auf Annettes Kopfkissen zu sehen. Auch nach vielen Wäschen. Erst war es ein dunkles Braun, dann beige, am Ende blieben blasse Schatten.

Aber niemand hatte seither die Schatulle angerührt. Nur sie, immer wieder. Auspacken, anschauen, anstecken, umhängen, erinnern …

Ja, und da war noch dieser zweite Ring. Ein einfacher goldener Ring mit einem einzigen Stein. Ein grüner kleiner Stein. Annette hatte ihn oft über ihren Ringfinger gestreift. Er war ein wenig zu groß, so dass er durchaus auch einem

Mann hätte gehören können. Neben der Goldprägung stand dieser Name. H. Schmolke. Ganz klein. Doch mit der Lupe war er gut zu erkennen.

Durch Annettes Kopf rauschten Bilder, Zeiten, Gedanken. Dagegen war sie machtlos, das konnte sie nicht stoppen. Dieser Bilderwald. Jetzt ging es noch weiter zurück, für einen Moment war sie noch jünger, ein kleines Kind. Vier, vielleicht knapp fünf. Schwester Thea erzählte abends oft eine Geschichte. Das Licht war schon aus, die Mädchen lagen in ihren Betten, und sie erzählte von einem Piraten, der nachts wie ein Gespenst über sein Schiff schlich. Jemand hatte ihm im Gefecht ein Bein abgeschlagen. Seither trug der Pirat ein Holzbein. Schwester Thea stampfte immer wieder zwischen den Betten auf, dass der Holzboden wackelte, lief hin und her und rief klagend und mit tiefer Stimme: »Wer-hat-mein-Bein, wer-hat-mein-Bein …«

Annette dachte daran, was sie für Angst gehabt hatte. Und wieder dröhnte die klagende Stimme in ihrem Kopf: »Wer-hat-mein-Bein?« Stunden später hatte sie in ihrem Bett noch wachgelegen und sich vorgestellt, der Pirat warte nur darauf, dass eines der Kinder aus seinem kleinen Boot springt, damit er sie fangen konnte, um sie auf seine Insel mitzunehmen, wo sie dann in einem großen Kochtopf landen würden.

Schwester Thea hatte ihre ganze christliche Pädagogik eingesetzt, damit die Mädchen nachts nicht rumgeisterten. Mitten in der Nacht hielt es Annette dann nicht mehr aus und machte ins Bett. In ihrer Fantasie hatte sie sich vorgestellt, dass bis zum Morgen alles wieder trocken sein würde, der Wind auf dem Meer würde ihr kleines Segelboot trockenblasen, niemand würde etwas merken. Stunden lag sie auf dem durchnässten Laken, kalt war es, sie musste so sehr frieren. Sie wedelte mit der Decke ganz lange, die Luft sollte ihre Schande trocknen.

Als Schwester Thea am Morgen ins Zimmer kam, fing Annette an zu weinen, erzählte es ihr gleich. Die Ordensschwester sagte kein Wort. Sie zog das Kind aus, stellte es minutenlang unter die kalte Dusche, stieß sie immer wieder unter den harten, eisigen Strahl. Es war mitten im Winter. Annette sah die Eisblumen am Fenster des Waschraums, da war es wieder, das Schöne, auch im Schmerz.

Erst gestern Nacht war sie wieder schweißgebadet aufgewacht und hatte eilig ihr Laken abgetastet, um dann erleichtert festzustellen, dass es trocken war. So viele Jahre, immer dieser Traum. Werner, ihr Mann, schnarchte einfach weiter, gleichmäßig und ahnungslos. Er wusste ja nichts von dem Piraten mit dem Holzbein ... Werner war begnadet ahnungslos, auch deshalb hatte sie ihn gemocht, weil er so frei von Schuld und Last war.

Die Gedanken eilten weiter. Lösten Gefühle aus. Oder war es manchmal nicht umgekehrt, erst war da ein Gefühl, dann kamen die Gedanken hinzu? Weiter kam Annette nicht.

Sie hatte plötzlich den Geruch der Stuttgarter U-Bahn in der Nase. Sie spürte den Moment, wenn die dicke warme Luft vor der Bahn hergeschoben wurde und an der Station ankam, kurz bevor die Türen nachgaben und zischend aufsprangen. Trocken, ein wenig bitter und durch den Fahrtwind auch eine städtische Frische. Annette hatte diesen Geruch in der Nase und hatte die Hand von Pfarrer Meier auf der Schulter. Sie war dreizehn, und sie gingen mit dem Herrn Pfarrer in die Wilhelma. Das taten sie immer, im Frühling, da gingen sie in den Zoo nach Stuttgart.

Pfarrer Meier war sehr nett zu Annette. Er schenkte ihr immer wieder Sachen, Schokolade, Aufmerksamkeit oder mal ein Abenteuerbuch. Ihr erstes Hanni-und-Nanni-Buch hatte sie von ihm bekommen. Oder Geld für ein Eis. Seit Annette unübersehbar eine junge Frau wurde, berührte Pfarrer Meier sie gerne. Das hatte sie erst später gecheckt. Aber er war so nett, verstand sie viel besser als Schwester Thea und die anderen. Immer wieder suchte der Pfarrer Annettes Nähe. Sie stellte sich vor, dass er ihr Vater wäre. Auch sie war gerne in seiner Nähe. Der Herr Pfarrer sah gut aus. Er war groß, hatte braunes, dichtes Haar und freundliche, dunkelbraune Augen.

»Wie Little Joe aus Bonanza«, flüsterte Annette. Wie hatte sie diese alte Fernsehserie gemocht. Sie roch wieder die U-Bahn, hörte eine unverständliche Ansage und das Gemurmel der Fahrgäste, dann übernahm ein anderer Geruch die Regie.

Eine kurze Überlagerung und dann: Die polierten Möbel im Arbeitszimmer des Pfarrers und ... sie roch ihn. Speick-Seife, er wusch sich viel, seine Hände waren rosa, und die Nägel leuchteten weiß, mit silbernen Halbmonden. Er lackierte die Nägel mit Klarlack.

Pfarrer Meier nahm Annettes Hand und legte sie auf seine Hose. Er führte sie, er machte es ihr vor, ganz langsam. Zwei Mark schenkte er Annette danach. Am Samstag ging sie mit zwei Freundinnen ins Kino. Sie lud Friederike oder Patrizia ein. Das machte sie beliebt bei den Mädchen. Von nun an musste Annette zweimal jede Woche zu Pfarrer Meier ins Arbeitszimmer.

»Wenn du jemandem etwas erzählst, kommst du ins Gefängnis«, sagte er einmal fast beiläufig. Gleich darauf lächelte er wieder so nett. Der Priester war Anfang dreißig. Annette war dreizehn und reifte zu einer bildschönen Frau heran. Ein ganzes Jahr ging sie in das Arbeitszimmer. Sie schrieb es auf. Am Ende war sie 83 Mal bei Herrn Meier gewesen.

Doch der Pfarrer täuschte sich, wenn er dachte, dass er Macht über Annette habe. Längst war Annette diejenige, die die Situation beherrschte. Jedes Mal wollte sie mehr Geld von ihm. Sie wusste Bescheid: »Sonst kommen nämlich Sie ins Gefängnis, Herr Pfarrer!« Am Ende des Jahres war der Herr Meier dann nicht mehr da. Kurz vor Annettes vierzehntem Geburtstag hatte er sich in den missionarischen Auslandsdienst nach Venezuela versetzen lassen, nach Caracas. Ganz weit weg, wo es noch Indianer und Piraten gab. Später sollen die ihn dort umgebracht haben, hieß es.

Dreizehn

»Niemand bestimmt über mich.«

Annette Delius hatte das Fenster geschlossen. Sie trank einen großen Schluck Rotwein und wählte Tresters Nummer, legte aber sofort wieder auf.

Sie musste erst nachdenken. Als das losging, als ihr Frauenarzt sie auf die Sache mit der nicht vorhandenen Erbkrankheit brachte, da hatte sie diesen Einfall. H. Schmolke. Wie oft hatte sie diesen Namen jetzt schon vor sich hin gesagt? Sie stellte sich vor, dass dieser Mann ihr Vater sei. »Heinrich, Hans, Helmut, Harry, nein, Hagen, das würde passen!«

Sie hatte auf einem Papier rumgekritzelt, gelacht und ihn sich vorgestellt, ein paar Fotos von Stars aus Klatschzeitungen ausgeschnitten. Eine Collage potentieller Väter zusammengeklebt. Annette kam zu folgendem Ergebnis: »So wie George Clooney in, wie hieß der Film noch mal?«, hatte sie sich gefragt und zuckte unschlüssig mit den Schultern. »Egal, aber wie George eben.« Sie hatte einen dicken Kreis um das Foto gemacht, mit einem roten Filzstift.

Plötzlich war ihr dieser Einfall gekommen. Sie könnte doch eine Annonce schalten. So etwas wie »H. Schmolke, bitte melde dich!« Wieder musste sie lachen. »Melde dich – SOS: aktive Stammbaumsuche, deine Erblast vermisst dich.«

Am Ende entschied sie sich für folgende Formulierung: »Lieber H. Schmolke, bitte melde dich, wir vermissen dich.« Die Anzeige sollte groß und präsent in allen überregionalen Tageszeitungen gedruckt werden, aber auch in den Stuttgarter Zeitungen. Besessen von ihrer Idee, telefonierte Annette die Anzeigenabteilungen der Blätter ab. »So schnell wie möglich«, hatte sie allen gesagt.

Annette schenkte sich vom Wein nach und grübelte. Sollte sie jetzt nicht einfach zwei Schlaftabletten nehmen? »Morgen, da sieht alles wieder besser aus«, sagte sie. Sie redete gerne vor sich hin. So, als ob ein Gedanke mehr Gewissheit bekam, wenn er schon mal ausgesprochen war, man ihn hören konnte, dem Klang nachspüren konnte.

Eine Stunde, nachdem Annette die Anzeigen aufgegeben hatte, rief jemand von der Anzeigenabteilung der Stuttgarter Zeitung zurück. Die Haushälterin ging ans Telefon. Annette und Werner Delius saßen gemeinsam beim Mittagessen. Eine Seltenheit. Werner war über die Mittagszeit so gut wie nie da, meistens aß er mit Kunden oder engen Mitarbeitern in der Firma. Bodenseefelchen in Mandelbutter, Werner hatte sich das gewünscht. Seltsam, dass er heute da war, aber schön war es. Dazu einen Riesling vom Collegium Wirtemberg.

Die Anzeigenverkäuferin spulte das im abgenutzten Singsang runter. Es gäbe da noch eine kleine Irritation. Und bevor etwas falsch gedruckt würde, wolle sie einfach nachgefragt haben: »Schmolke mit k oder ck?«

Die Haushälterin kam ins Esszimmer, hielt das Telefon in der Hand und wiederholte. »Schmolke mit k oder ck?«

Annette strahlte. »Mit k, Schmolke mit k.«

Die Haushälterin nickte, gab es weiter und verschwand.

Annette schob sich ein Stück des zarten Fischfilets in den Mund und freute sich wieder über ihre Idee mit der Anzeige. Eine Art Erbenruf. Schon bald würde sich jemand melden. Bestimmt! Sie war unglaublich gespannt. Sie stellte sich vor, wie sich zahlreiche H. Schmolkes mit ihr trafen, bis sie den richtigen fand.

Annette hatte gar nicht bemerkt, dass Werner aufgestanden war. Er war gegangen. Einfach so. Vielleicht hatte er eine wichtige SMS erhalten, das kam vor, dann war er einfach weg.

In der folgenden Nacht war Annette aufgewacht. Es war kurz nach zwei Uhr, und wieder tastete sie mechanisch ihr Laken ab. Alles gut, alles trocken, ganz ruhig, meine Liebe.

Aber sie vermisste ein Geräusch. Werner schnarchte nicht neben ihr. Er war nicht da. Annette stand auf, ging in die Küche, um sich etwas zu trinken zu holen. Da hörte sie Werner. Er war im Wohnzimmer und telefonierte. Annette konnte ihn durch die halboffene Tür sehen. Im wehenden seidenen Morgenmantel lief er hin und her.

Annette dachte, dass er zu viel arbeitete. Dass es ein Fluch war, dass Delius Medical weltweit Geschäfte machte. Dass der Markt die Menschen frisst. Werner tat ihr leid. Sie wollte zu ihm gehen, jetzt gleich, und ihn von hinten umarmen, ihn festhalten. Ihm sagen, wie sehr sie ihn liebte. Doch dann hörte sie diesen ungewohnten Tonfall, etwas Flehentliches lag in seiner Stimme. Mit wem sprach er so?

»Ich muss mit ihr reden … ich halte das nicht mehr aus. Du musst das doch verstehen, mein Gott … Nein, du kannst es nicht verstehen.«

Mit wem telefonierte er da? Annette war in der Tür stehengeblieben.

»Was glaubst du, was passiert, wenn sie es rausbekommt? Kannst du dir das vorstellen? Eine Katastrophe, ein Albtraum, nein … ich kann das nicht. Dann war es das für uns beide, für unsere Familien, für uns alle. Aber es ist nicht nur das, was wird mit Annette? Was willst du tun?«

Annette hatte genug gehört. Sie verschwand zurück ins Bett und tat so, als ob sie schlafen würde. Mein Mann betrügt mich. Sie dachte das und fragte sich, mit wem? Sie brauchte eine Weile, bis sie es verstanden hatte. Das war nicht fair. Da war doch dieses große Vertrauen zwischen ihnen. Sie liebte diesen Kerl, und er betrog sie. Annette spürte, wie der Hass in ihr hochstieg. Mit wachsender Gewalt. Sie zitterte, auch weil sie nicht sofort handeln konnte, sie brauchte Zeit. Mensch, sie hatte Werner Delius alles gegeben. Sie hatte ihn geliebt. Dieses Schwein! Annette beschloss, sich an ihrem Mann zu rächen. Nie mehr sollte dieser Kerl auf die Füße kommen. Keiner machte so etwas mit ihr. Sie würde ihn verlassen.

Nach einer halben Stunde schlich sich Werner ins Bett. Er wollte gerade unter die Decke krabbeln, da tat Annette so, als würde sie gerade aufwachen.

»Werner, was ist … kannst du nicht schlafen?«

»Mir ist nicht gut«, stöhnte er. Er war wieder aufgestanden und schleppte sich ins Badezimmer, das direkt ans Schlafzimmer grenzte. Sie hörte, wie er sich übergab. Werner Delius würgte sich die Seele aus dem Leib. Er wurde immer leiser, bis es nur noch ein dünnes Stöhnen war. Es roch nach Gallensaft. Werner löste sich langsam auf.

Annette hörte ihn kaum noch und musste ganz plötzlich an Aftershave denken. Vielleicht um sich abzulenken. Wieder war es ein Geruch, der eine Erinnerung mit sich trug. Ganz plötzlich kam das. Ihr fiel der Name nicht mehr ein. Aber sie hatte den Duft in der Nase. Weit weg, doch er wurde stärker. Und dann musste sie schlagartig an Amon Trester denken und den Duft auf seiner Haut. An ein paar sehr wilde Nächte, in denen sie wie zwei Fische im Bett zappelten, ihre Wildheit auskosteten und aneinander klebten. Es kribbelte zwischen den Beinen. War der jetzt nicht Privatdetektiv? Sie würde ihn anrufen. Trester sollte für sie herausfinden, wie die Schlampe hieß. Und dann würde Annette sie fertigmachen …

Nein, eigentlich war ihr das egal. Man kann nicht alle Schlampen dieser Welt fertigmachen, da hätte man viel zu tun. Auf einmal hatte sie einen besseren Einfall. Was wäre, wenn sie plötzlich einfach weg wäre, verschwunden, vermisst, wie auch immer? Eine Entführung! Natürlich mit einer anständigen Abfindung, einem standesgemäßen Lösegeld! Annette sprach Amon Trester auf den Anrufbeantworter. Später meldete er sich. Sie hatte sich geschminkt und vielleicht etwas zu sexy für diese Tageszeit angezogen. Aber sie wollte Trester gleich zu Anfang etwas verunsichern, wieder einfangen, dann würde er besser in ihrem Sinne funktionieren. Er sollte mögliche Verfolger von ihr fernhalten und, ja, herausbekommen, wer ihr Vater war. Sie packte ihre Tasche, steckte die Krankenakte und die Unterlagen über Silvio Bertolucci ein, die bunte Streichholzschachtel, das Schmuckkästchen mit dem Ring und noch ein paar andere Dinge. Dann schaute sie im Internet nach der Adresse von diesem Café Piroschka und machte sich auf den Weg in die Gablenberger Hauptstraße. Sie öffnete die Tür und sah ihn sofort da sitzen.

»Hallo, Amon. Steht dir gut, das bisschen Grau in den Haaren ...«

Annette hatte einfach aufgelegt. »Du Idiot!«, war das Letzte, was sie zu mir sagte. Ich hätte schwören können, dass es da, wo sie jetzt war, regnete. Es tropfte auf Blätter, auf Laub, auf Erde. Ich schaute aus dem Fenster und sah die grelle Sonne, die sich in den Fenstern gegenüber spiegelte. Das Licht fraß in meinen Augen. Ich beugte meinen Kopf weiter vor, mein Blick ging an der gegenüberliegenden Häuserfassade empor, um ein Stück Himmel zu sehen. Blauweiß, nichts, das auf einen Wetterumschwung hätte hindeuten können. Konnte sie so weit weg sein?

Ihre Stimme verriet mir, dass sie große Angst gehabt haben musste. Dass es jetzt aber irgendwie wieder besser war. Sie hörte sich kontrolliert an, auch wenn es zwischendrin ein paar hastige Atemzüge gab. Sie schnappte nach Leben. Hatte sich wieder eingekriegt. Aber von was? Jetzt weiß ich es, sie klang dankbar. Nur am Ende geriet ihre Stimme wieder aus dieser geordneten Schwingung. Als sie sich über mich aufregte. »Du Idiot!« Und dann einfach auflegen, das passte zu ihr.

»Ich muss was tun, ich muss los«, sagte ich zu Katja.

»Was soll das? Diese Arbeit findet erst mal am Computer und am Telefon statt« – sie wartete ein paar Sekunden, als ob ich Zeit brauchte, um das zu kapieren – »und vor allem im Kopf. Denken!« Wieder wartete Katja. »Einfach rumrennen, was soll das?«

»Es ist nur ein Gefühl. Ich könnte noch mal zu Delius ...«

»Und dann? Da stimmt ja offensichtlich was nicht mit dem.«

»Und was ist mit Geiger? Der ist hoffentlich wirklich im Marienhospital angekommen.«

Katja nickte. »Gut, das können wir ja leicht checken, das ist ein Anruf.«

Ich hatte mich vom Laptop weggedreht und schaute zu Katja, die vor mir stand. Meine Gedanken sprangen hin und her. Ruhe gab es nicht, und auch die inneren Räume waren wieder mal recht unordentlich. Mein Hirn nahm nicht brav eine Stufe und dann die nächste. Das ging eher so: Mal zehn Stufen auf einmal, dann wieder ein paar Fehltritte, huch, dann ein kleiner Stolperer, dann das Ganze noch mal und zwischendrin ein paar Gedanken, die mit dem Hier und Jetzt, mit der Aufgabe gar nichts zu tun hatten. Ich fragte mich, ob das strukturierte Denken eine Illusion war oder ob die Strukturen vielleicht einfach anders waren, als man gemeinhin erklärt bekam. Wie war das mit der Chaostheorie? Chaos ist ja etwas ganz anderes als Unordnung, hatte mir mal so ein Mathe-Freak mit glühenden Augen anvertraut. Wahrscheinlich hatte das strukturierte Denken ein ganz normaler Wahnsinniger erfunden, um nicht verrückt zu werden. Man muss ja irgendwo Halt finden. Ich beschloss, mich demnächst mehr mit meinen Denkabläufen zu beschäftigen, auch wenn ich davor ziemlich Respekt hatte. Vielleicht war da ja noch mehr unentdecktes Chaos. Passend dazu kam mir ein Gedanke, der eben jetzt strukturell nicht passte, doch mein Mund öffnete sich einfach und stieß ihn aus. Ist eben auch unwillkürlicher Muskel, der ganze Kopf …

»Ich weiß«, sagte ich zu Katja, »es ist nie der richtige Moment, und gerade deshalb frage ich dich jetzt. Habt ihr euch gesehen? Ich meine … hast du deine Mutter nochmal getroffen?«

Die Ohrfeige kam so schnell und so konsequent, dass ich mich nicht wegducken konnte und schon von der vorangehenden Zugluft beeindruckt war. Meine rechte Gesichtshälfte brannte, als ob sich dort ein Elektro-Aal entleert hätte.

Katja drehte sich weg. »Entschuldige, aber das musste sein. Trester, ich frage mich wirklich, wie du gerade jetzt darauf kommst.«

»Das weiß ich auch nicht, aber …«

Sie fing an zu weinen, was ich überhaupt nicht sehen konnte. »Weißt du, dass meine Oma gestorben ist?«

»Das tut mir leid, sie war …« Ich dachte an diese alte Dame, die wir zusammen in einem Altersheim im Stuttgarter Westen besucht hatten. Wie sie ihren Käsekuchen aß und mit uns plauderte. Eine wache alte Frau, die es wirklich nicht leicht gehabt hatte. Erst alleinerziehende Mutter und dann noch diese Tochter. Diese Monika Gütle war eine der meistgesuchten RAF-Terroristinnen in den siebziger Jahren. Nicht leicht, wenn man so ein Kind hatte. Später der Schlaganfall, so dass sie sich nicht um Katja, ihre Enkeltochter, kümmern konnte. Aber am Ende hatte doch alles ganz gut ausgesehen. Oder?

Katja hatte mich beauftragt, ihre Mutter zu finden. Und ich … und wir, Katja, Squaw Hoffmann und ich hatten Monika Gütle tatsächlich gefunden. Doch die war gleich wieder untergetaucht. Monika Gütle traute einfach niemandem mehr. Dazu war sie zu oft betrogen, belogen und benutzt worden. Eine Frau, die alle für tot gehalten hatten. Eine Frau, die drei Jahrzehnte lang verschwunden war, und Dinge durchgemacht hatte, wozu andere Jahrhunderte brauchen würden.

Und danach, als Monika Gütle wieder verschwunden war, saßen Katja, Squaw Hoffmann und ich mit deren Mutter, dieser alten Dame im Altersheim. Mit Ilse Gütle. Ich erinnere mich an ihre letzten Sätze. Weil sie so wunderbar zweideutig waren. Weil man nie wusste, ob sie einen auf den Arm nehmen wollte. Weil man immer aufpassen musste bei ihr, auf jedes Wort. Es war wie bei Katja. Erst jetzt wurde mir das klar. Was die Art, den Charakter anging, war Katja ihrer Großmutter sehr ähnlich. Die Gene hatten den Sprung geschafft. Es ist ja ganz oft so, dass sie erst in der übernächsten Generation wieder voll zuschlagen, diese Bausteine des Lebens.

»Sie sind also der Detektiv«, hatte Ilse Gütle zu mir gesagt und dabei geschmunzelt. Den Käsekuchen in sich hineinschaufelnd, hatte sie uns erklärt, dass Monika bei ihr gewesen sei, immer wieder. Und wieder wusste ich nicht, ob sie uns zum Narren hielt. Ihre Tochter, Monika, wolle jetzt ein paar Tage Urlaub auf einer griechischen Insel machen. Ilse Gütle lächelte wissend. »Dann will sie wohl noch jemanden besuchen, aus der Vergangenheit. Irre, nicht?« Ich hatte mir diesen Satz genau gemerkt, weil ich es als Drohung verstanden hatte. Der RAF-Terrorist Christoph Mohr stand damals kurz vor seiner Entlassung. Er hatte Monika Gütles Leben zerstört, war verantwortlich für ihren ganzen Leidensweg. So, wie ich Monika Gütle kennengelernt hatte, war zu befürchten, dass sie sich nun an ihm rächen würde. Es hörte sich einfach so an, als ob Monika Gütle noch etwas erledigen müsste. Damit sie endlich Frieden hätte.

»Katja, danach kommt sie zu dir. Das ist sicher!« Das waren die letzten Worte, die ich von Katjas Großmutter im Ohr hatte. Und diese Ilse Gütle war jetzt tot.

»War sie bei dir, hat deine Mutter dich besucht? Katja?«

Katja wühlte sich mit beiden Händen in den Haaren, danach verdrehte sie ihre Locken so ineinander, dass sie wohl für ein paar Sekunden zusammenhalten würden. »Es ist nicht so einfach. Ich sehe sie oft, sie ist oft bei mir, weißt du.« Sie lächelte hilflos. »Frag nicht mehr, ja?«

Ich nickte: »Ja, das hatten wir schon mal.« Ich dachte an Christoph Mohr. Er war tatsächlich vor knapp vier Monaten aus der JVA Bruchsal entlassen worden. Sein Aufenthaltsort war jedoch nicht bekannt. Der Rechtsstaat schützte ihn jetzt, vor möglichem Terror. Er nahm jetzt den Staat in Anspruch. Polizeischutz, Geld und mehr, Ironie der Geschichte.

Meine Frage hatte eine Stimmung erzeugt, aus der wir nur schwer wieder herausgekommen wären. Die eintreffende

E-Mail von Achim, dem Toningenieur, bot einen willkommenen Ausweg.

Achim hatte die Aufnahme von Annettes MP3-Player bearbeitet, und ich öffnete die Datei. Der Ton-Ingenieur hatte ein paar Zeilen dazu geschrieben:

»Nach allem, was ich dieser Horror-Aktion an Tönen abringen konnte, waren dort zwei Personen zugange. Eine Frau und ein Mann. Offensichtlich hat die Frau den Mann schwer verletzt (oder die haben für jemanden ein beeindruckendes Hörspiel inszeniert). Die Tatsache, dass die Aufnahme gerade am Anfang mehrfach unterbrochen ist, legt aber nahe, dass der Mitschnitt unbeabsichtigt war. Der Player scheint versehentlich angegangen zu sein.«

Mit halbem Ohr hörte ich, wie Katja im Marienhospital anrief und nach Geiger fragte. »Danke, dann versuche ich es später nochmal.« Er wurde gerade operiert.

Katja nickte mir zu. Wir spielten die Aufnahme mehrfach ab. Ich hörte Annettes Stimme, kleingehackt war sie: an, aus, an ... das war der Anfang. Er musste sie gerade in die Wohnung gelassen haben. Vielleicht umarmten sie sich. Geiger lachte, er freute sich, sie zu sehen. War dann kurz still. Vielleicht küsste ihn Annette gerade? Dann Schritte, sie liefen ins Wohnzimmer, wo der Flügel stand. Es gab ein paar Aussetzer, irgendetwas kratzte am Mikro entlang.

Katja drehte den Kopf in Richtung Laptop. »Jemand fängt an zu spielen.«

»Chopin«, sagte ich.

»Du kennst dich mit Klassik aus? Ich dachte, du hörst immer nur ...«

»Nein, das kenne ich zufällig, lässt meine Mutter immer laufen, also beim Kochen.«

Jetzt ging es schnell, die Schläge vom Deckel des Flügels, Geigers Schreie. Man hörte nur die Schreie und das Hämmern des Deckels und den Nachklang.

Katja schüttelte fassungslos den Kopf. »Es sieht so aus, als ob deine Annette ihm das angetan hat.«

Ich ignorierte die Spitze. »Und was ist mit dem Fußabdruck im Bad?«

»Welcher Fußabdruck, davon weiß ich nichts.«

»Sorry, das habe ich vergessen. In Geigers Bad war ein riesiger Fußabdruck.«

»Verdammt, die Katze!«

»Was ist?«

»Sie ist in der Wohnung eingesperrt.«

»Nein, ich habe sie rausgelassen.«

Katja fuhr sich über den Mund. »Traust du Annette das mit Geiger wirklich zu?«

»Im Grunde ja, aber warum sollte sie das tun? Auf jeden Fall müsste sie ihn dann mit irgendetwas bedroht haben. Sie ist Dennis Geiger sicherlich körperlich unterlegen.«

»Vielleicht ist die dritte Person erst in die Wohnung gekommen, als Geiger schon am Flügel saß und spielte.«

»Ja, oder sie war schon da, bevor Annette kam.«

Noch einmal schaute ich aus dem Fenster, die Sonne brannte, gleißende Streifen legten sich diagonal über die gegenüberliegende Hausfassade. Es waren gut dreißig Grad im Schatten, und ich fragte mich, wo ich meine Sonnenbrille hatte.

»Es hat doch geregnet, da, wo Annette war ...«

Vierzehn

Er kam zu mir ans Fenster und lehnte sich auf die runtergekurbelte Scheibe. Es war der Größere, der Starke, der, der es Barni besorgt hatte. Der, den der andere Ede nannte. Langsam hatte ich mich daran gewöhnt, nichts zu sehen.

Ich roch seinen fruchtigen Atem. Er kaute Kaugummi. Es war Wrigley's Juicy Fruit. Ede sagte: »Es ist jetzt gut«, dann wartete er einen Moment, schien mich zu mustern. »Sie brauchen keine Angst mehr zu haben.«

Ich nickte langsam, und er tastete nach meinen Augen, riss das Pflaster vom dem einen und das Klebeband vom anderen ab. Wimpern- und Brauenhaare, von allem ging etwas mit. Dann befreite er meine Hände. Ede schaute mich an. Das Licht blendete, meine Augen waren verklebt. Ich brauchte ein wenig Zeit. Keine Ahnung, wie viel. Er war ein hübscher Kerl, vielleicht Anfang dreißig, große blaue Augen, ein freches Gesicht, ein Grübchen auf dem Kinn. Ede drehte meinen Kopf sanft zu sich. »Alles klar?«

Ich lachte, musste aufpassen, dass ich nicht hysterisch wurde. Seine Finger rochen würzig, nach Tabak, nach Holz und nach Harz.

Dann ging die Wagentür hinten rechts auf, und Freddi, mein anderer Retter, schwang sich auf den Rücksitz. »Mann, wir müssen los. Nichts wie weg hier.«

Ede schaute mich immer noch an. »Ich muss dringend mal«, sagte ich. Er machte mir die Tür auf. Ede war der Boss. Stocksteif, wie eine Kröte, die aus dem Winterschlaf erwacht, um die ersten paar Meter durchs Gras zu kriechen, machte ich die ersten Schritte. Erbärmlich musste das aussehen. Mir tat alles weh.

Die beiden diskutierten am Auto, ich hörte einzelne Worte, Vorwürfe. Ein paar Schritte weiter fand ich das Handy von Barni, bückte mich unbeholfen, als ob mir etwas runtergefallen wäre. Was für Dilettanten! Ich schnappte mir das Handy und verschwand damit im Wald. Ich musste so dringend pinkeln. Ich zog den Rock hoch, schob den Slip runter und es prasselte auf das trockene Laub. Ich wähle Tresters Nummer.

»Hör zu, die wollen mich töten, du darfst ihm auf keinen Fall vertrauen.«

Gut, Trester war in Aufregung, er sollte sich ruhig mit Werner beschäftigen. Die Bedingungen hatten sich schließlich geändert!

Ich hockte immer noch im Laub, als der Motor ansprang. Scheiße, das Geld. Die fünf Millionen waren im Kofferraum, da, wo sie Barni, das kaputte Monster, reingeworfen hatten. Tja, das Geld konnte mir der liebe Barni nicht noch einmal abnehmen. Aber … Ich rannte zum Parkplatz, als Ede gerade den Motor wieder abstellte.

Er grinste. »Ich habe nur ein Stück zurückgesetzt, um das Blut auf dem Asphalt abzudecken.«

Doch nicht so blöd, der Kerl. Ede hatte sein weißes Zimmermannshemd ausgezogen. Es war voller Blut, vom Ungeheuer, Drachenblut. Jetzt trug er nur noch ein Unterhemd und drüber die Weste. Er hatte einen tollen Körper. Ich konnte seine vielen Tätowierungen sehen. Eine fiel mir besonders auf.

Ede sah meinen Blick, spannte den Oberarm an. »Französische Fremdenlegion.« Dieser Mann strahlte eine unglaubliche Ruhe aus. Er war jetzt mein Krieger.

»Nicht das erste Mal, dass ich meine Haut retten musste«, sagte Ede, als ob er meine Gedanken sehen könnte, und reichte mir ein Papiertaschentuch. Ich sollte mir die verschmierten Augen abschminken oder so.

»Lass uns jetzt endlich fahren«, stammelte Freddi von hinten.

Ede nickte, startete den Motor und drehte sich zu mir. »Wo dürfen wir die Dame denn hinbringen?«

»Ich möchte Ihnen danken«, antwortete ich. Und obwohl ich sicherlich furchtbar aussah, spürte ich Edes interessierten Blick.

Er wartete, er war nicht ungeduldig.

Ich lächelte etwas gezwungen. »An den Bodensee, nach Immenstaad, da haben wir … da gibt es ein Haus.«

»Wir sind in der Nähe von Singen, das ist dann gar nicht so weit … in Ordnung«, erwiderte Ede und fuhr los. Er mimte den edlen Retter und musterte mich nachdenklich. Hinter ihm schoben sich die Vulkankegel des Hegaus vorbei. Es sah aus wie in der Augsburger Puppenkiste, wenn Lukas und Jim den Berg auf Lummerland umkreisen.

»Sie werden verstehen, dass wir Sie … dass wir dich erst ein bisschen besser kennenlernen müssen.« Er schaute ernst. Das war jetzt wohl das sanfte Kapern auf hoher See. Ede trug einen goldenen Ohrring. Mein Pirat. Und er sagte: »Wir haben einen Toten. Der Mann wird ein Problem. Die Hitze und der Geruch, das geht schnell hier.« Er kannte sich aus damit.

Dann sprach er mit sich selbst. »Und wir sind nicht im Krieg, leider«, setzte er ehrfürchtig hinzu, hob entschuldigend die Hände und steckte sich eine filterlose Roth-Händle an. »Sonst könnten wir ihn einfach liegen lassen.«

»Doch«, antwortete ich, »das bin ich ... ich bin im Krieg.«

Ede ließ mich an seiner Kippe ziehen und grinste breit. Er trat aufs Gas.

Da waren Dinge, die überhaupt nicht zusammenpassten, und Dinge, die zu sehr zusammenpassten. Das war bei diesem Fall so, aber auch im »richtigen Leben«, wie es Kiefer sarkastischerweise nannte. Das »richtige Leben« war das Privatleben. Wobei der LKA-Mann manchmal das Gefühl hatte, dass er sich entschieden mehr in seinem »Fall-Leben« bewegt hatte als in dem andern. Aber wie gesagt, es gab durchaus Parallelen.

Manchmal hatte er wirklich den Verdacht, dass das eine Leben mit dem andern tatsächlich zusammenhängen könnte. Doch darüber wollte er jetzt nicht nachdenken. Mitten in seinem Kopf, so stellte er sich das vor, war eine Mauer, und er konnte nur manchmal auf die andere Seite rüberschauen. Die meiste Zeit war er zu klein dafür. Nur manchmal, auf unergründliche Weise, hatte er die nötige Größe, um beide Seiten zu sehen, das waren dann die ganz guten Tage. Egal, heute ging es ihm auch so ganz gut. Und wenn man schon mal ausbalanciert war, sollte man nicht ohne Not das nächste Problem suchen.

Auch deshalb nahm er die Treppe. Wer Mallorca fast ganz zu Fuß umrundet hatte, der brauchte keinen Fahrstuhl mehr!

Felix Kiefer war auf dem Weg ins Kriminaltechnische Institut zu Diana Bäuerle. Diese DNA-Diana hatte ihm den Kopf verdreht. Sie hatte etwas bewirkt, und er hatte daraufhin privat etwas bewegt. Er dachte kurz an seine Frau, Marlies Kiefer. Eine einzige Sorgen- und Meckerfratze. Entweder sie klagte über die Kinder, oder, wenn er müde und schutzlos nach Hause kam, traf ihn ihr Lebensfrust mit voller Wucht.

Je mehr Marlies ihn nervte, desto genauer hatte er sie sich dabei angeschaut, sie wie ein Insekt unter dem Mikroskop betrachtet, was der Ehe nicht gut tat. Er betrachtete sie inzwischen wirklich als ein gefährliches Insekt, das sich in seine Wohnung verirrt hatte. Man musste aufpassen, weil das Lebewesen einen giftigen Stachel hatte. Und wie sie aussah! Was hatte ihm daran jemals gefallen? Schon diese Haare. Die waren mal schwarz, und jetzt kam sie mit dem Nachfärben nicht mehr nach, so grau war sie. Weshalb sie jetzt immer so eine Art Nest auf dem Kopf trug, graues, herausgewachsenes Stroh, das dann abrupt nach zwei, drei Zentimetern schwarz wie eine gewienerte Bowlingkugel glänzte. Das drückte auch ihre Art aus. Sie konnte nach außen hin, an den Rändern, durchaus freundlich sein. Doch innen, im Kern, war sie grau und grausam. Außerdem kratzte sie sich ständig, Marlies hatte eine Neurodermitis bekommen.

Auch wegen ihm!

»Was meinst du, woher das kommt?«

Wenn sie dann meckerte, überschlug sich ihre Stimme, weil sie nicht schnell genug alle Anklagen vorbringen konnte. Dann stand Kiefer quasi vor dem Weltgericht, und sie wurde immer größer und ganz rot, die Marlies. Nun hatte er also doch sein Problem. Nein, nicht doch, er war ja gerade dabei es abzubauen, ach ja, um noch einmal glücklich zu sein.

Diana war schön, jung und auch noch sehr nett! Warum konnten nicht alle Frauen so sein?

Marlies und er, sie hatten sich vorübergehend getrennt. Ein Vorschlag von ihm. Die Kinder waren über den Berg. Kim studierte in Berlin und Bastian in Stuttgart. Der Zeitpunkt war gut – jetzt oder nie! Er wollte sich wirklich gerade die Hände reiben, so eine bescheuerte Geste.

Da riss ihn jemand aus seinen Gedanken.

»Grüß dich, Felix, siehst gut aus.«

Beinahe war er mit Pit Schober, dem Kollegen aus der Fachgruppe Daktyloskopie, im Türrahmen zusammengeknallt. Kiefer nickte, was für ihn schon ein Ausdruck von guter Laune war. Er warf einen Blick in den langgestreckten Raum, in dem die tristen Grau- und Beigetöne der Büromöbel vorherrschten. Die Kollegen glotzten in ihre Computer, einer nickte ihm zu, starrte aber gleich wieder auf seinen Bildschirm. Am liebsten würden sie alle in ihre Computer hineinkriechen, dachte Kiefer. Die konnten doch alle gar nicht mehr richtig leben. Der Kollege in der vordersten Reihe verglich Fingerabdrücke. Das dachte Kiefer zumindest, denn über sein Gesicht huschten zarte weiße und schwarze Linien. Mit diesen Reflektionen vom Bildschirm erinnerte sein unendlich langes Gesicht an das eines steinalten Zebras, das jeden Moment tot umfallen konnte.

Kiefer schloss die Augen. Er wollte zwei Dinge. Er wollte Diana zum Essen einladen, deshalb war er gekommen. Und er wollte den Bericht, die Spurenanalyse aus Dennis Geigers Wohnung. Selbstverständlich das in umgekehrter Reihenfolge. Oder eigentlich nicht. Er hätte sich das Zeugs ja einfach kommen lassen können. Aber er war schlicht und einfach verknallt in diese …

Kiefer konnte Diana nicht entdecken. Das fügte ihm fast einen Schmerz zu. Was ihm überhaupt nicht passte – so wollte er sich nun auch wieder nicht sehen, in einer Abhängigkeit. Das hatten wir doch schon.

Da gab es einen leichten Luftzug, der diesen Duft vor sich her schob. Diana stand plötzlich hinter ihm und hielt etwas hoch.

»Ich habe die Kopien für Sie gemacht.«

Kiefer strahlte, merkte es und versuchte, es etwas zu dämpfen, einfach leutselig zu wirken. Er wartete zwei Sekunden, um ja nicht überengagiert zu erscheinen. »Sollen wir vielleicht in die Kantine gehen, ich meine … hier ist es doch ungemütlich, ich meine, keine gute Arbeitsatmosphäre.«

»In die Kantine?«, wiederholte Diana Bäuerle und schaute auf den Stapel mit den Kopien in ihren Händen.

»Ja, oder meinen Sie … oder haben Sie keine Zeit?«

Diana lächelte unsicher. »Doch, doch, das ist doch meine … meine Arbeit.« Sie warf einen Blick über Kiefers Schulter und sah die Kollegen Bleile und Herder miteinander tuscheln, also das Zebra und einen, der an einen glattrasierten Biber erinnerte.

Für einen Moment sah Kiefer nur diese großen runden Augen. Immer größer wurden die. Bloß die Wahrheit, die reine Wahrheit konnten die verkünden, so offen und rund und schön waren sie. Braun, mit goldenen Strahlen durchzogen. Ganz unbewusst spannte Kiefer seinen Bizeps an. Diese Augen! Selbst eine Lüge würde darin zur Wahrheit mutieren, ja, es gab gar keine Lügen mehr.

Diana nahm einen kräftigen Schluck von ihrem Cappuccino und wischte sich mit dem Handrücken den Schaum von diesem Mund, der ständig so aussah, als ob er ihm einen Kuss zuwerfen würde.

»Also, insgesamt haben sich dort Spuren von vier verschiedenen Personen signifikant gehäuft …«

Signifikant gehäuft. Kiefer hatte seine Hände zu einer Schale geformt und seinen Kopf darauf gestützt. Abwechselnd schaute er auf Dianas schlanke Finger, die auf die Unterlagen tippten, und in diese Augen. Immer wenn es wichtig wurde, schaute er auf ihre Finger. So konnte er sich wenigstens einigermaßen auf die Sache konzentrieren.

Jetzt hörte er sie. »Klar, überall Spuren von Dennis Geiger. Dann von einer Frau mit schwarzen, kurzgelockten Haaren …«, die junge DNA-Expertin genoss es offensichtlich, wie

Kiefer an ihren Lippen hing, und blätterte in ihren Unterlagen. »… und eindeutige Spuren vom flüchtigen Bernd Mörike.«

Kiefer wurde ganz heiß, er mied nun ihren Blick. Wie gerne würde er Diana jetzt küssen, ihr seine Liebe gestehen … Mein Gott, wie schön doch dieses Leben war. Aber nichts überstürzen! Man musste es auskosten, Geduld haben.

»Tja, wir haben jede Menge weiterer Spuren sichergestellt. Wir konnten auch welche von Amon Trester identifizieren. Haare, Fingerabdrücke, Fußabdrücke, verteilt über die ganze Wohnung.« Diana schüttelte den Kopf.

»Was ist?«, wollte Kiefer nun wissen.

»Man sollte nicht meinen, dass dieser Trester mal beim LKA war.«

»Nicht meinen, nicht? Eben, das ist es. Nicht!«

Diana weitete ihre Augen, auch wenn das kaum noch möglich war. »Was meinen Sie damit?« Dann schaute sie plötzlich zu Kiefer oder an ihm vorbei, was ihn irritierte. Da tippte ihm aber schon Kriminalhauptkommissar Böse auf die Schulter und hielt ihm ein Telefon hin.

»Der Chef«, sagte er nur und machte dabei einen diskreten Gesichtsausdruck. Und der Chef der Abteilung 5, Staatsschutz, schnarrte gleich ins Telefon: »Sie kriegen Besuch aus Pullach.«

Kiefer nickte Diana zu, die sich daraufhin ein paar Meter vom Tisch entfernte. Dann schaute er zu Böse, der eigentlich vorgehabt hatte, auf sein Telefon zu warten. Kiefer hob die Brauen aber in so bedrohliche Höhe, dass der es doch vorzog zu verschwinden.

»Da haben sich zwei Herren vom BND angekündigt. Sie sind in einer halben Stunde da. Ich sehe Sie dann bei mir. Gleich.«

Kiefer hantierte mit seiner Espressotasse, warf einen Blick auf seine angenagten Fingernägel, zog die Hand erschrocken zurück und dirigierte Diana wieder auf ihren Stuhl. Er sah sie mitleidig an. »Spuren? Pah, Trester trägt am Tatort immer eine Badekappe.«

»Wie bitte?«

Felix Kiefer machte ein Gesicht, als ob ihm jemand etwas verdammt Bitteres auf die Zunge geträufelt hätte. »Na, so eine Badekappe aus Gummi, wie sie eben die Schwimmer tragen. Der verliert keine Haare, hinterlässt keine Spuren, verstehen Sie? Die zieht er sich immer schon auf der Fahrt, auf dem Weg zum Tatort über den Kopf. Hat schon einige Kollegen damit zu Tode erschreckt.«

Kiefer setzte ein abfälliges Grinsen auf. Dann griff er erneut nach der Tasse und formte seine Augenbrauen zu diesem geraden Stück Holzkohle, ein Signal. Aber was hieß das jetzt? Im Grunde brauchte man eine Art Handbuch zur Entschlüsselung der Kieferschen Brauenstellungen. Mindestens 25 verschiedene Positionen und Formen, mit sehr unterschiedlichem Informationsgehalt, hatte Kollege Gut einmal gezählt. Wenn Kiefer jemals die Sprache verlieren würde, er könnte einfach mit den Brauen weiterreden.

Zwischendrin fragte sich Kiefer, was die Schlauberger aus Pullach von ihm wollten. Hatte er in der letzten Zeit irgendwas mit dem Ausland zu tun? Böse hatte sich vor ein paar Monaten mit einem Mossad-Agenten getroffen. Es ging um einen der letzten lebenden Naziverbrecher, den man in Brasilien vermutete. Also wirklich einen der letzten, denn das ging ja jetzt schon dreißig Jahre so. Dann gab es ein paar halblebendige al-Quaida-Zellen in Baden-Württemberg, die man beobachtete. Aber sonst?

Er schob den Gedanken beiseite. Diana hatte brav gewartet, bis ihr Chef zu Ende gedacht hatte oder sie zumindest wieder beachtete. Spöttisch schaute er jetzt drein. »Glauben Sie ernsthaft, dass Amon Trester einem mehrfachen Mörder und Sexualstraftäter zur Flucht verhilft und ihn dann bei weiteren Gewalttaten unterstützt?« Ohne zu warten wiederholte Kiefer die Frage: »Ob Sie das g-l-a-u-b-e-n?«

Diana sortierte ihre Unterlagen. »Ich weiß nicht ... Ich konnte mir auch nicht vorstellen, dass Trester mit einer Badekappe zum Einsatz geht ... vielleicht wird er erpresst und ...«

»Und was?« Kiefer wirkte plötzlich genervt.

»Na, Sie haben doch selbst mal gesagt, dass der Trester total durchgeknallt ist und …«

»Durchgeknallt ja, aber nicht bescheuert, F-r-a-u Bäuerle, verstehen Sie? Das ist ein Unterschied. Der ist nur verrückt, klar?«

Kiefer verachtete Menschen, die nicht differenzieren konnten. Aber das konnte man nicht aus einem DNA-Abgleich herauslesen, das lernte man eben erst durchs Leben. Und manche sogar nie. Und das Leben der Bäuerle, das war eben noch kurz oder klein oder beides, ach scheiß drauf. Plötzlich verachtete er diese junge Frau, ja, er fand sie sogar richtig dümmlich. Die Schönheit, die ihn gerade noch so verzaubert hatte – er konnte sie gar nicht mehr sehen. Was ihn erst recht verstörte.

Jetzt bekam Diana einen Gesichtsausdruck, den Kiefer noch nicht kannte. Immerhin, sie konnte mehr als süß lächeln. Sie sah ein bisschen wütend aus. »Ich verstehe Sie jetzt nicht.« Sie trippelte mit ihren Fingernägeln über die Akte. »Ich finde auch, dass Sie jetzt sehr unfreundlich sind, ganz respektlos.«

Kiefer schüttelte den Kopf. »Lassen Sie das Persönliche.« Er konnte seine Verachtung nun nicht mehr steigern. Auch sich gegenüber, weil er sich so hatte einlullen lassen von diesem Mädchen! »Was haben Sie noch? Diese lockigen schwarzen Frauenhaare, zu wem gehören die?«

Diana nickte eingeschnappt und starrte auf eine Analyse.

»Die Haare gehören zu einer seiner Klavierschülerinnen …«

»Da wird es viele geben, so Schülerinnen eben«, unterbrach sie Kiefer.

»Sicher, aber nur eine kommt regelmäßig zu Geiger nach Hause. Die anderen besucht er.«

Kiefer starrte Diana an. Sämtliche Sympathien waren aus seinem Gesicht verschwunden. Als ob ihn gerade jemand in einer Kältekammer neutralisiert hätte.

»Sie sind noch sehr jung.« Jetzt verschaffte er sich auf eine ganz dumme Tour Distanz. Im Grunde mochte er das selbst nicht, konnte aber nicht anders. Er brauchte Abstand, um atmen zu können, er fühlte sich bedrängt. »Sie können das alles noch nicht wissen.«

»Herr Kiefer, ich verstehe nicht, was das soll. Sie können mich nicht einfach so reduzieren auf ...«

Kiefer wedelte mit der Hand und schloss die Augen. »Erzählen Sie.«

»Wir haben Geigers Kundenliste abgeglichen. Zwei Frauen kamen in Frage. Die eine war zu Hause. Das Übliche, wir haben eine Haarprobe aus der Haarbürste entnommen. Keine Übereinstimmung ...«

Diana Bäuerle hielt sich an ihren Unterlagen fest.

»Die andere, eine Annette Delius, war nicht zu Hause. Ihr Ehemann hat uns die Probe aus ihrer Haarbürste im Bad nehmen lassen. Hier gab es eine Übereinstimmung. Spuren dieser Frau fanden wir überall in Geigers Wohnung.« Die Kriminalbiologin machte eine kurze Pause. »Auch im Bett.«

Dann schwieg sie längere Zeit und schaute Kiefer unsicher an. Der öffnete gerade wieder die Augen. »Ja?«

»Im Bett waren auch Spuren von Mörike.«

Kiefer war aufgestanden und machte ein Gesicht, wie man es macht, wenn man sich gleich übergeben muss. Diana machte es ihm unbewusst nach.

»Wo ist die Frau jetzt, diese ...«

»Annette Delius?«

Kiefer nickte und sein Gesicht war rot und teigig. Noch vor zehn Minuten hatte er mit diesem Mädchen essen gehen wollen. Und mehr! Gott! Bei genauer Betrachtung hatte ihm sein Ex-Kollege Trester die Sache glücklicherweise versaut.

»Ihr Mann hat gesagt, dass sie ausgeritten sei, er erwarte sie gegen Abend zurück.« Diana wirkte plötzlich erleichtert. »Herr Kiefer, ich werde heiraten. Ich ... ich weiß, dass Sie ...«

»Ausgeritten!« Kiefer lachte laut und ließ Diana einfach stehen.

Fünfzehn

Wenn man ein paar Kurven die Lenzhalde bergaufwärts genommen hatte, kam auf der rechten Seite ein Haus, das wie eine kleine Festungsanlage aussah. So eine Art Burg. Von ihr aus konnte man sehen, was auf einen zukam. Werner Delius stand oft im Turm am Fenster, einfach so. Doch heute schien er auf etwas zu warten. Als der dunkelblaue BMW vor seinem Gartentor hielt, schaute er mit leeren Augen auf die aussteigenden Personen. Er hatte mit so etwas gerechnet, sich schon den Kopf zermartert. Auf der einen Seite war er froh, denn nun würde sich alles etwas weiterdrehen. Auf der anderen Seite hatte er große Angst vor dem, was kommen würde. Es gab keinen Ausweg, und das konnte keinem gefallen. Es gab am Ende nur eine Konsequenz.

Der LKA-Mann Felix Kiefer war sich seinerseits sicher, dass man ihn empfangen würde. Er hatte die Kollegen Gut und Böse dabei, die natürlich nicht so hießen. Aber Kiefer hatte ihre richtigen Namen verdrängt, hätte wirklich darüber nachdenken müssen, wie sie hießen, da sie von allen nur Gut und Böse genannt wurden, was definitiv etwas mit ihrer Art zu tun hatte. Obwohl sie natürlich die Berichte mit ihren Namen …

Kiefer wartete also. Er klingelte nicht, er wartete einfach. Nach einer knappen Minute machte Werner Delius vorsichtig die Tür auf – und fragte doch tatsächlich: »Möchten Sie zu mir?«

Kiefer hielt ihm die Hand hin und griff beherzt zu. Delius war nicht schwach, er hielt dem Händedruck stand, obwohl er das Gesicht leicht verzog.

Ein ernster Blick in die Augen des Pharmaindustriellen, dann kam der erste Satz wie selbstverständlich.

»Ihre Frau war ausgeritten, nicht zu sprechen, und nun würden wir sie gerne sprechen.« Kiefer musste lachen und schaute sich nach links und rechts zu seinen Kollegen um, die ebenfalls lachten. Er wusste selbst nicht, warum ihm gerade so war.

»Entschuldigen Sie, der Kollege hat gerade im Auto einen blöden Witz erzählt. Soll ich ihn erzählen?« Kiefer hob die Schultern. »Wirkt halt noch nach.« Irgendwas musste er dem doch sagen.

Delius schaute irritiert, machte eine einladende Geste und ging voraus. Sie setzten sich in sein Arbeitszimmer, das mit wuchtigen Empiremöbeln verbaut war. Der Raum wirkte wie ein Labyrinth, in dessen Mitte zwei dicke Ledersofas auftauchten. Kiefer räusperte sich, griff nach einem Wasserglas. »Ihre Frau ist verschwunden?«

Delius nickte und starrte dabei auf seine Knie. Er saß neben Kiefer auf dem einen Sofa, während ihm die Kommissare Gut und Böse gegenübersaßen

Plötzlich stürmte Delius Haushälterin herein und unterbrach das Gespräch. »Entschuldigung, Post an Ihre Frau, ich dachte nur, das ist vielleicht jetzt wichtig.«

Kiefer griff danach, bevor Delius überhaupt reagierte. »Danke, vielleicht hilft uns das, sehr nett.« Der Polizeibeamte öffnete den Umschlag und schüttelte den Kopf. »Antworten auf eine Annonce, H. Schmolke.«

Kiefer steckte den Umschlag in seine Tasche. »Ich darf doch?«

Delius zeigte keine Regung.

Es war Böse, der nun weitermachte. »Wenn eine Frau verschwindet, gibt es nur zwei Gründe. Entweder Sie waren zu schlecht oder zu gut zu ihr.« Er rollte seine Oberlippe hoch und zeigte seine Zahnreihen mit den großen Zwischenräumen, aus denen manchmal der Speichel geschossen kam wie aus einer Sprinkleranlage. »Und beides ... ist nicht gut.« Böses Zahnhälse waren braun, zum Teil schwarz, das Zahnfleisch war im Begriff sich aufzulösen. Da musste man einfach hinstarren.

Kiefer entschuldigte sich direkt. »Der Kollege wollte mal Formale Logik studieren, hat aber nicht gereicht ...« Der

LKA-Mann legte die Arme hinter den Kopf, um sich ein wenig zu entspannen, und bastelte sich eine Textanbindung. »Aber manche Dinge im Leben lassen einen nie los, niemals, nicht wahr?« Felix Kiefer musterte Delius, als ob er später aus dem Kopf eine Phantomzeichnung anfertigen müsste. Delius schaute immer noch auf seine Knie. Und Kiefer versuchte jetzt seinen Kopf so weit zu senken, dass Delius ihn anschauen musste. Er rückte in sein Blickfeld hinein, tauchte plötzlich von unten auf wie das Kasperl hinterm Vorhang, lag ihm fast auf dem Schoß.

Delius hob den Kopf und schüttelte ihn leicht. »Entschuldigen Sie. Ja, meine Frau, sie ist weg.« Seine Augen zeigten einen trüben weißen Schleier, als ob sie die Nacht über in einer Salzlake geschwommen wären.

Kriminalhauptkommissar Gut hatte den Pharmaunternehmer die ganze Zeit beobachtet. »Sie lieben Ihre Frau sehr.« Gut nickte und schaute verständnisvoll, auch ein wenig treudoof, wie so mancher Pfarrer bei der Sonntagspredigt. Er wartete einen Atemzug lang. »Aber dann können Sie ihr doch auch helfen … uns helfen.«

»Er hat doch ein schlechtes Gewissen«, fiel Böse ein. »Er hat etwas Schlimmes gemacht, bestimmt.« Böse sah nachdenklich aus. »Also, wahrscheinlich, das tippe ich mal.« Dann drehte er sich zu seinem Kollegen Gut und legte ihm die rechte Hand auf den Schenkel. »Siehst du, Kollege, und das ist das Problem. Wir könnten ja helfen, jetzt, aber wir können es nicht.«

Kiefer starrte Delius an. Aber eigentlich dachte er daran, dass seine schöne Mallorca-Bräune in wenigen Tagen vom Alltagsgrau überschattet werden würde. Er tat sich schon jetzt leid, was ihn aber nicht daran hinderte, weiterzureden. »Die meisten Straftaten werden in den ersten Tagen aufgeklärt, und danach sieht es nicht mehr so gut aus.«

Auch Böse machte einen neuen Anlauf. »Meist sind es ja Beziehungstaten, also die Menschen haben etwas miteinander zu tun, ja, sonst gäbe es ja auch keinen Streit, nicht?« Sein

Gesicht war ganz rot, das kam, wenn er sich versuchte, in andere Menschen hineinzuversetzen und dann, von deren Innenwelt angeekelt, nach Luft rang oder sich über ihre Sturheit ärgerte. Es war ihm irgendwie unangenehm und gleichzeitig machte es aber auch Spaß. »Sie hatten Streit mit diesem Pianisten, weil er mit Ihrer Annette … der hat mit ihr, der hat sie doch gebumst … Wir haben da so Haare im Bett gefunden.«

Delius dachte an Annette und schaute Kriminalhauptkommissar Böse in die Augen. Der Kerl wollte ihn provozieren. Nie hätte Annette so etwas getan. Er war sich doch ihrer Liebe sicher gewesen. War er zumindest.

Delius schwieg. Er wusste nicht, wie er reagieren sollte. Aber er wusste, dass das nicht mehr lange so gehen würde.

Kiefer atmete tief ein und fuhr sich über die Stirn. Er dachte kurz an das Gespräch mit Diana Bäuerle in der LKA-Kantine und beugte sich wieder zu Delius hinab. »Bei der Liebe kann man sich nie sicher sein.« Er musste plötzlich gähnen, verbarg es aber mit der Hand. »Beide können sich nicht sicher sein, mit der Liebe. Beide Partner nicht. Auch das macht es aus.«

Böse musste jetzt wieder grinsen. »Ich habe das Gefühl, dass Sie gar nicht so richtig an unserem Gespräch teilnehmen, Delius, Herr. Es ist doch ein komischer Zufall …«, Böse hustete, »vor allem, wenn man wie ich davon ausgeht, dass es gar keine Zufälle gibt, dass wir einen ausgebrochenen Mörder und Triebtäter suchen und die Spur in die Wohnung des Klavierlehrers Ihrer Frau führt.« Böse schnappte nach Luft, wie ein Lurch, der gerade von einem längeren Tauchgang wieder an die Wasseroberfläche gelangte. »Puh, das war ein langer Satz, hei-jei-jei.«

Noch einmal meldete sich Kommissar Gut zu Wort. »Was mein Kollege meint … seit wann vermissen Sie eigentlich Ihre Frau?«

Delius war plötzlich aufgesprungen. »Wenn ich Ihnen etwas sage, wird man sie umbringen.« Delius schaute jetzt entschlossen in die Runde. »Deshalb muss ich dazu schweigen. Das müssen Sie akzeptieren.«

Böse musste lachen, so sehr, dass sich seine Oberlippe ganz hochrollte und die Zahnhälse fast bis zu ihrer Verankerung im Kieferknochen freilegt wurden. Das Zahnfleisch hatte sich dort schon lange verabschiedet. »Für mich hat er das jetzt mit zu viel Nachdruck, so ein bisschen bauerntheatermäßig aufgeführt.« Er wischte sich über den Mund. »Also, ich glaube ihm das nicht. Wie er dabei auch noch mit den Armen gerudert hat.« Böse imitierte die Bewegung.

»Ich schon«, antwortete Gut.

»Sagt Ihnen der Name Amon Trester etwas?« Mit dieser Frage sorgte Kiefer wieder für Ruhe.

Delius nickte. »Ich habe ihn beauftragt.«

»Darf ich fragen, wie Sie auf Trester gekommen sind?«

»Er kennt meine Frau, sie kannten sich aus Tübinger Studienzeiten, Annette hat ihm vertraut, glaube ich.«

Zum ersten Mal an diesem Tag war Kiefer überrascht. Nein, stopp, da war ja noch die Spontanheilung von Diana Bäuerle, die hatte ihn zugegebenermaßen auch ziemlich überrascht.

Delius drückte mit den Fingern auf seinem Kinn herum. Gleichzeitig starrte er auf die regenwurmdicke Ader, die sich unter Kiefers rechter Schläfe aufrichtete, sie machte einen Buckel, wie ein Wurm, der gerade durchstartet.

Und dann sagte er: »Meinen Sie, das war ein Fehler?«

»Du warst nie konsequent.« Der Raum lag im Halbdunkel. Aus dem Garten fiel graues Licht in Form eines ausgerollten Rechtecks auf den Teppich. Das passte ihm nicht, und er zog die dicken Vorhänge zu. Er mochte kein Tageslicht. Eiswürfel purzelten in zwei Gläser, und die klare Flüssigkeit brachte das Gemisch zum Knacken.

»Du hättest das nicht tun dürfen«, antwortete Werner Delius, nahm das Glas entgegen und versuchte ruhig zu bleiben.

»Dürfen?« Der Mann schmunzelte, auf der Stirn entstand eine tiefe Falte, die im Dunkeln aussah wie ein schwarzes Lederstirnband. Er setzte sich in einen Sessel.

»Vielleicht gibt es eine Lösung ... ich kann mit ihr reden. Sie ist klug und ...«, antwortete Delius.

»Eben, sie wird dir immer wieder Probleme bereiten. Ihr Antrieb, sie hat eine Forscherseele.« Er rieb sich das Glas an der Backe. »Ein Trieb.« Er nahm einen Schluck und schüttelte den restlichen Inhalt. »Außerdem ...« – die Eiswürfel klimperten wie Glöckchen im Wind – »... ist sie wahrscheinlich für immer abgetaucht.«

Delius dachte einen Moment über die Wortwahl nach. »Abgetaucht.« Und dann antwortete er: »Ich liebe Annette ... sicher, du kannst nicht wissen, was das bedeutet.« Er trank sein Glas mit einem Zug leer und starrte sein Gegenüber entschlossen an.

»Dein Leben ist ... ist von Plänen, Ideen und Prozessen gesteuert. Gefühle?« Delius deutete sich an die Stirn. »Die dürfen bei dir gar nicht hinein, noch nie.« Er atmete schwer, stand auf, holte den Gin und schenkte sich nach. »Du musstest dich selbst neu erfinden und folgst seither nur deinem Bauplan.«

Der Mann grinste und warf den Kopf in den Nacken, eine Demonstration der Gelassenheit. »Ist das denn falsch?«

»Falsch? Ich weiß nicht, du hast dieses Leben genommen, du hast dir deine Frau ausgesucht, nach ... nach was weiß ich.«

»Kriterien für die richtige Frau? Ah, ich helfe dir.« Wieder schmunzelte er, und wieder ertönte das Klimpern aus dem Glas. »Ich habe sie nach drei Merkmalen ausgewählt. Meine Frau ist sehr schön, sie ist sehr intelligent, sie hat einen IQ von, na ja, lassen wir das ...« – Delius spürte diesen Blick, diese Verachtung auf der Haut – »... und sie stammt aus gutem Haus. Man muss auch an seine Nachkommen denken, sie werden es dir danken, die Gene, weißt du, Werner.«

»Du weißt genau, dass ich das nicht meine.« Delius bekam einen zynischen Gesichtsausdruck. »Das ist nicht das Leben, das ist Funktion. Es geht nur darum, dass du keine Fehler machst. Wie hältst du diese Lüge aus?«

»Durch Erfolg, Ziele haben, daran arbeiten«, sagte er mit ganz sanfter Stimme. »Wie hältst du sie aus?«

Mit angewidertem Blick fingerte Delius nach einer Fruchtfliege, die sich in sein Glas gestürzt hatte. »Nicht mehr. Ich bin am Ende.«

»Werner, ich bin dein Freund.«

Delius fing fast unmerklich an den Kopf zu schütteln. Es sah eher aus wie ein leichtes Beben.

Er war aufgestanden, um Delius nachzuschenken. »Und ich habe dir immer geholfen. Nicht nur mit Geld … vergiss das nicht. Uns hält viel zusammen, sehr viel.«

Delius stellte das Glas ab und legte den Kopf in seine Hände.

»Es geht jetzt um alles. Glaub mir, es ist das Beste so.« Gegen seine Gewohnheit steckte er sich eine Zigarette an. Eine Lord extra, so wie damals. Die waren sonst für die Gäste.

Delius schaute jetzt wieder auf. »Wo ist sie, wo ist meine Frau?«

»Werner, weißt du es wirklich nicht?« Seine Augen leuchteten hell und er ließ sich ein paar Sekunden Zeit für seine Antwort. »Annette hat ihre eigene Entführung geplant. Sie wollte dich verlassen, mit dem Geld, ein neues Leben, vielleicht in einem anderen Land.«

»Das meine ich nicht, das weißt du genau, ich …«

»Wir sollten einander wieder vertrauen. Sie ist eine Gefahr für uns, wir hatten sie nicht mehr unter Kontrolle.«

»Ja.« Delius saß da wie eingefroren, die Stirn war rot, der Rest war mit einem schmutzigen Grau überzogen, als ob er das Gesicht in einem Zementsack gewälzt hätte. »Du weißt wirklich nicht, wo Annette ist? Bitte, sag die Wahrheit.«

»Ich sage doch, sie hat uns verlassen.« Mit jedem Wort kroch der Zigarettenrauch ein Stückchen weiter aus seinem Mund. »Du solltest nun an die Zukunft denken.«

»Sie hat mich geliebt, das habe ich gefühlt. Es war etwas Ehrliches, etwas Reines.«

»Annette war anders.« Er setzte eine Kunstpause. »Werner, sie hatte auch einen Plan für ihr Leben, und eine Zeitlang hast du da hineingepasst, glaub mir, aber jetzt ...«

Werner Delius liefen die Tränen übers Gesicht. Er kramte in seiner Westentasche nach seinem Schnupftabak und nahm eine Prise. Danach war er von dem rötlichbraunen Pulver um Nase und Mund ganz verschmiert, langsam erinnerte er an einen traurigen Clown. Aber das kümmerte ihn nicht.

»Die Polizei war bei mir ... und der Privatdetektiv, den Annette vor ihrem Verschwinden beauftragt hat.« Er nahm eine zweite, kräftige Prise.

»Das ist abscheulich«, bekam er zur Antwort, und er wusste nicht, ob es sich auf den Schnupftabak, die Polizei oder den Besuch von Amon Trester bezog. »Was wissen sie? Wie weit sind sie?«

»Sie kennen den Namen. Die Polizei hat Annettes Post mitgenommen, ein paar Antwortschreiben auf diese Annonce, die sie aufgegeben hat ... H. Schmolke ...«

»Gut, ich werde mit Freunden reden. Es gibt immer eine Lösung, glaub mir.« Er war aufgestanden, wie zum Abschied. Delius tat es ihm gleich.

»Du musst jetzt an dich denken. Vergiss Annette, du bist ihr jetzt auch egal.« Er sah ihn ernst an, mit diesen hellen Augen, die so unheimlich wirken konnten und so starr. »Ganz sicher.« Dann reichte ihm Delius schnell die Hand und er griff mit unmenschlicher Kraft zu. Delius Finger knackten, wieder trieb es ihm die Tränen in die Augen.

Ich hörte Katja schreien. »Trester, an der Tür!«

Ich warf einen Blick Richtung Ladentür, an der immer noch die Öffnungszeiten der Metzgerei Föhrer standen. Im gleichen Augenblick zerbrach die Scheibe und zerfiel in Tausend Splitter. Sekunden später standen zwei Typen vor mir und machten einen Schritt auf mich zu. Sie sahen aus wie Zwillinge, breit wie lang, nicht besonders groß, kurzgeschorene Haare. Wie die geklonten Eintreiber eines Inkasso-Unternehmens. Der eine packte meinem Laptop und warf ihn auf den Boden, während der andere mich angriff.

»Blödes Arschloch«, brüllte ich, »der ist neu!«

Seine Faust traf mich voll ins Gesicht. Es war schmerzhaft, aber ich war total sauer. Den nächsten Schlag blockte ich ab und trat dem Kerl zweimal hintereinander in den Bauch. Als er sich nach vorne neigte, schlug ich ihm die linke und die rechte Faust direkt hintereinander auf die Nase. Es krachte mächtig und er schrie auf.

Ich hasse Aggression, weil sie mich aggressiv macht. Eine idiotische Aussage? Nein, finde ich nicht. Denn ich mag es nicht, wenn man sich nicht unter Kontrolle hat, und so war das jetzt gerade. Ich drehte fast durch, diese bescheuerte Gewalt! Der andere war inzwischen auf meinem Laptop herumgetrampelt, der nun aussah wie eine verkohlte Reiswaffel. Katja schlug gerade mit meiner Schreibtischlampe nach dem Kerl, als er sich umdrehte und ihr seine Faust in den Bauch rammte. Sie klappte in der Mitte zusammen und fiel vor ihm auf die Knie. Ich stürzte mich auf den Kerl und verpasste ihm einen Fußtritt in die Nieren, doch er drehte sich um, packte mich am Hals, dieser dämliche Roboter. Er drückte zu, war verdammt kräftig. Ich sah Katja am Boden liegen und trat ihm immer wieder zwischen die Beine. Als er endlich losließ, kriegte ich von hinten einen Schlag auf den Hinterkopf und trat weg.

Ich könnte schwören, dass ich irgendwo in meinen Träumen Squaw Hoffmann reden hörte. Sie redete und redete – oder sang sie sogar? Vorsichtig öffnete ich die Augen und sah ihr Gesicht direkt über mir, sie war noch ein wenig verzerrt, wie in einem Spiegelkabinett.

»Was ist das, was machst du?«, fragte ich irritiert.

»Och, das ist ein altes Lied zum Aufwachen, so von früher halt, weißt du.«

Ich nickte, obwohl ich gar nichts verstand, und hob meinen schmerzenden Kopf. Im Hintergrund wirbelte Katja, sie räumte auf.

Ich richtete mich auf und die Squaw reichte mir eine Schale mit irgendeinem Getränk.

»Keine Angst, das tut gut.«

»Das kenne ich«, murmelte ich und schlürfte die dicke Brühe in mich hinein.

»Katja, er ist ... der Trester ist wieder da.«

Katja schaute mich besorgt an und fuhr mit ihrem Zeigefinger über meine Nase. Sie warf mir einen Kuss zu.

Ich lächelte, obwohl mir alles wehtat.

»Geht doch«, flüsterte sie.

Squaw Hoffmann winkte beiläufig. »Ich war im Piroschka, nachdem ich dir neulich den Kuchen weggefuttert habe, da dachte ich ...«

Jetzt knieten beide Frauen neben mir.

»Das ist schön.«

»Was?«, kam es von beiden gleichzeitig.

»Dass ihr euch so kümmert.«

Beide fingen an zu prusten.

»Was ist?«

»Nichts«, antwortete die Squaw, prüfte ihre Indianerzöpfe und richtete sich auf. Erst jetzt sah ich einen Blutfleck auf ihrem Kleid.

»Woher ist das?«, fragte ich und zeigte auf den Fleck.

»Ach, nichts, den einen habe ich noch ein bisschen mit dem Tomahawk erwischt, als sie sich davonmachen wollten.«

Ich schüttle den Kopf. »Du hast die beiden verjagt, mit dem ...?«

»Katja und ich, du warst ja eben mal ... ausgefallen. Aber im Ernst, sie wollten gerade gehen und da dachte ich, dem einen gebe ich noch eine mit, hab ihn ordentlich an der Schulter erwischt.«

Ich dachte, sie ist noch etwas runder geworden, kommt kaum hoch, und schaute dann zu Katja.

»Bis dahin hatte Trester aber gut mitgemacht, er hatte so ein paar Kampfsporteinlagen drauf«, erklärte sie zu meiner Ehrenrettung.

»Taekwondo«, sagte ich, »das war traditionelles Taekwondo.«

Ich muss wieder öfter ins Training, ging es mir durch den Kopf, mein Meister wäre mit meinem Auftritt nicht zufrieden gewesen. Ich war viel zu langsam. Nicht konsequent, wie er sagen würde.

»Du musst den Schlag durchziehen, durchziehen, wo ist die Konsequenz?« Ich sehe ihn, wie er dabei die Augen zusammenzieht, als ob er Mitleid mit solchen Balletttänzern wie mir hätte. Keine Straßengang-Erfahrung, so ist das halt, wenn man behütet in Markdorf am Bodensee aufgewachsen ist. Ich beobachte Katja.

»Was macht dein Bauch?«

»Er hat nicht voll getroffen.«

»Waren das Zwillinge?«

»Nein«, sagte Katja. »Es gibt auch viele Nichteineiige, die trotzdem gleich dämlich aussehen.«

»Wir können jetzt.« Squaw Hoffmann saß am Esstisch und klatschte in die Hände. »Trester, erst mal Käsesahne, oder?«

»Klar.« Plötzlich flog eine Ladung Sternschnuppen durch meinen Kopf. »Die Tasche, haben die Annettes Tasche mitgenommen?«

»Na klar«, antwortete Katja und half mir hoch. »So blöd sind die nun auch nicht.« Dann nickte sie nachdenklich. »Oder doch.«

»Ich höre dich, aber ich weiß nicht, was du sagst, mit dem was du sagst …«

Katja grinste mich an. »Immer wenn du eine auf den Kopf kriegst, wirst du philosophisch.«

Ich dachte, dass ich jetzt gerne mit ihr allein wäre, und dann dachte ich, dass das nun warten musste, und hörte ihr wieder zu.

»Du hattest den Inhalt der Tasche doch komplett ins Bett geleert.« Katja spielte die Verlegene, als sie merkte, dass die Squaw sie dabei musterte. »Na ja, und wir haben dann noch ein bisschen … tja, und alles liegt immer noch im Bett, unter der Decke.« Katja ging zum Bett rüber und hob die Decke demonstrativ hoch. »Siehst du, alles noch da. Da haben sie einfach nicht geschaut, waren doch anständige zweieiige Kerle.«

»Das klingt komisch«, sagte ich nachdenklich.

Squaw Hoffmann nickte zustimmend und zeigte mit der Kuchengabel in der Hand an die Wand neben meinem Schreibtisch. »Doch gut, das mit den weißen Kacheln.« Erst jetzt schluckte sie den Bissen runter. »Da kannst du das Blut gut abwischen. Wenn das jetzt öfter vorkommt, solltest du die Kacheln dran lassen.«

Sie hatte ihre Zöpfe ein wenig gestutzt. Sie trug ein blauschwarzes Stirnband und eine Kette mit einem kleinen Tierschädel, vielleicht von einem Eichhörnchen oder einem Meerschweinchen.

»Was ist, was glotzt du so?«, wollte sie wissen.

»Tausend Euro«, sagte ich.

Beide schauten mich fragend an.

»Der Laptop, war ganz neu. Und die Ladentür …«

»Eichhörnchen«, sagt Squaw Hoffmann und nickte mir zu. »Sauber abgenagt von Käfern, fast steril.« Dann griff sie nach dem zweiten Stück Kuchen, und ich beeilte mich, an den Tisch zu kommen.

»Ihr könnt beide mit zu mir, wenn ihr wollt.« Komisch, die Squaw schob sich immer ein Stück Kuchen rein und redete dann, nein, eigentlich war es die ganze Zeit abwechselnd, da es ja kein Ende nahm.

»Hast du immer noch diese riesigen Käfer?«, hakte ich nach und stierte wieder auf den Eichhörnchenschädel.

Die Squaw bremste die Gabel direkt vor dem Mund ab, nickte ganz schnell und legte dann nach. »Du meinst meine Amazonas-Riesenbock?«

Ich lächelte ein wenig gezwungen.

»Ja, die haben Nachwuchs gekriegt, ich sag euch, das ist ganz was Goldiges …«

»Danke für dein Angebot, also mit dem Besuch bei dir, aber ich glaube, dass ich die Ladentür erstmal mit Holzbrettern abdichten werde.«

Vielleicht muss man dazu wissen, dass Squaw Hoffmann in einer Art Mini-Urwald in den Schrebergärten der Wangener Höhe lebt. Ihr kleines Haus ist innen völlig mit tropischen Pflanzen zugewachsen, und zwischendrin huschen diese Riesenkäfer hin und her. Nebenbei arbeitet die Squaw immer wieder an irgendwelchen Heilsalben und Tinkturen. Dazu verwendet sie unter anderen das Sekret verschiedener Käferarten, die eigenhändig von ihr gemolken werden. Was aber ihre Kunden nicht wissen dürfen. Und ich möchte auch nicht wissen, wie sie das macht. Sie ist eine echte Expertin auf dem Gebiet der Käferkunde. Wahrscheinlich bringt sie bald mal ein Buch raus. Heilen mit Käfern oder so. Da ich aber nicht ganz so auf meerschweinchengroße Käfer abfahre …

»Ich würde sie schon gerne sehen, die süßen Kleinen«, warf Katja ein.

Da konnte ich wirklich nur noch den Kopf schütteln – »die süßen Kleinen«.

»Aber gut, vielleicht hast du recht, besser ein anderes Mal.«

»Ich will jetzt Kuchen«, sagte ich.

»Das war bestimmt nicht leicht«, antwortete Squaw Hoffmann direkt.

»Was denn?«, wollte ich wissen und griff nach einer Himbeertorte.

»Das mit deiner Erziehung.« Sie äffte mich nach, verschränkte die Arme vor ihrem Kugelbauch und zog die Mundwinkel nach unten: »Mama, ich will jetzt Kuchen.«

»Ich auch«, bekam ich gerade noch heraus und kriegte einen heftigen Lachkrampf. Es ist schön, über sich selbst zu lachen, wunderschön. Das reinigt. Sonst würde man daran ersticken.

Ich sah plötzlich Mörike ganz klar vor mir. Er richtete sich auf wie ein Tanzbär und wurde immer größer, als ob er sich selbst aufblasen könnte. Und ich sah Annette, die nie aufhört mit dem Spiel. Sie schlug das Tamburin, für den Bär.

Ich muss an seine Wurzeln, das war mein Gedanke, und ich stand auf. Mörike, ich muss dich kennenlernen!

Sechzehn

Wir hielten an der Tankstelle, direkt an der Einfahrt, wo es nach Immenstaad hineingeht. Ede stieg aus, tankte und wollte sich noch ein paar Zigaretten holen. Ich drehte mich zu dem Kleinen nach hinten. Er lächelte nervös. Freddi hatte Schiss, mit ihm würde es nicht gut gehen.

»Seid ihr schon lange zusammen unterwegs?«, fragte ich.

»Ein paar Wochen … waren zusammen auf einer Baustelle. Schönes altes Kloster, ganz hier in der Nähe.«

Ich ließ ihn ein wenig reden und dachte daran, was Mörike gesagt hatte. Absaufen sollte ich. Werner wollte mich loswerden. Er hatte ein Verhältnis, wie lange ging das schon? Hätte ich dieses Telefonat nicht belauscht, ich wüsste gar nicht, was los ist. Ich fasse es nicht! Es wäre alles genau so weitergelaufen. Oder?

Der Kleine plauderte munter weiter. »Haben es abgedeckt und den Dachstuhl erneuert, neue Ziegel drauf, war cool, echt interessant.«

Ich nickte. »Ihr versteht euch gut, du und Ede?«

»Passt schon«, sagte er und verkroch sich wieder in sich hinein.

Jetzt überlegte er, ob er überhaupt so viel mit mir reden sollte.

Und das andere? Mörike hatte gesagt, dass Werner meine Mutter kannte. Was sollte das? Ich lächelte und drehte mich wieder nach vorne. »Schon gut, Freddi.« Er hielt mir eine Zigarette hin. »Ich danke dir für deine Hilfe, das war wirklich die Rettung in letzter Minute.« Ich nahm einen kräftigen Zug. »Ihr seid feine Kerle, alle beide.« Ich genoss seine Schüchternheit, klappte den Schminkspiegel herunter und betrachtete mich. »Der Typ wollte mich umbringen, er hat es mir sogar gesagt, und ohne euch ...«

In diesem Augenblick ging die Tür auf und Ede stieg ein. Er reichte mir eine Stange Zigaretten, einen Sixpack und dann noch zwei Flaschen Wodka.

Ich zeigte ihm den Weg zu unserem Ferienhaus. Der Bodensee lag da wie ein umgefallener Spiegel und glotzte in den Himmel. Das Blau und die Sonne zitterten auf seiner Oberfläche. Darunter erinnerte mich der See an Waldmeister-Grütze. Immenstaad war wie ausgestorben, bei der Hitze hatten sich alle in ihren Häusern vergraben. Ich zeigte ihm den schmalen Weg zu unserem Seegrundstück. Der Schlüssel lag in einem der Buchsbäume, direkt an der Tür. Da schaute niemand, war zu offensichtlich, einfach zu blöd.

Ede fuhr den Wagen in die Garage. Ich sah zu, wie er mit Freddi debattierte.

»Lass ihn erst mal drin, der läuft doch nicht mehr weg, Mann ...«

Dann kam er mir lächelnd entgegen. Alles war so selbstverständlich. Seit die beiden mich gerettet hatten, war die Welt schön und gut. Ich hatte jetzt keine Angst mehr. Obwohl es erst eine Stunde her war, dass Barni tot war. Ich werde sie belohnen! Jeden auf seine Weise. Und sie werden mir weiterhelfen.

Ich ging ins Haus, ich brauchte unbedingt eine Dusche.

»Ich hüpfe in den See«, sagte Ede, machte sich ein Bier auf und lief runter zum Wasser.

Freddi warf sich in die Hollywoodschaukel und öffnete eine Wodkaflasche. Bei ihm musste es jetzt schnell gehen. Er trank hastig, während ich gähnend im Haus verschwand.

Die Dusche wirkte wie ein Wunder. Ich hätte nicht gedacht, dass ich mich so schnell davon erholen würde. Vielleicht war es aber auch das Adrenalin, das mich täuschte. Ich prüfte meinen Körper vor dem Spiegel. Ein paar blaue Flecken. Im Gesicht nur eine kleine Platzwunde an der Oberlippe, der Schaden hielt sich in Grenzen. Ich schminkte mich eben stärker.

Als ich wieder nach draußen in den Garten kam, stand die Sonne schon recht tief. Freddi war eingeschlafen, und ich ging runter zum Steg. Der schöne nackte Ede öffnete gerade sein viertes Bier und starrte auf den See, der sich jetzt wie eine Wokpfanne in der Mitte abgesenkt hatte. Algen und Seegras rollten hin und her, winzige Wellen huschten über die Kieselsteine.

Ich fragte Ede ganz leise. »Magst du das Wasser?« Ich legte mich neben ihn und schaute ihn an. Zeigte ihm meine schönen Augen, das klappte immer. Die Frösche wurden jetzt lauter, ganz aufgeregt klang das.

Er kramte in seiner Hose, die er auf das Ufer geworfen hatte, und holte ein Piece heraus. »Willst du?«

Ich nickte, und er baute einen Joint. Die Sache entspannte mich. Ganz langsam schob ich Ede meine Hand zwischen die Beine. So langsam, dass man sich nicht sicher sein konnte, ob es Absicht war. Das war der Trick. Ein Versehen konnte man nicht verurteilen, oder? Jedenfalls nicht mit der vollen Strafe versehen. Huch, so war das. Die Sonne wurde rot, legte sich auf den See, ganz sinnlich die Sache. Und Ede drückte seinen Unterleib gegen meine Hand. Er atmete schwer. Er war ein Kraftwerk, das nun für mich arbeitete.

»Komm«, sagte ich und Ede glitt über mich. Er bewegte sich wie eine Echse, die flink übers Wasser lief. Mein Mund war ganz nah an seinem Ohr, er hielt nun seinen Kopf ganz ruhig. Ich flüsterte: »Morgen brauche ich deine Kraft.«

Ein Blick auf meine Uhr. Gut zwanzig Stunden war das nun her, seit mich Barni entführt hatte. Wie ein ganzes Leben kam mir das jetzt vor. Eigentlich wollte ich für immer mit dem Geld verschwinden, doch Geiger, dieses Schwein, hat mich verkauft und dafür gezahlt. Das war kein guter Ort für die Geldübergabe gewesen. Dabei war ich sicher, dass das eine gute Idee war.

Dann dachte ich an Werner und daran, dass wir ihn schon bald besuchen würden. Du hast mich sehr verletzt, Werner Delius.

Mir war klar, dass sie nicht mehr Mörike heißen würde. Seine Mutter hatte wieder ihren Mädchennamen angenommen. Das war nicht schwer herauszufinden. Katharina Rössler. Der riesige Fußabdruck in Geigers Bad. Ich dachte an Mörike, dieses Wesen, das aussah, wie ein Monster aus einem billigen Comic, halb Mensch, halb Tier, und stellte mir seine Mutter vor. Grobschlächtig, hochgewachsen und dick, mit einem breitflächigen Gesicht. Die Nase quillt wie ein dicker, großporiger Schwamm aus der gegerbten Fassade. Graugrüne, blasse Glubschaugen, die wie durch eine Gaze schauen. Abgearbeitet, wie eine ukrainische Bäuerin … warum nicht mit viel Gold in der oberen Zahnreihe? Sicher, das war alles Quatsch. Aber ich stelle mir immer vor, wie die Leute wohl aussehen, die ich gleich kennenlernen werde. Da ich Katharina Rösslers Stimme nie gehört und keinerlei Kontakt mit ihr gehabt hatte, war ich jedoch ziemlich blank, ohne die geringste Ahnung. Aber ich stellte sie mir schrecklich vor, schließlich hatte sie Barni, den Metzger, geboren.

Wenn man sich in Stuttgart verstecken möchte, in aller Abgeschiedenheit und doch recht zentral leben will, dann empfehle ich den oberen Teil der Hornbergstraße. Denn man findet ihn erst gar nicht. Im Grunde war das ein Katzensprung von meinem Büro entfernt. Doch selbst ich bin an dieser winzigen Verlängerung, diesem Blinddarm der Hornbergstraße, erst mal vorbeigefahren.

Ich fuhr durch die Pflasteräckerstraße, ihren oberen Teil, wo es nur noch diese alten Reihenhäuser gibt. Jeder hat ein bisschen daran herumgebastelt und verschönert, weshalb man nicht sofort sieht, dass es eine kleine Siedlung ist. Häuser aus den dreißiger Jahren des letzten Jahrhunderts, eine ehemalige Arbeitersiedlung. Fleißige Männer, die früher weiter unten am Gaskessel gearbeitet haben, haben sie seinerzeit mitgebaut. Ein Freund hatte mir erzählt, dass die Wände dort teilweise noch mit Schlacke aufgefüllt sind.

»Es rieselt schwarz, wenn du ein Loch in die Wand bohrst. Ist bestimmt nicht gesund«, hörte ich Martin in meinem Kopf.

Eine Gegend mit einfachen, wachsamen Menschen, die zum Teil seit Generationen hier lebten, denen keine Geschichte und kein Schicksal entgeht. Ich fuhr also weiter, bis links der Gaisburger Friedhof auftauchte, sah die Frau, die auch bei mir immer ihren Zwergdackel an die Fassade pinkeln lässt, und bog rechts nach oben ab. Und war schon vorbei. Also zurück und sofort wieder scharf rechts. Es war ein abenteuerlicher, schmaler Weg, eine Sackgasse, die nach 200 Metern vor einem verrosteten Zaun endete. Links stand der letzte Reihenhausblock, dahinter begannen wilde Schrebergärten, aus denen grauer Qualm, der Duft von gegrilltem Fleisch und die Wortwolken einer griechischen Großfamilie aufstiegen. Ich schaute zurück, es waren immer vier Reihenhäuser, wie ein großer Schuhkarton. Das Eckhaus hatte die Nummer 184, da wohnte Mörikes Mutter.

Gleich gingen ein paar Fenster ringsherum auf. Hier war man aufmerksam, Autos fuhren hier selten herein.

Ich klingelte mehrfach. Nichts tat sich. Nebenan lehnte ein alter Mann auf seinem Spionagekissen am Fenster. Ein zutraulicher Mitwisser. Er kniff die Augen zusammen, weil er gegen die Abendsonne ankämpfen musste. »Die ist schon da, einfach weiterklingeln.«

Ich nickte freundlich. Hier war allen klar, warum ich gekommen war. Ich revidierte meine Vorstellung, dass man hier zurückgezogen leben konnte. Wahrscheinlich war ich nicht der Erste, den der Fenstergucker heute schon begrüßt hatte. »War schon jemand da, gell?«

Der Nachbar machte eine abwehrende Handbewegung. »Oh weh.«

Dann rappelte mein Handy, und ich suchte danach in meinen Taschen.

»Hey, Amon.«

Es war Katja, die in ihre Wohnung verschwunden war, um ihren Laptop und ein paar Klamotten zu holen. Ich strahlte und freute mich, als ob ich wochenlang nichts von ihr gehört hätte. Dabei war es gerade mal eine halbe Stunde her. Fast gleichzeitig ging über mir, im ersten Stock, ein Fenster auf und eine Frau mit schwarzen Haaren und einem zierlichen Gesicht schaute mich an.

»Katja, Moment bitte, ja?«

»Nichts da Moment, ich habe eine wichtige Info für dich, klar?«

»Moment bitte«, sagte ich und schaute zu der Frau nach oben, was Katja falsch verstand.

»Sag mal, kannst du nicht mal kurz zuhören?«

»Ja doch«, sagte ich, »erzähl doch, bitte.«

Die Frau am Fenster musterte mich argwöhnisch.

Katja legte los. »Also, Stephan hat noch mal eine Mail geschrieben, kam wohl an, als wir uns mit diesen Typen gekabbelt haben … Hörst du noch zu?«

»Hm …« Die Frau oben wollte gerade das Fenster schließen, weshalb ich plötzlich laut rief. »Bitte warten Sie, Frau Rössler? Ich muss Sie unbedingt sprechen. Ihr Sohn hat meine Freundin … hat eine Freundin entführt.«

Die Frau starrte reglos zu mir nach unten. »Was wollen Sie von mir?«

»Er will eine Freundin von mir umbringen. Sie müssen mir helfen.« Meine Worte hallten von den Häuserfassaden. Ich schaute mich um. Das klang sicher sehr seltsam. Inzwischen hatten sich mehrere Nachbarn in ihren Fenstern positioniert. »Bitte, Frau Rössler!«

Dann hörte ich wieder Katjas Stimme. »Okay, du solltest einfach nur eins noch wissen. Mörike hat zur gleichen Zeit wie Annettes Mutter in dieser Baufirma, bei Bullinger, gearbeitet. Amon, ich habe mir überlegt, vielleicht ... na, vielleicht ist Mörike ja Annettes Vater.« Sie wartete auf eine Reaktion. »Was meinst du?«

Die Frau hatte das Fenster geschlossen. Und ich brüllte »Scheiße« ins Telefon. Daraufhin legte Katja sofort auf, und ich starrte noch immer zum Fenster. Wieder schaute ich mich um und schüttelte den Kopf. Doch die Spione aus der Nachbarschaft schienen sich nicht daran zu stören. Die Sonne spiegelte sich grell in einigen Fenstern des Reihenhausblocks. Einige Läden waren aber auch zu, das heißt, nicht ganz, nur so, dass man noch alles durch die Ritzen beobachten konnte. Ich drehte meinen Kopf wieder zur Tür, als ich hörte, wie jemand den Schlüssel umdrehte und sich die Tür öffnete. Vielleicht waren die anderen Besucher nicht so peinlich oder penetrant oder ausgefallen, ich jedenfalls war der Erste, den sie hineinließ.

Die Frau war klein und zierlich, hatte schwarze lockige Haare und sehr feine Gesichtszüge. Das wunderte mich. Denn normalerweise schrumpfte ja der Kopf oder wuchsen Nase und Ohren? Egal, auf jeden Fall werden die Proportionen im Alter oft unvorteilhafter.

Sie war bestimmt mal eine Schönheit gewesen. Jetzt war sie über siebzig, und ihr Gesicht war von einer feinen Maske mit rissigem Pergamentpapier überzogen. Stirn, Wangen und die Mundpartie zeigten das silbrige Grau eines Spinnennetzes. Dann hörte ich ihre Stimme, und sie passte zu allem.

»Ich habe Bernd seit Jahrzehnten nicht mehr gesehen, ich kann Ihnen nicht helfen.«

»Doch, Sie können, ich bin überzeugt, dass Sie ...«

»Was wollen Sie und wer sind Sie?«

»Mein Name ist Amon Trester, ich bin ... ich möchte das Leben einer Freundin retten. Ihr Sohn hat sie in seiner Gewalt und ich ...«

Katharina Rössler musterte mich aufmerksam. »Kommen Sie.«

Ich folgte ihr die Steintreppen hinauf ins erste Stockwerk. »Möchten Sie Tee?«

»Nein danke, das ist sehr nett.«

»Sie wollen keine Zeit verlieren …«

Ich nickte und schaute mich um. Der Raum hatte knapp fünfzig Quadratmeter. An der Decke liefen Träger entlang, das Zimmer hatte ursprünglich aus mehreren Räumen bestanden. Es war sehr gemütlich eingerichtet, mit großen hellen Sofas und einer Bücherwand, die mindestens acht Meter lang war. Auf einem der Sofas saßen zwei Kartäuserkatzen, die mich zugleich streng und gelangweilt begutachteten, so wie es wohl nur Katzen können.

Mörikes Mutter sah, wie ich die Bücherwand überflog. »Sie haben etwas anderes erwartet.«

»Ja … schon.«

»Jetzt fragen Sie mich bestimmt gleich, ob ich die Bücher alle gelesen habe?«

»Nein, das …«

»Ich habe sogar selbst welche geschrieben.« Sie wollte jetzt reden. Katharina Rössler redete nicht mehr mit vielen Menschen, aber wenn, dann kam dieser Erzählfluss. Sie schaute durch mich hindurch. »Mein Thema war die Grundschulpädagogik. Ich bin … ich war einmal Lehrerin.«

Sie zeigte zum Fenster hinaus. »Ein paar hundert Meter weiter, ich war Rektorin der Gablenberger Grund- und Hauptschule.« Sie nickte wieder. »Später lehrte ich an der Pädagogischen Hochschule, ich war Professorin.« Sie lächelte versonnen. »Das war schön.«

Das klang alles eingeübt und hundertfach erzählt, immer gleich. Ich hatte das Gefühl, dass ich sie mit einer Zwischenfrage nur aus den Gedanken reißen könnte. Trotzdem spürte ich diesen Zeitdruck. Was machte Mörike wohl gerade mit Annette? Da hörte ich Katharina Rösslers Stimme wieder.

»Ich weiß nicht, wie ich helfen kann.«

»Erzählen Sie einfach«, sagte ich. »Ich weiß es auch nicht.«

Sie lachte, es war ein verzweifeltes Lachen, resignierend und abgestorben klang das. »Es ist paradox. Ich, die große Pädagogin, hatte zu wenig Zeit für meinen Sohn. Mein Mann ist früh gestorben. Er war Grieche, ein Ingenieur, bei Bosch …« Sie setzte sich zu den Katzen aufs Sofa und griff einer in ihr dickes Fell. »Ein Bär von einem Kerl, er hatte Krebs. Von Bernds siebtem Lebensjahr an war ich praktisch alleinerziehend.«

Schlagartig dachte ich an Leander. Seit ich von seiner Mutter getrennt war, sah ich ihn immer seltener. Leander! Er wird bald acht Jahre. Mein kleiner Sohn. Ich muss dich unbedingt anrufen, sobald ich …

»Alleinerziehend, das geht ja vielen so«, sagte ich, kniff mir in den Schenkel und setzte mich ihr gegenüber auf das andere Sofa.

Sie schaute mich fragend an, erzählte dann aber weiter. »Bernd hatte mit zwölf Jahren eine Hirnhautentzündung. Ein Zeckenbiss. Wir, ich … es wurde viel zu spät entdeckt. Ich steckte gerade mitten in meiner Doktorarbeit, mein Kopf war so voll mit Erziehung und Pädagogik, und mein eigener Sohn wäre fast gestorben.«

Katharina Rössler starb jeden Tag ein bisschen, jetzt gerade konnte ich es sehen. Wie ein paar Zellen aufgaben. Sie verabschiedeten sich einfach von ihrem Gesicht, wurden silbergrau und fielen in Schuppen auf ihre Brust. Das tun wir alle, ein wenig sterben. Aber sie würde wirklich bald gehen, ich spürte das. Ihre wenigen Tränen verloren sich auf den Wangen, wurden gierig von ihrer Pergamenthaut aufgesaugt.

»Sie können noch etwas tun«, sagte ich wieder und wusste nicht warum. Sie sprach einfach weiter. Sie musste ihre Geschichte erst zu Ende erzählen.

»Bernd war mehrere Monate im Krankenhaus. Und ich habe einen Forschungspreis gekriegt, viel Geld für weitere Forschung. Das war schrecklich. Er war fast tot, und ich war so lebendig wie noch nie zuvor.«

Ich versuchte, sie zu trösten, war darin aber wirklich nicht gut. »Sie mussten ja auch Geld verdienen, für das Leben.«

Sie lachte spöttisch und schüttelte dann den Kopf. »Danach konnte Bernd nur noch auf eine Sonderschule. Die hat er mit Ach und Krach geschafft und fing dann als Bauhelfer an. Sein Kopf war so anders …«

Ich wurde aufmerksamer. »Bei der Firma Bullinger? Sehen Sie, da können Sie mir jetzt wirklich helfen«, sagte ich. »Dort hat auch eine junge Frau gearbeitet. Sie hieß Margarete Zeller. Sie muss im gleichen Alter wie ihr Sohn gewesen sein. Sagt sie Ihnen was?«

Katharina Rössler strahlte. »Sicher doch, Margarete war bei mir in der Grundschule, ich war ihre Klassenlehrerin.«

»Frau Rössler, ich stelle Ihnen jetzt eine Frage, vielleicht eine komische Frage. Könnte es sein, dass Ihr Sohn Margarete Zeller damals geschwängert hat?«

Katharina Rössler schaute mich an, als ob sie mich nicht verstanden hätte.

»Ich weiß, Margarete ist damals bei diesem schrecklichen Autounfall umgekommen. Aber … aber sie hat eine Tochter.« Ich schaute ihr jetzt direkt in die Augen und verlor mich kurz darin, so als ob ich unter Hypnose stehen würde. Dann schaute ich wieder zu den Büchern, um mich von diesem Blick zu befreien. »Und Annette, so heißt die Tochter, wurde jetzt von Ihrem Bernd entführt.«

Sie reagierte nicht, und ich hakte nach. »Ich meine … könnte er seine eigene Tochter entführt haben, um sie zu töten?«

»Warum sollte er das denn tun?« Die zierliche Frau war aufgestanden und zur Bücherwand gelaufen. Sie brachte mir ein Fotoalbum.

»Er hat schon mehrere Menschen getötet, er ist ein Triebtäter, er ist krank. Wissen Sie, ich habe ein paar Berichte überflogen, er ist wirklich unglaublich grausam.«

Ich blätterte nebenher im Fotoalbum. Der kleine Bernd. Schwarz-Weiß-Bilder und Lederhose.

»Er hatte als Kind blonde Haare, seltsam nicht?« Sie sagte das und schaute wieder in die Ferne. »Er war nicht immer so. Er ist kein geborener Mörder und Sexualstraftäter ... es waren nicht die Gene.« Ihr Kopf wackelte ganz leicht, ein Vibrieren wie bei einem Elektromotor. »Das ist wichtig.«

»Das weiß ich.« Ich lächelte freundlich. »Hören Sie, Sie haben ihn nicht dazu gemacht, Sie können sich sicher einiges vorwerfen, aber ...«

Wieder lachte sie, als ob ich nicht wüsste, wovon ich rede-te, und nahm das Fotoalbum von meinem Schoß.

»Frau Rössler, Sie können jetzt etwas für Ihren Sohn tun und ...«

»Nach wenigen Wochen hat er in der Baufirma aufgehört. Er hat ein paar Monate lang sein Geld mit Medikamentenversuchen verdient. Kennen Sie das? Man legt sich unter Aufsicht in ein Krankenhaus oder Labor und bekommt Medikamente, die noch nicht auf dem Markt sind.«

Ihre spitzen, gekrümmten Finger fuhren am gezackten Rand eines Fotos entlang, auf dem Bernd stolz seine Schultüte präsentierte.

»Er war nach der Krankheit nicht mehr besonders klug. Teile seines Gehirns waren dauerhaft geschädigt. Aber diese Medikamentenversuche, das hat ihn wirklich sehr verändert. Besonders ein bestimmtes Mittel, darüber gab es auch Berichte in den Medien. Ich glaube, das sollte später Epileptikern verabreicht werden. Außerdem hat mir einer seiner Freunde erzählt, dass ein junger Arzt dort noch andere Tests mit Bernd gemacht hat. Es ging um irgendein Mittel zur Triebdämpfung. Ich glaube, da gab es einen Vorfall. Bernd soll nach der Einnahme eine junge Krankenschwester vergewaltigt haben. Das Mittel hatte eine genau gegenteilige Wirkung. Danach durfte er keine Medikamente mehr testen.«

Sie machte das Album zu und hielt es mir wieder hin. »Das Mittel ist aber wohl später als Potenzmittel auf den Markt gekommen.«

Mörike hatte also zu viele und vor allem die falschen Medikamente abbekommen. Die Verwandlung von einem ganz normalen Jungen in einen gefährlichen Verbrecher war ein Stück weit unter ärztlicher Aufsicht geschehen. Ich hatte mir das anders vorgestellt mit Barni dem Metzger, was nichts an der Situation änderte.

Katharina Rössler grübelte und zog den Satz in die Länge. »Bernd wollte einmal mit Margarete in einen Tanzkurs gehen.« Sie schüttelte wieder den Kopf und bekam den Ausdruck eines jungen Mädchens vor einem Date. »Aber das wollte sie nicht, er war ihr wohl zu dumm. Margarete war ein sehr gescheites Mädchen und hübsch.«

»Ein Tanzkurs, so richtig in einer Schule?«

»Tanzschule Bogner in der Wagenburgstraße, nicht weit von hier.« Katharina Rössler bekam einen strengen Gesichtsausdruck, so musste sie als Lehrerin geschaut haben. »Gehen Sie jetzt.«

Dann hörte ich dieses Rauschen, nein, es war mehr ein Sprudeln. Ich kannte das. Es war eine Umwälzpumpe von einem Aquarium. Ich hörte es deutlich und fragte mich, warum ich das Geräusch bisher nicht wahrgenommen hatte. »Wo ist es?«

»Was meinen Sie?«

»Ich habe auch Fische, ich hatte auch mal ein Aquarium, hab es zu Weihnachten gekriegt.«

Sie schaute mich entrückt an und zeigte um die Ecke.

Ich folgte ihrer Hand und hatte ein ungutes Gefühl, wusste aber nicht warum. Da stand es, auf einer Teakholztruhe. Ein großes Süßwasserbecken. Dann sah ich ihn. Sofort. In der linken Ecke des Aquariums lag er: ein menschlicher Schädel. Ein Fisch schwamm gerade durch eine Augenhöhle in den Kopf hinein. Ein Totenkopf.

»Was ist das … was ist das für ein Schädel?«

Plötzlich stand sie hinter mir, ich hatte sie nicht kommen hören. »Hat sein Vater mal von einer Baustelle in der Stuttgarter Innenstadt mitgebracht. Wohl noch aus Kriegszeiten.«

Sie war mir plötzlich sehr unheimlich. Hatte Katharina Rössler vorher auch schon diesen Gehstock mit der eisenbeschlagenen Spitze in der Hand? Ich konnte mich nicht erinnern …

»Sie fragen viel«, sagte sie und schaute sehr ernst. Fast schon böse, wie ich fand. »Wissen Sie, mein Sohn, er ist nicht schlecht. Andere haben ihn dazu gemacht, das habe ich doch schon gesagt.«

Ich versuchte freundlich und entspannt zu schauen. »Der Schädel … kann ich ihn mitnehmen?«

»Wozu denn das?«

»Um sicherzugehen, dass es wirklich der Kopf eines Opfers aus dem Zweiten Weltkrieg ist und nicht vielleicht von einer vermissten Person.«

»Was soll das, Sie sind doch kein Polizist.«

»Nein, ich bin Privatdetektiv.« Ich warf einen Blick ins Aquarium. »Der Schädel, seit wann, sagen Sie, liegt der da drin?«

Katharina Rössler überlegte kurz, ließ mich dabei aber nicht aus den Augen. »Das sind jetzt wohl dreißig Jahre.«

»Sie pflegen das Aquarium schon so lange für Ihren Sohn?«

Sie nickte und sah traurig aus. »Es ist aus der schönen Zeit. Eine Erinnerung.«

»An dem Schädelknochen sind keine Algen dran, keine Anhaftungen.« Ich fuhr mit dem Finger an der Scheibe entlang. »Sehen Sie.« Gleichzeitig beobachtete ich die Frau.

»Ich habe es erst sauber gemacht.«

»Nein, das nicht … Da, um den Totenkopf herum,… der Kies, alles überzogen mit einer feinen grünen Algenschicht.«

Jetzt warf sie mir einen hilflosen Blick zu und hob die Arme. »Das ist nicht der Schädel.«

»Was sagen Sie?«

»Das ist ein anderer Totenkopf. Der ist anders.« Katharina Rössler schien es selbst nicht zu verstehen. Jetzt fächerte sie sich mit der Hand Luft zu.

»Sie meinen, dass der Schädel vertauscht wurde?«

Sie nickte angestrengt. »Der andere … er war einiges größer und …«

Ich steckte meine Hand ins Aquarium und griff nach dem Schädel. »Dieser hier hat einen Spalt am Hinterkopf.«

Mörikes Mutter sah wirklich erstaunt aus und ganz rosa.

Ich hielt den tropfenden Schädel in der Hand und befreite ihn von einer Wasserschnecke, die sich mit einem schmatzenden Geräusch geschlagen gab. »Frau Rössler, wenn Ihr Sohn sich irgendwo verstecken würde, wo könnte das sein?«

»Er hat sich immer gerne im Wald versteckt. Oder oben, in den Schrebergärten am Frauenkopf.«

»Frauenkopf«, wiederholte ich und schaute mir den Schädel genauer an. Vielleicht könnte Squaw Hoffmann den Wald absuchen, die kannte sich dort oben aus, war doch quasi ihr Revier.

Siebzehn

Sie hatte meine Nummer gewählt und beim zweiten Klingeln war ich dran. »Amon Trester, private …«

»Lass gut sein, mein Lieber. Ich habe noch ein bisschen in den Unterlagen, die ihr dagelassen habt, geblättert.«

»Wo bist du?«

»Wo bin ich?« Sie zupfte hörbar an ihrem Stirnband. »Ich meine, wo bin ich … was meinst du denn?«

»Squaw Hoffmann, bitte, was ist?«

»Vielleicht erst mal was ganz Sonderbares. Bei diesen Sachen, die ihr aus Annette Delius Tasche habt, da ist ja auch so ein altes Tagebuch dabeigewesen. Das war vielleicht interessant. Es gehörte wohl Annettes Großmutter, die aus Ostpreußen stammte.«

Ich hielt immer noch den Totenkopf in der Hand und fixierte gleichzeitig Mörikes Mutter. »Pass auf, wenn das jetzt länger geht, dann warte doch, ich kann in zehn Minuten wieder im Büro sein.«

»Okay, stopp. Dann frag doch Mörikes Mutter wenigstens noch, ob ihr der Name H. Schmolke etwas sagt, ja?«

»Der Name, der auf dem einen Ring stand«, versicherte ich mich, nur halbgar, und legte auf. Katharina Rössler verneinte die Frage und brachte mich zur Tür.

Ede hatte in mir gewühlt, als ob er sichergehen wollte, dass er keine Stelle meines Körpers vergessen hatte. Wie einer, der nach Öl bohrt, mein kleiner Entdecker. Das war ein Kennenlernen vom Feinsten. Wir lagen noch ein paar Minuten ineinandergesteckt wie zwei Legosteine, bis ich ihn gleichmäßig schnaufen hörte. Ede war jetzt im Wunderland.

Nun sprang ich kurz in den See, um mich abzukühlen. Das war toll, ich hörte die kleinen Wellen, wie sie den Kies schüttelten, hörte die hitzigen Frösche, und dann hustete irgendwo noch ein Haubentaucher. Ich stieg vorsichtig aus dem Wasser, weil der Mond kaum Licht auf den See legte. Mein Ede schlummerte. Dabei war es gerade erst 22 Uhr. Es würde nicht das letzte Mal sein, dass er mich lieben durfte, er machte das gut. Ich zog ein paar Tropfen die Nase hoch, die warme Luft und das Seewasser, das war eine schöne Prise, so befreiend.

Ich ging am Kleinen vorbei, der immer noch in der Hollywoodschaukel schnarchte. Drinnen zog ich ein paar Hotpants und ein T-Shirt über und stopfte mir Mörikes Handy in die Hosentasche. Durch das Haus ging ich in die Garage, blieb kurz in der Verbindungstür stehen, um zu lauschen. Draußen war es ruhig, meine Helden schliefen. Ich zog den Schlüssel aus dem Zündschloss, lauschte nochmals und ging an den Kofferraum. Nein, das Geld wollte ich nicht teilen, mit niemandem. Die fünf Millionen hatte ich mir weiß Gott wirklich verdient. Ich würde sie auf dem Grundstück verstecken.

Ich steckte den Schlüssel in den Kofferraumdeckel. Langsam öffnete ich das Schloss und hob den Deckel. Und da gab es plötzlich so einen Moment, ich überlegte, verdammt … ob das gut war? Wie eine Ahnung war das. Aber schon zu spät. Ich öffnete den Kofferraum und schaute vorsichtig hinein. Das gab es nicht. Bloß das nicht. Barni war weg, er lag da nicht mehr drin. Wie konnte das sein? Und dann klingelte das verdammte Handy in meiner Hosentasche. Sein Handy!

Ich kam zurück ins Büro und setzte mich zu Squaw Hoffmann, die es sich auf meinem Sofa gemütlich gemacht hatte. Sie lag da, rund, voll, harmonisch, und sie summte wie ein Maikäfer. Ich glaube, dass man sie wirklich sehen muss, um ihre Ausstrahlung zu verstehen. Aber selbst dann würde man ganz wechselnde Eindrücke bekommen. Mal sitzt da eine ältere Frau, die ihre Klamotten aus einem Kostümverleih geholt und sie einfach nie wieder ausgezogen hat. Also, ist doch eh immer Fasnacht oder so. Vielleicht war sie aber auch bei den Karl-May-Festspielen in Bad Segeberg vor vierzig Jahren in der Umkleide vergessen worden. Damals, als sie noch Winnetous Schwester gab. Und dann ist sie plötzlich diese stolze schwäbische Schamanin, mit ihrer wärmenden Aura. Sie bleibt immer verwirrend und aufregend. Ich kann sie nicht greifen, weil ich sie auch genau so haben will.

Die Squaw hatte weiter aufgeräumt, so dass von dem Überfall der beiden geklonten Typen nicht mehr allzu viel zu sehen war. Dann war ihr wohl langweilig geworden. Und nun fing sie sofort an zu erzählen.

»Also, mein Lieber.« Sie hatte sich eine Zigarre angezündet und hielt mir auch eine hin. Das erinnerte mich an etwas, ich wusste nur nicht woran.

»Zwei Dinge, nein …«, ihre Stimme strampelte ein wenig, »… erst mal dieses seltsame Tagebuch.«

Ich setzte mich neben sie, und Squaw Hoffmann blätterte darin. »Du riechst nicht gut.«

Ich schaute sie genervt und müde an. Dazu lasse ich in der Regel meine Augenlider ein wenig runter wie die Maus bei der Sendung mit der Maus.

»Das Tagebuch ist …« Sie unterbrach sich und blies mir den Zigarrenrauch ins Gesicht. »Soll ich es dir zusammenfassen?«

Reflexartig schloss ich die Augen ganz. »Hey, was soll das, ich komme mir vor, als ob ich mir von meiner Mutter eine Geschichte vorlesen lassen soll, sie aber vorher noch schön brav darum bitten muss.«

»Echt, war das bei dir so?« Sie schien verstanden zu haben, musste aber einfach nochmal eine kleine Wortschleife binden.

»Im Grunde besteht das Tagebuch aus zwei Dingen.« Sie schlug es auf. »Hier eine Fabel, die Annettes Oma selbst illustriert hat. Es ist eine Geschichte, in der es um Käfer geht. Fand ich natürlich besonders interessant. Schöne Käferbilder, wirklich, gut gemalt.«

Ich verdrehte die Augen. »Klar, Riesenbock und so.«

Sie wurde jetzt sehr nachdenklich. »Aber es ist eigentlich etwas anderes, weißt du. Ich glaube, dass uns Annettes Großmutter von einem schweren Verbrechen erzählen will. Der andere Teil dieses Tagebuches befasst sich nämlich mit« – sie suchte nach den richtigen Worten – »lass es mich so sagen, mit Formen von Vergewaltigungen. Also wie und warum es passiert, die Hintergründe, Beispiele und so.«

Sie nickte zufrieden, so als ob sie fände, dass sie den Inhalt gut zusammengefasst hätte.

»Sie hat sich mit dem Thema Vergewaltigung beschäftigt. Und weil Klara Zeller darüber damals nicht viel Literatur gefunden hat, hatte sie wohl diese Berichte studiert.«

Ich musterte sie fragend.

»Vergewaltigungen von Frauen durch russische Soldaten im Zweiten Weltkrieg. Die Macht des Siegers.«

Jetzt starrten wir wie gebannt auf die Seiten. Eine schöne, sehr gleichmäßige Handschrift, und dazwischen waren immer wieder Bilder, die mit Buntstiften gemalt waren.

»Käfer?«, wiederholte ich.

»Also, willst du es selbst lesen, oder soll ich …«

»Erzähl es mir, so wie du es verstehst, später will ich es dann noch lesen.« Ich beobachtete die Squaw, wie sie ruhig, fast vorsichtig sprach, und schaute immer wieder auf die Seiten.

»Es geht um vier Käfer. Zwei Männchen, die mit zwei Weibchen ausgehen. Sie gehen tanzen, auf einem Ball. Als der Ball zu Ende ist, ziehen die vier noch alleine weiter. Die Männchen flirten mit den Weibchen, und dann küssen sie sich. Dann gibt es Streit, als einer der Käfer zudringlich wird. Das zweite Käferweibchen will ihrer Freundin helfen. Aber sie wird dabei erschlagen.«

»Okay.« Ich rieb mir den Nacken, um die aufkommenden Kopfschmerzen zu vertreiben. Jetzt musste ich mich zur Konzentration zwingen. Ich ließ meine Augen über die aufgeschlagene Doppelseite wandern und fing an, die ersten paar Sätze zu lesen.

Pillendrehers Grab

Es war einmal ein großer dicker Mistkäfer, der lebte im Garten eines großen Menschenhauses. Weil der Mistkäfer immer wieder Kugeln, rund wie Fußbälle, formte, nannten ihn seine Freunde auch Pillendreher.

Als Pillendreher eines Tages quer über den Rasen eine Kugel vor sich herrollte, traf er seinen Freund, den Kartoffelkäfer.

»Hallo, verehrter Pillendreher, wie geht's, wie steht's?«, rief ihm der Kartoffelkäfer zu und klapperte fröhlich mit seinen Beißzangen.

»Ach, ich bin so alleine«, entgegnete Pillendreher. »Ich suche jemanden, mit dem ich balgen und spielen kann.« Der Mistkäfer nahm die Füße mit den kleinen Häkchen daran von seiner Kugel und gab ihr einen leichten Tritt. Die Kugel rollte dem Kartoffelkäfer vor die Füße.

»Du willst dich mit mir balgen?«, fragte der Kartoffelkäfer. »Um deine Pille?«

»Ja, komm, los, zeig mal, wie stark du bist.« Pillendreher sprang übermütig in die Höhe, höher und höher, um zu zeigen, wie kräftig seine Beinchen waren.

Der Kartoffelkäfer schüttelte sein Köpfchen. »Nein, nein, mit einem Mistkäfer soll man sich nicht anlegen, die sind so stark vom vielen Pillendrehen.«

»Ja, freilich«, prahlte Pillendreher, »du hast Angst vor mir!«

Sein Freund, der Kartoffelkäfer, lief so schnell er konnte weg und rief dem Mistkäfer noch zu: »Heute Abend auf der Festwiese an der großen Buchsbaumhecke, da kannst du dein Tänzlein aufführen, beim großen Käferball.«

»Was soll ich da?«, rief ihm Pillendreher wütend hinterher. »Ich hab doch keine Braut.«

»Das macht nichts, ich stelle dir eine süße kleine Marienkäferin vor. Sie hat zwei bezaubernde Punkte auf dem Rücken, weshalb ich sie Zweipünktchen nenne. Und vielleicht bringt sie ihre fesche Freundin Dreipünktchen mit. Dann tanzen wir die ganze Nacht, wie wär's?«

Ich stöhnte und warf Squaw Hoffmann einen genervten Blick zu. »Wie lange geht das noch so weiter? Pillendreher, Dreipünktchen und so …«

Sie schaute mich ernst an. »Lies einfach weiter …«

Sie machte eine Handbewegung, die bedeuten sollte, dass ich mich beeilen sollte. Also las ich weiter.

Ehe Pillendreher antworten konnte, war der Kartoffelkäfer unter ein paar Kastanienblättern verschwunden.

Als es Abend wurde, hatte Pillendreher zwei weitere Futterkugeln gerollt und sich mit einem anderen Pillendrehermännchen gar heftig geprügelt. Das Männchen war nicht so stark wie unser Pillendreher und musste ihm seine Kugel überlassen. Stolz traf Pillendreher mit der erbeuteten Kugel auf der Festwiese ein.

Die Glühwürmchen sorgten für eine wahre Festbeleuchtung, ihr Summen und Surren hing über der Lichtung. Un-

ten zwischen der großen Buchshecke und dem riesigen Swimmingpool der Menschen, die dort wohnten, tanzten alle nur denkbaren Käferarten. Gerade brummten ein paar Maikäfer ein lustiges Lied.

Und dann entdeckte der Kartoffelkäfer seinen Freund. »Hey Pillendreher, komm, was ist?« Kartoffelkäfer stellte ihm die beiden Marienkäfermädchen vor. »Das ist das süße Zweipünktchen, und das ist das prächtige Dreipünktchen.«

Pillendreher fand sofort Gefallen an dem zierlichen und sehr hübschen Zweipünktchen. Das doch eigentlich der Kartoffelkäfer mitgebracht hatte. Aber auch Zweipünktchen fand Gefallen an Pillendreher. Er war groß, stark und so galant. Im Abendlicht schimmerte sein schwarzer polierter Panzer in allen nur erdenklichen Farben.

Die vier tanzten die ganze Nacht und waren schließlich die Letzten auf der Festwiese. Um sich etwas abzukühlen, krabbelten sie noch ein wenig zum Pool der Menschen. Alle vier waren sie sehr angeschwipst vom vielen Blütennektar. Dann plötzlich geschah etwas Schreckliches. Pillendreher wollte Zweipünktchen, das kleine Marienkäfermädchen, mit sich zerren. »Komm, stell dich nicht so an, ich bin doch sicher nicht der Erste«, lachte Pillendreher böse und packte sie.

»Nein, bitte lass mich«, rief sie verzweifelt.

Doch Pillendreher war wie von Sinnen und packte das kleine Mädchen.

Ihre Freundin Dreipünktchen, die sich gerade mit einer Umarmung vom Kartoffelkäfer verabschieden wollte, drehte sich um und flog ganz flink zu Zweipünktchen, um der Freundin zu helfen. Doch es war zu spät, Pillendreher hatte etwas ganz Böses mit Zweipünktchen gemacht, und sie weinte sehr heftig.

Dreipünktchen zerrte wie wild an Pillendreher und trat ihn von hinten. Doch er war zu stark. Dann drehte sich Pillendreher um und schlug Dreipünktchen ganz fest. Es stürzte mit dem Kopf gegen den Beckenrand des Pools und war gleich mausetot.

Jetzt kam Kartoffelkäfer verzweifelt angekrabbelt und hob ihren Kopf aus dem Wasser.

»Da können wir jetzt nichts mehr machen«, brüllte Pillendreher. »Da seid ihr alle mit schuld. Ich wollte schließlich gar nicht zum Tanzen mitkommen.«

Zweipünktchen weinte ganz fürchterlich, und Kartoffelkäfer versuchte, sie zu trösten.

»Los!«, rief Pillendreher ganz außer sich. »Wir müssen sie begraben.« Dann krabbelten sie zum Käferfriedhof, buddelten zusammen ein tiefes Loch. Ganz in der Nähe von dem schönen alten Krematorium, wo ihr die Abendsonne aufs Grab scheint. Als das Loch tief genug war, legten sie Dreipünktchen hinein und beschlossen, niemandem etwas davon zu erzählen. Dann rollte Pillendreher seine letzte Kugel auf das Grab, und es war für immer dunkel.

Ursprünglich wollte ich den Text nur überfliegen. Aber dann hat es mich doch gepackt. Diese Mischung aus Naivität und Drama – Annettes Großmutter hatte das Ereignis auf ihre Art erzählt.

»Margarete ging gerne tanzen«, sagte ich leise. »Das hat Mörikes Mutter erzählt.«

»Natürlich«, fing Squaw Hoffmann an, »kann Klara Zeller da auch ihre eigenen Kriegserlebnisse verarbeiten. Oder sie hat sich von diesen tragischen Berichten der Frauen inspirieren lassen. Es … es gibt diese berühmten Bekenntnisse von ›Anonyma‹, dieser Frau, die schon in den fünfziger Jahren ihre eigene Vergewaltigungsgeschichte aufgearbeitet hat. Es kursieren Zahlen: Etwa zwei Millionen deutsche Frauen sollen gegen Kriegsende vergewaltigt worden sein. Wusstest du, dass die meisten davon keine achtzehn Jahre alt waren? Brauchst du noch mehr Daten?«

»Nein, danke.«

»Klara Zeller hatte sich auf jeden Fall mit dem Thema auseinandergesetzt. Und sie hatte sicher keinen Zugang zu entsprechender Fachliteratur gehabt.« Sie machte eine Pause. »Wenn es das überhaupt gibt.« Ihr Gesicht war jetzt angespannt. »Ist sie nicht in einem Heim für Demenzkranke gestorben?«

»Wer weiß, wie ihr Zustand war, als sie das aufgeschrieben hat«, antwortete ich und warf Squaw Hoffmann einen kurzen Blick zu. Sie drückte gerade die Zigarre aus und zog ihre Mokassins an.

Dann kam mir diese Idee: »Die Tanzschule Bogner in der Wagenburgstraße. Vielleicht sollten wir da mal hin.«

»Verstehe, wir, ja?« Sie war aufgestanden, so dass ich nun genau auf die Kette mit dem Eichhörnchenschädel guckte, der wie ein Wackeldackel zwischen ihren Brüsten wippte.

»Ich habe auch einen Totenkopf«, fiel mir plötzlich ein. Und dann suchte ich nach der Plastiktüte, die ich auf den Boden neben das Sofa gelegt hatte.

Die Squaw lächelte und schüttelte den Kopf, als ich den Schädel aus der Plastiktüte zog. Sie setzte sich eine Lesebrille auf und inspizierte den Schädel. »Schöne Kopfform, etwas flacher Hinterkopf, Osteuropa oder so. Wo hast du denn den her?«

»Lag bei Mörikes Mutter in einem Aquarium, echt gruselig.«

»Und du hast ihn dir einfach geschnappt?«

»Ja, kam mir komisch vor, so ein echter Totenkopf.«

Dann schaute sie sich den Schädel genauer an. »Ganz schöne Delle dahinten. Ist auf den Hinterkopf ...« Sie drückte mir den Schädel in die Hand und schlug das Tagebuch erneut auf und las diesen Satz vor.

»Dreipünktchen stürzte hinten mit dem Kopf gegen den Beckenrand des Pools und war gleich mausetot.«

Squaw Hoffmann schaute mich über den Brillenrand an, was ihrem Blick eine bedrohliche Schärfe gab. »Ist dir das vorhin schon aufgefallen?«

»Das mit der Verletzung am Hinterkopf? Kann Zufall sein. Kann auch von einem Schlag kommen.«

»Nein, ich meine … ja sicher, das auch. Aber hier, diese Stelle mit dem Marienkäfermädchen, … mit Dreipünktchen.« Squaw Hoffmann deutete auf die Stelle im Text. »Und dann steht hier: Es stürzte mit dem Kopf gegen den Beckenrand.«

»Ja und?«

»Sieh mal, an dieser Stelle ist mit Tipp-Ex drübergemalt worden. Ein längeres Stück, als man für das *Es* gebraucht hätte.«

»Vielleicht wollte sie erst das Marienkäferdings schreiben oder so …«

Squaw Hoffmann lächelte siegessicher. »Hab ich auch gedacht. Gut, dass Klara Zeller mit Kuli geschrieben hat. So hat sich das auf der anderen Seite durchgedrückt … Es war nicht einfach, denn die Rückseite ist ja auch beschrieben. Aber das Wort, das sie zuerst geschrieben hat, hieß Hannah.«

In meinem Kopf ging es jetzt ein wenig durcheinander. Ich hatte viele Bilder und Ideen, die einander schlagartig ablösten, sich dann auch mischten, zu einem fürchterlich klebrigen Brei. »Der Ring, wo ist dieser Ring mit der Inschrift?«

Die Squaw reichte ihn mir und wir schauten uns aufgeregt an. »H. Schmolke, vielleicht Hannah Schmolke?«

Das Pochen in meinem Schädel wurde immer heftiger. »Gut, die hat dann wohl auch Barni der Metzger auf dem Gewissen. Möglicherweise war sie eine Freundin von Margarete, also von Annettes Mutter. Dann könnte es passen, so wie es Katja vermutet hatte. Dass Mörike vielleicht Annettes Vater ist. Er hätte dann ihre Mutter vergewaltigt, ihre Freundin getötet und hat jetzt seine Tochter entführt …«

»Aber warum?« Squaw Hoffmann hatte sich noch eine Zigarre angesteckt und schob eine Wolke vor sich her. »Das alles passt nicht in das Bild von Mörike.« Sie deutete auf ein paar Berichte über Barni den Metzger. »Der ist doch ganz anders krank, ich meine … diese Transsexuellen …« Squaw Hoffmann ging Richtung Tür. »Komm, lass uns tanzen gehen.«

»Du kannst doch nur Eurhythmie. Standardtänze bringen Anthroposophen sicher um, diese zackigen Bewegungen sind sicher absolutes Gift für euch. So wie Kruzifixe für Vampire …«

»Trester, du bist ein Vollsäckl.«

»Was?«

»Ich kann auch Indianertänze und Medizinfrau und Beschwörung und so.«

»Beschwörung, ich weiß.«

Dann blieb sie wieder stehen, und ich sah nur noch ihre Umrisse, wie sie die Arme ausbreitete und sich leicht drehte, dabei aufstampfte. Ich stellte mir vor, dass sie ähnlich wie das Sandmännchen so einen feinen Staub streute und ich dann gleich einschlafen würde. Dann unterbrach sie schlagartig ihr Gestampfe.

»Und wer ist der andere, also der Kartoffelkäfer?«

Wir schwiegen einen Moment. Es war eben nur ein kleiner Anflug von Leichtigkeit, der schon wieder vorbei war. Ich spürte wieder meine stechenden Kopfschmerzen, auch das mit meinem Auge ging wieder los, dieses … Zucken, und dann fiel mir etwas ganz anderes ein.

»Wo bleibt eigentlich Katja?«

»Sie wollte noch etwas recherchieren. Katja meinte, dass sie das mit Mörike auch wegen ihres letzten Films interessieren würde. Also die Sache mit den Transsexuellen und so.«

Achtzehn

Der Erste Kriminalhauptkommissar Felix Kiefer wirkte verärgert. Nicht wie sonst, nicht genervt über sich und das Leben und diese Tölpel, die manche als Kollegen bezeichneten. Eher so, als ob man ihm etwas weggenommen hätte. Er saß leicht gebeugt über ein paar Kopien. Seine Hände waren feucht. Wenn er mit den Fingern über die Glasplatte fuhr, bildeten sich Kondensstreifen. Das hasste er, ein Ausdruck des Körpers, den er als Schwäche interpretierte. Er wischte gerade mit dem Ärmel darüber hinweg, als Kollege Böse Katja Gütle ins Zimmer schob.

»Nimm die Finger weg oder du wirst es bereuen!« Katja war zorngerötet. Ihre offenen Haare schlugen wie Flammen, die nach Brennbarem suchen, in alle Richtungen aus.

Kiefer schaute neutral, zumindest hatte er sich das so vorgenommen. Neutral wirken.

»Möchten Sie?« Er hielt eine Wasserflasche in der Hand und machte Anstalten, ein Glas zu füllen. »Stilles Wasser!«

»Ich bin nicht freiwillig hier«, brüllte Katja. »Das möchte ich nochmals betonen, und ich werde unter Zwang nichts sagen …«

»Das brauchen Sie im Grunde auch nicht.« Kiefer schob die Unterlagen betont gleichgültig vor sich hin und her. »Was wir haben, das reicht, um Sie in Untersuchungshaft zu bringen.«

»Ich bin Journalistin, Sie behindern meine Recherche. Sie unterdrücken Aufklärung.«

»Sie reden ja doch die ganze Zeit«, entgegnete Kiefer süffisant.

»Gehen Sie immer so mit der Presse um? Sie können die öffentliche Meinung nicht unterdrücken, das müssten Sie doch langsam mal kapieren.«

»Ganz die Mutter. Immer diese Gene, nicht?« Kiefer nahm einen Schluck Wasser. Das heißt, er wollte einen nehmen, doch Katja schlug ihm das Glas aus der Hand.

»Was hat meine Mutter damit zu tun? Sie war unschuldig, wurde von Ihrem Scheißsystem fertiggemacht. Kiefer, du Arschloch. Vergiss nicht, dass ein Bulle das Dreckschwein war, einer von euch!«

Jetzt lächelte der LKA-Mann gezwungen und fischte ein durchnässtes Blatt aus der Wasserlache, die sich auf dem Tisch gebildet hatte. »Ihre Mutter war Mitglied … war Sympathisantin der RAF, einer terroristischen Vereinigung, einer Verschwörung von skrupellosen Mördern.«

Kiefer tastete nach seiner Ader an der Schläfe und schob sie ein wenig nach oben, da wo die Haut nicht so spannte. »Aber darum geht es jetzt nicht.«

»Was wollen Sie, Kiefer?«

»Machen wir es kurz. Wir haben Ihre DNA an einem Tatort gefunden.«

»Das glaub ich jetzt nicht. Sie suchen einfach irgendwas, oder was soll das?«

»Trester hat Ihnen doch sicher eine seiner Badekappen gegeben, nicht?« Er stimmte sich selbst zu. »Weshalb wir keines dieser ...«, Kiefer verzog das Gesicht und deutete auf Katjas Kopf, »... dieser roten Haare gefunden haben.«

Katja schaute Kiefer eiskalt in die Augen. »Verstehe, kleine persönliche Hexenjagd, was? Sie leben im falschen Jahrhundert. Mann! Nicht nur reaktionär, sondern auch noch Mittelalter-Christ.«

Kiefer schüttelte gelangweilt den Kopf und schürzte dabei die Lippen. »Ach was, Sie reden Unsinn.« Er machte eine winzige Pause und fuhr mit dem Zeigefinger durch die Wasserlache auf dem Tisch. Als ob er etwas aufschreiben würde, ein Zeichen. »Die Kriminalbiologie ist ein faszinierendes Fach. Wir sind da inzwischen sehr weit.« Jetzt schaute er Katja wieder an. »Wir können inzwischen die Gene identifizieren, die für die Einlagerung von Farbstoffen zuständig sind. Interessant ist das, nicht?«

Katja schwieg jetzt, sie wusste nicht, worauf Kiefer hinauswollte. Dann ging es doch wieder mit ihr durch. »Ich glaube nicht, dass Sie Ahnung von Genetik haben. Das ist zu hoch für Sie, da braucht man eine Menge Voraussetzungen, die Sie nicht mitbringen, wegen der Gene und so.«

»Mag sein.« Nun wurde es wirklich ein wenig komplizierter, so dass Kiefer in seine Unterlagen schauen musste. »Melanocortin-1-Rezeptor«, das sagte er ganz stolz, gerade so, als ob er jemandem eine Medaille für besondere Verdienste umhängen wollte. »Finden wir diesen Rezeptor, können wir Rothaarigkeit mit einer Wahrscheinlichkeit von achtzig Prozent voraussagen.«

Katja lächelte spöttisch und fing an zu klatschen.

»Wow, echt cool.« Ihr Blick war herablassend. »Bei genetischen Fingerabdrücken verlangen Richter eine Übereinstimmung von 99,6 oder was weiß ich. Selbst wenn Sie mir etwas anhängen wollen, was ich natürlich nicht getan habe … Ich bin Journalistin, ich habe nicht so ein Bullen-Schmalspurstudium. Sie können mich nicht verarschen, klar?«

»Sicher, die Journalisten verarschen ja sonst immer uns.« Kiefer hatte wieder diesen neutralen Blick drauf. »Aber dennoch hat uns das geholfen. Ein Tröpfchen, egal wie winzig, Speichel, Schweiß, was auch immer.« Kiefer konnte sein Grinsen jetzt kaum noch unterdrücken. »Vielleicht mussten Sie niesen, da am Klavier, ich meine natürlich am Flügel. Versuchen Sie sich mal zu erinnern … Oder haben Sie eine Träne vergossen oder Angstschweiß. Als Sie den armen Herrn Geiger gesehen haben?«

Katja war jetzt ein wenig verunsichert.

Kiefer machte gleich weiter. »Also, da waren die 80 Prozent. Dann holt man sich damit eine richterliche Genehmigung, um mal ein wenig in der DNA-Datenbank zu forsten. Muss ja alles rechtens sein … Und da fanden wir dann eine Übereinstimmung mit einem Eintrag. Meinen Sie, dass Ihre Mutter in der Haußmannstraße bei Geiger war? Oder waren doch eher Sie das? Ja, ja, die Gene.« Kiefer hielt Katja ein Teststäbchen hin. »Würden Sie da mal eben dran lutschen …?«

Katja nickte, sie hatte verstanden. »Okay, was wollen Sie?«

Kiefer rieb sich nun beide Schläfen und gähnte. »Das ist ja das Problem.«

Katja wartete.

Und er setzte ganz neu an. »Dann waren Sie auch noch auf dem Hohenasperg, wollten mit Mörikes Arzt sprechen.«

Kiefer schaute wieder auf seine Unterlagen, spielte den Verzweifelten. »Danach haben Sie es bei Mörikes Therapeutin versucht.« Er schüttelte genervt den Kopf. »Sie haben sie in ihrer Wohnung so lange bedrängt, bis sie … Na ja, auf jeden Fall hat Nina Stolzenburg die Polizei angerufen. Und da sind wir jetzt, Frau Gütle. Sie haben der Frau wohl Angst gemacht.«

Katja war hochgeschossen. »Und jetzt will ich telefonieren. Sofort!«

Lutz Bogner hatte wohl einen Blick für so etwas, er teilte die Welt in Tänzer und Nicht-Tänzer. Gerade verließen die letzten Teilnehmer eines Tanzkurses die Schule. »Sie möchten keinen Tanzkurs machen.«

»Nein, wir suchen jemanden, der vielleicht bei Ihnen einen gemacht hat.«

Bogner musste etwa Mitte sechzig sein. Er hatte schwarzgefärbte Haare, die er mit Pomade nach hinten verlegt hatte wie ein Bündel ganz feiner Glasfaserkabel. Er sah aus, als ob ihn ein Bildhauer aus einem Granitstein geschlagen hätte. Von seinen Wangen bis zum Mund verliefen zwei tiefe Falten, die ihm das ewige Lächeln eines Gauklers verliehen. Die Haut dazu ein wenig staubig. Bogner war ganz in Schwarz gekleidet und schmal, nein, rappeldürr. Dennoch bewegte er sich elegant und lässig. Seine freundlichen braungrünen Augen wechselten die ganze Zeit zwischen mir und Squaw Hoffmann hin und her.

»Interessant«, sagte er und blieb in Squaw Hoffmanns Gesicht hängen.

Sie fing an zu lachen. »Was meinen Sie?«

»Sie sehen sehr interessant aus.« Jetzt warf er mir wieder einen Blick zu. »Alle beide.«

»Danke, das ist sehr freundlich«, murmelte ich und schaute mich in dem Raum um. Ein großer Saal mit vielen Spiegeln und einem alten, aber gepflegten Stäbchenparkett. Der Boden war frisch gewienert und glänzte so unecht, als ob wir in einem virtuellen Raum ständen. Man sah, dass hier vor einiger Zeit renoviert worden war, trotzdem roch es wie in einer Turnhalle, nach Abnutzung, nach vielen Füßen, einfach verbraucht. Ich hing einen Moment meinen Gedanken nach. Dann wurde ich durch Squaw Hoffmanns Kichern erlöst.

»Sie … Sie sehen aber auch ungewöhnlich aus«, trällerte die Squaw und klimperte übertrieben mit den Lidern.

»Oh ja, das bin ich auch, das kann ich Ihnen versichern!« Bogner grinste breit, und sein Adamsapfel schnappte nach oben wie der Deckel eines Benzinfeuerzeugs. Es sah so aus, als ob die beiden flirten würden.

Ich trieb das Gespräch etwas weiter. »Herr Bogner, wir wollten Sie fragen, ob Ihnen der Name Margarete Zeller etwas sagt.«

»Oh, fragen Sie mich jetzt gleich, wo ich letzte Nacht war?« Bogner löste seinen Blick von Squaw Hoffmann und schaute mich freundlich an. »Ich kann mir Namen nicht gut merken. Vielleicht, wenn Sie mir sagen, wie die Dame aussieht?«

Ich überlegte. »Vielleicht haben Sie Namenslisten. Also, von den Kursteilnehmern?«

»Oder sogar Fotos?« Squaw Hoffmann hatte sich dicht neben mich gestellt und strahlte, wie ich es bisher selten bei ihr gesehen hatte.

Ich wusste nicht warum, aber plötzlich hörte ich mich sagen: »Das passt doch überhaupt nicht.«

Die beiden schauten mich fragend an.

»Ich meine, das wird doch kaum möglich sein, dass Sie so alte Unterlagen haben.«

Lutz Bogner klatschte in die Hände. »Da täuschen Sie sich. Deutsche Gründlichkeit. Uns gibt es seit 1968. Gutes Jahr, nicht?« Dabei hob er den rechten Zeigefinger und machte damit eine Kreisbewegung.

»Klar doch«, antwortete die Squaw.

Bogner drehte sich lässig um die eigene Achse und bedeutete uns mit einem Wink, dass wir ihm folgen sollten.

Der Raum war vielleicht zwanzig Quadratmeter groß und vollgestopft mit Pokalen, Urkunden und Fotos von irgendwelchen Tanzevents. Ich erkannte Bogner auf verschiedenen Bildern und nickte ihm anerkennend zu.

»Welches Jahr, sagten Sie?«

»Margarete Zeller müsste wenn, dann so ... 1971 oder 1972 bei Ihnen gewesen sein.«

Lutz Bogner schaute kurz zu Squaw Hoffmann hinüber, die versonnen vor einem Hochzeitsfoto stand. Das strahlende Brautpaar war umgeben von Tänzern, die ein Herz bildeten. In einem Ballsaal. Eine prächtige Schwarzweiß-Aufnahme.

»Meine Frau ist seit über zehn Jahren tot«, erklärte er eilig. Es klang fast wie eine Bewerbung. Dabei fuhr er mit den Fingern über ein paar Aktenordner.

»Was für eine schöne Frau«, sagte Squaw Hoffmann vor sich hin.

Lutz Bogner warf der Squaw noch einmal einen herzlichen Blick zu und arbeitete sich dann durch ein paar Namenslisten. Dann schaute er wieder hoch. »Kennen Sie die?« Der Tanzlehrer deutete auf ein Bild, das gleich daneben hing.

Die Squaw rückte näher an das Bild und setzte ihre Brille auf. »Hey, das sind ja Fred Astaire und Gene Kelly und ... das sind ja Sie!«

»Lange her. Aber ich bin wirklich stolz drauf, da war ich Background-Tänzer bei einer Broadway-Show. Das Foto haben wir danach aufgenommen. Ein Freund hat es gemacht. Er fotografiert bis heute für mich. Auch von unseren Tanzkursen. Die Abschlussbälle, wissen Sie.«

»Toll.« Die Squaw nickte und lächelte wie eine Prinzessin, der man gerade einen Heiratsantrag gemacht hatte.

Dann sagte Bogner plötzlich ihren Namen. »Zeller, Margarete. Richtig, 1971. Hier, und wie versprochen, mit dem Foto vom Abschlussball.«

»Darf ich?«

Ohne zu warten, griff ich nach dem Ordner und musterte das Bild eine Weile. Und zählte die Menschen darauf. »21, zehneinhalb Paare?«

Lutz Bogner schaute mich fragend an. »Bitte?«

»Das geht nicht auf. Oder kann man auch alleine einen Tanzkurs besuchen?«

»Nein, bei mir nicht. Es kommen aber immer auch Singles, das geht dann meistens irgendwie auf. Oder sie warten bis zum nächsten Kurs.«

Squaw Hoffmann hatte inzwischen die Namen auf der beiliegenden Liste gezählt. »Es sind auch nur 21 Namen.«

Ich zählte nach. Sie hatte recht, und Margarete Zellers Name stand ganz am Ende. »Es fehlt jemand auf dem Foto … und in der Liste.«

Lutz Bogner fiel eine lange Strähne ins Gesicht, worauf er sich mit beiden Händen durch die Haare fuhr. Eine eingeübte Bewegung, wie ein Schauspieler aus längst vergangenen Tagen. »Wirklich seltsam. Sonst legen alle immer großen Wert darauf, dass sie auf dem Bild vom Abschlussball sind.«

Squaw Hoffmann stellte sich nah an den Tisch zu Bogner. »Sie können nicht sagen, wer fehlt?«

Lutz Bogner schüttelte den Kopf. »Das ist … vierzig Jahre her.«

»Vielleicht der Fotograf?«, hakte sie nach und drehte wie ein kleines Mädchen an ihren Zöpfen.

»Warte mal, kannst du Margarete Zeller auf dem Foto erkennen?« Ich hielt ihr das Bild hin, worauf sie gleich ihr Lächeln fallen ließ. Dann dachte ich daran, dass ich mit meinem Smartphone ja Zugriff auf meine E-Mails hatte. Ich öffnete die umfangreiche Datensammlung, die uns Stephan, dieser SWR-Hacker, geschickt hatte. Auf dem Lebenslauf von Margarete Zeller, den sie damals bei der Firma Bullinger eingereicht hatte, war immerhin dieses Bewerbungsfoto. Ich lud es hoch, vergrößerte es und hielt es neben das Bild vom Abschlussball.

»Hier, das ist sie, eindeutig.« Squaw Hoffmann sah ganz verzückt aus. »Schöne Mode war das.«

»Finde ich nicht, dezente Flower-Power-Einflüsse, ansonsten schwäbische Provinzialität, eben alles etwas sparsamer.«

Wieder betrachtete ich das Bild vom Abschlussball.

»Ich verstehe das nicht. War es am Ende doch Mörike, mit dem sie den Tanzkurs gemacht hat?« Ich dachte laut nach. »Kann man auf einem Foto sehen, ob jemand vergewaltigt wurde?«

»Trester, das ist eine total bescheuerte Frage, weil ... warte, eigentlich ist sie doch nicht so doof.« Squaw Hoffmann zog eine Lupe aus ihrer Tasche. »Ich weiß es nicht, wie man dann aussieht ...«

Hilflos blickte sie jetzt drein. Ich sah, wie sie sich vorstellte, wie das wohl war, wenn diese körperliche Übermacht über einen kam.

»Mörike? Sie meinen den Sexualstraftäter, der jetzt auf freiem Fuß ist?«, mischte sich Bogner ein. »Nein, an so einen hätte ich mich dann doch erinnert. Ganz sicher.«

»Menschen ändern sich im Laufe ihres Lebens«, sagte ich, dachte dabei an mich und jonglierte mit ein paar Gedanken, bis mir einer runterfiel. Der da: Ich dachte, dass ich viele war und immer noch bin. Aber dass ich mich eigentlich nicht änderte, sondern auf andere Teil-Ichs verlagerte, die mehr auslebte, um mich besser zu erkunden, und dann je nach Umgebung auch anders wahrgenommen wurde, reagierte, vor allem anders fühlte. So war das schon eher mit dem Menschsein und Menschwerden. Es war kein Ändern, sondern ein Anpassen an die Gegebenheiten, an die jeweiligen Regeln und Träume, um zu überleben. Letztendlich aber handelt das Ganze doch davon, den eigenen Nukleus, das persönliche Geheimnis zu hüten. Keiner weiß, wer ich bin! Es ist spannend, sich zu fragen, welche Rolle man wohl in den Augen der anderen spielt und wie man dabei gesehen wird. Das kann ganz gewaltig von dem abweichen, was man im Spiegel sieht oder gerne sehen möchte. Sicher war das bei Mörike auch so.

»Was man mit dem Leben so erlebt, wandelt auch die Schale, unser Äußeres«, antwortete ich, um wieder in meine gegenwärtige Rolle zu finden.

»Nein, das glaube ich nicht, den würde ich wiedererkennen«, beharrte der Tanzlehrer und reichte mir eine ältere Visitenkarte mit einer Adresse. »Der Fotograf ist ein guter Freund, fragen Sie ihn. Vielleicht weiß er etwas. Achim Körner, wohnt in der Haußmannstraße, ist schon was älter. Seien Sie nett zu ihm und sagen Sie ihm einen Gruß.«

»Können wir denn da um die Uhrzeit noch vorbeischauen?«, fragte die Squaw ganz lieb.

»Aber ja doch, Achim ist ne echte Nachteule.«

Der ganze Raum roch nach ihm. Alter stinkender Pavian. Ich stand in der Garage, und das Handy klingelte und klingelte. Abnehmen? Wer wollte Mörike jetzt wohl erreichen? Wer kannte diese Nummer von seinem Prepaid-Handy? Doch nur sein Auftraggeber! Vielleicht ... Werner?

Ich nahm den Anruf an und wartete, ohne einen Ton zu sagen. Es rauschte, und jemand atmete, nein ... er zog die Nase hoch.

»Mörike ist erledigt«, sagte ich. »Vergiss es.« Ich zitterte vor Wut und wartete.

Dann hörte ich seine rasselnde Stimme. Erst lachte er, dass der Lautsprecher schepperte. Dann ein tiefes Schnaufen.

»Pass auf, ich bin da«, würgte er heraus. Dann legte Mörike auf.

Ich schaute mich um. War er noch irgendwo im Haus, auf dem Grundstück? War der Gestank deshalb noch so intensiv, oder trug ich ihn nur in meiner Nase oder schlimmer, in meinem Gedächtnis?

Als das Telefon erneut klingelte, erschrak ich total. Es war, als ob mich jemand irgendwo herunterstoßen würde.

Der freie Fall, eine lähmende Hilflosigkeit, durch die das Denken aussetzt. Ich nahm ab und brüllte: »Du perverses Arschloch, du kriegst mich nicht noch einmal, klar?«

Schweigen.

Ich schaute mich vorsichtig um, drehte mich und horchte in alle Richtungen.

»Was ist? Willst du nicht mehr oder kannst du nicht mehr grunzen?«

Ich öffnete vorsichtig die Verbindungstür von der Garage zum Haus, um in die Küche zu gelangen. Ich brauchte unbedingt eine Waffe, ein Messer oder so was. Scheiße, ich zitterte so, dass ich das Handy kaum noch ans Ohr halten konnte. Gleichzeitig überlegte ich, wo Mörikes Pistole abgeblieben war. Richtig, Ede hatte sie nach der Schießerei eingesteckt. Verdammt, ich fand den Lichtschalter nicht. Ich schob mich an der Wand entlang, spürte die scharfen Zähne des groben Wandputzes auf meinem Rücken. War der Kerl noch irgendwo hier? Ich hörte nur noch meinen Atem, konnte kaum meine tastende Hand vor Augen sehen.

»Was ist, hast du Angst vor einer Frau?« Ich lauschte kurz. »Feige Bestie!« Ich hatte mich bis zur Spüle vorgearbeitet, gleich daneben, da war doch der Messerblock. Nein, noch besser, in der Schublade, ... da ist dieser Elektroschocker, den Werner ...

Plötzlich ging das Licht an. Ich fing an zu schreien, griff nach einem Messer, drehte mich um und stach sofort zu. Im selben Augenblick schrie ich um mein Leben. Jemand stürzte zu Boden. Ich sah diesen Körper am Boden, und dann erkannte ich ihn. Es war Ede. Ich hatte ihn mit dem Messer getroffen.

»Oh Gott, es tut mir ...« Ede kniete auf dem Küchenboden und hielt sich den Arm.

»Es ist nichts, verstehst du, nichts ...«, stöhnte mein Held.

Panisch hob ich das Handy auf, das ich während der Aktion fallen lassen hatte. Das Schwein hatte aufgelegt. Warum hatte er nichts mehr gesagt? Oder war es dieses Mal jemand anderes? War es Werner?

Ich kniete mich vor Ede. Er lächelte.

»Eine Schnittwunde am Arm, ist nicht so schlimm«, murmelte er.

Und dann stand Freddi wie aus dem Nichts im Zimmer. »Scheiße Mann, Ede, was ist hier los?«

»Ist gut, Kleiner, ein Missverständnis.«

»Mörike ist weg«, flüsterte ich. Ich dachte an die fünf Millionen, das Schwein hatte das ganze Geld mitgenommen. »Er hat mich angerufen, er hat es überlebt.«

Ede zog die Augen scharf, richtete sich auf und schaute sich erschrocken um. »Unmöglich. Das ist kein Mensch, nicht wirklich, das kann nicht sein.« Er zog die Pistole aus seiner Hose und wedelte müde mit ihr herum. »Mach das Licht wieder aus.«

Und der Kleine löschte das Licht.

Neunzehn

Wir wunderten uns nicht schlecht. Die Haußmannstraße und auch noch der gleiche Wohnblock. Das konnte bestimmt kein Zufall sein. Der Fotograf, Achim Körner, wohnte direkt in der Wohnung unter Dennis Geiger. Wir parkten ungefähr 300 Meter davon entfernt und gingen ein paar Schritte zu Fuß. Als uns Körner öffnete, traf ihn schier der Schlag. Irgendwas war mit seinen Augen, die schossen wild hin und her. Als ob er in Bruchteilen von Sekunden alles aufnehmen wollte, was es jetzt zu sehen gab. Dann starrte er mich kurz an und schien fast ohnmächtig zu werden. So, als ob der Totengräber vor ihm stehen würde oder einer, den er letzte Woche eigenhändig erschossen hatte und der ihm nun als Geist erschien. Er fing sofort an zu stammeln.

»Es tut mir leid … ich habe die Polizei gerufen, als ich Mörike erkannt habe. Das mit den Fotos, das wollte ich nicht. Die sollten die Polizei gar nicht kriegen. Glauben Sie mir …«

»Langsam, Mann«, stoppte ich ihn.

Er hörte gar nicht mehr auf. »Ich schwöre es, ich hätte Sie nie verraten.«

Er dachte wohl wirklich, dass ich gekommen war, um ihn zu häuten oder so was. Aber weshalb nur?

»Wie wär's, Sie lassen uns rein, zeigen mir die Fotos, von denen Sie reden und …«

Ich versuchte möglichst böse zu schauen. »Und dann tun wir Ihnen auch nichts, okay?«

Körner warf einen hastigen Blick nach draußen, als ob er Angst hätte, dass uns jemand zusammen sehen könnte, dann ließ er uns rein.

Der Fotograf zeigte uns die Bilder. Die Beamten vom LKA hatten zwar die Speicherkarte aus seiner Kamera mitgenommen. Aber er hatte die Fotos schon vorher auf seinen PC kopiert.

»Wirklich interessant. Jemand hat Mörike mit einem schwarzen Alfa Spider abgeholt, der auch noch mein Kennzeichen hat. Erstaunlich, dass sich jemand so viel Mühe macht, sich einen baugleichen Alfa und gefälschte Kennzeichen besorgt, um mich verdächtig zu machen. Da wollte wohl einer, dass ich ausgebremst werde.«

Squaw Hoffmann schüttelte den Kopf. »Wie hinterhältig und gemein.«

»Gut, Herr Körner.« Ich räusperte mich. »Ich weiß, das klingt jetzt nach Zeugen Jehovas, wir kommen zu allen Menschen und so. Sie können uns helfen, wir brauchen ein paar Fotos aus Ihrem Archiv, verstehen Sie? Tanzschule Bogner, der gute Lutz schickt uns mit ganz lieben Grüßen.«

Er verstand nicht. Körners Augen schossen umher, als ob er Angst hatte, dass sie jemand einfangen könnte. Er konnte sich nicht erklären, was das sollte.

»Der Jahrgang 1971, der Kurs, in dem Margarete Zeller war, zeigen Sie uns doch einfach mal die Fotos, die Sie haben, ja.«

Körner lief wie ferngesteuert an einen Wandschrank. Er öffnete eine Schiebetür. Dahinter waren Hängeregistraturen, die mit Jahreszahlen versehen waren. Ein ordentliches Männlein, das in einem Foto-Museum lebte, hier in aller Ruhe seine Ticks pflegte. Er zog eine Hängemappe heraus und breitete mehrere Bilder auf dem Tisch aus.

»Es sind mehrere Bilder?«

»Ja, wieso fragen Sie?«

Ich gab keine Antwort. »Zeigen Sie mal das Foto vom Abschlussball.«

Das Bild, das mir Körner jetzt präsentierte, war nicht das gleiche, das wir in der Tanzschule gesehen hatten.

»Das meine ich nicht, das ist ein anderes«, erklärte ich, worauf es Squaw Hoffmann in die Hand nahm.

»Hm, ja«, versicherte sie nach ein paar Sekunden, »da sind 22 Menschen drauf. Eine Person mehr. Komisch.«

Körner setzte sich eine dicke Hornbrille mit getigertem Gestell auf. »Zeigen Sie.«

Kurz danach legte er ein anderes Foto daneben. Es war die Aufnahme, die wir schon aus der Tanzschule kannten. Dann nickte Körner schließlich. »Das Foto hier, das Sie aus der Tanzschule kennen, das haben wir eine Woche vor dem Abschlussball aufgenommen.« Körners Mundwinkel zuckten jetzt ganz leicht. »Ich erinnere mich wieder, weil … Meine neue Kamera, eine Nikon F2, ich wollte sie ausprobieren. Wunderbarer Apparat, habe ihn ein paar Monate früher gekriegt, kam erst 1971 auf den Markt. Deshalb entstand dieses Foto … eine Woche vor dem Ball.« Körner verglich die Aufnahmen erneut.

»Der da«, er zeigte mit dem Finger auf einen Kopf, »der fehlt tatsächlich.« Der Fotograf zuckte mit den Achseln. »Da habe ich wohl aus Versehen das falsche Bild an Lutz weitergegeben.«

»Aus Versehen?«, hakte ich nach.

»Ja, die Fotos sind doch nahezu identisch, alle trugen schon die Kleider vom Abschlussball«, versicherte sich Achim Körner.

Ich musterte das Gesicht des Mannes auf dem Foto. Er stand tatsächlich neben Margarete, so wie auch die übrigen Tanzpaare beieinander standen. Das Foto war in Farbe und immerhin knapp vierzig Jahre alt, aber eine sehr gute Aufnahme. Der Mann hatte volles dunkelbraunes Haar, war schlank. Ich schätzte, dass er etwas mehr als mittelgroß war. Das Gesicht kam mir bekannt vor, aber ich wusste nicht woher.

»Wollen Sie es haben?« Körner durchbrach meine Gedanken.

»Wer ist das, haben Sie eine Kundenliste?«, mischte sich Squaw Hoffmann ein. »Sie haben die Bilder doch sicher an die Tanzpaare verkauft, oder?« Sie musterte Körner jetzt streng.

Und dann sagte sie mit unglaublicher Bestimmtheit: »Sie wissen, wer das ist!« Jetzt deutete sie auf mich. »Muss er Ihnen erst weh tun? Er ist sehr grausam.«

Da konnte ich mir das Lachen kaum verkneifen, aber es schien zu wirken.

»Ich habe keine Ahnung, ich mache die Fotos. Der Verkauf geht über Lutz. Ich kenne Gesichter, präge sie mir ein, das ist mein Beruf, aber Namen …«

Ich stellte mich direkt vor das Männlein. »Wie ist es mit Mörike? War der auch mal in einem Tanzkurs? Vom dem kennen Sie ja den Namen und haben sogar schöne Fotos gemacht. Hoffen wir mal, dass er sie nicht persönlich bei Ihnen abholen will.«

Körner wirkte fast durchsichtig, nur ein paar geplatzte Äderchen leuchteten um seine Nase herum. Gleich würde er unsichtbar werden. »Diese Bestie? Nein, wie kommen Sie denn darauf?«

»Er kannte Margarete Zeller, vielleicht war er verliebt in die junge Frau.« Ich beobachtete Körner, dem konnte ich wirklich nicht trauen. Ein total verschlagener Typ. Ganz plötzlich hatte ich diesen Drang. Wir hatten genug geplaudert. Ich nahm eins der großformatigen Ballfotos und zündete es mit meinem Benzinfeuerzeug an.

»Was tun Sie da?«

»Ich lege ein Feuer, wir fackeln Ihr ganzes Museum ab, und bis die Feuerwehr kommt …«

»Bitte nicht … das geht nicht.«

»Oh doch, haben Sie noch mehr Bilder?« Squaw Hoffmann deutete auf den Schrank mit den Schiebetüren.

Ich warf das brennende Foto auf den Tisch zu den anderen, wo sich die Flamme gleich ausbreiten würde. Die ganze Zeit über suchte mein Gedächtnis nach einem passenden Gesicht für den jungen Mann, den wir auf dem Ballfoto neben Margarete entdeckt hatten. Körner versuchte das kleine Feuer zu löschen, indem er mit den Händen draufhaute, wobei er sich verbrannte. Ein Foto blieb sogar an seiner Hand kleben.

»So eine bescheuerte Show, nur weil Sie es nicht kapieren wollen«, brachte ich genervt heraus. Inzwischen brannte der halbe Tisch, weshalb Squaw Hoffmann mit einer Gießkanne kam und das Wasser behutsam über den Flammen verteilte, als ob sie ihr Kräuterbeet gießen würde. Das stank und zischte mächtig.

Achim Körner lief mit hängenden Schultern zu seinem Schreibtisch. Ein hässliches Ding aus Kunststoff, mit einem Stahlgestell und Hängecontainern. Er war keiner, der Ordnung mit Ästhetik verbinden konnte. Körner kramte einen Schlüssel heraus und zog ein paar Fotos aus einem Umschlag. Entweder er spielte gut, oder er erinnerte sich tatsächlich erst jetzt daran.

»Er weiß nicht, dass ich noch Abzüge habe«, redete der kleine Mann vor sich hin. »Er wollte alle Negative von diesem Abend und alle Fotos.«

Ich lief ihm entgegen. »Zeigen Sie.«

Squaw Hoffmann öffnete das Fenster, damit der beißende graue Qualm abziehen konnte.

Körner sah jetzt aus, als ob er gerade aus einem Albtraum erwachen und ihm nun klar würde, dass es gar kein Traum war. »Er hat mir zweitausend Mark für diese Bilder gezahlt. Werner Delius wollte nicht …«

»Werner Delius? Das … das ist Delius!« Ich war wirklich überrascht, und gleichzeitig rief ich mir seine Augen, seinen Blick ins Gedächtnis. Das war es, diese Augen hatten sich kaum verändert. Aber alles andere? Ja, wie einer, der durch eine Pappmaske guckte, die sich langsam zersetzt. Nur die Augen, die schauten immer gleich misstrauisch in die Welt. An der Fassade hatte das Leben gefressen.

Körner zwinkerte nervös mit den Augen und ordnete sich. »Delius kam am Tag nach dem Abschlussball. Er bot mir Geld. Sagte, dass seine Eltern nicht wissen sollten, dass er diesen Tanzkurs gemacht hätte. Der Umgang würde den Eltern sicher nicht passen, diese einfachen Leute. Deshalb wollte er alle Fotos. Manchmal würde so ein Foto ja sogar in die Zeitung kommen oder in der Tanzschule aushängen.«

»Das haben Sie ihm geglaubt?«, fragte Squaw Hoffmann genervt. Ich weiß nicht, warum sie gerade jetzt ihren Tomahawk rausholte und damit herumspielte.

»Er stammte aus gutem Hause. Und die Sache mit Margarete Zeller …«

»Sie meinen Aschenputtel.«

Körner zog die Mundwinkel nach unten.

Mein Blick traf auf Squaw Hoffmanns schwarze ovale Augen. Sicher kam uns jetzt der gleiche Gedanke. Konnte es sein, dass Werner Delius Margarete Zeller vergewaltigt und Jahrzehnte später ihre Tochter geheiratet hatte? Annette könnte seine Tochter sein, sie war immerhin gut zwanzig Jahre jünger. Und weil sie, weil Annette etwas rausbekommen hatte, musste sie nun verschwinden! War das nicht absurd und … absolut krank? Wir schauten uns an und warteten.

Aber warum hatte dann dieser Mörike Annette entführt? Welche Rolle spielte der?

Körner bekam auf einmal so einen Märchenonkel-Blick, und seine Augen wanderten horizontal von links nach rechts, immer im gleichen Rhythmus, wie ein Metronom.

»Da hieß es, dass vor der Tür ein roter Ford Mustang stehen würde. So einer, wie ihn Steve McQueen in ›Bullitt‹ gefahren hat. Kennen Sie den Streifen? Einfach großartig.« Seine Augen leuchteten, sie zeigten einen nassen Film, der wie eine dünne Frischhaltefolie über der Iris glitzerte.

»›Bullitt‹? McQueen fuhr ein dunkelgrünes Mustang Fastback-Coupé, zweite Baureihe aus dem Jahr 1968, 355 PS, weltweit gab es nur 2050 Exemplare«, erklärte ich genervt. »Dunkelgrün, fast schwarz, nicht rot!«

Körners Augen rasten jetzt wild umher, als ob sie ein vorgegebenes Muster in die Luft zeichneten, nur unterbrochen von den Lidschlägen. »Aha, jedenfalls ich bin rausgegangen, vor die Tanzschule, und da habe ich diese Fotos gemacht.« Er hielt uns die Bilder hin. Die Aufnahmen waren ebenfalls in Farbe. Es waren fünf Bilder.

Ich legte sie alle in eine Reihe auf den Schreibtisch. »Das ist ein roter Mustang Convertibel, Baujahr 1966, aber auch nicht schlecht.«

»Margarete Zeller ist mit denen mitgefahren. Ihr Tanzpartner, also Delius und sie. Und draußen hat der da …« – der Fotograf zeigte auf einen großen, elegant gekleideten Mann, der einen schwarzen Anzug trug, aber nur von hinten zu sehen war – »… also, dem hat das Auto gehört.«

»Und die da?«, fragte Squaw Hoffmann seinen Tonfall imitierend. Sie zeigte auf eine Frau mit blonden Haaren.

»Keine Ahnung, hat wohl auch draußen gewartet. Die sind dann zu viert losgefahren. Hier …«

Körner tippte auf das Bild, in dem die beiden Frauen hinten im Mustang saßen.

Zwei Schnappschüsse früher konnte man sie genauer betrachten. Die Frauen standen vor dem Auto, an die Motorhaube gelehnt, und lächelten in die Kamera. Die Blonde war recht groß, hatte zudem Plateauschuhe mit Korkabsätzen an und trug einen sehr kurzen Rock, der ihre langen Beine noch stärker hervorhob. Margarete war dagegen einen halben Kopf kleiner, jedoch ebenfalls schlank und sehr figurbetont gekleidet. Auch sie trug hohe Schuhe, elegante schwarze Pumps. Die beiden jungen Frauen ergänzten sich auf wunderbare Weise. Ich konnte mir gut vorstellen, dass sie gerade als Duo bei den Männern gut ankamen. Ich versuchte, das Kennzeichen des Wagens zu entziffern. Es war aber nur zu erkennen, dass es ein Stuttgarter Kennzeichen war.

Wir schwiegen eine ganze Weile. Ich rechnete nach. Margarete war auf diesem Bild gerade mal siebzehn Jahre alt gewesen, sogar gerade erst geworden. Die blonde Frau schätzte ich ein paar Jahre älter, vielleicht zwanzig oder einundzwanzig? Sie wirkte auf jeden Fall erfahrener, ihr Gesicht, ihre Züge waren ausgeformter, nichts Rundliches mehr, das hatte sie irgendwo auf ihrem Weg verloren. Sie hatte einfach mehr Leben im Gesicht. Aber das konnte natürlich täuschen, es waren schließlich Momentaufnahmen.

»Haben Sie eine Lupe?« Ich schaute gar nicht erst hoch zu Körner.

Kurz danach legte ich das Vergrößerungsglas auf den Tisch. »Sie trägt den Ring an einer Kette um den Hals.« Ich hielt die Lupe Squaw Hoffmann hin.

»Sie hat ihn ihr geschenkt, er war ihr zu groß, da hatte Margarete ihn eben an die Kette gehängt«, erklärte sie mir.

Das klang plausibel. Ich dachte: Dann wäre die blonde Frau Hannah Schmolke, und dies waren die letzten Bilder von ihr, bevor sie umgebracht wurde. Und ich fragte mich, warum sie dann niemand vermisst hatte. Irgendeiner würde einen doch vermissen, wenn man plötzlich verschwand. Oder?

»Gut, wir nehmen die Fotos mit und …«

Mein Handy klingelte. Ich hatte schlagartig ein sonderbares Gefühl in der Herzgegend, etwas hohl fühlte sich das an, eine Unterversorgung dieses Muskels. Das Handy klingelte anders, als ob etwas nicht stimmen würde, mit meinen Ohren oder dem Leben. Man kann so was fühlen. Jeder kennt das doch, oder?

Es war Felix Kiefer vom LKA: »Du kannst deine Freundin bei mir abholen ... beeil dich. Es ist so ... also ... wir mussten sie vorübergehend in Gewahrsam nehmen ... Trester, komm, sie tobt!«

Erlösen

Zwanzig

Ich war kein guter Autofahrer. Das lag daran, dass mein rechtes Auge einen Fehler hatte. Ganz nah am Sehnerv gab es eine Wasserablagerung, ein kleines Loch sorgte immer wieder für Nachschub. Das war irreparabel, weil das Loch zu nah am Sehnerv lag, Eingriffe deshalb zu gefährlich waren. Soweit die Diagnose meines Augenarztes. Diese Einschränkung war auch schon damals Thema. Als die Kollegen von der Inneren die Schießerei in der Tübinger WG untersuchten. Damals, als ich versagt hatte. Ich hatte als Zielfahnder bei einer Razzia einen Unschuldigen angeschossen und ihn schwer verletzt. Einen Studenten, der seither im Rollstuhl saß.

Daran dachte ich jetzt. Wohl deshalb, weil ich auf dem Weg zum Landeskriminalamt war. Zu dem Ort, an dem ich alles hinter mir gelassen hatte und eben doch nicht, was mir jeden Tag mehr klar wurde.

Ich hatte dem Studenten, Peter Sonnewald, mehrere Briefe geschrieben, wollte ihn treffen. Das hatte mir Katja empfohlen. Doch Sonnewald hatte nie geantwortet. Der Mann war nach Berlin gezogen, hatte dort an der Filmhochschule Potsdam-Babelsberg studiert und produzierte jetzt Dokumentarfilme. Ich war mir sicher, dass ich irgendwann in einem von seinen Filmen auftauchen würde. Wahrscheinlich eine Form von Therapie. Was nachvollziehbar war und trotzdem total beschissen, weil es immer über mir schwebte, eines der vielen Damoklesschwerter meines Lebens.

Besonders schlimm wurde es mit meinem Auge, wenn ich Stress hatte. Der Stress hatte wohl auch das Loch da hineingefressen. So zumindest hatte es mir der Augenarzt erklärt, während er mir das phosphorgelbe Kontrastmittel gespritzt hatte, um mir dann auf einer Art Kinoleinwand alles zu zeigen, wobei er in meinem nun wandgroßen Auge mit einem spitzen Zeigestock herumstocherte. Die vielen hundert Äderchen und eben dieses Loch, alles pulsierte wie wild.

Jetzt hatte ich sehr viel Stress. Das führte dazu, dass ich mit diesem Auge die Welt ganz anders wahrnahm. Rechts war die Welt erstens gezackt, wie der Rand einer Briefmarke, nur verlief der Rand nicht so schön gerade, sondern wie eine Schlangenlinie. Zweitens sah alles viel schmaler aus, zusammengedrückt, als hätte man den Fernseher auf das falsche Format eingestellt. Und drittens bot sich mir das Leben hier recht farblos, manchmal sogar schwarzweiß dar.

Ich trat mächtig aufs Gaspedal. Ich war furchtbar gereizt. Ich hasste das Gefühl von Ohnmacht, von Hilflosigkeit, es brannte in meinem Leib, auch da würde es wohl bald ein Loch geben.

Wegen dieses Effekts am rechten Auge fuhr ich fast in der Mitte der Straße. Ich befürchtete, sonst die parkenden Autos rechts am Fahrbahnrand zu streifen. Auf den Verkehr konnte ich mich kaum konzentrieren. Meine Gefühle waren bei Katja. Warum war sie bei Kiefer? Hatte der sie verhört? Oder hatte Katja etwas angestellt, was ich noch nicht wusste? »Sie tobt«, hatte Kiefer gesagt.

Ich wusste, was das hieß, wenn meine ... wenn Katja einen Wutanfall hatte. Ich dachte daran, wie Katja einmal mit einem Baseballschläger meinen Schreibtisch bearbeitet hatte, weil ich etwas nicht wollte, was sie wollte. Die Narben auf dem Tisch erzählten noch heute davon. Trotzdem huschte ein kurzes Lächeln um meinen Mund. Ich war fasziniert von ihrem Temperament. Woher nur all die Wut kam, dieser radikale Geist und all das, was sonst noch in ihr wirkte?

Ich betrat das LKA-Gebäude in der Taubenheimstraße mit großen Schritten, grüßte den Nachtpförtner und wollte aus alter Gewohnheit gleich die elektronische Türschranke passieren. Aber sofort fiel es mir ein. Inzwischen war ich hier Gast. Was hieß, ich bekäme einen Besucherausweis und würde abgeholt werden.

Kriminalhauptkommissar Gut holte mich ab und warf mir einen entschuldigenden Blick zu, wies mich darauf hin, dass ich meinen Besucherausweis sichtbar anstecken müsse.

»Es ist in Ordnung, es ist nicht so schlimm«, sagte er und legte mir seine warme pelzige Hand auf die Schulter, was aussah, als ob sich ein Faultier an seinen Lieblingszweig klammerte. Ich ignorierte die Geste und folgte ihm in den zweiten Stock.

Kurz vor Kiefers Zimmer drängte ich an Gut vorbei und riss die Tür auf. Ich stürmte ins Zimmer und sah Katja mit Handschellen gefesselt an ihrem Stuhl festgemacht. Ich warf ihr einen zärtlichen Blick zu und ging dann direkt zu Kiefers Schreibtisch.

»Was soll dieser Mist, Kiefer?« Ich schlug auf den Tisch. »Lass sie sofort frei!«

»Dieser Trottel hat mich einfach verhaftet, scheiß Polizeistaat«, brüllte Katja plötzlich hinein.

»Es heißt vorübergehender Gewahrsam und ...«

»Volltrottel! Dumpfbacke!«

Kiefer war aufgesprungen. »Sie hat mich angegriffen! Und jetzt hör mir erst mal zu, verdammte Scheiße, Mann!«

Das war sehr laut und sehr eindringlich. Kiefers Gesicht war rot wie eine überreife Blutorange, ein paar violette Flecken wanderten über seine Wangen. Außerdem war die Kaffeetasse auf seinem Schreibtisch umgefallen, und die braune Brühe ergoss sich über die ausgebreiteten Unterlagen. »Du kannst sie mitnehmen. Ich kann sie nicht mehr sehen, verstehst du. Weg.« Er wedelte abfällig mit den Händen. »Wie du das aushältst, wirklich keine Ahnung! Mann!«

Ich spürte mein rechtes Augenlid zucken. Ich atmete schnell und unregelmäßig, merkte, wie mir die Luft knapp wurde. Wir starrten uns unnachgiebig an. Keiner von uns wollte den Blick abwenden.

»Was ist denn?«, fragte ich. »Was?«

Kiefer bedeutete mir, mich hinzusetzen.

»Das gibt es jetzt nicht, oder?« Das war wieder Katja. »Ihr verhandelt jetzt aber nicht über mich, während ich hier wie ein Opferlamm angekettet sitze, oder? Seid ihr jetzt beide durchgeknallt? Ich bin eine recherchierende Journalistin. Meine Arbeit wird behindert. Ich will sofort einen Anwalt! Sofort!«

Kiefer nickte Kriminalhauptkommissar Böse zu, der bisher am Fenster gestanden war und den klaren Nachthimmel betrachtet hatte, als ob ihn die Sache nichts anginge. Gemeinsam mit seinem Kollegen Gut und einem weiteren Beamten brachten sie Katja unter großem Protest hinaus. Draußen hörte man eine Scheibe klirren und ein paar Schreie.

Ich zuckte kurz zusammen.

»Was ist hier los, Kiefer, sag schon.«

Ich konnte mich kaum auf dem Stuhl halten, saß ganz vorne auf der Kante, bereit zum Sprung. Dabei hatte ich meinen früheren Chef die ganze Zeit nicht aus den Augen gelassen. Jetzt glaubte ich etwas Trauriges in diesem Gesicht zu erkennen. Das kannte ich nicht von Kiefer, dass er Betroffenheit zeigte, dass ihn etwas auf diese Art mitnahm. Wenn, dann hatte Kiefer für gewöhnlich mit sich selbst Mitleid. Noch einmal unternahm ich einen Versuch.

»Was? Erzähl!«

Kiefer gingen wohl viele Sachen durch den Kopf. Ich kannte diesen Gesichtsausdruck, wenn sein Blick auf die Reise ging. Für ihn war ich tatsächlich mal so eine Art Ziehsohn gewesen. Sein Musterschüler, einer, den man alles getrost hatte machen lassen können. Trotz unserer Verschiedenheit hatten wir uns immer sehr geschätzt, die gemeinsame Arbeit genossen.

Kiefer hatte plötzlich ein Bild im Kopf und musste es loswerden.

»Weißt du noch, wie du uns mit deiner Frau und dem frisch geborenen Leander besucht hast?« Felix Kiefer lächelte verklärt. »Wir haben gegrillt, Bier getrunken und viel gelacht, eine schöne Zeit, so einfach.« Das war lange her.

Bald vier Jahre lag es zurück, dass ich meinen Dienst quittiert hatte.

»Ich habe keinen Ersatz bekommen«, sagte Kiefer plötzlich. »Keinen richtigen.«

So offen und warmherzig hatte ich ihn noch nie erlebt.

»Es ist ein Jammer, dass ...« Kiefer sammelte sich und formte seine buschigen, kohlefarbenen Augenbrauen zu einem Hufeisen. Ein Alarmsignal.

»Die Pullacher«, erklärte er nun beiläufig. »Es gibt in diesem Fall neue Prioritäten. Jemand nimmt Einfluss darauf, Amon.«

Kiefer hatte eine seltsam dünne Stimmlage gewählt, um diesen Satz loszuwerden. Gerade so, als ob er ein wenig Lachgas geschluckt hätte. Schlagartig wurde mir übel, ich sah auf Kiefers Hände. Sie waren ineinander verkrampft und zitterten. Das war doch Wut, keine Angst. Kiefer versuchte nur, sich zu beherrschen.

Ich nickte unmerklich. »Du wolltest gar nichts von Katja?«

Pause.

»Du wolltest, dass ich komme.«

Kiefer schaute mich einfach nur einen Moment an und versuchte zu lächeln. »Ich kann dir nicht viel sagen.« Er atmete schwer. »Weil der Preis sehr hoch ist.«

»Man hat dich unter Druck gesetzt?« Ich wartete ein paar Sekunden. »Du bist ... ihr seid abgezogen worden?«

»Es gibt gewichtige Argumente. Die Sache hat jetzt einen internationalen Charakter. Offiziell spricht man von einer Nutzenabwägung.«

Ich war wieder aufgesprungen. »Auf was hast du dich da eingelassen? Wie viel Nutzen es hat, einen Mörder und Triebtäter, der eine Frau entführt hat, zu fangen. Meinst du das? Nutzenabwägung, was ist das denn jetzt?«

»Die Kollegen von der Kripo sind ja noch weiter dran. Sie werden aber erst mal ein paar anderen Spuren in diesem Fall folgen. Aber diese Zeit wird vergehen.«

Kiefer betrachtete die Unterlagen auf seinem Schreibtisch. Langsam waren sie alle vom Kaffee durchtränkt. »Amon, das hier hat nichts mit mir … mit uns zu tun …« Er suchte nach Worten. »Oder mit Recht und Gesetz. Hier geht es um Macht.«

»Felix! Du willst mir erklären, dass jemand so viel Einfluss hat, dass er das LKA zurückpfeifen kann?«

»Es ist eine Regelung, wir müssen Prioritäten setzen. Der Fall um Annette Delius ist jetzt ein wirtschaftskriminalistischer Fall von internationaler Dimension. Da geht es auch um Auslandsbeziehungen.«

Kiefer fasste sich wieder ein wenig und richtete sich auf. »Ein US-Unternehmen bezichtigt sie der Wirtschaftsspionage. Es liegt eine Anzeige vor. Annette Delius soll geheime Dokumente, Rezepturen aus einem Pharmakonzern, entwendet haben, um sie zu verkaufen.« Kiefer fuhr sich übers Gesicht. »Möglich ist das … sie hat ihren Mann im vergangenen Jahr mehrfach auf Geschäftsreisen in die USA begleitet und …«

Er lachte spöttisch, seine Augen hatten etwas Wahnhaftes. »Wie es scheint, geht es um viel, viel mehr Einfluss, als wir im Augenblick verstehen. Wirtschaft und Politik halten auf einmal zusammen. Und man darf ja nicht vergessen, dass bald Landtagswahl ist. Da braucht man die großzügigen Spenden der großen Unternehmen.«

Kiefer hielt ein paar Blätter hoch und ließ den Kaffee davon abtropfen. Dann lächelte er noch einmal gezwungen. »Oh weh, die Unterlagen muss ich jetzt wohl alle wegschmeißen, so kann ich die ja nicht abheften.« Er nahm den ganzen Stapel und warf ihn in den Papierkorb.

Ich betrachtete meinen Ex-Chef aufmerksam und konnte es nicht glauben. Der starrte entrückt auf den Papierkorb, schlich dann müde Richtung Tür und hob die rechte Hand. »Ich mach dann jetzt mal Feierabend.« Kiefer war gegangen.

Ich stand eine Weile vor dem Papierkorb, bis ich schließlich hineinlangte und die Unterlagen herausfischte. Ich überflog die Papiere. Offenbar handelte es sich um Unterlagen über Mörike, Dokumente aus dem Justizvollzugskrankenhaus Hohenasperg. Bilder, die Mörike in der Therapie gemalt hatte, versehen mit Anmerkungen einer Therapeutin. Dann ein Exposé, das der BND über Annette Delius angefertigt hatte. Dazu ein paar englischsprachige Schreiben. Und einen Stapel von Zuschriften auf eine Annonce, die Annette aufgegeben haben musste. Ich las den Namen H. Schmolke, steckte die Sachen ein und verließ den Raum.

Draußen wartete Hauptkommissar Gut. »Sie ist gegangen, wir konnten sie nicht mehr halten«, erklärte er und sah mich mitleidig an.

Ich spürte Katjas Wut. Es war wie bei einem Nachbeben, der ganze Gang schüttelte sich noch immer, war voll mit ihrer Energie und ihren Schreien.

Einundzwanzig

Er hatte ein kleines Aufnahmegerät gewählt. Kein digitales, das hätte nicht gepasst. Ein Gerät mit kleinen Kassetten. Man konnte es mit sich führen und immer dann etwas aufnehmen, wenn einem danach war. Und man konnte den kleinen Rädern zuschauen, wie sie die Kassette packten und das Band Meter um Meter weiterzogen. Mechanik, Räderwerk, das passte. So konnte er ein Gefühl für die Menge bekommen und die Abnutzung empfinden. Dieses Leben zu leben und gleichzeitig eine Distanz aufrechtzuerhalten, über Jahrzehnte hinweg, das hatte den Verstand strapaziert, auf eine ungewöhnliche Art beansprucht. Er wollte sich jetzt äußern, zu dem, was sein Leben geworden war.

Der Raum war dunkel, er konnte sich besser konzentrieren, wenn er die Welt um sich nicht sah. Er drückte auf Aufnahme und sagte »Protokoll, eins, zwei, drei«. Dann spulte er zurück und prüfte »Protokoll …«

Stopp, gut, es funktionierte. Vor ihm lagen ein paar Notizbücher und ein Ordner, auf dem stand in Druckbuchstaben: Friedrich Wilhelm Jehle, und darunter: privat. Er drückte erneut die Aufnahmetaste.

»Zitate aus den Aufzeichnungen von Friedrich Wilhelm Jehle: Ich … ich sehe einen Bauch … ich …« Er wartete. Dann setzte er erneut an.

»Eine Frau, mit einem Bauch, rund wie eine Kugel.« Seine Stimme klang voll, klar und geschliffen, wie die eines Tagesschausprechers. Auch mit der gebotenen Distanz zu den Ereignissen, zu den Bildern, und doch nicht unbeteiligt, so dachte er sich das.

»Sie wehrt sich, gegen das Kind in ihrem Leib.« Er nippte an seinem Glas und schloss die Augen. »Diese Frau wurde von einem russischen Soldaten vergewaltigt, stopp, von mehreren Soldaten, es waren vier Rotarmisten, mindestens.« Er öffnete die Augen. »Der Ort hieß Jonkendorf. Das ist, war in Ostpreußen, im Landkreis Allenstein. Es geschah im Januar 1945. Es muss so sein, im September 1945 wurde ich geboren. Ich bin der … der Sohn dieser Frau.«

Er drückte auf Stopp. Weil er lachen musste. Aber er wollte nicht, dass das Lachen mit aufs Band kam, man hätte es falsch verstehen können. Und es trug auch nichts zur Sache bei.

Er drückte wieder auf Aufnahme.

»Diese Frau konnte keine Bindung zu mir aufbauen. Man nennt das posttraumatisches Belastungssyndrom. Die Beziehung zu diesem … Kind war nachhaltig gestört. Sie konnte den Bub nicht auf den Arm nehmen, wollte ihn nicht halten. Die Frau erhängte sich mit einem Stück Stacheldraht. Anmerkung: Stricke waren damals Mangelware. Am 14. November 1945 in einer Scheune, auf der Flucht vor der Roten Armee in Mecklenburg. Ich bin dann bei ihrer Schwester aufgewachsen. Eines Abends habe ich gehört, wie meine Tante, wie sie das alles einer Freundin erzählt hat. Ich lag nebenan im Bett und konnte nicht schlafen. Ich habe das Gefühl, ich sage, das Gefühl, dass ich seither nie mehr geschlafen habe ... ich muss immer wach sein ... immer.«

Er hatte plötzlich Hunger. Ein paar Spiegeleier und ein Steak, ja, das würde jetzt guttun. Dazu ein Glas schweren Roten?

Der Kleine sollte bei mir bleiben, während Ede zunächst das Haus und dann das Grundstück absuchte. Nach einer halben Stunde kam er zurück. Eine Ewigkeit hatte ich mit Freddi auf dem kalten Küchenboden gesessen, und wir hatten kein Wort gesagt. Ich glaube, er war einfach stinksauer auf mich, und jetzt hatte er wohl auch Angst um sein Leben.

»Der Kerl ist verschwunden.«

Ede hatte im Reinkommen das Licht angemacht und holte sich nun ein Bier aus dem Kühlschrank. Er hielt es uns hin. Wir schüttelten beide die Köpfe. Er blutete immer noch am Oberarm, eine saubere Schnittwunde, was ihn aber nicht weiter zu stören schien. Er kniff die Augen zusammen, weil sich der Zigarettenqualm in blauen Spiralen über sein Gesicht hinzog.

»Hast du frische Klamotten?«, fragte er nach einer Weile.

Ich nickte. »Mit euren Zimmermannsklamotten fallt ihr auch zu sehr auf.«

»Bei was denn?«, fragte nun der Kleine, der mir einfach nicht mehr über den Weg traute.

»Quatsch nicht rum«, entgegnete Ede und fuhr sich mit dem Unterarm unter der Nase entlang. Dann drückte er die kalte Bierflasche an die Stirn und rollte sie hin und her. So stand er, ein paar Sekunden in Gedanken versunken. Sie folgten mir beide ins Schlafzimmer. Ede grinste, als er das zwei mal zwei Meter große Bett sah. Hier hatte ich ehrliche Gefühle ins Laken geschwitzt, noch vor wenigen Wochen.

Beide suchten sich einen von Werners Freizeitanzügen und ein passendes Hemd dazu. Freddi war alles ein wenig zu groß, aber es fiel nicht allzu sehr auf.

»Und jetzt?« Ede betrachtete sich kurz vor dem mannshohen Spiegelschrank und überlegte dabei, wo er die Pistole verstauen sollte.

Ich warf ebenfalls einen prüfenden Blick in den Spiegel. »Wir fahren nach Stuttgart, und wir holen richtig viel Geld, und dann lasst ihr mich mit meinem Mann allein ... Bitte!«

Ede steckte die Knarre in die rechte Außentasche und fuhr sich mit der linken Hand durchs Haar.

»Ich weiß nicht«, stammelte der Kleine. Er hielt sich eine Krawatte vor die Brust. »Lass uns doch einfach abhauen, ich meine, was wollen wir noch hier?«

Ede schüttelte seine blonden Haare. »Wie viel Geld denn?« Er schaute mich mit seinen strahlend blauen Augen verliebt an. Und sein Grübchen war jetzt ganz dunkel, ein kleines schwarzes Loch, in das ich vor ein paar Stunden noch meine Zungenspitze gesteckt hatte.

»Für jeden von euch zehntausend Euro, ist das gut?«

Ede stellte sich ganz dicht vor mich und streichelte meine Wange. »Für mich schon.« Dann schaute er zu seinem Freund. »Wenn er nicht will, kriege ich dann zwanzigtausend?«

Ich lachte einfach nur. Ein Mann, der keine Angst hatte, das tat wirklich gut.

Dann meldete sich Freddi. »Okay, nur die Fahrt nach Stuttgart, dann das Geld und ab, ja, geht in Ordnung.« Er nickte sich selbst zu. »In Ordnung, also, ja doch, ich bin dabei.«

»Wie ist er eigentlich aus dem Kofferraum gekommen?«, fragte ich, als wir unsere Sachen zum Auto brachten.

»Hat so lange gegen die Rückbank getreten, bis die ganze Scheiße rausgebrochen ist. Ist total hinüber.« Ede öffnete das Garagentor, machte einen Schritt nach draußen, schaute auf den See und streckte sich. Es wurde schon wieder hell und die Nacht hatte kaum Abkühlung gebracht. Über dem Wasser standen feine Nebelwolken.

»Moment mal, ich spring eben noch mal rein in die Suppe.« Er zog sich auf halbem Weg aus und drehte sich um. »Keine Lust?«

Ich wusste es nicht und ließ es dann. Stattdessen fuhr ich den Wagen raus und wir warteten. Ede kam nach wenigen Minuten, bestens gelaunt, und er sah einfach gut aus. Unrasiert, ein bisschen verwildert, mit Muskeln an den richtigen Stellen. Wie kann man so gut drauf sein in so einem beschissenen Leben? Auch wenn er den größten Mist machte, er schien seiner Sache immer sicher. Das war wohl seine Stärke. Er war ein echter Kerl. So einer feiert selbst seine Fehler. Vielleicht war er doch nicht der Hellste.

»Seid ihr vorbestraft?«, fragte ich, als wir die Einfahrt hinter uns ließen.

Ede lachte und schaute nach hinten zu seinem Kumpel. Dann hob er beide Hände. »Wir sind unschuldig.«

Von mir gab es in diesem Haus ohnehin genügend Spuren und Fingerabdrücke. Und wenn die beiden nirgends registriert waren, gab es mit ihnen auch kein Problem. Seltsam, dass ich jetzt so dachte. Denn mir ging es jetzt überhaupt nicht ums Davonkommen. Ich wollte einfach nur Werner töten. Ich wollte es unbedingt tun. Ich brauchte Erlösung. Ich würde klingeln und das Magazin auf ihn abfeuern. Und vorher würde ich die beiden Jungs wegschicken. Sie konnten ja nichts dafür, meine beiden Engel.

Als ich das LKA verließ, versuchte ich sofort, Katja zu erreichen. Ich bekam nur die Mailbox und zu Hause ihren Anrufbeantworter, denen ich jeweils etwas erzählte. Ich wusste nicht, ob sie mich überhaupt anhören würde.

Eine komische Sache, mein Ex-Chef und früherer Mentor, Felix Kiefer, hatte sich mir noch einmal anvertraut. Sehr überraschend das alles. Und gleichzeitig hatte ich Katjas Vertrauen ganz offensichtlich schlagartig verloren. Sie konnte sich so entziehen, dass man augenblicklich brennende Därme bekam. Ich dachte an die Definition von Abhängigkeit und von Sucht, so wie es mir mein Psychiater mal erklärt hatte. Abhängig bist du, wenn du irgendetwas regelmäßig brauchst. Süchtig, wenn du immer mehr davon brauchst.

Konnte man süchtig nach einem Menschen werden? Und war das dann nicht sehr ungesund? Brauchte man dann auch den trockenen Entzug oder was?

Ich setzte mich ins Auto und konnte kaum atmen. Irgendwelche Spätpollen trieben durch die immer noch heiße, trockene Luft, die sich dick wie ein Pudding über Stuttgart gelegt hatte. Aber ich wollte trotzdem ohne Verdeck fahren.

Kurioserweise passte er immer zur Stimmung, dieser Jim Morrison. Vielleicht biege ich mir das auch zurecht. Aber das war mir egal, jeder bastelt sich doch seine Passform, damit sie nicht zu sehr drücken, die Sorgen. Ein Trottel, der meint, dass die Gedanken frei sind.

»L.A. Woman« lief an, als ich den Zündschlüssel umdrehte, und ich dachte an Katjas unerhört sinnlichen Mund und ihre leuchtenden Haare, die nichts und niemand bändigen konnte: »I see your hair is burning, Hills ar filled with fire, if they say I never loved you, you know they are a liar, Driving down your freeway …«

Ich fuhr ein wenig rum, bis ich vor Selbstmitleid das Lenkrad kaum noch halten konnte. Ich wurde immer weicher. Ein weißes Gummibärchen, das langsam schmolz und trielte, bis es nur noch süße klebrige Tropfen war.

Ich weiß nicht, wie ich das noch schaffte, aber ich wählte Peters Nummer. Peter ist der Einzige, bei dem ich in so einem Zustand auflaufe. Er hatte mit mir Philosophie in Tübingen studiert, das heißt, als ich anfing, war er schon Doktorand. Vielleicht kannte er sogar Annette. Als ich das Studium abbrach, danach die Polizeihochschule in Villingen-Schwenningen besuchte, war er Dozent für politische Philosophie und schüttelte immer den Kopf, wenn er mich sah.

Doch auch Peter hatte die Philosophie bald hingeschmissen. Seither hatte er ein paar Romane und Sachbücher geschrieben, um sich dann mit seiner zweiten großen Liebe ganz zurückzuziehen. Sie hatte sechs Stahlsaiten und einen wohlgeformten Body mit einer sagenhaften Taille. Er war richtig produktiv. Als ich ihn das letzte Mal besuchte, sollte gerade sein drittes Album erscheinen. Das war vor zwei Monaten, seither hatte ich nichts mehr von ihm gehört. Denn ich bin der, der den Kontakt hält. Es war also ohnehin Zeit. Nicht, dass er kein Interesse an mir hatte, wie er immer wieder betonte. Nur lebte Peter wie eine Turmdeckelschnecke, die nur zum Fressen aus dem Häuschen kam. Man musste ihn also mit einem knackigen Salatkopf oder einer guten Geschichte locken.

Peter wohnte in einem alten Haus in Uhlbach, mitten in den Weinbergen. Klar, zur Miete, was sonst? Ich verließ den Stuttgarter Kessel, wurde von ein paar grünen Falten verschluckt, und dann war da das Paradies. Einfach grün, Weinberge und eben das Haus.

Peter weigerte sich strikt, die Tür abzuschließen. Ich klingelte pro forma, worauf er grundsätzlich nicht reagierte, und stand dann in der Tür zu seiner großzügigen Terrasse, umrankt von Spätburgunder-Trauben, die bald so weit sein würden.

Das war das Schöne. Er saß da und spielte tatsächlich Gitarre. Ein beständiges Bild. Ich hänge an so etwas. Ich komme und es ist noch so wie … Immer, wenn ich ihn besuchte, spielte er Gitarre. Wahrscheinlich spielte er einfach immer. Vor ihm stand eine Flasche, die halb leer war. Ich erkannte das Schild sofort. Saint Laurent trocken, wunderbar ausgebaut, nur ein paar Hügel weiter gereift, echte Magie für die Geschmacksknospen.

Ich setzte mich, er hörte auf zu spielen, und ich klagte los.

»Sie sagt, ich mag nur Musik von Toten.« Keine Ahnung, warum ich das so rausbrachte, ohne Einleitung und aus dem Zusammenhang gerissen. Auf jeden Fall hatte ich danach so eine Art Nervenzusammenbruch. Ich zitterte wie blöd und hatte das Gefühl, dass selbst meine Gedanken von der Wackelei angesteckt wurden. Alles, was ich dachte, sprang umher. In mir zuckte es, nichts konnte ich festmachen.

»Da ist was dran«, sagte Peter. »Du magst die Toten. Aber ist ja auch klar. Die Toten haben das längere Leben.«

»Hä?« Ich sah ihm in die Augen. Sie waren stark gerötet.

»Die wissen einfach mehr, weil sie doch schon gelebt haben … und treten wieder an …«

So war das mit Peter. Zack, war man mittendrin im bunten Gedankengezwirbel.

»Dann war ich auch schon ein paar Mal tot«, sagte ich. »Weil … ich schleppe so viel mit mir herum, na ja, dieser lange Schatten. Das kann man in einem Leben gar nicht anhäufen, diesen Wahnsinn.« Wieder einmal spürte ich meine Affinität zur Idee der Wiedergeburt, zur Wiederkunft.

Peter nickte mir heftig zu. »Man lebt immer eine Spanne, also … zwischen dem Totsein und diesen Unterschied, den musst du spüren … das nennen die hier das Leben«, jetzt klang er wie ein Außerirdischer.

»Die Sache ist ja die.« Er schenkte mir ein Glas Rotwein ein und pulte in der eigentlichen Wunde. »Du kannst nicht auf sie verzichten. Aber du verbrennst dich ständig an ihr. Licht und Schmerz.«

Ich nickte und griff nach dem Glas und tat einen kräftigen Schluck.

»Das gibt es. Aber die Sache ist nicht vorbei, bloß, weil du deshalb jetzt die erste graue Locke im Schritt kriegst«, sagte Peter und griff wieder nach seiner Gitarre.

»So wie ich dich kenne, da musst du wohl weiter so leben … und sterben … und leben. Mit der Leidenschaft. Bei dir ist ja so ein Schmerz auch ein kompliziertes Muster, gleichermaßen fast schon durstige Routine. Wie willst du da rauskommen, wenn du es gar nicht willst?«

Er machte ein paar Griffe. »Sieh mal!« Er zeigte mir wohl das passende musikalische Muster, das, was er bei mir fühlte. »Du bist eben ein naturbegabter, philosophischer Mensch mit einer extrem ausgeprägten Wahrnehmung. Könnte ich manchmal zum Komponieren brauchen, dein Gefühl. Und da kannst du es wohl nicht so einfach haben wie zum Beispiel … ach, keine Ahnung.« Wieder die Gitarre. »Bei solchen Typen wie dir schlägt das Leben halt anders zu.«

Peter machte ein Gesicht wie ein Cowboy nach einem langen Ritt, ganz zufrieden und verstaubt, das Vieh war in der Koppel. »Jo, deshalb gehört die Leidenschaft zu deinem …«

Plötzlich war da diese Ablenkung in mir. Peters Stimme wurde leiser, wie ausgeblendet. Ich weiß nicht, wie das jetzt kam – oder ich weiß es schon. Ich dachte an diesen erbärmlichen Psychiater, Dr. Brandt. Meinen Arzt. Wenn der wüsste, dass ich mir jetzt gleich einen ansaufe. Die Regeln über Bord werfe.

Peter nickte, stieß einen tiefen Seufzer aus und nickte wieder. Er konnte Gedanken lesen. »›Light My Fire‹ oder ›Love Me Two Times‹?«

Hm, das hätte jetzt beides gepasst. Aber es gibt immer nur die eine beste Lösung für jeden Moment und die zugehörigen Gefühle, die dann nach oben drängen wie Sauerstoffperlen am Rand eines Wasserglases, um … um dann zu zerplatzen. Ich grinste ihn wirklich nur an und dachte: Jim Morrison ist nie gestorben.

Darauf drehte Peter einen Joint, sabbelte eine Weile vor sich hin.

»Ach, jetzt die Nummer. Jesus lebt, Marx ist tot. Einmal halt heilig gesehen? … dann aber politisch verwest, was beides nicht logisch ist und wenn, dann wiederum nicht vergleichbar. Dieser Norbert Blüm war wirklich ein kluger konservativer Trottel.«

»Wieso war? Ist der tot?«

»Politisch schon, Marx sei Dank!«

Er zündete das Ding an, und der süße Geruch stieg mir sofort ins Gehirn, löste ein paar unverarbeitete Vergangenheiten aus. Wir würden also jetzt etwas, trinken, etwas rauchen … Was ich nicht tun sollte wegen meiner labilen Nervenenden, die ja noch in Stützstrümpfen stecken, und weil der Arzt – komm, der hatte eh keine Ahnung, was weiß so einer von meinem Kopf?

Wieder las Peter meine Gedanken. »Der Arzt ist ein formaler Bildungsbanaler, nominaldefiniert sich deine Welt zupass, kann vielleicht Warzen wegmachen. Er versteht nichts von deiner Seele, er wurde ja systematisch davon weggeschult, in seiner Ausbildung ... der ist eher so ... Medizin-Installateur bis Rohrteufel. Aber brauchst du gerade einen neuen Arm? Nein, warte, scheiße, blöder Vergleich ... eine neue Speiseröhre? Das ist wie Rohrzange für die Seele, kotz.«

Ich musste lachen und spürte, wie der Rotwein in mein Blut strömte und das rauschende Gefühl mich mit sich nahm zu einer kurzen außerordentlichen Ferienfreizeit.

Peter wurde wieder versöhnlicher. Oder eigentlich blieb er die ganze Zeit gleich, ich nahm ihn nur unterschiedlich wahr, in meinen unterschiedlichen Gefühlslagen, emotionales Daumenkino eben.

Er reichte mir den Joint, ich hielt ihn irritiert in der Hand, als ob er mir seinen Schwanz hingehalten hätte. Und durch den Rauch sah ich ganz klar und deutlich sein wahres Ich. Zumindest sein wahres Gesicht. Es war eine Offenbarung. Er hatte den Blick eines Säuglings, der fasziniert, weltoffen und experimentierfreudig die Mutterbrust anstiert. Jeden Tag das erste Mal, aber immer wieder aufs Neue ein Entdecker, der vor der Urquelle hockt und strahlt. Das war sein Geheimnis, er konnte neu entdecken, immer, und immer auch aus dem Gleichen heraus. Er nahm mir diesen Saugrüssel, also diesen Mutterbrust-Ersatz wieder aus der Hand, ohne dass ich daran gezogen hätte, und saugte kräftig. Ah, es dampfte unglaublich.

Peter, der Entdecker, zeigte mit dem Joint auf mich und strahlte. »Du willst: ›Love Me Two Times‹.« Er sang es schon halb.

Ich nickte und langte wieder nach der Tüte, bloß, um sie zu halten.

Peter begann zu spielen. Dann gab er mir ein Zeichen, und wir legten zweistimmig los.

Er ist ein großartiger Kerl, der seine Philosophie mit seinen Babyaugen und dieser perlenden Stimme krönt. Ja, und mit diesen sechs Saiten seiner Gitarre. Scheiß drauf, auch wenn es schnulzig klingt. Wenn er singt, dann bluten mir die Flügel, und ich spüre die Verbundenheit von uns Menschen. Von uns allen. Im Klang!

Peter hatte eine zweite Flasche Rotwein geöffnet und schenkte uns nach.

»Sag mal, du bist doch kein Fan, oder? Also bedingungslos, unreflektiert und allen Mist von ihm sammelnd, T-Shirts, Poster, Lollis und so?«

»Lollis?« Jetzt wurde ich mal kurz spinneernst. »Willst du mit mir wirklich über die Qualität von Morrisons Gedichten reden?! Da ist so viel Poesie, das ist ... ich meine, natürlich war ich mal auf dem Père-Lachaise. Klar hab ich sein Grab besucht, bin da rumgestolpert wie ein gefühlstrunkener Tourist, aber ... da steht ein Polizist, ein Wächter, stell dir vor ... man kann gar nicht in Ruhe ...«

»Genau! Tourist wie Terrorist. Das hätte ihn auch total angekotzt ... dieses ewige Kondolieren. Arschkriecherei. Überhaupt, wenn du als Bulle an seinem Grab rumgelungert hättest. Ich sag dir, der hätte gekotzt.«

»Ich bin kein Bulle, ich bin privater Ermittler.«

»Einmal Bulle, immer Bulle.« Peter lachte so sehr, dass er einen Hustenanfall bekam.

Das Lachen war ansteckend, und ich hatte mich wieder eingekriegt, meine jammernde Seele wieder eingefangen. Er hatte mich drangekriegt. Ich konnte wieder lachen. Über mich selbst. Über diesen Trester, der sich so ernst nahm und sich so sehr mochte, dass er Mitleid mit sich hatte. Lachen zumindest darüber, dass das eine Selbst, das sich gerade noch angeschossen auf dem Boden gekrümmt hatte, sich jetzt wieder erhob.

Als ich ging, hörte ich ihn spielen. Alles war so wie in dem Moment, in dem ich gekommen war. Nur die Wunde war geheilt. Ich war ein anderer. Mit meinen wild schlagenden Flügeln kehrte ich zurück in den nächsten Tag. Die Sonne ging gerade auf. Ich war kein bisschen müde. So was macht einen Freund aus, klar?

Zweiundzwanzig

Er drückte auf die Record-Taste, und die Räder begannen sich zu drehen.

Für einen Moment schaute er diesen beiden Rädchen einfach zu, wie sie ruhig und beständig ihren Weg machten, dann hob er die Stimme:

»Es geschah in einer Scheune, das ist das Seltsame. Die russischen Soldaten, einfache Bauernburschen, aber auch Offiziere, gingen nacheinander zu ihr in den Stall. Das alles hat mit Ordnung und Schuld zu tun, von Anfang an. Das fällt mir jetzt auf. Ihre Schwester, die Frau, die mich dann großgezogen hat, war dabei, sie war auch in dieser Scheune in Jonkendorf. Sie hatte sich dort versteckt, vor dem Iwan. Sie war 15 Jahre alt. Und ihre Schwester, die vor ihren Augen vergewaltigt wurde, war schon 18. Diese große Schwester hat die kleine Schwester nicht verraten, niemand hat sie entdeckt. Und die Kleine erlebte, sah mit an und griff nicht ein, was sie …«

Jetzt kratzte er sich nachdenklich am Kinn. »So trug die kleine Schwester immer diese Schuld und nahm mich mit sich und damit die Erinnerung an all das.«

Er schüttelte langsam, ganz langsam den Kopf.

»Ich muss mich korrigieren, weil ich nun bei seiner Wahrheit bleiben will, seine erste große Lüge korrigieren muss. Friedrich Wilhelm Jehle wollte wohl nicht wahrhaben, wie es wirklich war, der böse Iwan, hätte ihm wohl besser gepasst. Aber diese Vergewaltigung, das passierte zehn Jahre früher, 1935. Der Ort stimmt, die Scheune stimmt, die beiden Schwestern, der Selbstmord nach der Geburt, nur waren es Deutsche, vier Offiziere. Auf Dienstreise, wie es hieß. Ja, so ist es richtig, in Ordnung.«

Er zog ein Erfrischungstuch aus der Hosentasche, öffnete die Verpackung und fuhr sich damit über das Gesicht, eine leichte Massage mit Zitronenduft.

»Eigene Anmerkung: Viel später, im Jahr 1998, war ich mal dort. Es gibt diesen Ort noch, er hat heute einen unaussprechlichen Namen. Ein graues, stummes Polendorf, Moore und Wälder drum herum, immer noch viel Landwirtschaft, immer noch alle katholisch. Und diese große Scheune, leuchtend blau gestrichen, auf dem Grund eines ausgedehnten Gutshofes, sie steht da noch immer. Ich war drin, habe Fotos gemacht und mir überlegt, wie es dort gewesen sein muss, damals in dieser Nacht. Ich stand und saß und lief dort mehrere Stunden umher, bis ich alles hörte und sah. Das ist Teil meiner Analyse. Und ich war seltsam erregt.«

Plötzlich sprang der Aufnahmeschalter nach oben. Es gab einen Nachklang, und die Mechanik entspannte sich, gab die Kassette frei. Das Band war voll. Er nahm es heraus und beschriftete es sorgfältig, mit seiner kleinen makellosen Schrift, die wie eine Handschrift-Kopie aus einer Textverarbeitung aussah.

Dann legte er eine neue Kassette ein und drückte wieder auf Aufnahme. Er schloss seinen Gedanken:

»Dass ich erregt war, das war eine wichtige Erkenntnis, oder ich möchte besser sagen, ein wichtiges Gefühl. Für mich. Denn ich wollte Jehle verstehen, musste ihn verstehen.«

Da stand ich draußen vor der Tür, grinste meinen Alfa an, als mein Handy klingelte. Es war Peter, der nicht vor die Tür gehen wollte. Er hatte mir ein Taxi bestellt. »Wirf mir den Autoschlüssel in den Briefkasten. Ich bringe dir dein Spielzeug später, wohin auch immer.« Als er auflegte, war das Taxi schon da. Ich versuchte es erneut bei Katja, die mir aber keine Chance geben wollte. Ich legte auf und hörte die Mailbox ab. Ein Anruf von Squaw Hoffmann, die meinte, dass sie alle Unterlagen zusammengerafft habe und zu sich in den heimischen Dschungel gefahren sei, sich ein paar Stunden in ihre Hängematte gepackt hatte. Sie war wohl der Meinung, dass man mich in der nächsten Zeit einkassieren könnte, und dann wären alle Informationen futsch.

Als kleinen Köder verriet sie mir schon mal das: »Übrigens, der Mustang, der vor der Tanzschule stand, halt dich fest … der war auf Bernd Mörike ausgeliehen. Ein Mietwagen einer Leihfirma, die sich auf US-Schlitten spezialisiert hatte. Gruß Squaw.«

Mörike? War der da überhaupt schon alt genug? Ich nannte dem Taxifahrer ihre Adresse und hörte den zweiten Anruf ab. Na so was! Das war doch tatsächlich mein Arzt. Sachen gibt's, hatten wir es nicht gerade von diesem Oberinstallateur? Mann, der Wein war wirklich gut.

»Hallo, Herr Trester.« Pause. »Ich wollte Ihnen einen Vorschlag machen, ja, schade, dass ich Sie nun nicht erreichen kann … die Sache ist, also ich hätte eine Stunde für eine MRT, bei einem befreundeten Radiologen. Also, wir könnten ein paar Tests machen, mit bildgebenden Verfahren. Schon morgen, wenn Sie wollen.« Pause. »Ich würde den Hirnforscher Prof. Dr. Gerstner hinzuziehen. Er beschäftigt sich mit übersinnlicher Wahrnehmung und deren Messbarkeit. Wir könnten sehen, was sich wo bei Ihnen im Gehirn tut, interessante Aufnahmen machen und …«

Ich hatte aufgelegt.

»Warum fahren Sie über den Hauptbahnhof? Ich muss zur Wangener Höhe«, fragte ich den Taxifahrer.

»Ich weiß schon«, antwortete der. Er klang wie ein Inder, der Deutsch sprach, der ganze Satz war in den Gaumen gesungen, laut und hoch und irgendwie fröhlich. Ich stellte mir gerade vor, wie wir beide in einer Rikscha saßen und er singend dem großen roten Sonnenball entgegenradelte, als ich sah, dass ich auch noch eine SMS bekommen hatte. Sie war von Annette Delius.

»Lieber Amon, alles in Ordnung. Danke dir für deine Hilfe. Brauche dich nicht mehr. Schicke mir deine Rechnung! L.G. Annette.«

Ich rief die Nummer ab, drückte auf Rückruf, während wir in den Wagenburgtunnel tauchten. Ich legte aber sofort wieder auf. In diesem Geburtskanal auf dem Weg zu Mutter

Osten gab es keine Verbindung zur Außenwelt. Sekunden später, als wir das Licht des Ostens erblickten, versuchte ich es erneut.

»Ja!«, sagte Annette.

»Amon hier, geht es dir wirklich gut?«

»Ja klar, hast du Zweifel?« Sie klang unglaublich entschlossen.

»Annette, ich verstehe nicht, was du für ein Spiel treibst. Das letzte Mal, als wir telefoniert haben, sprachst du von Lebensgefahr, dass man dich töten will. Du verhältst dich sonderbar, du …«

»Ich weiß, was ich tue. Amon, ich bin im vollen Besitz meines Verstandes. Ich bin absolut handlungsfähig.«

»Ja.« Ich dachte über ihre Wortwahl nach. Das Taxi fuhr die Straße mit dem seltsamen Namen Bruckenschlegel hoch, am Waldheim Gaisburg vorbei, bog dann nach ein paar Fußballplätzen links ab auf die Waldebene Ost.

Ich überlegte angestrengt, was ich Annette antworten könnte. »Sag mir wenigstens, wo du gerade bist …«

Sie reagierte nicht.

Kurz nach dem Biergarten, der den vertrauenserweckenden Namen Onkel Otto trägt, bogen wir links in einen schmalen Weg. Hier bildeten die Brombeersträucher fast einen Bogen, so hoch und dicht waren sie gewachsen.

»Annette, es gibt da ein paar Dinge, die du wissen solltest …«

»Du machst es aber spannend, mein Schatz.«

Der Taxifahrer schaute in den Rückspiegel, und ich nickte ihm zu, worauf er vor einem zugewachsenen Grundstück hielt. Ich zahlte und versuchte gleichzeitig, das Gespräch in Gang zu halten.

»Mörike, was ist mit ihm?«

»Mörike? Der … ist nicht bei mir.«

»Wie – nicht bei dir, wo ist er denn?«

»Das weiß ich doch nicht.«

Wusste sie wirklich nicht, in welcher Gefahr sie war?

»Annette, du wirst mit internationalem Haftbefehl gesucht. Die Polizei vermutet, dass du deine Entführung inszeniert hast, um unterzutauchen mit dem Geld. Man wirft dir Wirtschaftsspionage vor.« Ich wartete ein paar Sekunden. »Kannst du mir das erklären?«

»Nein, kannst du es vielleicht, Amon?«

Ich zögerte nur kurz.

»Deine Mutter, sie kannte Mörike.«

Ich hörte sie lachen. Dann folgte ein längeres Schweigen.

»Weißt du, dass dein Mann, Werner Delius … er kannte deine Mutter auch. Wahrscheinlich war da sogar mehr. Er hat mit ihr einen Tanzkurs gemacht. Sie waren befreundet. Er könnte … Annette, verdammt, dein Mann … er könnte auch dein Vater sein.«

Annette lachte einfach.

Ich redete weiter auf sie ein. »Wahnsinn … es könnte aber auch Mörike sein … Ich weiß, das ist jetzt viel für dich, aber du musst das wissen. Ich denke, du solltest …«

Annette hatte aufgelegt.

Ich kämpfte mich durch ein paar Sträucher, um die Gartentür von Squaw Hoffmanns Anwesen zu erreichen, und wählte erneut die Nummer. Es kam dieses »Bitte-versuchen-Sie-es-später-noch-einmal«, und ich hängte ein. Sie hatte das Handy ausgeschaltet. Dann rief ich Peter an, um ihm zu sagen, wo er meinen Alfa hinbringen sollte. Gleichzeitig klopfte ich an Squaw Hoffmanns Tür und freute mich, in ihre schönen schwarzen Augen zu blicken. Das hatte etwas Beruhigendes, wie flüssige schwarze Schokolade. Sie sah noch etwas verschlafen aus.

»Wo ist Katja?« Natürlich war das ihre erste Frage. Verdammt! Und ich musste wirklich mit den Tränen kämpfen. Jedenfalls kurz. Tränen sind für mich Kapitulation, das war jetzt nicht drin oder eigentlich nie. So wirkt Erziehung nach, ein Fluch. Danke, lieber Vater.

»So, mein Held, hast du es verbockt?«, sagte sie und lächelte sanft.

»Ich kann zu höchstens … allerhöchstens fünfzig Prozent was dafür«, sagte ich und sah bestimmt sehr unglaubwürdig aus bei meinem Versuch, glaubwürdig auszusehen.

Sie zuckte mit den Schultern, und wir gingen hinein.

Ich war eine ganze Weile nicht mehr bei ihr gewesen. Dieses kleine Haus. Von außen sah es ganz normal aus. Weißer, grobkörniger Putz, unterbrochen von Fachwerk. Efeu fraß mit seinen kleinen nimmersatten Wurzeln an der Fassade, Flieder rankte an einem Spalier die Balken entlang. Man würde da drin eine Puppenstube vermuten. Mit ein paar kleinen Zimmerchen auf zwei Stockwerke verteilt.

Doch das Haus bestand aus einem einzigen Raum, wie so ein Gehäuse für die Modellbahn, in das man dann ein Glühlämpchen hineinstellt. Das Haus war innen total entkernt, keine Zwischenwände, nichts. Nur Balken in knapp fünf Meter Höhe stützten das Dach. Und etwas darunter zog sich ein Stahlträger quer durch das ganze Haus.

Der knapp sechzig Quadratmeter große Raum war dicht bewachsen mit Pflanzen und einigen tropischen Bäumen. Die Geräusche waren ähnlich wie in einem Urwald. Ich weiß das, ich bin mal achtzehn Stunden durch den venezolanischen Dschungel gestolpert, weil ich mir was beweisen musste. Vor mir so ein kleiner Indio, in Gummistiefeln und einem Bayern-München-Trikot. Er rief die ganze Zeit »Come, come!« Und meine Beine fühlten sich an, als ob sie aus Pappröhren bestünden, die mit Pudding gefüllt waren. Gleich würde die Pappe aufweichen und dann … Daran dachte ich gerade.

Bei Squaw Hoffmann war es genauso schwülwarm wie in einem Treibhaus.

»Es ist nicht mehr so wie früher«, sagte sie ein wenig traurig. »Aber es wird.«

Im letzten Jahr, nach einer Polizei-Razzia, hatte man ihr das Wohnzimmer gerodet, alles plattgemacht. Es war wirklich nicht mehr viel übrig. Doch viele Pflanzen hatten sich erstaunlich gut erholt.

»Die Zitrone ist ja ordentlich gewachsen«, sagte ich anerkennend.

Sie winkte ab: »Ach, das ist eine neue.«

Pflichtschuldig, aber auch um sie abzulenken, wollte ich gerade nach ihren lieben Käferchen fragen, als sich auch schon eines dieser Urzeitmonster an meinem Hosenbein zu schaffen machte.

»Sie mögen dich. Vielleicht solltest du dich damit abfinden. Sie gehen nach dem Geruch. Wenn einer intensiv riecht …«

»Sind das nicht Aasfresser?«, rutschte es mir raus.

Und sie: »Wenn einer intensiv riecht …«

»Das gibt es ja, dass so eine Liebe nicht auf Gegenseitigkeit beruht«, konterte ich und versuchte, den Käfer mit ruckartigen Bewegungen abzuschütteln. Keine Chance, bei diesen Widerhaken. Inzwischen saß das liebe Tier auf meinem Oberschenkel. Wahrscheinlich hatte er nur ein Ziel. Er wollte bei meinem Kopf anfangen und mich dann Stück für Stück mit seinen Zangen zerlegen. Diese Amazonas-Riesenböcke, die größten Käfer der Welt, die waren einfach nichts für mich. Ich hatte da immer diese Horrorvision: Was, wenn die immer größer und größer würden, bis … Außerdem musste ich an eine Leiche denken, die wir mal in einer Höhle auf der Schwäbischen Alb gefunden hatten. Sie war in dem Zustand, in dem die Maden der Schmeißfliegen schon kein Interesse mehr an ihr hatten. Stattdessen hatten die Totengräberkäfer ihr Besteck ausgepackt. Frank Bossdorf, der Gerichtsmediziner, konnte gar nicht mehr mit dem Fotografieren aufhören. Die Käfer kommen ja, wenn es um das feste und zähe Gewebe geht, wenn es richtig was zu knabbern gibt. Na ja, die kriegen jede Sehne und jeden Knorpel klein. Den Anblick werde ich nie vergessen.

»Oh je, mein Süßer, komm her.« Und damit meinte die Squaw natürlich nicht mich, sonst hätte sie da nicht so viel Gesang hineingelegt. Sondern diesen Käfer. Immerhin nahm sie ihn von meinem Schenkel, was er nur widerwillig mit sich machen ließ. Kräftig schnaubend hatte er sich an meiner Jeans festgekrallt. Auch noch stur! Wir reden von der Größe eines schlanken Meerschweinchens.

»Mann, das tut weh, der kneift ja.«

»Ist eben ein Männchen, die sind halt oft ein wenig eigensinnig und zänkisch. Kennst du ja«, erklärte die Squaw. Das machte sie oft. Diesen Übertrag vom Verhalten der Käfer zu den Menschen. Als ob wir die paar Milliarden Jahre nicht genutzt hätten, um uns verhaltensmäßig ein wenig abzusetzen.

»Okay, Spaß gehabt, lass uns reden«, stöhnte ich.

»Willst du nicht noch die Kleinen sehen?«

»Hä, wie?«

»Katja wollte sie so gerne sehen ...«

»Das ist jetzt echt die unterste Kante«, antwortete ich und schlug mich durch ein paar Bananenstauden, um zu ihren einzigen Sitzgelegenheiten zu gelangen. Ich warf mich in einen der beiden Korbsessel und stieß die Luft in Böen aus, so dass die Palme neben mir zu schaukeln anfing. Auf dem niedrigen Glastisch vor mir lagen jede Menge getrockneter Pilze.

»Sind die gut?«, fragte ich, griff nach einem besonders dicken mit einer rosa Knolle und roch daran.

»Wenn du den ganz isst, kommst du nie wieder zurück, sooo g-u-t sind die.«

»Das wäre eine Option«, antwortete ich spontan.

Und sie darauf genauso ungefiltert. »Nein, mein Lieber, dafür braucht es stabile Persönlichkeiten. Das sind sehr ungewöhnliche, anspruchsvolle Reisen in den eigenen Kopf, und wer hält das schon aus, so ganz allein mit sich. Ich meine, sich so ungeschützt betrachten zu können?«

Dreiundzwanzig

Er hatte die dritte Kassette eingelegt und wartete, bis der Zähler auf 0030 stand. Dreißig Sekunden Vorlauf, das müsste reichen. Er las wieder aus Jehles Aufzeichnungen, sah auf diese kleine akkurate Handschrift, die seine geworden war, und spürte ihm nach. »Ich denke über mein Verhältnis zur Gewalt nach. Ich mag das. Es kommt über mich, ich übe sie gerne aus. Das hat mit Macht zu tun. Macht über die Dinge, aber vor allem über die Menschen. Andere beherrschen. Ich habe genau jetzt eine Erektion.«

Er wusste, dass er gleich lachen musste, weshalb er die Pause-Taste drückte. Ein Schutz war das, schon immer. Diese Zwischentöne, sie störten die Analyse, oder? Aber warum eigentlich? Es gehörte doch dazu, dieses Lachen ... Er blätterte in einem anderen Notizbuch, suchte etwas ganz Bestimmtes und begann zu lesen.

»Mir fallen zwei Dinge ein ... aus der Pubertät, was ... etwas, das 1950 war.«

Er wurde ganz unruhig, konnte keine bequeme Sitzposition finden, ein ewiges Hin- und Hergerutsche. »Einmal, da wollte ich Billard spielen, mit einem Freund. Wir kamen in diese Spielhalle, aber da spielte schon einer. Alleine! Ich fragte ihn, ob er uns nicht spielen lassen könnte. Nö, wieso? Ich wurde schlagartig so wütend, eine gewaltige Explosion in meinem Kopf, so dass ich mich nicht mehr halten konnte. Ich griff nach einem Billardstock und schlug ihm das Ding über den Schädel, bis ich nur noch Splitter in den Händen hielt. Es war die absolute Befreiung, es tat so unglaublich gut. Der Typ kam nie wieder zum Billardspielen. Ich bekam Ärger zu Hause, weil meine Kleider voller Blut waren, ich hatte nur diese eine Hose. Die Flecken waren lange zu sehen, ich meine ... auch die Spermaflecken.«

Er schüttelte den Kopf, ließ das Lachen aber dieses Mal zu, ließ es mitlaufen, das wollte er sich später noch mal anhören, dieses Lachen. Er blätterte ein paar Seiten weiter, das gleiche Notizbuch; alle Aufzeichnungen waren in dieser makellosen Handschrift geschrieben, kein einziger Fehler, keine Korrektur.

Und er las auch diesen Abschnitt laut vor: »Keine Ahnung, warum das jetzt gerade kommt, aber, da war noch diese zweite Geschichte. Zwei Mädchen aus meiner Klasse kamen nach der Schule auf mich zu. Bea und Simone, sie waren schon gut entwickelt. Bea sagte: Simone macht dich fertig, gegen die hast du keine Chance. Ich hatte keine Ahnung, was das sollte. Sie lotsten mich zurück ins leere Klassenzimmer, und dann hielt mich Bea von hinten fest, was ich einfach zuließ, es gefiel mir sogar. Und Simone haute mir mit der Faust zwischen die Beine. Erst leicht, dann immer fester. Es tat weh, aber gleichzeitig war ich erregt und kriegte eine unglaubliche Latte. Irgendwann machte ich mich los und lief weg. In der Jungentoilette holte ich mir dann erst mal einen runter, es war eine absolute Befreiung, dieser nicht endende Erguss.«

Erneut schüttelte es ihn vor Lachen, dann ein tiefer Seufzer.

»Wieder die absolute Befreiung! Genau wie bei ... ja, das war gar nicht so abwegig, mit diesen beiden unterschiedlichen Erlebnissen. Wenn ... wenn das zur richtigen Zeit zusammenkam, Sex und Gewalt, dann war das das Größte. Das habe ich damals, in meiner Schulzeit gelernt, immerhin das, und in mir wuchs eine Sucht. Ich wollte das immer und immer öfter erleben, dieses ohnmächtige Gefühl, diesen Rausch, wenn alles taub wird und man gar keinen Schmerz mehr empfinden kann. Oder einen anderen, nicht körperlichen Schmerz hat, den Sog der Lust.«

Ich hielt mir kurz die Ohren zu, wie ein kleiner Junge. Nicht, um nichts zu hören, sondern um mich zu konzentrieren. Jetzt bloß keine Psychonummer, keine Besinnung auf die eigene Begrenztheit oder gar eine Diskussion um die mangelnde Kritikfähigkeit. Ohrendruck, das funktionierte immer, wenn ich mich beruhigen musste. Wie jetzt. Es ist wie eine Geste, die etwas auslöst. Ich hob meine Hände wie ein Wanderprediger und sortierte mich.

»Gut, könntest du bitte diese Pilze von diesem Tisch nehmen? Damit ich, bitte, meine Unterlagen da ausbreiten kann. Ich möchte dir etwas zeigen. Und ich möchte dich gerne um Rat fragen.«

Ihre schwarzen Augen glänzten wie frisch polierter Klavierlack. Sie hatten tatsächlich genau an der richtigen Stelle zwei weiße, reflektierende Rechtecke wie bei Micky Maus.

»Helfen? Das ist gut. Das mache ich doch.« Sie wiegte den Kopf hin und her, mit ganz schnellen und kurzen Bewegungen. Eine Geste, die ich bisher nur bei einem tamilischen Bekannten gesehen hatte und da schon nicht wusste, was sie bedeuten sollte. Wobei das ja selbst innerhalb jeder Peergroup etwas anderes bedeuten konnte.

»Die sind zur Bewusstseinserweiterung«, erklärte sie, als ob das nach ihrer Einleitung nicht klar gewesen wäre. »Gerade das brauchst du nicht. Man muss es eher manchmal beschränken, dein bewusstes Sein, oder fokussieren oder noch besser ausrichten« – sie rollte wissend mit den Augen – »... glaube ich.«

Kurz danach räumte sie die Pilze in ein kleines Weidenkörbchen.

»Das hört sich für mich an wie Operationalisieren, wie Programmieren, oder nein, Kanalisieren.«

»Bewusstsein in Kanäle, ja, das ist gut, das beschleunigt.«

»Nein, das ist nicht gut.« Ich verschränkte die Arme vor der Brust und hatte das Gefühl, dass ich gar nicht mehr so recht wusste, worum es jetzt eigentlich ging, auch deshalb war ich dagegen.

»Siehst du, mein Lieber, genau das meine ich.« Sie stöhnte ganz leise. »Erinnere mich doch bitte daran, dass ich dir nachher noch etwas geben will, ja?«

Sie strich mir leicht über die Stirn, und mir wurde ganz warm. Dann war sie bereit, mir zuzuhören, dachte ich.

»Hör mal …«, setzte sie aber noch mal an. »Du hast ja viele Schwächen, und doch bist du immer die treibende Kraft.« Sie lächelte. »Das ist stark in dir, dein Antrieb, deine Idee von dir, du erfindest dich selbst.«

Ist doch immer wieder interessant, wie einen die Welt so betrachtet, von da draußen, dachte ich und schaute mir jenen bunten Klangkörper mit den Indianerzöpfen an, aus dem all diese Worte heraussprudelten. Ich fuhr mir über die Haut, ich war noch da. Nun holte ich den ganzen kaffeedurchtränkten Kram raus, den ich bei Kiefer aus dem Müll gezogen hatte, und zählte alles auf, als ob jemand die Sache protokollieren würde.

»Zeichnungen von Mörike. Nackte Transsexuelle, sehen asiatisch aus, was seiner krankhaften Fixierung entspricht.«

Mir fiel nichts weiter dazu ein.

»Eine weitere Bleistiftzeichnung … von einem Grabstein, auf dem H. Schmolke steht. Das könnte das Grab sein, in dem sie Hannah Schmolke verbuddelt haben.«

Ich warf ein Fragezeichen Richtung Squaw Hoffmann. »Sie wussten nicht, wohin mit der Leiche. Da sind sie auf einen Friedhof gefahren und haben ein Grab geöffnet und sie dort hineingelegt. Guter Plan.«

Squaw Hoffmann hatte an einem Strauch rumgezupft, wo mehrere Schmetterlinge an den Blütenkelchen lutschten. Sie ließ sich in den zweiten Korbsessel fallen. »Könnte sein, sie haben ein frisches Grab gewählt, weil so das Gewühle nicht so auffällt. Wir müssten also wissen, wer am Tag des Abschlussballs oder jedenfalls um diesen Termin herum beerdigt wurde.«

»Das können ja nicht so viele in Stuttgart sein.«

»Wer sagt denn, dass sie Hannah in Stuttgart vergraben haben und nicht in Puselmuckel?«

»Oh Mann, daran will ich gar nicht denken«, sagte ich und rieb mir den rechten Oberschenkel. Eine Stelle, an der meine Jeans irgendwann immer durch sind. Dann dachte ich an die Fabel von Annettes Großmutter. »In dieser Pillendreher-Geschichte von Klara Zeller, war da nicht vom alten Krematorium die Rede?«

»Der Pragfriedhof!«, Squaw Hoffmann schlug das Tagebuch auf und las laut. »Ganz in der Nähe von dem schönen alten Krematorium, wo ihr die Abendsonne aufs Grab scheint.« Dann klappte sie das Buch wieder zu und strich über den Deckel. »Dieser Satz ist ohnehin wie ein Fremdkörper in der Geschichte, hat mich von Anfang an gestört, passt da nicht rein.«

»Gut, da wäre es wahrscheinlich am einfachsten, wenn jemand die Gräber abgehen würde.«

Die Squaw nickte. »Gräber abgehen.«

Wir schwiegen eine Weile. Ich blätterte in dem Stapel mit Zuschriften, die Annette offenbar auf eine Annonce hin erhalten hatte. Beziehungsweise nicht erhalten hatte, da sie von der Polizei abgefangen worden waren. Es waren mehr als 20 Briefe. Ich fing an zu lesen.

»Was hast du da noch?«, fragte die Squaw und zeigte auf einen schmalen Ordner mit Kopien.

»Das ist ein Exposé über Annette, verfasst vom BND.«

»Wow, streng geheim, oder? Darf ich?«

Ich reichte ihr die Blätter und arbeitete mich weiter durch die Briefe. Aber irgendwie ließ sie mich nicht in Ruhe.

»Eigentlich ein gutes Versteck, so ein frisches Grab, in dem schon jemand liegt. Da würde man doch auch keine zweite Leiche suchen.«

»Hm.«

»Oder würdest du auf die Idee kommen, ein paar hundert Gräber auf dem Pragfriedhof zu öffnen, überleg mal, der Trubel … und überhaupt … genehmigt ja auch keiner.«

»Hm.«

»Wir wissen ja immer noch nicht, wer es war. Also Delius, der war wohl dabei, aber wer war die zweite Person … und wer war eigentlich Hannah Schmolke, ich meine, dass die keiner vermisst hat.«

»Kann ich jetzt mal in Ruhe lesen! Genau das würde ich nämlich gerne herausfinden.« Ich wedelte mit den Briefen.

Nun sah sie beleidigt aus, aber sie schwieg immerhin und vertiefte sich in Annettes BND-Akte.

Die Briefe und Zuschriften zu H. Schmolke hatten sehr unterschiedliche Qualität. Die kamen zum Beispiel von Menschen, die auch mal einen Heinz Schmolke kannten. Oder es war ein Brief mit einer Telefonnummer dabei: »Ich bin H. Schmolke, bitte melde dich.« Da hatte wohl jemand den Aufruf etwas anders verstanden.

Alles in allem war die Ausbeute enttäuschend. Abgesehen von einem Hinweis. Ein Historiker, der ebenfalls den Namen Schmolcke trug, »allerdings mit ck«, riet, bei einer Vermisstendatei anzufragen. Dort würden Menschen vermisste Angehörige suchen, gerade bei Fällen, die die Polizei schon lange aufgegeben hätte. »Mehr unter www.wo-bist-du.com.«

Dr. Erwin Schmolcke schrieb außerdem, dass diese Datei auch mit Ärzten und Zahnärzten zusammenarbeite, die unter anderem ihre Röntgenbilder zur Verfügung stellten. Ich dachte an den Schädel, den ich aus Mörikes Aquarium gefischt hatte, und überlegte, ob wohl noch die Zähne im Kiefer steckten. Wo hatte ich den eigentlich? Ein Griff hinter den Korbsessel ließ mich wieder entspannen, dort stand mein Rucksack. Und ja, im Kieferknochen steckten noch genügend Zähne.

Dann war da noch eine Zuschrift von einer Frau, die vermutete, dass es sich um einen Flüchtling oder Spätaussiedler handeln müsse. Überhaupt käme der Name im Osten wohl häufiger vor.

»Vielleicht ist Hannah Schmolke wirklich irgendwo unter dem Eisernen Vorhang hervorgekrochen. Das würde erklären, warum sie hier niemand vermisst hat«, murmelte ich vor mich hin.

»Darf man also jetzt wieder reden?«, fragte die Squaw und wartete nicht auf meine Reaktion. »Ich glaube, dass mein Material deutlich spannender und aufschlussreicher ist …«

»Na dann ...«

»Es liegt ein internationaler Haftbefehl gegen Annette Delius vor. Sie wird der Wirtschaftsspionage in einem besonders schweren Fall bezichtigt.«

»Weiß ich doch.«

»Heikel daran ist, dass es sich beim Kläger um ein US-amerikanisches Biotec-Unternehmen handelt. Es sollen Beweise dafür vorliegen, dass Annette während einer Geschäftsreise dort wertvolle Daten ausspioniert hat.«

»Klingt schon interessanter, kannst du konkreter werden?«

»Annette Delius hat ihren Mann auf dieser Geschäftsreise begleitet. Auf dem Programm stand auch der Besuch einer hochmodernen Forschungseinrichtung, die zu einer Biotechnik-Firma gehört. In diesem Labor wird an einem lebensverlängernden Wirkstoff gearbeitet. Dieser Stoff soll bei Tierversuchen, zum Beispiel äh ... mit Springmäusen, die Lebenszeit nahezu verdoppelt haben.«

Ich konnte mir ein Grinsen nicht unterdrücken. »Das ewige Leben, die ewige Schönheit, das könnte natürlich zu Annette passen. Das hätte sie wohl gerne ...«

Squaw Hoffmann taxierte mich mit ihren Augen, bei denen man vor Schwärze wirklich die Pupillen nicht sah. Und während sie so erzählte und zusammenfasste, kroch mir etwas den Rücken hoch. Schlagartig drehte ich mich um, tastete meinen Rücken ab, aber da war nichts. Was dort so kribbelte, kam von innen, das war ich. Ich hatte so eine Art Vorahnung. Und, was mich besonders verwirrte, meine Gedanken hatten nichts mit dem zu tun, was die Frau, die gerade ihren Poncho ablegte, mir berichtete ... Ich war mal kurz woanders.

Da draußen redete die Squaw weiter. »Das ist ein Wirkstoff, der schadhafte Gene abstellen kann. Nehmen wir mal an, da ist eine tödliche Krankheit auf diesem Gen gespeichert. So, und schon kannst du nicht mehr an Krebs sterben, weil das Gen Funkstille hat.«

»Kann man denn einfach alles abstellen?«, fragte ich ganz leise. Aber sie war mit dem Text beschäftigt. »Bilder von Überwachungskameras zeigen angeblich eindeutig, dass Annette dort Aufnahmen mit ihrem Handy gemacht hat, obwohl sie das Handy vorher hätte abgeben müssen. Eine Vorschrift, um Betriebsspionage zu vermeiden.«

Ich versuchte, die Sache zusammenzukriegen. »Aufnahmen kann man heute problemlos verändern. Aber verstehe. Und was wollen die jetzt?«

»Es gibt eine Schadensersatzklage von der US-Firma Sana Biotec über ... über 220 Millionen US-Dollar. Eine ganze Liste von amerikanischen und deutschen Anwälten kümmert sich um die Durchsetzung der Klage. Die Stuttgarter Staatsanwaltschaft hat Anklage erhoben, und jetzt wird Annette mit internationalem Haftbefehl im Ausland gesucht.«

»Im Ausland, ich meine, was meinst du jetzt mit Ausland, Baden oder so richtig, also Bayern?«

»Angeblich wurde Annette Delius zuletzt in Frankreich gesehen. Weshalb sich die Suche auf unser Nachbarland konzentriert.«

»Sie soll in Frankreich sein, also, was soll denn das jetzt?« Ich dachte an Felix Kiefers Worte. Jemand wollte da wohl eine falsche Spur legen. Aber warum nur?

»Vielleicht hat sie ja auch alle nach Strich und Faden verarscht, auch dich mein Lieber. Sie ist mit Mörike zusammen durchgebrannt, macht mit ihm halbe-halbe – nein, sie speist ihn natürlich billiger ab. Immerhin sind die beiden mit fünf Millionen Euro in bar unterwegs. Und keine Ahnung, was Annette Delius über ihren lieben Mann schon vorher wusste. Sie hat schließlich Recherchen angestellt und einen Privatdetektiv beauftragt.«

Das Schwierige war, dass das alles irgendwie zu Annette passte. Sie war eine Spielerin, sie jonglierte mit Gefühlen und Menschen, brach gerne Regeln, sie liebte das Abenteuer, sie stand auf die Macht des Geldes, und sie war plötzlich verschwunden. Bei unserem letzten Telefonat hatte sie einfach aufgelegt, und jetzt war sie nicht mehr zu erreichen. Konnte sie nicht tatsächlich abgehauen sein? Getürmt mit millionenschweren Pillen-Patenten der Firma Sana Biotec? Und dazu das Lösegeld von ihrer Entführung – oder hatte Mörike ihr die fünf Millionen Euro abgenommen? War sie deshalb frei?

»Wir müssten mehr über diese Biotec-Firma wissen«, sagte Squaw Hoffmann leise.

»Warum?«, warf ich ein, was wohl ungehört blieb.

»Außerdem wissen wir immer noch nicht, wer der zweite Mann bei dieser kleinen Party nach dem Tanzkurs war. Und wir wissen nicht, wer Margarete vergewaltigt hat.«

»Das mit der Firma, warum?«, fragte ich noch mal.

»Weil ich sonst auch keine Idee mehr habe.«

»Was wissen wir überhaupt … hm …« Ich nickte und wählte die Nummer von diesem Stephan, Katjas Ex. Vielleicht konnte der uns ein paar Infos beschaffen. Gleichzeitig googelte ich nach dem Unternehmen im Internet. Es dauerte eine Ewigkeit, bis sich die Firmenseite aufbaute, weil der Computer der geschätzten Squaw noch mit Lochkarten zu arbeiten schien.

»Hör zu, die haben mein Auto demoliert, das ich immerhin zur Hälfte abgezahlt habe. Ruf mich nie wieder an, klar!«

Das war ein wirklich kurzes Telefonat. Ich muss zugeben, damit hatte ich nicht gerechnet. Da schien jemand wirklich umfassend über unsere Aktivitäten informiert zu sein.

Inzwischen hatte sich die Startseite von Sana Biotec aufgebaut. Soweit ich es überblicken konnte, tat sich da ein weitverzweigtes Netz von Firmen auf. Sana Biotec war auf jeden Fall ein börsennotiertes Unternehmen, das vor Kraft kaum laufen konnte. Hohe Gewinne nach Steuern, zahlreiche Preise und Auszeichnungen, im Ranking der weltweit innovativsten Biotec-Firmen auf Platz drei, nach einem weiteren US-Unternehmen sowie einem israelischen Konzern. Gut, gut, gut. Das war die Botschaft, die uns da entgegenflimmerte.

»Tja, Kräuterliesel«, ich tippte auf den flackernden Bildschirm, »das ist die Zukunft, nix mehr Heilkräuter, Käfer melken und Beschwörung. Einfach Gen ein-, Gen ausschalten.«

»Das ist auch die Frage, wie du die Sache angehst. Heilung physisch-mechanisch, also Bausteine austauschen, oder psychisch-mental, also Denken verändern. Aber ich brauch jetzt eine Zigarre«, erklärte die Squaw.

Kurz danach zischte ein Streichholz, und sie warf sich qualmend wie eine rückwärtsrollende Dampflok in die Hängematte, die zwischen zwei beachtlichen Gummibäumen gespannt war. Sie blies zwei einwandfreie Ringe in die Luft und schaute mich auffordernd an. »Du?«

»Nein danke, jetzt nicht.« Noch einmal hatte ich dieses Gefühl, dass mir etwas im Nacken sitzen würde. Instinktiv tastete ich wieder nach hinten, immerhin gab es hier eine Menge sonderbarer Tiere. Und Pflanzen. Vielleicht sogar ein paar Wesen, die irgendwo dazwischen lagen. Aber da war nichts ...

Wir schwiegen, und ich schaute ein paar tiefblauen Schmetterlingen hinterher. Sie hatten Spaß miteinander. Dann überlegte ich mir, ob die das auch stört, wenn man ihnen dabei zuschaut, und sah ganz schnell weg. Als mein Handy klingelte, brauchte ich einen Moment, um es zu realisieren. Dann sah ich Katjas Nummer auf dem Display und drückte mir das Handy ausnahmsweise direkt ans Ohr. Was ein Fehler war.

»Hör mal zu, du granatenmäßiges Arschloch.« Das war nicht Katja, das war Stephan. »Ich habe vor einer Stunde Katja auf dem Gang getroffen. Sie schiebt sich durch den Sender wie eine ferngesteuerte Leiche. Hat noch nie so beschissen ausgesehen. Ich habe ihr gesagt, dass du ein Idiot bist, das sieht man ja schon an deinen Lebensdaten, Polizeiausbildung, Mann, aber ...«

»Hey, hey ... was willst du denn? Ich dachte, ich soll dich nie wieder anrufen.«

»Jetzt rufe ja ich dich an … das ist ein Unterschied, klar? Und ich sag dir was, wenn du sie weiter so unglücklich machst, dann versohle ich dir deinen Spitzel-Arsch.«

Leider hielten meine Nerven nur bis hier, ich vergaß allen Anstand. »Sag mal, du kleine bescheuerte Datenratte, jetzt reicht's mir aber.«

Zu diesem Zeitpunkt wusste ich weder, dass Stephan anderthalb Köpfe größer war als ich, noch, dass er Titelverteidiger des Strongmen-Cups in Deutschland war. Das sind diese Typen, die zum Beispiel ganze Lastwagen hinter sich herziehen. Und von denen war Stephan angeblich der stärkste.

»Scheiß drauf«, brüllte er. »Sie hat mich trotzdem gebeten, dir noch mal zu helfen. Also, was wolltest du …«

Ich schluckte mindestens zwei Mal, was mich nach außen ruhig bleiben ließ, sich in meinem Magen aber wie eine Implosion anfühlte, bei der ein Schwarm hungriger Piranhas freigesetzt wurde. Ich massierte meinen Bauch.

»Da gibt es eine Firma, die gegen Annette Delius klagt, Sana Biotec, ein US-Unternehmen, alles, was du dazu kriegen kannst.« Ich musste plötzlich grinsen. »Und, äh, Stephan?«

Es knackte in der Leitung. »Was?«

»Einfach danke … Du Arschloch!« Schade, er hatte schon aufgelegt.

»Was war das denn?« Squaw Hoffmann hüstelte. Der Zigarrenqualm robbte jetzt wie dichter Nebel durch ihren kleinen Urwald.

»Das war das Arschloch«, sagte ich noch immer genervt. »Und es ruft noch mal an. Hoffentlich …«

Die Squaw nickte und zeigte auf den Tisch. »Greif mal da drunter.«

Ich schaute sie fragend an.

»Unter die Glasplatte!« Sie deutete in die Richtung.

»Eine CD?«

»Von Katja, soll ich dir geben.«

Es war ein Album von Pearl Jam mit dem Titel »Back Spacer«. Es klebte ein kleiner Zettel dran: »Hey, der Sänger lebt noch! Hör die Nummer fünf! Katja.«

»Warum hast du mir die nicht früher gegeben?«

Mit einer Drehbewegung rollte sich die Squaw aus der Hängematte. »Was machen wir jetzt?«

»Wir schauen einfach nochmal bei Werner Delius vorbei.« Ich wunderte mich über meine planlose Entschlossenheit. Aber wir machten das.

Vierundzwanzig

Wir brauchten genau zwei Stunden nach Stuttgart. Keine Pause, keine Gespräche, wir rauchten und hörten Musik. Meine beiden Engel hatten kapiert, dass ich was erledigen musste, und sie wollten über meine Mission gar nichts Genaues mehr wissen. War mir auch recht. Ich wollte jetzt nicht zugequatscht werden. Mich konnte eh keiner umstimmen. Das hier war nur noch Vollzug, Werner war praktisch schon tot.

Wir kamen von oben die Straße runter, damit er uns von seinem Wachturm aus nicht zufällig entdecken konnte. Ich hatte keinen Schlüssel dabei. Das bei Geiger war ein unfreiwillig schneller Abgang. Meine Tasche hatte ich ja bei diesem miesen Verräter, diesem Volltrottel, liegen lassen. Na, vielleicht kann er noch als Noten-Umblätterer arbeiten. Wir betraten das Grundstück und gingen am Haus vorbei zur hinteren Terrasse. Stuttgart war schon wieder überzogen von einem flirrenden klebrigen Schweißfilm, unten im Tal blinkten ein paar Fensterscheiben.

Wir schlichen uns ins Wohnzimmer, wo ich auf unsere Haushälterin traf. Ich legte einen Zeigefinger auf meine Lippen, zeigte ihr die Knarre, die mir Ede gerade in die Hand gedrückt hatte. Sie riss die Augen auf wie eine Stummfilmdiva, ruderte mit den Armen wie ein Eselspinguin, hatte aber gleich begriffen. Ohne weiteres Rumgezicke verschwand sie.

Weiter ... Die Schiebetür zu Werners Arbeitszimmer war, wie gewohnt, halb offen. Es war kaum ein Geräusch zu hören. Und da saß er seelenruhig an seinem Schreibtisch und schrieb etwas auf.

Werner saß mit dem Rücken zu uns. Mein Mann! Ich hätte kotzen können bei diesem Gedanken. Ich habe diesen Kerl wirklich geliebt. Das war das Schlimmste, dass ich mich geöffnet hatte wie eine Muschel, in der man erst mit dem Messer herumgestochert und dann eine Handvoll Salz hinterhergeworfen hatte und jetzt zusah, wie sich das Fleisch auflöste. Ein einziges Mal in diesem beschissenen Leben hatte ich Vertrauen gehabt, und da saß die Belohnung, der Verrat. Ich hätte es besser wissen müssen. Dass man dann benutzt wird. Ausgeschlachtet wird wie eine Sau und dann weg damit, zum Abhängen und Ausbluten. Männer! Können nichts dafür, sind einfach Tiere, verdienen es nicht anders. Genau jetzt drehte sich Werner um. Er wirkte kein bisschen erstaunt. Er musterte meine zwei Jungs.

»Annette ... wer sind die beiden Herren?«

»Halt die Klappe.« Ich richtete die Waffe auf Werner und entsicherte.

»Ich weiß nicht, was du vorhast, Annette, aber es ist nicht ganz so, wie du denkst ...«

»Klar.« Ich nahm ihn ins Visier, wie ein Reh, das auf einer Lichtung umherstakt. »Es ist mir egal, wie es ist. Halt einfach deine blöde Fresse.«

Jetzt schaute mich Werner an, als ob ich ihm seinen Glauben an sich selbst geraubt hätte. Dieses Ich-kann-doch-nichts-dafür-Gesicht, wie ich das hasse. »Du schreibst jetzt zwei Schecks aus über je zehntausend Euro, für diese beiden hilfsbereiten ... Herren. Nein, warte, ... über Fünfzehntausend. Haben mir schließlich das Leben gerettet.«

Ede lächelte und nickte Werner höflich zu.

»Lass das«, sagte ich, und Edes Gesicht verfinsterte sich.

Werner füllte die Schecks aus, und ich schickte den Kleinen, sie zu holen. Er strahlte wie blöd und wedelte mit den beiden Zetteln.

Ede zog mich zu sich heran, umarmte mich und gab mir einen innigen Zungenkuss. Aus den Augenwinkeln behielt ich Werner im Auge und zeigte die ganze Zeit mit der Knarre auf ihn. Glaub ich es? Dem Arschloch kamen jetzt die Tränen. Mein Werner fing an zu heulen!

Ich konnte mir das Lachen nicht verkneifen.

»Das war's, meine Engel, tschüss!«

Ede und Freddi grinsten breit und traten den Rückzug an. Ich konzentrierte mich auf mein Ziel. Plötzlich linste Ede nochmal um die Ecke. »Was ist mit deinem Wagen?«

Ich zögerte einen Moment, beobachtete Werner angeekelt. »Nehmt ihn mit, stellt ihn irgendwo ab, wenn ihr ihn nicht mehr braucht.«

Jetzt war ich endlich mit Werner allein.

Er schnappte nach Luft. »Ich konnte nichts dafür. Ich werde es dir erzählen, alles, auch wenn du es nicht hören willst ...«, sagte er und schaute wie ein Bub, der aus dem Beichtstuhl linst.

»Nichts wirst du. Es ist zu spät.«

»Annette, dass ich mit deiner Mutter befreundet war, das stimmt, aber ...«

Ich ging auf Werner zu und hielt ihm die Knarre direkt an den Kopf. »Halt die Fresse, verdammt ...«

Ich presste ihm den Lauf gegen den Hinterkopf. Ich wollte jetzt abdrücken, diese jämmerliche Scheiße beenden. Werner faselte weiter, ich konnte das Gewinsel nicht mehr hören, jetzt.

Dann kriegte ich einen Schlag von hinten, ich hörte noch den Schuss und brach zusammen.

Ihm war plötzlich nach Champagner. Es war doch diese Entdeckung zu feiern, nach so langer Zeit, die Klarheit der Erkenntnis, der Anfang? Der Korken knallte, und in dem schmalen Sektkelch rauschte es gewaltig. Er hatte die wichtigen Stellen in Jehles Aufzeichnungen markiert. Schnell die Aufnahmetaste gedrückt:

»Ich habe Simone kurz darauf im Landschulheim vergewaltigt. Ich mach dich fertig, habe ich zur ihr gesagt, und sie grinste erst noch frech. Wir werden sehen, flüsterte sie. Es war unter der Dusche, deshalb konnte ich überhaupt nicht sehen, ob sie danach weinte. Aber ich konnte ihre Angst sehen, durch die geschlossenen Augen hindurch. Simone hatte eine Gänsehaut. Ich musste es schnell wiederholen mit ihr, mit anderen ... dann musste ich auf eine andere Schule, wo nur Jungen waren. Das war schwer, mit Männern, es sind andere Kämpfe mit anderer Härte, aber gut, das kann ich auch!«

Er hatte die Aufnahme kurz gestoppt, wollte dem Gefühl ein wenig nachhängen, nur ein paar Herzschläge lang.

Dann kam es, ohne Ansatz, ohne Geplänkel, eine rot markierte Stelle. Der Finger drückte wieder auf den Aufnahmeknopf. »Ich habe 21 Frauen vergewaltigt ... Mehrfachvergewaltigungen nicht eingerechnet. Das habe ich mir immer notiert. Gewicht, Größe, Alter, Haarfarbe, den Ort usw. Stopp ... kurze Anmerkung: Ich werde das Notizbüchlein mit den Aufzeichnungen über die Frauen, das werde ich später zu den Kassetten dazulegen. Für die Forschung. Ein befreundeter Psychiater – er hat noch keine Ahnung – wird die Unterlagen von mir bekommen.« Pause. »Wenn es mich nicht mehr gibt.« Nochmal ein Zögern. »In Ordnung, also weiter. Es waren gar nicht so viele, manche machen es mit hunderten von Frauen aus aller Herren Länder. Herren Länder! Das fällt mir auf: ›Herren‹. Außerdem habe ich nie eine dabei ermordet. Dass ist nicht meine Sache, obwohl ich es verstehen kann, das Töten. Es war doch nur ein Unfall! Denn ich will ja gerade sehen, wie sie mit dieser Erniedrigung, dieser Demütigung weiterleben, mit meiner Markierung.«

Er senkte den Kopf, legte das Aufnahmegerät auf das rechte Bein und sprach es direkt an, dieses Ding.

»Das mit den Frauen liegt lange zurück, ich habe … Beim letzten Mal war er 36 Jahre alt, seither keine mehr.«

Er hielt für einen Moment inne und nickte dann, spürte Übelkeit aufkommen. Versuchte er sich zu rechtfertigen? Nein, vor wem denn! Los.

»Zu einer Analyse gehören Zahlen und Fakten.«

Ein aufgeschlagener Ordner lag auf dem Tisch, er warf einen Blick auf die Statistiken und hielt das Diktiergerät direkt unter den Mund.

»Jede vierte Frau gibt an, schon einmal Opfer von sexueller Gewalt geworden zu sein. Zahlen aus meinem neuen Heimatland, den USA. Bei uns in Deutschland sind es nur … bloß 15 Prozent? Seltsam. In 98 Prozent aller Fälle geht die sexuelle Gewalt von Männern aus.«

Er unterbrach die Aufnahme, um das Band zu wechseln, es war fast am Ende, und dann hatte er auch auf einmal diesen anderen Gedanken.

»Natürlich kann er sich an die Flucht erinnern, ein Zehnjähriger, der mit der Schwester seiner Mutter monatelang durch ein völlig zerstörtes Land trieb, die Apokalypse. Und es ist entscheidend, dass das sein Leben eröffnete, sexuelle Gewalt, der Tod und die Flucht. Korrektur: besser, Jehles Leben durch sexuelle Gewalt entstand …«

Er grinste zufrieden und nahm ein zweites Glas Champagner.

Manchmal weiß ich wirklich nicht mehr, wer ich bin, dachte er und begann erneut laut zu lesen.

»Es ist nicht alles schlecht, was so entstanden ist. Ich habe einen IQ von 156, was sehr beachtlich ist, bei durchschnittlichen 100. Gerade für die Umstände, müsste man wohl sagen. Und ich habe Kinder, legale und illegale. Ganz beachtliche Wesen darunter. Nüchtern betrachtet kann also sexuelle Gewalt nichts durch und durch Schlechtes sein, wenn dadurch kluges und schönes Leben entsteht. Eine Frage der Betrachtung? Historiker werten es als typischen Eroberungsritus patriarchalischer Gesellschaften, eine Demonstration der Stärke, wenn man zum Beispiel die Frauen der Gegner unterwirft, sie sich nimmt. So hat sich die Gesellschaft immer weiterentwickelt, die Menschheit vermischt, zu ihrem Vorteil, wie Genetiker bestätigen. Wären unsere Völker vielleicht schon alle inzestuös, blutarm, krank und degeneriert ohne Eroberung und Vergewaltigung? Weil wir alle das Fremde aus einer tiefen Angst vor dem Ungewissen ablehnen?«

Seine Stimme stockte, Tränen, hart wie Glasperlen fielen auf die Seite. Immer mehr, wie ein beginnender Regen.

Der Raum war lang und schmal. Es roch nach dem zersetzten Furnierleim der Schränke, die hier vor bald einem halben Jahrhundert eingebaut worden waren. Nach altem Papier und nach dem Teppich, der noch die Zeit vor dem Rauchverbot erlebt hatte. Insgesamt saßen vier Rechercheure in diesem Büro. Dieser Raum im zweiten Untergeschoss hatte noch die Sonne gesehen. Trotzdem hatte man das Gefühl, den Staub, der sich hier in der Luft sammelte, ausmachen zu können. Ein grauer Film ließ die Menschen und die Dinge farblos wie eine DDR-Postkarte erscheinen.

Am ersten Tisch saß Stephan Nehring. Er hob sich durch seine Sonnenstudiobräune und seinen athletischen Körper von den grauen Kollegen ab. Seine Augen fuhren konzentriert über den Computerbildschirm. Als Katja zur Tür hereinkam, richtete er sich ein wenig auf, um seine Nackenmuskulatur zu entspannen. Aber auch, weil Stephan eitel war und sich so besser präsentieren konnte. Er streckte die Brust heraus.

Katja sah ihn müde, aber freundlich an. »Hast du schon was?«

Stephan legte direkt los. »Sana Biotec gehört zu einem US-amerikanischen Pharmariesen. Der wiederum ein gigantischer Mischkonzern ist, der auch Nahrungsmittel und vor allem Nahrungsergänzungsmittel herstellt. Aber dieser pharmazeutische Teil des Konzerns, also Dexter Medizin

Corp., besteht aus insgesamt … tja, genau kann ich das gar nicht sagen, aber mindestens zwölf eigenständigen Firmen unter dieser Dachmarke. Die sind so groß, dass sie die Phase der Spezialisierung schon wieder hinter sich haben und ihre Sparten in, sagen wir, Weltfachabteilungen untergliedern. Die haben alles zusammengekauft, was man kriegen kann. Zum Teil, um die Firmen zu zerlegen, und zum Teil, um die Konkurrenz aufzukaufen, damit sie sie einfach platt machen können. Ich meine, die haben einfach alles. Biotechnik, verschiedenste Forschungseinrichtungen, Kooperationen mit führenden Universitäten, klassische Pharmazie, Generika, Chemieindustrie, Chipindustrie und so weiter. Außerdem stellen die Gene her, synthetische Biologie heißt das, die basteln circa 3000 Gene pro Monat in ihren Laboren. Vorstandsvorsitzender ist ein James Holbruck, ein US-Amerikaner.«

Katja schaute auf den Bildschirm, obwohl sie gar nichts erkennen konnte. »Und diese Klage gegen Annette Delius?«

»Ist drüben, auf der anderen Seite des großen Teichs, ein echtes Thema. Alle Nachrichtensender berichten darüber. Da hat jemand eine ordentliche Lawine losgetreten.«

»Dafür muss es doch noch einen anderen Grund geben, oder nicht? Oder hältst du Annette Delius für eine glaubwürdige Industriespionin?«

»Glaubwürdig?« Stephan warf ihr einen höflichen Blick zu und hob die Schultern. »Da geht es um lebensverlängernde Medikamente, also, vielleicht in ein paar Jahren geht es da um Milliarden, ach was, das ist das Größte – das ewige Leben, das ist doch der große Traum der Menschheit.«

»Weiß nicht, ich bin froh, wenn ich die nächsten Jahre gut rumbringe«, fiel ihm Katja ins Wort. Sie zog sich einen Stuhl heran und setzte sich neben Stephan. »Aufsichtsräte, Vorstände, ich meine, von all diesen Firmen, kannst du die mal zusammenstellen?«

»Zusammenstellen? Bin ich das Statistische Bundesamt?«

»Ja, Mann, du weißt doch, was ich meine. Gibt es Parallelen, tauchen immer die gleichen Namen auf, was auch immer.«

Stephan wirkte etwas mürrisch, hantierte aber gleich mit ein paar Internetseiten, kopierte ältere und aktuelle Namenslisten in eine Excel-Tabelle, um sie später durch das Statistikprogramm SPSS zu jagen. Danach glich er noch drei Datenbanken mit einem weiteren Programm ab, das die bereits ermittelten Namen mit Eigenschaftsclustern verbinden konnte. Wodurch ganz neue Zusammenhänge von einzelnen Namen und Tätigkeiten ermittelt werden konnten.

Katja hatte ihm versprechen müssen, dass sie Stephan mit Kaffee und Ritter Sport Olympia versorgen und für eine Stunde verschwinden würde.

Exakt nach dieser Zeit tauchte sie wieder auf. »Und?«

Stephan sah nachdenklich aus. Er hatte eine beeindruckende Kreuztabelle zusammengestellt. Mit vielen Firmennamen, noch weit mehr Namen von Vorständen und Aufsichtsräten.

»Da gibt es zwei Dinge. Nein, sogar drei Dinge. Diese ganzen US-Firmen gehören über ein weitverzweigtes Netz am Ende alle zu einer deutschen Firma. Ihr Firmensitz ist in … oder war in Stuttgart, bis vor einiger Zeit. Jetzt sitzt die Führung wieder in Boston, dem früheren Hauptsitz von einer der Teilfirmen.«

Katja schüttelte den Kopf, so wie jemand, der etwas akustisch nicht verstanden hat.

»Und jetzt kommt es. Der Besitzer dieses Weltkonzerns ist nicht bekannt. Zumindest nicht öffentlich. Er sitzt in keinem Vorstand, in keinem Aufsichtsrat. Ist so eine Art großer Marionettenspieler, führt Regie mit unsichtbarer Hand.«

Katja bekam ein wütendes Gesicht, dann nickte sie mit kurzen zackigen Bewegungen. »Und das ist dein Ergebnis? Also wirklich …«

Stephan unterbrach sie mit einer Handbewegung. »Es ist wie ein Mythos. Wie eine Geschichte, so eine Tellerwäschernummer. In den USA nennen sie ihn *dung beetle.* Was ins Deutsche übersetzt Mistkäfer bzw. Pillendreher heißt. Vielleicht ganz einfach einer, der mit Pillen handelt?«

Er war aufgestanden, trug das Diktiergerät mit sich und lief jetzt breitbeinig herum, als ob ihm etwas zwischen den Beinen im Weg war, etwas wehtat. Ein Phantomschmerz. Er bildete sich das ein, um die Aufgabe perfekt zu Ende zu bringen.

Die Aufzeichnungen kannte er auswendig. Er hatte ein fotografisches Gedächtnis, trotzdem las er immer wieder in diesen Notizen. Auch, um wie die anderen zu sein, so einfach.

»Als ich siebzehn Jahre alt war, lernte ich eine Frau kennen, die neun Jahre älter war. Sie war sehr schön, schwarze glänzende Haare, helle Haut, wie Schneewittchen. Sie behandelte mich arrogant, von oben herab, als ob ich ihr Schoßhündchen wäre. Zum ersten Mal hatte ich mich wirklich verliebt. Ich wollte sie heiraten, ich machte ihr einen Antrag, sie lachte mich aus!«

Er war vor einem alten Nussbaumschrank stehen geblieben. Sollte er das Fotoalbum herausholen, in diesen Erinnerungen graben, die Bilder im Gedächtnis schärfen? Wieder das Spiel mit dem Unvermögen, das er so vermisste. Er legte das Aufnahmegerät beiseite, stand ein wenig nach vorne gebeugt, ein oder zwei Minuten, griff wieder nach dem Gerät und setzte sich in einen Sessel.

»Mit dieser Frau … mit ihr hätte ich noch umkehren können. Aber ihre Ablehnung, die ja gar keine echte war … Anfangs zumindest, ich wusste, dass sie mich auch wollte …

Ich habe sie vergewaltigt, bis alle Liebe aus ihr draußen war … Wir haben einen gemeinsamen Sohn … Mein erstes Kind. Ich habe sie verlassen. Ich habe es nicht ausgehalten. Und es hatte sich etwas verändert, ich wollte mich verändern. Dem Süchtigen war plötzlich klar, dass er … krank war. Nein, das ist zu korrigieren, ich war ein Diskriminierter, und deshalb, weil ich mich als so ausgegrenzt empfand … ich wollte auch dazugehören, sein wie die anderen … deshalb wollte ich mich ändern. Nein, ich war ein anderer!«

Verdammt, warum waren die Kassetten so schnell voll …

»Nach dem Abitur studierte ich Medizin und Pharmazie, habe beides als Jahrgangsbester abgeschlossen. Ich wollte ein Mittel gegen mich finden. Ich wollte mich selbst heilen und viele andere, von diesem geilen Diktat des Triebs. Der Trieb! Was ist das? Es kann ein Antrieb sein, ja und wie! Paradoxerweise brachten meine Forschungen gerade das Gegenteil zutage. Das war der Teufel. Ich entdeckte ein potenzsteigerndes Mittel, etwas für die zügellose Triebhaftigkeit, für die, die so sehr wollten und doch nicht konnten. Aber dafür war die Zeit nicht reif.«

Fünfundzwanzig

»Dung beetle, ein Spitzname?«

»Scheint so. Er hat wohl mit dem Vertrieb von irgendwelchen ominösen Schönheitspillen in den siebziger Jahren angefangen, dann gab es erste Versuche mit einem Potenzmittel, das heute äußerst erfolgreich ist. Es gibt viele Vermutungen darüber, wer dahintersteckt. Ganze Verschwörungstheorien. Dass er zu einem Geheimbund gehört, zu einem elitären Zirkel von Weltbeherrschern. Fernab von Politik und einzelnen Staaten ziehen die ihr Ding durch, verstehst du?«

»Nein, klingt ein bisschen nach James-Bond-Film. Das Böse will die Welt erobern.«

Stephans Gesicht wurde ernst. »Ja, genau.« Er fuhr ein wenig mit der Maus auf dem Tisch herum. »Auffällig ist auf jeden Fall, dass unter den Aufsichtsräten und Vorständen ein munteres Stühlerücken stattfindet.«

»Du meinst, kaum jemand verlässt diese Kreise?«

»Genau. Und es ist noch etwas anderes sehr auffällig. Mehr als die Hälfte dieser globalen Wirtschaftslenker sind Bilderberger.«

Katja konnte es nicht leiden, wenn Stephan versuchte, dort Spannung aufzubauen, wo sie eigentlich nur klare Infos wollte.

»Da muss ich jetzt nicht sofort aus dem Sessel springen und juhu schreien, ich meine, weil du mich so anglotzt jetzt ...« Sie sah ihm länger in die Augen und formte das Wort zu einer Frage. »Na schön ... und wer oder was sind Bilderberger?«

»Es gibt ein paar Journalisten, die haben dazu aufwendig recherchiert, Artikel und ganze Bücher geschrieben.«

»Ja und, leg los!«

Das Band lief schon. Langsam, fast geduldig. Was ist? Komm schon, mach weiter ... die Zeit läuft ... Er wusste, dass er bald fertig werden musste, dieses Leben abschließen musste.

Nochmal Luft holen, beim Lautlesen keine Kommas betonen, das bricht den Fluss.

»Je mehr ich mich am Ende von dieser Gewalt zu distanzieren versuchte, meine Energie und Kraft in Arbeit, in Entwicklung steckte, umso mehr wurde ich mit dieser Gewalt konfrontiert.« Stopp. Er dachte daran, wie die Vergangenheit sie alle eingeholt hatte, dass man jetzt reagieren, einschreiten musste. Das Seltsame war, dass er immer geglaubt hatte, dass es eine Lösung gibt. Jetzt war er sich da nicht mehr sicher.

Diesem Aufnahmegerät konnte man vertrauen. Das hörte nur das, was man wirklich sagte. Ein paar seiner eigenen Gedanken zur Sache.

»Es geht um Abweichungen von Konventionen, vom Vertrag in unserer Gesellschaft, Nichtbeachtung der erstellten Regeln usw.« Pause. Warum juckte jetzt die Kopfhaut?

Und weiter: »Nein, nein, für mich geht es um die Frage, ob sexuell abnorme Verhaltensweisen vererbbar sind. Schließlich sind auch die Nase, die Augenfarbe und die Haare vererbbar, eine Blutgruppe, viele Krankheiten, physische und psychische Leiden. Leidenschaft, genau! Und was ist mit dem Charakter, der Art? Wie oft dachte ich, der oder die ist wie ihr Vater oder seine Mutter. Oder wie der Großvater. Wie steht es mit einer Energie, einer Kraft, einem Trieb, steckt das in den Genen, wird so etwas auch weitergereicht? Dann müsste ich sie jetzt töten. Annette! Was können wir verändern und korrigieren, oder leben wir doch bloß ein langweiliges, hoffnungsloses Schicksal? Ich hasse dieses Wort. S-c-h-i-c-k-s-a-l, es macht machtlos, ist eine Entschuldigung für alles und jeden Schwachkopf.«

Er hob die Hände in die Luft und schrie.

»Ich bin unschuldig.«

Dabei sah er sich in einem großen, goldgerahmten Spiegel zu, wie er in das Diktiergerät sprach, Pilot an Tower, die Verantwortung für das Flugzeug ... für die Maschine habe ich, wir machen jetzt eine Notlandung.

»Kann man nun seinen Weg ändern oder geht man nur einen vorgeschriebenen Pfad? Was ist? Hast du keine Antwort?«

Was war mit dem Kerl im Spiegel? Er hatte das Gefühl, dass sein Spiegelbild ihn nun spöttisch, geradezu herablassend musterte. Der kam ihm sehr fremd vor, gerade jetzt. Der da!

»Bin ich nur einer, der vollzieht, was ohnehin passieren muss?« Er schüttelte sich, wie einer, dem ein Schauer über den Rücken läuft. »So viele Fragen, die sich um das Gleiche drehen.«

Er zog einen Stuhl vor den Spiegel, wollte sich noch genauer betrachten. So wie jetzt hatte er sich noch nie gesehen. Vielleicht war es das spärliche Licht?

»Spärlich klingt wie ehrlich, nur anders«, brummte er vor sich hin, was wie eine Textzeile aus einem alten, albernen Schlager klang. Hatte er schon zu viel getrunken? Warum war er nur in Feierlaune, wegen dieser Erkenntnis, die bald durchschlagen würde? Hatte er eine Ahnung?

Er drückte das Aufnahmegerät an sein Kinn wie einen Elektrorasierer, kurz imitierte er auch dieses Geräusch, dieses Brummen.

»Es ist also nicht mein Weg, mich dem Schicksal zu ergeben. Also nehme ich es in die Hand.« Da war wieder ein wenig Zuversicht und Distanz, zu Jehle, zu diesem Tier. Er hob die Stimme und las. »Analyse: Es gibt und gab nur eine Sache, die in meinem Leben Macht über mich hatte, die mir zeigte, dass ich doch am Ende ein Blatt im Wind bin, ein Gelenkter. Der Trieb, ihm musste ich mich unterwerfen, obwohl ich so viel geschaffen habe.«

Sein Spiegelbild hatte sich verändert. Es kam jetzt noch weniger Licht von draußen herein. Nur noch ein brauner Schwamm, ohne Erhabenes, eine undefinierbare Masse, als ob er sich bald verlieren würde. Oder nicht mehr kennen würde. Aber war das nicht ohnehin Quatsch, dass man sich kannte, etwas über sich wusste?

Egal, weiterlesen. Langsam, laut und deutlich! »Einmal, ich war noch klein, da habe ich meine Tante gefragt, wie mein Herr Papa ausgesehen hat. Sie lachte, und dann sagte sie, dass er groß war und sehr gut aussah und schöne eisblaue Augen hatte. Dann fing sie an zu weinen. Sie wusste es nicht, sie hatte diese vier deutschen Offiziere gesehen, einen ängstlichen Blick aus ihrem Versteck geworfen, aber wer davon nun mein Vater war … vielleicht, wenn sie diese vier Männer genau angeschaut hätte, von ihrem Versteck heraus, sich dann noch an ihre Gesichter und ihre Erscheinung erinnert hätte. Es waren vier Männer, zwischen zwanzig und sechzig Jahre alt, hat sie später einmal gesagt. Meine tollwütigen vier Väter …«

Stephan holte tief Luft, so, als ob er ganz lange in einem Schwimmbecken abtauchen wollte. »Die Bilderberger sind die eigentlichen Weltlenker. Es ist eine Verschwörung, ein konspiratives Treffen all derer, die auf diesem Planeten wirklich etwas zu sagen haben. Sie stürzen Regierungen, vertuschen Skandale, drehen Geldhähne auf oder zu, bestimmen, wann schwarze Kassen auffliegen und neue entstehen.«

Katja machte sich nebenbei Notizen, so konnte sie sich besser konzentrieren.

»Sie sorgen für Krisen oder Höhenflüge und treiben Länder in Konflikte. Und sie sortieren die Aufsichtsräte und

Vorstände der Weltkonzerne nach ihren Plänen. Die unterschiedlichen politischen Systeme in der Welt, ihre Gesetze und Beschränkungen, sehen sie als Hindernisse für ihre Geschäfte. Gerade die gilt es zu überwinden. Freihandel zu ihren Bedingungen und nur dann, wenn es für diese Leute auch wirtschaftliche oder geostrategische Vorteile bringt. Da muss dann eben mal eine Demokratie in Lateinamerika dran glauben. Da macht es auch nichts, wenn in einem Land Zehntausende von Menschen in Arbeitslagern verschwinden ... Oder im Irak ein Krieg kreiert wird, um das schwarze Gold in der Region nicht zu verlieren und natürlich, um die neuen Waffen der Rüstungsindustrie auszuprobieren ... So wie in Afghanistan, da kann man sich austoben, kriegt man ja längst nicht alles mit, was da passiert. Und wo soll man sonst bitte die neuen Technologien testen?«

Stephan zeigte auf den Bildschirm. »Am Computer simulieren? Nein, wenn du ein paar schicke Rüstungsfirmen hast, musst du mit dem Zeug auch echt rumballern. Die haben für uns das Zeitalter der Abschreckung beendet, an dem sie mit der Aufrüstung auch prima verdient haben, jetzt geht es wieder zur Sache, klar?«

»Klingt echt wie ein Horrormärchen«, warf Katja ein, »'ne echte Verschwörungstheorie.«

»Leider nicht«, antwortete Stephan. »Für die Bilderberger gibt es nur Freunde oder Feinde. Und manchmal stürzen diese Freunde die Welt auch in eine Finanzkrise, und weil sie das im Voraus wissen, profitieren sie selbst noch davon.«

Katja verschränkte die Arme und zog die Augenbrauen hoch. »Das ist nun wirklich dummes Zeug. Wie soll das denn gehen?«

Stephan nickte verständnisvoll. »Wer, glaubst du, sind die reichsten Menschen der Welt?«

Katja riss die Augen auf, was bedeuten sollte, na, sag's mir schon.

»Es sind zum Beispiel einige US-Hedgefondsmanager darunter. Und weißt du, was die gemacht haben?«

»Mann, Stephan, hör jetzt auf mit der Ratenummer!«

»Also, das läuft so. Der Manager schließt eine scheinbar waghalsige Wette ab. Er spekuliert darauf, dass sich die Bankenwelt von der Finanzkrise rasch erholt, dass also kein großes Institut mehr zusammenbricht oder verstaatlicht wird, in einem bestimmten Zeitraum. Oder von mir aus auch das Gegenteil. Und der Manager gewinnt die Wette, kassiert ein paar Milliarden Dollar bei einem einzigen Deal. Das ist kein Witz. So verdient man bei denen sein Geld. Das ist so, als ob ich dir eine Aufgabe stelle, und ich bestimme das Ergebnis und noch die Höhe des Gewinns, den ich am Ende kassiere. Auch wenn ein paar Monate später alles gegen die Wand fährt.«

Stephan wartete einen Moment, als ob er Katja ein wenig Zeit zum Nachdenken geben wollte. »Oder kannst du mir erklären, warum wir uns von einer der größten Wirtschaftskrisen, die wir je erlebt haben, innerhalb von einem knappen Jahr wieder erholt haben? Rauf und runter und jedes Mal verdienen die!«

Stephan grinste höhnisch. »Und was machst du so beruflich?«

Langsam füllte sich für Katja dieses fremde Wort mit Inhalt. »Bilderberger.«

»Ja, so sehen es jedenfalls ein paar Journalisten, die sich mit diesem elitären, streng durchorganisierten Netzwerk beschäftigen«, fuhr Stephan fort. Nun gab er einen groben Überblick über dieses feine Netzwerk.

»Die Bilderberger-Gipfel wurden von einem polnischen Exilpolitiker ins Leben gerufen. Seit Jahrzehnten treffen sie sich an wechselnden Orten, diese Mächtigen aus Wirtschaft, Politik und Medien. Das erste Mal setzten sie sich in einem Hotel in den Niederlanden zusammen, das dem ehemaligen SS-Mitglied Prinz Bernhard von den Niederlanden gehörte. Das Hotel hatte den Namen *de Bilderberg*.«

Katja hatte einen weiteren Computer angeschaltet und gab bei Wikipedia das Stichwort »Bilderberger« ein. Tatsächlich gab es dort einen Eintrag mit vielen Details, der aber sehr zurückhaltend geschrieben war. Nebenbei folgte sie Stephans Ausführungen, die wesentlich polemischer waren.

»Ebenfalls seit Jahrzehnten mischen ganz oben zwei der einflussreichsten US-Bürger mit: David Rockefeller, Spross aus jener berühmten Milliardärsfamilie, und Henry Kissinger, ehemaliger US-Außenminister. Auch ein paar Deutsche standen auf der Einladungsliste. Schmidt, Kohl, Schrempp und Späth sollen dort schon als Gäste gewesen sein. Auch unsere Bundeskanzlerin und die Bosse einflussreicher Medienkonzerne standen immer wieder auf der Teilnehmerliste. Insgesamt zweihundert Namen umfassen die im Internet kursierenden Listen der Bilderberger. Darunter viele US-Amerikaner, Briten, aber auch Franzosen und Deutsche. Und wahrscheinlich ein Stuttgarter mit einem US-Pass und einem angloamerikanischen Namen, dessen früheren Namen wir leider noch nicht kennen …«

Nachdem Stephan seinen Vortrag abgeschlossen hatte, schwiegen beide eine ganze Zeit lang. Katja war es, die wieder anfing, laut zu denken: »Auch wenn mir das Ganze zu sehr nach Stoff für einen Kinofilm klingt … dieser Er, dieser Mister Unbekannt, das wäre doch immerhin eine Verbindung.«

Sie band ihre Haare streng zurück, richtete sich auf. »Ruf du Trester an, send ihm das Zeug hier, bitte!«

Ein paar Blutspritzer hatten sich über seine Hand und sein Gesicht verteilt. Annette war einfach zusammengesackt. Er ließ sie zunächst am Boden liegen. Dann haute er Delius eine runter und zog ihn zu sich heran. »Du bist so was von dämlich …«

Werner Delius wusste nicht, wie ihm geschah. Er hatte sich darauf eingestellt, von Annette erschossen zu werden. Er war doch schon tot. Da war doch ein Schuss, war er denn nicht getroffen? Er zitterte. Jetzt bekam er einen weiteren Schlag ins Gesicht und hatte nun das Gefühl, sein Leben wie durch ein Fernglas zu betrachten. Es war eine seltsame Distanz zwischen dem, was sich draußen tat, und seinen Gedanken. Die Erde, seine Biografie, seine Hinfälligkeit aus der Vogelperspektive. Da unten steckten kleine Fähnchen, die Stationen seines ... Delius dachte an sein Leben, hatte ein paar Erinnerungen abgerufen, bewegende und schöne Momente.

Als er das Außen wieder spürte, weil jemand an ihm riss, ihn schlug, wurde er gerade in seinen Weinkeller gestoßen.

Barnis Stimme rasselte, die Aussetzer zwischen den Tönen wurden immer länger. Als ob er die Sprache bald ganz verlieren, sich nur noch mit Grunzlauten verständigen könnte. Als ob er sich immer mehr zum Tier entwickelte. Eine Verwandlung, nur noch Instinkt, ohne ein anderes Korrektiv.

»Hier kannst ... du sau-fen oder ... d-i-r die Puls-adern auf-schlit-zen ... oder beides«, brach es aus ihm heraus. Bernd Mörike sah nicht gut aus. Selbst für seine Verhältnisse. Ein Streifschuss hatte ihn getroffen, als Ede und Freddi ihn auf dem Parkplatz überrumpelt und im Kofferraum verstaut hatten. Dazu kam eine Wunde am linken Oberarm, die Schussverletzung, die er ebenfalls bei der Kabbelei mit beiden Wandergesellen kassiert hatte. Barni hatte sie selbst genäht, und so sah sie auch aus. Sein rechtes Auge war fast ganz zugeschwollen, und noch immer schmerzte sein Schritt, wo ihm Freddi, diese kleine Dachratte, hineingetreten hatte. Barni warf die Kellertür zu, schloss ab und steckte den Schlüssel ein.

Er machte eine längere Pause, die er nutzte, um sich ein wenig zu strecken und im Zimmer umherzugehen. Zur Sicherheit ließ er das Diktiergerät laufen. Gerade die Zwischentöne, Halb- und Nebensätze, erwiesen sich als interessant, manchmal waren sie aber auch nur wie eine Art Anlauf.

»Noch ein paar Gedanken zu Jehle. Mors oder Thanatos, der Todestrieb. Was wird, wenn man die phallische

Phase in Todesangst, auf der Flucht vor tollwütigen Russen verbringt? Was wird, wenn man noch das Erbe eines Schänders obendrauf packt? Angst wird zum Begleiter, zum Auslöser, am Ende zur Supermacht. Entwicklungsphasen, da sind doch nur die normalen Wege beschrieben. Nochmal Thanatos: In der Antike stellten sie sich den Tod als schlafenden Knaben vor. Mein lieber Thanatos, Sohn der Nacht und Bruder des Schlafes. Schlaf und Tod wandeln ruhelos über die Erde. Beide, um die Menschen zur Ruhe zu bringen. Der eine für eine kurze Zeit, der andere für eine Ewigkeit.«

Er drückte die Pausetaste und flüsterte. »Ich kann nicht schlafen.«

Aufnahme: »Definition Trieb: Energetisch besetzte Strebung, die eine Triebspannung erzeugt und ihren Ausdruck in einer körperlichen Erregung findet.« Seine Stimme wurde lauter, ansteigend, als ob man einen Regler betätigen würde. »Was sind wir also, wenn wir uns da nicht vom Tier unterscheiden, was ist dann die Intelligenz wert, wenn ich es dadurch nur durchtriebener treiben kann? Wer übernimmt die Verantwortung?«

Ein hastiger Kassettenwechsel; »Nummer vier« schrieb er schnell und weniger sauber als bei den vorigen darauf, und dann weiter:

Da war eine passende Passage, er hatte sie doch unterstrichen. »Ich mache mir Gedanken über meine Rolle, meine Aufgabe, über dieses ... Leben. Ja, ich will etwas hinterlassen, wie alle. Jetzt wird's pathetisch. Ich war da! Mehr hinterlassen als Geld und Firmen, ein Medikament, eine Heilung, eine Fußnote in den Geschichtsbüchern? Meine Selbsterkenntnis! Ich kombiniere Eros mit Thanatos, Liebe mit Zerstörung, ich brauche beides zugleich für das Glück. Und? Thanatos ist groß, fällt über Eros, die kleine liebliche Dirne, her. Das ist mein Glück, meine Lust. So dachte ich einmal. Aber nein, ich bin der Süchtige, der immer von der Droge diktiert wird ... worden war. Keine Atempause.

Eine echte Macht. Ich will ... ich wollte nach den Sternen greifen.«

Plötzlich hielt er inne. Warum dachte er jetzt an Gott? Wegen der Sterne, weil man das auch nicht fassen konnte? Er stellte sich vor, wie das wäre, wenn er glauben könnte. Einfach die Hände falten. Hilf! Der Gedanke beruhigte ihn. Das brachte eine Pause, bis ihn die Sache wieder einholte.

»Vielleicht kann Annette es doch. Sie ist noch jung und ... Nein!«

Er stellte sich wieder vor den Spiegel, wissend, dass er da ein Schauspiel für sich ganz alleine aufführte, und berührte mit seiner Nase fast sein Spiegelbild, beinahe wuchsen sie zusammen. Er und sein Gegenüber, der andere, den er in sich aufgenommen hatte, aufnehmen musste, aus reiner Notwehr, um nicht entdeckt, enttarnt zu werden. Das Licht war nun beinahe verschwunden, nur eine dunkle Fläche warf der Spiegel zurück.

»Vielleicht kann sie es, ich muss sie mir nochmal anschauen, bevor ich sie ... Sie ist eine Chance, um da herauszukommen – vielleicht! – aus dieser Genstaffel, die ihren Stab gierig weitergibt. Und doch, ich will ganz ehrlich sein mit der Sache. Der Trieb ist auch ein Antrieb, das weiß ich wohl.«

Plötzlich roch er an sich, er mochte seinen Geruch. Sofort als er die Augen schloss, erlebte er wieder diese Faszination, die von der Lust ausging. Ein Fest, eine Orgie der Sinne. Es war ein Kampf, man ging so nah ans Feuer, bis die Flammen nach einem schlugen und es sehr wehtat. Ja doch, dafür nahmen doch alle ein Stück Selbstzerstörung in Kauf, für dieses Gefühl.

Die Worte kamen nun hastig, sein Triumph. »Diese Energie, ich habe sie gewandelt, auch in Erkenntnis und Wissenschaft und wirtschaftliche Macht. Das ist das Geheimnis, so bekommt man es in den Griff: Der Pillendreher schiebt eine Kugel vor sich her, seinen Schatz, seine wertvolle Dungpille, diesen gewaltigen Ball, rund wie die Erde, und sie, diese vollkommene Kugel, ist um ein Vielfaches größer als er selbst!

Sie rollt und rollt. Er mehrt seinen Besitz und seine Macht, räumt damit Gegner geschickt und brutal zugleich aus dem Weg, bekommt die schönsten und fruchtbarsten Weibchen. Was will man mehr?«

Er hatte seinen Siegelring vom Finger gezogen und hob ihn ganz nah vor seine Augen, so dass er ihn betrachten konnte. Der goldene Ring mit dem eingefassten Bernstein. Ein Kunstwerk. Der handgeschnitzte Skarabäus, wie er auf seiner Kugel ruhte. Ein perfektes Zusammenspiel, er und sein Erdball.

Den Ring hatte er diesem Schwein abgenommen, im Kampf. Diese Bestie musste doch bestraft werden! Wieder schüttelte er sich. Als ob dieser Siegelring etwas damit zu tun haben könnte. Wie ein Fluch war das. Seine Augen glühten jetzt, zwei leuchtend rote Punkte in der Dunkelheit des Zimmers.

»Er trägt die Welt nicht auf seinen Schultern wie der stolze Atlas, nein, er ist schlauer, er treibt sie vor sich her.«

Er erläuterte das mit warmer Stimme.

»Achtung, ein Dialog. Frage: Aber er läuft rückwärts und verstellt sich so den Blick in die Zukunft. Ist das der rechte Weg? Antwort: Was soll's, er ist glücklich, lebt im Hier und Jetzt. Frage: So wie du? Antwort: Ich? Ich habe mir seine Identität übergestreift, wie ein paar neue Kleider, ich habe ihn angenommen, viel zu sehr. Ich habe mich verloren dabei. Selbstaufgabe als Täuschung.« Die Zweifel und die Schuldgefühle, wie sie immer wieder durch einen hindurchkrochen und ihre Schatten warfen. Es würgte ihn. »Das war eine gute Tat, ihn zu richten. Ich habe es für Hannah getan.«

Jehles Großvater hatte den gleichen Ring gehabt. Er hatte ihn nach diesem Vorbild, nach einem Foto anfertigen lassen. Die Goldfassung, die Farbe des hellen Bernsteins, aus dem der Käfer geschnitzt wurde, konnte er nur vermuten. Es war ein vergilbtes Schwarzweiß-Foto, aufgezogen auf eine harte, abgestoßene Pappe, die einzige Erinnerung, überzogen mit feinen Rissen. Der Großvater vor seiner Drogerie, da, wo heute ein polnisches Dorf war. Der Großvater steht vor der Ladentür, die Arme verschränkt, man sieht die Hand mit dem Ring, diesen Ausschnitt, den er für den Juwelier hatte vergrößern lassen, und dahinter ein Stück der Ladentür mit seinem Firmenzeichen, dem Käfer. »Drogengroßhandlung Skarabäus« war zu lesen, in einem leichten Bogen kunstvoll auf den Türrahmen gemalt. Neben dem Großvater steht eine Frau, sie ist jünger als er, aber sie gehört zu ihm, hat einen Kugelbauch. Vielleicht steckt da Jehles Mutter drin, in diesem Leib? Er kennt diese Augen, die Frau hat diesen Blick, er weiß, was sie erlebt hat und was ihr noch bevorsteht.

Noch einmal hielt er das Aufnahmegerät vor seine Lippen.

»Ich weiß, seit wann ich Friedrich Wilhelm Jehle bin, aber wie ich es geworden bin, das weiß ich nicht mehr. Ein Teufelspakt in jedem Fall, meine Seele für Hannahs Seele.«

Er stand auf, nickte ganz in Gedanken, verstaute die Kassetten in einem wattierten Umschlag, packte die Notizbücher und einige Unterlagen dazu, versah das Päckchen mit Porto. Auf dem Weg zu ihr würde er es bei der Post einwerfen.

Sechsundzwanzig

Annette lag noch immer auf dem Teppich vor dem Schreibtisch. Aus ihrem Hinterkopf rann dunkelrotes Blut. Barni richtete sie auf und lehnte sie an die Wand. Er fesselte ihr die Hände mit Klebeband, als sie plötzlich die Augen öffnete.

Sofort trat Annette nach Barni. »Ich bring dich um, du Bestie!« Sie schrie das wütend und ohne Angst. Sie hatte keine Angst mehr, vor nichts. Hatte es satt, bestimmt zu werden von der Dummheit, von diesen Schwanzlurchen.

Barni wich ihr aus, er wirkte jetzt fast verständnisvoll. Dann sagte er diesen kleinen Satz, der Annette zur Ruhe brachte. »Er hat meine Mama.« Das klang sanft, so, als ob

Barni für diese Worte kurz aus der Tierwelt zurückgekehrt wäre.

Annette wurde nachdenklich und sah ihm in die Augen. Sie fühlte nun seine Angst. Hinter dieser brutalen Grimasse, diesem geschundenen Tier, war ein kleiner Junge zu sehen. Mit dunkelblonden, kurzen Haaren spielte er auf der Straße, vor dem Haus seiner Eltern. Ein kleiner Junge, der seine Mama liebte und sie jetzt so sehr vermisste.

Annette Delius nickte, ganz langsam, und flüsterte: »Komm her.«

Bernd Mörike beugte sich zu ihr runter, traurig und irritiert.

Annette küsste ihn auf die Backe. »Gut, lass uns gehen.«

Mörike röchelte, zog den Rotz hoch, er hatte geweint, ohne Tränen, die hatte er sich nie erlaubt. Das ging gar nicht in diesem Leben … nur der kleine Junge konnte das, in dieser Kindheit, die ihm jetzt wie ein Traum vorkam, aber selbst dieser Anfang … Das hatte er später begriffen, er hatte keine Chance gehabt, alle waren gemein. Gleich zu Beginn, neun Monate vor seiner Geburt, war da eine unglaubliche Brutalität, eine Gnadenlosigkeit …und warf diesen Schatten, immer noch und so fort in alle Ewigkeit.

»Ich weiß«, sagte Annette, als sie in seinen Wagen stiegen. »Wir können da nicht raus, wir sind nur Ausführende … bis zum Schluss. Misshandelte müssen auch gewaltsam handeln, es muss raus. Nicht alle auf die gleiche Art. Sicher, anderen Menschen wehtun … aber immer und immer auch sich selbst, Barni. Das ist ein Zwang, der stärker ist als alles andere.«

Sie saß da, hatte einen der dicken grauen Kater auf dem Schoß und las im Teppichmuster, das wie ein Mandala auf den Holzdielen ruhte. Ihre Hand fuhr dem Tier mechanisch über den Nacken, ein trockenes, reibendes Geräusch.

»Ich frage mich, was du uns noch nehmen kannst.« Sie zögerte, überlegte, mied seinen Blick. Für ein paar Sekunden war nur das Schnurren des Katers und weiter weg das Rauschen des Aquariums zu hören. »Ich frage mich, warum du das alles getan hast, warum du keine Ruhe geben kannst.« Die Katze sprang von ihrem Schoß. »Du hast mehr als eine Illusion zerstört.«

Katharina Rössler lachte jetzt, ein verächtliches Lachen. »Ich dachte wirklich mal, dass intelligente Menschen automatisch gute Menschen sind. Deshalb wollte ich immer studieren. Ist das nicht naiv? Dass Intelligenz heilsam ist. Weil diese Menschen das Geschenk haben, diese Begabung und ... aus ... einer tiefen Dankbarkeit gut sein müssten.« Jetzt suchte Katharina doch seine Augen.

Sie waren kalt. Auch das hatte er von ihm übernommen. Er konnte wohl nicht mit ihr fühlen, nur so mit seinen eisblauen Augen alles gefrieren lassen. So wie eine schöne Puppe, so starr. Das hatte sie schon immer beeindruckt und beängstigt, wie man so analytisch und ohne Gefühl andere einfach nur betrachten konnte. Beteiligte er sich überhaupt an dem, was Menschen erlebten, erlitten, sie sonst so beschäftigte? Alles verinnerlicht.

Katharina dachte an früher, an ihren Friedrich, als sie diesen strammen Halbstarken aufgelesen hatte. Eine Regung? Klar, wenn er einen überfiel, dann zeigte der eine Regung. Mit seiner Kraft und ... wenn es mit ihm durchging ... wenn er sich nicht unter Kontrolle hatte. Eigentlich war ihr doch alles klar. Er hatte dieses eine Gefühl – eben doch eins – nicht unter Kontrolle gehabt, diesen verdammten Trieb. Seine Natur. Und deshalb, genau deshalb hatte er den Rest der Welt, am liebsten alles kontrollieren, dominieren wollen. Nur das Eine war eben stärker, das hatte er nicht unter Kontrolle gehabt, er war krank, er war ein großer Schänder und sein Sohn war es und ... darum musste Friedrich Jehle sterben.

Trotz seiner 75 Jahre sah dieser Mann, der da vor ihr stand, stattlich aus. Man würde ihn gut zehn Jahre jünger schätzen. Immer noch dieses volle Haar, schlank, hochgewachsen, nur wenige markante Falten und eben diese Augen.

»Du hast es so weit gebracht, weil du die Kontrolle hast. Nicht? Hattest.« Sie zog ihren Rock über die Knie. Ein Reflex, der etwas auslöste, obwohl sie wusste, dass sie viel zu alt war und er überhaupt nicht der Richtige. »Aber die Erinnerung erzählt nie die ganze Wahrheit. Verklären hilft beim Leben.« Katharina sagte das, als ob es der Schlusssatz eines langen Vortrags gewesen wäre.

Früher einmal, da hatte der Altersunterschied nichts ausgemacht. Sie war neun Jahre älter als Friedrich. Er war gerade siebzehn, als er wie ein Bulldozer über sie hinwegrollte. Er rollte und rollte, und rammte und rammte. Und sie spürte, dass er keine Ruhe geben würde. Und dann war sie schwanger. Sie hatte ihn gemocht, trotzdem. Katharina war wie eine ältere Freundin, die erlebte, wie in ihm das Leben und die Stärke erwachte, er reifte, nein ... das nicht. Und doch hatte er ihr Leben bestimmt, rührte darin. Aber dann kam der andere, nahm seinen Platz ein, bedrohte das Leben bis auf den heutigen Tag. Aus vielerlei Gründen hatte sie geschwiegen und die Schuld wuchs.

Katharina Rössler musterte ihn, seltsamerweise mit gemischten Gefühlen.

»Du glaubst nur, dass du alles unter Kontrolle hast. Du hast es in ruhige Bahnen gebracht, die Energie umgeleitet. Aber es kann immer ausbrechen, es ist keine Rolle mehr, du bist mit aller Macht Friedrich Jehle geworden. Du musst immer noch mehrere Leben führen, um dich zu ertragen, damit ... dass es deine neue Familie nicht erfährt. Aber die Angst ist immer da. Hans, die Angst! Du hast viel zu lange so gelebt. Da ist keine Distanz.«

Er schaute sie einfach an, ausdruckslos und unbeweglich, wie eine lebensgroße Puppe aus einem Wachsfiguren-Kabinett.

Und Katharina redete weiter. »Du bist nicht frei, du bist ein Gefangener, eine ganz arme Seele. All die Medikamente, all die Forschung, du hast es nicht geschafft, nichts stoppt diese Krankheit, außer ...«

Sie stieß einen Seufzer aus, ließ ihre Augen über die Bücherwand laufen. »Ich bin die Einzige, die es weiß, außer Werner natürlich, nicht?«

Katharina Rössler schaute jetzt an die Decke. »Worauf wartest du noch?« Er schwieg.

»Weißt du, wie oft ich mir gewünscht habe, dass du mich damals auch umgebracht hättest? Hast du eine Ahnung?«

Jetzt brach er sein Schweigen. »Gib mir den Schädel.« Was sie daherredete, interessierte ihn nicht. Er schaute immer nur nach vorne, nie zurück. Sein Erfolgsrezept, bis vor kurzem. Was hinter ihm lag, das konnte er schließlich nicht ändern. Wollte er auch nicht. Er stand dazu, noch immer. Allerhöchstens Fehler beseitigen. Seine Stimme klang tief, warm und entspannt. »Sie werden gleich kommen. Dann bist du damit wieder allein.«

Sie lachte, und es klang wie ein anhaltender Krampf.

»Ich? Ich-bin-damit-allein?« Katharina Rössler atmete schwer. »Das ist nicht so einfach. Der Schädel von Friedrich Wilhelm Jehle? Den hat vermutlich Bernd. Und zwischendrin, da hat hier ein anderer Totenkopf gelegen. Verrückt nicht?« Jetzt schaute sie wieder auf das Mandala. »Ich glaube, der gehörte deiner Tochter, ja, es war Hannahs Kopf.«

Zum ersten Mal war eine Regung in seinem Gesicht zu sehen. »Hannah?«

»Dieser Privatdetektiv hat ihn mitgenommen, Hannah ist weg.«

Trester, das war so ein Fehler. Er war aufgestanden, hatte die Pistole aus der Sakkoinnentasche gezogen, den Schalldämpfer aufgeschraubt, die Jacke mit routiniertem Griff wieder geschlossen. Jetzt warf er einen Blick aus dem Fenster. In die Zukunft.

Es gibt Tage, an denen habe ich das Gefühl, dass die ganze Welt ein wenig schneller läuft und ich nicht mithalten kann. Eigentlich ist das immer so, wenn ich ernsthaft versuche nachzudenken. Das Denken wirkt wie eine Zeitbremse. Ich bin ganz in meinen Gedanken und sehe die Erdkugel, wie sie sich dreht, immer schneller. Und ich? Ich stehe daneben, ein Betrachter, der den Globus staunend durch die Hände rutschen lässt. Diese kreisende Kugel, die unser ganzes Leben erst möglich macht, aber eben auch bestimmt. Warum stehe ich jetzt gerade da, wo ich stehe? Was wirkt in mir? Amon Trester ganz groß, und Amon Trester ganz klein. Ein naiver Stauner, in den Weiten des Raumes. Einer, dem manchmal alles fremd ist. Manchmal kommt dann der freie Fall, ich schwebe im Raum. So ein Astronaut, den sie vergessen haben, das Raumschiff ist schon auf der Rückreise zur Erde und ich treibe einsam umher. Heute war so ein Tag.

Von Stephan, dem großen Rechercheur, bekam ich bergeweise neue Informationen. Das Zeug prasselte auf mich nieder wie ein Hagelschauer.

Katja hatte ihn vorgeschickt, ich spürte sie durch jede Zeile hindurch. Aber von ihr kam kein Wort. Sie schickte ihren Stürmer, diesen Rambo vor. Ex-Stephan hatte die Infos zu dem US-Konzern, der gegen Annette klagte, ausgewertet. Er hatte einen Pfad bis nach Stuttgart geschlagen und war auf einen Kerl mit dem Namen Holbruck gestoßen. Ein US-Amerikaner, der Diplomatenstatus genoss. Das war seltsam, aber vielleicht auch nicht. Schließlich fraß sich dieser Holbruck aus dem Land der Riesen-Heuschrecken nach Deutschland durch, hatte mehrere Firmen aufgekauft, zerlegt oder kahlgefressen. Und möglicherweise verfolgte diese US-Firma mit der Klage einfach nur ein Ziel. Vielleicht wollten sie nur diesen pharmazeutischen Gemischtwarenladen, diese Delius-Gruppe, schlucken. Dann, wenn Werner Delius bluten müsste, viel Geld bräuchte, für die Geldstrafe, die seiner Frau drohte. Die Firma wäre am Ende, nicht mehr liquide. Und Annette Delius war letztendlich nur der Zugang für diese kleine Übernahmeschlacht.

Darüber dachte ich nach, während es die Welt wieder mal so eilig hatte und wir den Killesberg hochfuhren, den Weg zu Werner Delius Haus.

»Ich wollte dir vorher eigentlich noch etwas zeigen«, sagte Squaw Hoffmann und hielt ihre Zöpfe fest, die gerade noch im Fahrtwind getanzt hatten. Sie holte mich aus meinen Gedanken, die gerade abwechselnd um zwei Frauen kreisten. Natürlich: Annette und Katja.

»Bei mir zu Hause«, fing sie an. »Ich habe auch noch andere Käfer. Ein paar Mistkäfer, Pillendreher, klar?«

Ich wusste nicht, ob ich sie dafür nun loben sollte, fand die Vorstellung, mit Mistkäfern unter einem Dach zu schlafen, aber wenig reizvoll. Also wartete ich einfach ab.

»Weißt du, das Verhalten dieser Käfer ist sehr interessant.«

»Sicher, wenn man sich für Käfer interessiert«, sagte ich leicht genervt.

Mitten auf der Straße parkte ein Transporter von irgendeinem Paketdienst, so dass wir kurz anhalten mussten, bis der Gegenverkehr durch war. Da hatte ich Zeit, Squaw Hoffmann kurz einen fragenden Blick zuzuwerfen. Und sie fühlte sich ermutigt fortzufahren.

»Das mit den Mistkäfern läuft folgendermaßen, ich meine, ich denke deshalb daran, weil es ja diese Fabel von Annettes Großmutter gibt ...«

Ich nickte heftig und zog an dem Pakettransporter vorbei. Da ich Schwierigkeiten hatte, beides gleichzeitig zu tun, das Nicken und das Ausweichen, fiel das Manöver sehr ungelenk aus und Squaw Hoffmann klammerte sich an ihren Türgriff.

»Wenn ein Pillendreher mit einer Dungkugel unterwegs ist, also, das ist quasi sein Schatz, ja? Diese Kugel verkörpert seine Macht.«

Ich nickte wieder und fast gleichzeitig entglitt mir ein »Verdammtes Arschloch!«, weil mich so ein Idiot überholen wollte und dabei auch noch hupte.

»Es läuft so«, fuhr Squaw Hoffmann fort. »Wenn sich zwei Männchen begegnen und einer eine Pille hat, ja, verstehst du? ... also die Dungkugel, dann versucht der andere Mistkäfer sie ihm abzunehmen ... Zumindest ist es oft so ...«

Sie legte nun beide Hände auf das Handschuhfach, formte die Rechte zu einer Faust, und die Linke sollte der Käfer sein. So eine Art Handpuppen-Theater gab das. »Pass auf! Der Mistkäfer hat die Hinterbeine auf der Kugel und die Vorderbeine auf dem Boden. Er läuft rückwärts durch die Gegend, klar? Klingt komisch, macht aber durchaus Sinn. So sieht er, ob Gefahr droht und kann sich prima nach hinten verteidigen, was ja eigentlich vorne ist.«

Ich nickte erneut. Obwohl ich nicht ganz verstand, was sie damit sagen wollte.

»Wenn ihn nun ein anderer Käfer angreift, was macht er dann?«

Ich zog brav die Schultern hoch.

»Na, der Pillendreher stellt sich mit den Hinterbeinen auf die Dungkugel, ist groß und mächtig und dann ...«

Squaw Hoffmann riss plötzlich die Arme hoch und warf sich ruckartig zu mir herüber. »Dann geht es dem Angreifer an den Kragen und ...«

»Sag mal, spinnst du?« Sie hatte mir mit beiden Händen in die Haare gegriffen und zerrte daran. Der Wagen fing an zu schlingern, und ich latschte auf die Bremse, wobei der Typ hinter uns mir beinahe hineingeknallt wäre. Wieder Hupen.

Fast gleichzeitig brüllte ich Squaw Hoffmann an. »Hör mal, ich fasse es nicht ...«

Ich schnappte nach Luft.

Sie redete einfach weiter. »Was ich sagen will, es geht hier einfach um Macht ... diese Kugel symbolisiert die Macht.«

»Die Dungkugel? Macht? Also entschuldige, das ist gequirlte Scheiße.«

»Gerollte, wenn schon«, sagte sie ernst. »Aber übertrag es mal ... Pillendreher ... verstehst du? Ein Pillendreher schlägt den anderen. Ein Pharmakonzern schluckt den anderen. Delius wird geschluckt und ...«

»Das weiß ich doch alles, und du, du spinnst«, sagte ich und fuhr langsam wieder an.

»Ich spinne«, sagte die Squaw nun wütend und verschränkte ihre kurzen Arme über dem Bauch. »Ich habe noch was nachgeprüft, als du im LKA warst und Katja …«

»Hör auf damit, wenn ich etwas jetzt gar nicht brauchen kann, ist es dieser Vorwurf, dieser Ton in deiner Stimme und ihr Name, ja!«

Sie ging darauf nicht ein, machte einfach weiter. »Diese Geschichte mit dem griechischen Ehemann, der früh gestorben ist … Mörikes Mutter war nie mit einem Griechen verheiratet und auch mit keinem Ingenieur. Hast du dich nicht über den Namen gewundert, ich meine Mörike, klingt das etwa griechisch?«

»Okay, vielleicht hat sie danach, also nach der Geburt von Barni dem Metzger, noch jemand anderen geheiratet.«

»Genau, so war es.«

Ich kreiste ein wenig mit meinem Kopf, um den Nacken zu entspannen, und spürte, wie die Liebesperlen an meinen Wirbeln hinunterrieselten. Eine Art Abrieb, ein leichtes Knirschen, das nur ich hörte, in meinem Kopf. Ich dachte an Zerfall, an Auflösung, ich sah das kleine Aschehäufchen, das irgendwann mal von mir übrigbleiben würde, wenn alles weggerieselt war. »Woher weißt du das?«

»Dieses Foto, mit dem Ford Mustang, vor der Tanzschule.«

»Ja.«

»Ich habe das Foto ein paar von Frau Rösslers Nachbarn gezeigt.«

»Diesen Fensterkissen-Spionen? Nicht dein Ernst, oder?«

Squaw Hoffmann wirkte ungeduldig, gleichzeitig brauchte sie jemanden, um ihre Gedanken zu entwickeln. »Sie war mit einem Kollegen verheiratet, einem Lehrer von der Gablenberger Schule, du weißt doch, da, wo sie früher unterrichtet hat.«

»Sag ich doch, sie hat eben später nochmal geheiratet.«

»Nein, Mann, hör doch mal zu. Sie hat diesen Alfred Mörike geheiratet, hat aber nie mit ihm zusammengelebt. Dieser

Typ hat ihrem unehelichen Kind, ihrem kleinen Bernd, nur seinen Namen gegeben. Sie waren befreundet, mehr nicht. Und dieser Alfred Mörike, ich war bei ihm, er ist schwul und lebte in einer gleichgeschlechtlichen Beziehung. Sein Partner ist vor zwei Jahren gestorben.«

Kurz bevor wir bei Werner Delius angekommen waren, hielt ich den Wagen an. »Und weiter?«

»Als ich ihm das Foto zeigte, da ... da sagte er nur: Das ist sein Vater. Dann schaute er mich ängstlich an und fragte, ob mir jemand gefolgt sei. Er bat mich, sofort zu gehen. Der hatte plötzlich panische Angst.«

Ich griff nach meinem Handy und wählte die Nummer von Werner Delius, gleichzeitig dachte ich laut nach. »Werner Delius und der Vater von Bernd Mörike waren befreundet. Die sind die beiden Käfer in diesem ... Märchen, die, die mit den beiden Mädels ausgegangen sind. Mörikes Vater, wie immer der auch heißt, hat Annettes Mutter vergewaltigt. Der Typ ist wahrscheinlich Annettes Vater. Das heißt, Bernd Mörike und Annette sind Halbgeschwister, oh Gott ...«

Squaw Hoffmann hob nun die Hände und tat so, als ob sie mir applaudieren wollte. Sie sah sehr müde aus.

Bei Werner Delius ging niemand ans Telefon.

Siebenundzwanzig

Er sah zu, wie der Rotwein an der Wand herunterlief. Eine Flasche hatte er getrunken und nach jedem Schluck eine an die Wand geworfen. Werner Delius stand in seinem Weinkeller und starrte auf diese rote Wand. Dann nahm er die grüne große Scherbe in die Hand und prüfte ihre Schärfe an einem seiner Finger. Seltsam, es war fast die gleiche Farbe, das gleiche samtene Rot. Dann hörte er die Schläge an der Tür und setzte einen tiefen Schnitt.

Nach ein paar weiteren Tritten hatte die Tür nachgegeben und dieser Privatdetektiv stand mit einer seltsamen Frau neben ihm. Werner Delius verlor das Bewusstsein.

Als er wieder aufwachte, lehnte er mit dem Rücken an einem Weinregal, Trester kniete vor ihm und lächelte.

»Das ist kein Ausweg«, sagte Trester leise.

»Doch«, sagte Delius. »Sie verstehen nicht, überhaupt nicht.«

»Ich rufe einen Notarzt …«, warf die Squaw ein.

»Nein, warte noch«, fiel ihr der Privatdetektiv ins Wort.

Delius schüttelte den Kopf und starrte Trester an, dann fing er an zu erzählen. Er musste es wohl jemandem erzählen, jetzt, sofort.

»Wissen Sie, was Schicksal ist?« Delius lachte, ein sarkastisches Lachen. »Als ich mich in Annette verliebte, die Frau meines Lebens, da wusste ich nicht, dass sie Margaretes Tochter war. Verstehen Sie?« Er nickte sich selbst zu. »Das ist wichtig, dass ich es nicht wusste.«

Delius verschmierte das Blut auf seiner Hand, als ob es Fingerfarbe wäre. »Das ist doch das Schicksal, wenn es einen so einholt, oder?« Er fing an zu schluchzen. »Ich war schon in ihre Mutter verliebt. Dann kam dieser verdammte Abschlussball. Und diese gottverdammte Nacht …«

Trester sah ihm zu und wartete.

»Was hätten Sie getan, Trester?«

Trester ließ ein paar Sekunden verstreichen. »Ich weiß es nicht … Was haben Sie getan?«

»Nichts, das ist es.« Er starrte Trester an. »Fritz … Friedrich Wilhelm Jehle, er war wie besessen. Wir waren im Haus meiner Eltern, die waren im Urlaub und … Fritz hat sich über Margarete hergemacht … und da war Hannah. Sie kam aus der Nähe von Ostberlin, hatte erst zwei Wochen davor in den Westen rübergemacht. Die war abgehauen, suchte ihren Vater. Sie sagte immer, dass der irgendwo im Westen arbeiten würde. In geheimer Mission. Aber irgendwann wollte Hannah ihren Vater aufspüren.«

Delius fuhr sich mit beiden Händen ins Gesicht, verrieb das Blut auf seiner Haut.

»Sie ging dazwischen, wollte Margarete helfen. Alles passierte so schnell, ich konnte gar nicht reagieren … ich habe nicht … Hannah schlug mit dem Kopf auf den Poolrand, sie war sofort tot.«

Delius griff in das Weinregal und zog eine Flasche heraus. »Ich war zu betrunken, sonst hätte ich vielleicht …« Er schüttelte den Kopf und schaute an sich herunter.

»Ich wollte ein Kind von Annette, das ist das Schicksal. Ich wollte zu viel, alles. Wäre Annette nicht zum Arzt gegangen, dann wären wir jetzt noch glücklich.«

»Glücklich.« Trester ließ ihn nicht aus den Augen. »Die Sache mit der Erbkrankheit …« Trester war aufgestanden und reichte Delius die Hand, um ihn hochzuziehen. »Ab wann wussten Sie, dass Annette die Tochter von Margarete Zeller ist?«

Wieder huschte dieses sarkastische Grinsen über sein Gesicht. »Als wir heiraten wollten und ich Annettes Eltern einladen wollte, da erzählte sie von Margaretes schrecklichem Autounfall. Es war ein Schock, und ich musste schweigen. Nicht darüber reden können.« Er biss sich auf die Lippe. »Das war schlimm.«

Delius wollte den Raum verlassen, doch Trester hielt ihn fest, und er drehte sich noch einmal um.

»Kismet, nicht? Ich liebte sie und jetzt konnte ich … konnten wir sie doch auch nicht mehr gehen lassen. Jehle sagte, dass das alles kein Zufall sei und dass ich sie nicht mehr aus den Augen lassen sollte. So könnten wir Annette besser kontrollieren. Wenn sie jemals etwas herausbekommen würde … Ich musste Annette heiraten, jetzt erst recht.«

Delius liebte Annette wirklich. Immer noch. Trester musterte ihn und war sich plötzlich sicher. »Sie wussten, dass Annette nur noch eine Chance hatte. Ich meine, als sie langsam hinter die Sache mit ihrem Vater kam. Sie musste fliehen. Daniel Geiger hat Sie frühzeitig informiert, über Annettes Fluchtpläne, was haben Sie ihm dafür bezahlt?« Trester prüfte die Wirkung seiner Worte.

»Wie hätten Sie sonst in so kurzer Zeit fünf Millionen beschaffen können? Sie haben Annette stillschweigend unterstützt, das Geld bei Geiger, wie verlangt, hinterlegt. Aber dann kam Jehle dazwischen, schickte Mörike vorbei.«

»Ich rufe jetzt den Arzt«, mahnte Squaw Hoffmann wieder.

»Moment.« Trester hob die Hände. »Wo ist Annette?«

Delius schaute auf den Boden. »Mörike hat sie geholt.«

»Okay, und wo sind die beiden hin?«

»Zu Fritz, Friedrich Jehle, nehme ich an.«

Trester packte Delius und zog ihn zu sich ran. »Nehme ich an ... Sag mal, hast du sie noch alle? Wo sind die jetzt?«

Delius atmete tief ein. »Mörike hat mit ihm telefoniert, sie wollen sich treffen.« Delius starrte auf seine blutigen Handflächen und dann zu Trester. »Da ist noch etwas, was Sie wissen sollten. Er ist sehr gefährlich.«

Trester nickte und wollte sich abwenden.

»Nein, nein ... Sie verstehen nicht. Er hat Jehle umgebracht, verstehen Sie ... nein? Das können Sie auch nicht.« Werner Delius sah den Privatdetektiv mit wahnsinnigem Blick an. »Mann, der Typ hat seine Tochter gesucht. Hans Schmolke. Hannah ist ab in den Westen, wollte ihren Vater aufsuchen. Der Kerl war ein DDR-Spion, hat in der ständigen Vertretung in Bonn gearbeitet. Hans Schmolke arbeitete als Diplomat im Westen. Aber als der hier in Stuttgart auftauchte, dachte ich, er sei irgendein Mädchenhändler, er fragte überall nach Hannah. Er hat alles herausgekriegt, hat Margarete besucht, keine Ahnung, was da lief. Dann hat er Jehle erdrosselt, mit einem Stück Stacheldraht, und ihn auf dem Pragfriedhof in irgendeinem frischen Grab verscharrt, gar nicht weit weg von Hannah. Er hat es für seine Tochter getan. Hans Schmolke hat Jehles Identität angenommen, er ist verrückt, das müssen Sie wissen. Er wird uns alle töten.«

Delius machte eine Atempause. »Kurz danach ist er für zehn Jahre in die USA abgetaucht. Als Friedrich Jehle, der erfolgreiche Geschäftsmann. Sie sahen sich auch recht ähnlich, waren etwa gleich alt. Ich bin mir nicht mal sicher, ob er selber immer weiß, wer er wirklich ist.«

»Und Bernd Mörike?«, fragte Squaw Hoffmann plötzlich.

»Der glaubt, dass Schmolke sein Vater ist. Hat seinen echten Vater ja nur selten gesehen. Außerdem war Bernd ... ist er sehr krank.«

»Das ist jetzt ein bisschen viel.« Trester sah in Squaw Hoffmanns mahnende Augen. »Wo sagten Sie, wohnt dieser Jehle?«

Die beiden rannten gerade zum Auto, als ihnen der Notarztwagen entgegenkam. Währenddessen wählte Trester die Nummer, unter der er Annette vorher erreicht hatte, warf Squaw Hoffmann einen zerstreuten Blick zu und hörte das Tuten, das ihm jetzt so laut vorkam, wie eine Alarmanlage. Dann nahm jemand ab.

»Du wirst jetzt gleich deinen Papa kennenlernen.« Bernd Mörike hatte das gesagt, und Annette spürte, wie die Magensäure in ihr fraß. Sie hatte lange nichts gegessen. Daran erinnerte sie auch dieses leichte Zittern, eine Unruhe, die von der Aufregung, aber auch von einer Unterzuckerung kommen konnte.

Seine Stimme klang jetzt ganz anders. Höher, fast wie die eines kleinen Jungen. Das Rasseln war weg und auch das Stocken. Als ob ihn jemand neu justiert hätte, ein paar Dinge neu eingestellt hätte, die Bänder gestimmt und den Kopf geordnet.

»Der Papa war ganz böse zu Margarete und die Hannah wollte ihr helfen. Dann hat der Papa die Hannah totgemacht.«

Annette versuchte zuzuhören, auch, um ihre Überlebenschancen auszuloten. Sie gingen einen schmalen Weg entlang, links und rechts standen die alten Reihenhäuser dicht beieinander, als ob sie in schlechten Zeiten einfach näher zusammengerückt wären. Ein Fenster klappte zu, ein paar Vorhänge bewegten sich. Von irgendwoher war ein Radio zu hören. Bernd musste Annette jetzt nicht mehr festhalten. Sie ging einfach mit ihm. Ein leerer Körper, der neben ihm herschlich.

Bernd lächelte nun, er war ganz selig.

»Hannah war ein ganz tolles Mädchen und deine Mama, die auch, beide … waren sie ganz toll, oh und so hübsch, ja, sehr hübsch. Ich habe Hannah mal zum Eis eingeladen. Dann hat sie mich geküsst … das war schön.«

»Hannah … Hannah Schmolke?«, sagte Annette und zögerte kurz. »Du warst verliebt in sie.« Sie sagte das mit einer Mischung aus Rührung und Ekel.

Bernd blieb stehen, schaute sich um, so als ob hier die Erinnerungen an die Häuserfassaden geworfen würden. Man musste sie nur ablesen, die Bilder wirken lassen. »Dann war die Hannah plötzlich weg. Sie hat ein paar Wochen bei deiner Mama gewohnt. Ich hab geklingelt und geklingelt. Margarete hat geweint und hat gesagt, dass die Hannah fortgegangen ist.« Bernd fing jetzt auch an zu weinen, sein ganzer Körper zuckte unter den Schluchzern, die ihn überkamen. Wie einfahrende Stromschläge sah das aus. Dieser verbeulte Riese fiel völlig in sich zusammen, wie ein Heißluftballon nach der Landung. »Ich habe deine Mama gehauen, ihr ganz arg wehgemacht, und dann hat sie gesagt, was passiert ist. … Es tut mir leid, das war … nicht nett.«

Annette war verwirrt und aufgewühlt, versuchte zu verstehen, welche Bedeutung diese Sätze hatten. Aber das war alles so fern. Sie redete einfach drauf los. »Warum hat denn niemand die Hannah vermisst, Barni, warum hat sie niemand gesucht?«

»Sie ist über die Grenze geflüchtet. Die Hannah ist von ganz weit weg gekommen.«

Barni ging jetzt weiter auf das Haus zu.

»Aber, ich ...« Er grinste plötzlich triumphierend und war auf einmal sehr aufgekratzt. »Ich habe ihren Kopf.«

Annette strich ihm über die Wange, versuchte ihn zu beruhigen.

Barni wich ihr aus. »Hannahs Kopf. Bei den Fischlein, im Aquarium, hab ihn vom Pragfriedhof geholt. Die haben die Hannah in ein fremdes Grab gelegt und zugemacht ... mit ganz viel Erde. Der Papa, der Werner und die Margarete waren das, das war sehr schlecht. Aber ... sie meinten es doch gut.«

»Barni, was willst du jetzt tun?«, fragte Annette mit ruhiger Stimme.

Er grinste immer noch. Seine Haare standen stramm wie die Drähte einer Stahlbürste, obwohl er gerade heftig mit dem Kopf wackelte. »Mein Papa ist auch dein Papa«, gab er zur Antwort. Er schüttelte immer weiter den Kopf, er schwankte. Jetzt wurde ihm schwindlig, und in das Stolpern hinein klingelte sein Handy.

Annette verstand nicht, was das jetzt sollte, als sie sah, wie Barni die Waffe zog und auf ihren Kopf richtete. »Er hat meine Mama, da, im Haus, macht sie tot, wenn ich dich nicht mitbringe. Das sagt er ... er ist sehr böse.«

Bernd bekam einen finsteren und zugleich traurigen Ausdruck. Er war entschlossen. »Vielleicht sind wir gleich alle tot«, sagte er ganz leise.

Annette nickte.

Dann sprach Barni ins Handy.

Ich hatte die Handynummer gewählt, von der aus mich Annette angerufen hatte. Ich redete irgendwas heraus, das mache ich, wenn Hoffnung besteht, dass ich mich gleich wieder fange, eine Art Schwallschleife. »Wo steckst du, sag doch was, verdammt noch mal ...«

Die Stimme klang seltsam, und sie sagte: »Bernd-macht-jetzt-alles-gut.«

Ich hatte das Gefühl, einen gewaltigen Schlag mit einem Hammer zu kriegen, suchte jetzt nach den richtigen Worten »Bernd … wie geht es dir?«

Dann hörte ich Annette schreien. »Hilfe, bitte, Hilfe! Bei seiner Mutter.«

Kurz danach hörte ich eine Grille ganz laut zirpen, eine aufgescheuchte Amsel im Hintergrund und das entfernte Rauschen einer Straße. Barni hatte das Handy einfach weggeworfen.

Ich drehte den Alfa, und wir rollten mit viel Schwung die Lenzhalde hinunter, brachen in den Herdweg, bogen links in die Kriegsbergstraße, und kurz vorm Hauptbahnhof kam dann die Lähmung. Der Verkehr war dicht, und diese Ampeln machten mich wahnsinnig. Ich hatte ein beschissenes Gefühl. Ich dachte an Barni, der geklungen hatte wie die zerhackte Ansage aus meinem Auto-Navi, nur mit der Stimme eines kleinen Jungen.

Nebenher griff ich unter meinen Sitz, zog einen kleinen Koffer hervor und reichte ihn Squaw Hoffmann. »Kannst du mal aufmachen?«

Sie hob den Deckel und schlug ihn gleich wieder zu. »Du hast eine Waffe? Sag mal, ich dachte … du wolltest das nicht mehr.«

Ich nickte beiläufig und streckte ihr meine Hand entgegen. Squaw Hoffmann gab mir die Pistole, während ich wieder anfuhr. Die ganze Zeit über spürte ich ihren besorgten Blick. Im Wagenburgtunnel stockte der Verkehr, eine stinkende schwarze Traube. Ich überlegte, ob ich aussteigen sollte, rennen, ob ich dann schneller in der Hornbergstraße sein würde. Dann tauchten diese Bilder in meinem Kopf auf. Ich sah Blut, es spritzte gegen Wände, es hörte gar nicht mehr auf, wie aus einem Massage-Duschkopf. Ich habe einmal gesehen, wie ein Pferd geschlachtet wurde. Als man dem Tier die Hauptschlagader durchtrennte, da schoss ein Schwall von Blut heraus, eine Fontäne, dreißig Liter, das Tier zuckte, die Muskelkontraktionen pressten immer mehr Blut heraus wie aus einem Feuerwehrschlauch. Der Metzger streichelte den Kopf des Pferdes. Ein verständnisvoller Totmacher, mit viel Empathie. Der Körper wehrte sich selbst dann noch, als das Tier schon lange hirntot war. Das Leben braucht immer eine Weile, um zu verstehen, dass es nicht mehr da ist.

An den Tod. Daran dachte ich jetzt. Ich dachte an Annette. Dann endlich floss der Verkehr wieder und kurz danach bogen wir in die Hornbergstraße ein. Ich fuhr den schmalen Weg entlang, hundert Meter, zweihundert, dann endlich waren wir vor diesem verdammten Haus.

Achtundzwanzig

Er hatte sich zu seiner ganzen Größe aufgerichtet und hielt die kleine Frau mit einem Arm fest. Schmolke umklammerte ihren Hals, sein Arm zog sich zu, wie eine Würgeschlange. Mit der anderen Hand drückte er ihr die Waffe an die Stirn.

Barni kam mit Annette die Treppe zum Wohnzimmer herauf. Auch er bedrohte seine Geisel mit einer Waffe. Dann standen sie sich gegenüber. Vier Menschen, die sich musterten. Es war still. Nur das monotone Rauschen des Aquariums war zu hören.

Die Zeit hatte eine Pause eingelegt, vielleicht, um sich noch in die eine oder in die andere Richtung entscheiden zu können. Wenn man jetzt wüsste, was gleich passieren würde, dann könnte man doch reagieren, korrigieren. Die Stille vor so einer Entscheidung ist eine ganz besondere. Man spürt die große Verbindung, all die Fäden zwischen den Menschen, die Herde, Aktion und Reaktion.

Annette schaute ihn an. Sicher kannte sie ihn. Sie war nicht einmal mehr überrascht, dazu war alles zu überwältigend, zu urwüchsig, zu dicht. Er war Werners bester Freund, zumindest nannte ihn Werner ehrfürchtig so. Annette hatte ihren Mann sogar bei einem seiner Feste kennengelernt. Sie war bestellt worden. Angeldust, wie das jetzt klang, und wie weit weg das war.

Er starrte sie kühl an. »Du hast Werner belauscht, als er mit mir telefoniert hat. In dieser Nacht. Der Idiot. H. Schmolke – mit der Annoncen-Nummer hast du alles zerstört.« Wie ein nasses Ledertuch spannte seine Haut und glänzte. »Und was wird aus Annette?« Gerade las er in ihren Gedanken. »Du hast gedacht, er betrügt dich? Das hat er auch, die ganze Zeit. Eine große Lüge.« Er wartete.

Annette versuchte nachzudenken, doch sie war zu aufgeregt und gleichzeitig so furchtbar leer.

Der Mann redete einfach weiter. »Letztendlich haben wir alle die gleichen Eltern, eine große Familie, alles die gleiche Hölle.« Er lachte, fixierte Barni mit seinem hypnotischen Blick und sagte leise durch seine geraden Zähne hindurch: »Schick sie zu mir rüber. Jetzt!«

Und Barni gab Annette einen Schubs, so dass sie zwei Schritte auf Hans Schmolke zu machte. Dann blieb sie stehen und sah ihn sich genauer an. Das war er also, ihr …

In diesem Augenblick schlug ihm Katharina Rössler mit der Faust zwischen die Beine, er stöhnte, krümmte sich leicht. Und Barni nutzte den Moment, um an Annette vorbei auf sie zu zu rennen. Hans Schmolke hob seine Waffe und feuerte drei Schüsse auf Barni ab. Barni brach sofort zusammen, fiel zur Seite und flog auf seine Umhängetasche, die sich nun öffnete und den Schädel freigab. Jehles Schädel rollte auf ihn zu. Schmolke stieß die alte Frau weg, die zu Boden fiel, und fast gleichzeitig griff er nach Annette, packte sie an den Haaren und zog sie zu sich heran.

Sie sagte nur: »Bitte, ich kann nicht, bitte.« Und dann schaute sie zu Barni.

Er lag auf dem Boden, aus seiner Halsschlagader pumpte das Blut. Ein blühender Strahl, der langsam versiegte. Wie der Gulliver im Märchen lag er da, und seine kleine Mama kroch auf Knien zu ihm hinüber.

Da fing Annette an zu lächeln. Wie konnte sie? Vielleicht, wenn man sich sein Leben lang bedroht fühlt und es gar nicht weiß oder nicht versteht, dann … dann kann man doch nur lächeln, eine Art Notwehr.

»Es ist befreiend«, sagte sie.

Hans Schmolke schüttelte den Kopf. »Nein, noch nicht. Gib mir seinen Schädel.« Er hielt sie noch immer am Haarschopf, dann, ganz plötzlich, ließ er sie los und stieß sie in einen Sessel. Und er bückte sich selbst danach.

Annette warf einen hastigen Blick auf diesen Schädel. Sie konnte sich nicht erklären, was es damit auf sich hatte.

»Und jetzt«, sagte ich und ließ ihn dabei nicht aus den Augen. »Willst du mich jetzt vergewaltigen? Papi?«

Er prüfte seine Waffe. »Red keinen Mist, wir gehen.« Schmolke schien für einen Moment zu überlegen.

»Ich bleibe hier, du musst es schon hier tun.«

Erst lächelte er und klemmte sich den Schädel unter den Arm, dann wurde sein Blick eiskalt. »Wir gehen!«

Ich musste ihn einfach anschauen, ich wusste nicht wieso, aber ich musste. Ich konnte ihn nicht begreifen. Ein alter gepflegter Herr, ganz würdevoll sah er aus. Es war eine groteske Situation. Noch nie hatte ich so viele Familienmitglieder um mich herum gehabt wie jetzt. Dieser Typ und Barni der Metzger, sie waren doch meine Familie.

Gerade warf er einen Blick auf Barni, aus dem das Blut immer weiter floss, seine Beine zuckten wild. Das hatte ich schon mal gesehen, dass sein Bein zuckte, in einem Rückspiegel, vor Millionen von Jahren, in einem Auto, auf dem Weg zu meinem Grab. Und diese kleine Frau hing über ihm und wimmerte.

Der alte Mann würde mich gleich erschießen und irgendwo in ein Loch schmeißen. Ich hatte keine Angst mehr, ich dachte sogar, dass es vielleicht das Beste so wäre. Ich wollte endlich Ruhe, und ich hatte das Gefühl, kurz davor zu sein.

»Ich wette, du kriegst jetzt keinen hoch, Papi. Willst richtig schön ficken?« Ich dachte daran, dass ein Vergewaltiger nur vergewaltigen will, wenn man sich weigert, vielleicht war es das. »Komm schon.« Ich bot mich an, um mich zu schützen. Keine Ahnung wie das kam. Aber auf einmal schoss mir dieser Satz von Schwester Thea durch den Kopf. Du darfst nie aufgeben, hörst du, niemals!

Da gab er einen Schuss ab, leise und trocken klang das mit dem Schalldämpfer. Das Geschoss blieb in der Lehne stecken.

»Wenn du nicht kommst, dann knalle ich dich hier ab. Ich kriege dich schon irgendwie weg hier, die fünfzig Kilo.«

Ich dachte an meine Mutter, wie das wohl war, als dieser stolze Riese über sie herfiel. Sie war doch damals fast noch ein Kind! Ich war aufgestanden und ging auf ihn zu. Er machte einen Schritt zurück, ich folgte ihm, dann blieb er stehen. Ich lächelte ihn treu an und lehnte meinen Kopf an seine Brust. Als er mich packen wollte, rammte ich ihm mein Knie in die Eier, einmal und noch einmal, und stieß mich von ihm ab. Er schrie.

Genau in diesem Moment klingelte es unten an der Tür, und von hinten, von der Terrasse her, flog gleichzeitig eine Scheibe ins Wohnzimmer und Trester hinterher. Mit einem Satz stand er da und richtete seine Waffe auf die Szene.

Zeitgleich fielen zwei Schüsse, der alte Herr brach vor mir zusammen. Dahinter tauchte Katharina Rössler auf. Sie sah sehr ernst aus. »Es war Notwehr«, sagte Katharina. Sie ließ Barnis Waffe fallen. Zu ihren Füßen lag ihr Sohn, Barni, aus ihm kam kein Blut mehr. Er war tot. Meine Familie war tot. Ich warf einen Blick auf den alten Herrn, der mir zu Füßen lag.

»Du brauchst nicht nach Nähe zu suchen«, sagte Trester. »Er ist nicht dein Vater.«

Ich konnte keine Fragen mehr stellen. Ich hatte sie alle aufgebraucht, das dachte ich, als Tresters Handy klingelte.

Neunundzwanzig

Ich wäre da nie drangegangen, wenn es nicht Katja gewesen wäre.

Sie sagte: »Ich bin mit Stephan unterwegs.« Pause. »Wir sind bei Lin, das ist Mörikes transsexuelle Freundin. Mörike hat gesagt, dass er sie holen will und dann mit ihr ein neues Leben anfangen will, in Thailand, wenn du also ... vielleicht wird er dann ...«

»Katja, Mörike ist tot.«

Sie sagte nichts. Katharina Rössler hatte inzwischen Squaw Hoffmann hereingelassen.

»Katja? Wo bist du?«, hakte ich nach.

Sie reagierte nicht. »Was ist denn?« Ich hörte Stimmengemurmel, und es klang, als ob irgendwo ein Radio oder ein Fernseher lief.

Dann war Stephan plötzlich dran. »Ist da, wo du jetzt bist, ein Fernseher?«

Ich lief zu dem Flachbildschirm, der in der Bücherwand stand, und schaltete ihn ein.

»Auf n-tv«, sagte Stephan.

Ich sah eine Reporterin, die in einem Waldstück stand, oben links im Bild war ein Foto von Katjas Mutter zu sehen. Unten am Bildrand wanderte ein Lauftext. Ex-Terrorist Christoph Mohr erhängt in einem Waldstück bei Stuttgart aufgefunden, stand da.

»Wie gesagt«, erklärte die Reporterin, »bisher weiß man nicht viel. Ob Mohr sich selbst erhängt hat oder ob vielleicht Fremdeinwirkung im Spiel ist, prüft die Polizei gerade. Fest steht, hier in diesem Waldstück in der Nähe des Bärensees bei Stuttgart, an dieser Buche hinter mir, wurde der Ex-Terrorist Christoph Mohr vor wenigen Stunden von einem Spaziergänger entdeckt ...«

Dann hörte ich wieder Stephans Stimme. »Sie will dich noch mal sprechen.«

Katja sagte nur. »Hilfst du mir?«
Ich dachte nicht nach, sondern sagte einfach »ja«.

Nachklang

Es gab einen Moment, da glaubte ich wirklich, ich sei schwanger. Aber, um das gleich klarzustellen, mir war nur übel von all den Erlebnissen der letzten Wochen. Vielleicht noch ein paar Dinge zur Klärung, wahrscheinlich bin ich die Einzige, die dazu gerade in der Lage ist. Seltsam, oder?

Ich nenne mich jetzt wieder Annette Zeller. Mein Mann ist spurlos verschwunden, hat mir aber sein gesamtes Vermögen überschrieben. Dann gibt es da noch diese Familie, die Hans Schmolke unter dem Namen meines Vaters gegründet hat, nachdem er ihn ermordet hatte. Also, dieser Vergewaltiger, Friedrich Wilhelm Jehle, der Typ, der meine Mutter geschwängert hat, dem ich mein Leben zu verdanken habe, dessen rechtmäßige Erbin bin ich. Klar? Das müssen meine Anwälte durchfechten. Komplizierte Sache das. Aber ich habe einen unschlagbaren Beweis für die Verwandtschaft. Ich halte den Schädel meines Vaters in den Händen, tolle Zähne, toller Knochen, DNA satt. Schmolke hielt ihn zuletzt im Arm, kurz bevor er starb. So wie Trester später Hannahs Schädel aus seinem Beutel zog, dieser Zauberer. Man wird sich mit Schmolkes nichtsahnender Musterfamilie wohl auf einen Vergleich einigen. Halbe-halbe oder so.

Übrigens, die Klage wegen Betriebsspionage wurde bereits zurückgezogen und die Ermittlungen eingestellt. Ich werde also unglaublich reich sein! Immer wieder denke ich, dass ich Hans Schmolke doch dankbar sein müsste. Aber das geht nicht, trotz allem.

»Amon, mein Lieber«, sagte ich zu Trester, »auch du wirst eine hohe Summe von mir bekommen, zum Dank.« Wir saßen im Café Piroschka, und ich küsste ihn auf die Wange.

Und was antwortete Trester darauf?

»Ich habe keine Probleme mit Geld, ich habe keins.«

Zu diesem Buch

Die in diesem Buch handelnden Figuren sind frei erfunden. Ähnlichkeiten mit existierenden Menschen können deshalb nur Zufall sein. Dennoch ist die Geschichte inspiriert durch verschiedene reale Kriminalfälle.

Deshalb möchte ich ganz besonders dem Kriminalbiologen Dr. Mark Benecke danken. Seine Bücher über moderne Aufklärungs-Methoden realer Mordfälle (»Dem Täter auf der Spur« und »Mordspuren«) haben mich sehr fasziniert und angeregt.

Außerdem danke ich einigen Mitarbeitern des Stuttgarter Landeskriminalamtes, die mir interessante Einblicke in ihre kriminalistische Arbeit und Spurensuche gewährt haben.

Vor allem danke ich meiner Frau, der Sprachwissenschaftlerin Dr. Sabine Hoeth, die den Roman zwar als Erste gelesen hat, mich dafür aber monatelang kaum gesehen hat. Ihr Wissen, ihre kritischen Anmerkungen und ihre schonungslose Offenheit haben mich noch intensiver an dem Buch arbeiten lassen.

Danken möchte ich auch dem Journalisten und Musiker Eberhard Frohnmeyer. Unsere vielen Diskussionen über Menschen und Charaktere, über Politik und Philosophie, haben meinen Blick für die im Buch handelnden Figuren weiter geschärft.

Schließlich danke ich meinem Lektor Michael Raffel. Seine klugen Kommentare, seine Anregungen und seine intensive Beratung waren ein großer Gewinn.

Ach ja, und hab Dank, lieber Jim Morrison, für deine wunderbaren Texte!

Ein Baden-Württemberg-Krimi

In Ihrer Buchhandlung

Dietrich Weichhold

Börsenfeuer

Ein Baden-Württemberg-Krimi

Als ein Finanzberater bei Tempo 100 von der Schwarzwaldhochstraße abgedrängt wird, versucht er den Unfall auf einen Fahrfehler zu schieben. Hauptkommissar Kupfer kommt jedoch schnell dahinter, dass dieser Fall mit zwei Morden in Baden-Baden und im Herrenberger Hallenbad zusammenhängt: Alle Opfer waren in derselben Anlageberatung tätig. Unterstützt vom LKA und einem Jugendfreund kommt Kupfer einem gigantischen Betrugssystem und dem Motiv für die Verbrechen auf die Spur.

300 Seiten.
ISBN 978-3-87407-880-1

Silberburg-Verlag

www.silberburg.de

Ein Stuttgart-Krimi

In Ihrer Buchhandlung

Birgit Hummler

Stahlbeton

Ein Stuttgart-Krimi

Hauptkommissar Andreas Bialas steht vor einem Rätsel: Am Feuerbacher Tunnel in Stuttgart wurde ein Toter gefunden. Doch wer ist er? Und wer ist der anonyme Anrufer, der die Polizei auf den Leichnam hingewiesen hat? Nur eines ist sicher: Der Tote starb an Tuberkulose. Einen Monat später finden Bauarbeiter auf der Großbaustelle der Fildermesse die Leiche eines Mannes zwischen den Schalbrettern für eine Stützmauer. Schnell wird klar, dass es sich bei dem Toten, der für immer unter Beton verschwinden sollte, um den anonymen Anrufer im Feuerbacher Fall handelt. Die Ermittlungen führen Bialas und sein Team in die Welt der Bauwirtschaft …

464 Seiten.
ISBN 978-3-87407-988-4

Silberburg-Verlag

www.silberburg.de

Ein Stuttgart-Krimi

In Ihrer Buchhandlung

Sigrid Ramge

Tod im Trollinger

Ein Stuttgart-Krimi

Wer hat den smarten Industriellen Rolf Ranberg so gehasst, dass er ihm tödliches Gift ins Viertele schüttete? Der abgeklärte Hauptkommissar Schmoll und seine engagierte junge Kollegin Irma Eichhorn stechen bei ihren Ermittlungen in ein Wespennest aus Hass und Intrigen. Und plötzlich erscheint der Saubermann Ranberg in einem völlig anderen Licht. Als dann noch Claire, die Ehefrau des Toten, und der Gärtner Max Busch, ein Jugendfreund von Rolf gleichzeitig wie vom Erdboden verschluckt sind, scheint der Fall klar zu sein: Der Täter ist immer der Gärtner! Doch Irma Eichhorn lässt nicht locker …

208 Seiten.
ISBN 978-3-87407-854-2

Silberburg-Verlag

www.silberburg.de

Ein Stuttgart-Krimi

In Ihrer Buchhandlung

Sigrid Ramge

Cannstatter Zuckerle

Ein Stuttgart-Krimi

Ein Stuttgarter Zahnarzt stürzt vom Riesling-Steg in den Tod, und zwar unfreiwillig. Die Kommissarin Irma Eichhorn muss deshalb ihre geplante Traumreise nach Ägypten verschieben. Als die Nachforschungen ins Stocken geraten, gibt Schmoll seiner Kollegin Eichhorn doch noch grünes Licht für ihre Reise. Aber so richtig erholen kann sich die Polizistin auf der achttägigen Nilkreuzfahrt nicht: Alle naselang tauchen skurrile Mitreisende auf und im Heiligen See der Tempelanlage von Karnak lauert das Grauen …

224 Seiten.
ISBN 978-3-87407-990-7

Silberburg-Verlag

www.silberburg.de

Ein Rems-Murr-Krimi

In Ihrer Buchhandlung

Jürgen Seibold

Endlich fit

Ein Rems-Murr-Krimi

Ist Sport doch Mord? Kommissar Klaus Schneider jedenfalls versucht vergeblich, sich im Fitnessstudio überzählige Pfunde abzutrainieren – und der Unternehmer Henning Horlacher setzt in einer Villa am Backnanger Bahnhof mit seinem Rennrad zu einem tödlichen Flug durch den Nachthimmel an. Schnell ist klar: Horlachers Dahinscheiden war kein Unfall. Wer aber steckt hinter seinem Tod? Wieder einmal ein kniffliger Fall für Schneider, Ernst und ihre Kollegen von der Polizeidirektion Waiblingen - denn Horlachers Tod kommt vielen gerade recht...

272 Seiten.
ISBN 978-3-87407-986-0

Silberburg-Verlag

www.silberburg.de

Ein Neckar-Krimi

In Ihrer Buchhandlung

Jürgen Seibold

Schwer verdaulich

Ein Neckar-Krimi

Bestattungsunternehmer Gottfried Froelich aus Weil der Stadt ist mit Freundin Inge in ein schönes Haus in der malerischen Innenstadt Besigheims gezogen. Die beiden haben schnell Zugang zur rührigen Genießerszene der Stadt am Neckar gefunden. Mit ihren neuen Freunden nehmen sie an einem Höhepunkt der Gourmetsaison teil: dem »schwimmenden Büffet«, das mit handverlesenen Feinschmeckern zwischen Plochingen und Besigheim über den Neckar schippert. Mit feinen Speisen und Getränken, gewürzt mit den üblichen Verbandsreden und mit vielfältigen Intrigen – und schließlich auch mit einer Leiche …

288 Seiten.
ISBN 978-3-87407-992-1

Silberburg-Verlag

www.silberburg.de

Ein Stuttgart-Krimi

In Ihrer Buchhandlung

Thomas Hoeth

Herbstbotin

Ein Stuttgart-Krimi

Ein Polizistenmord im Deutschen Herbst. Katja, die Tochter der untergetauchten RAF-Terroristin Monika Gütle, forscht viele Jahre später nach der Wahrheit und nach ihrer Mutter. Zusammen mit dem ehemaligen LKA-Zielfahnder Amon Trester begibt sie sich auf eine gefährliche Spurensuche.

In Stuttgart, Heidelberg und am Bodensee stoßen die beiden auf ein Rattennest aus Verrat, politischem Extremismus, Korruption und Wahnsinn. Noch immer riskiert jeder sein Leben, der Monika Gütle finden will …

224 Seiten.
ISBN 978-3-87407-852-8

Silberburg-Verlag

www.silberburg.de